Rosalie Schmidt
Der Duft der Kirschblüten

ROSALIE SCHMIDT

DER DUFT DER KIRSCHBLÜTEN

Roman

dtv

MIX
Papier aus verantwortungsvollen Quellen
FSC® C019821

Originalausgabe 2022

Umschlaggestaltung: zero-media.net, München
Umschlagmotive: Ildiko Neer/Trevillion Images;
FinePic®, München;
Cyril Gosselin/Getty Images
Satz: C.H.Beck.Media.Solutions, Nördlingen
Gesetzt aus der Aldus LT Std 10,75/14·
Druck und Bindung: Druckerei C.H.Beck, Nördlingen
Printed in Germany ISBN 978-3-423-22016-3

1

Das Stück Himmel über dem Hinterhof in der Invalidenstraße war von einem blässlichen Grau und der Rauch der Kohleöfen stach Clara in die Nase. Es war kalt für Anfang März und hatte schon wieder geschneit. Clara war die Erste, die mit gerafftem Rock durch den Neuschnee stapfte. An der Kellertür drehte sie sich um und betrachtete die Spuren, die sie hinterlassen hatte. Als hätte sie ein unentdecktes Land betreten, wie in den Geschichten der großen Weltentdecker. Sie stellte die leeren Kohlenschütten ab und blies sich auf die Hände. Selbst die Hühner waren heute lieber in ihrem Verschlag geblieben. Verhaltenes Gackern klang zwischen den Holzlatten hindurch und Clara überlegte, ob sie nach Eiern schauen sollte. Aber besser nicht. Sie wollte nicht trödeln, Netty und Mutter warteten auf die Kohlen. In einer Stunde würden sie das Ladengeschäft und den Teesalon öffnen, dann würden die ersten Kunden aus den Pferdebahnen steigen, sie würden auf das heimelig erleuchtete Schaufenster des Teehauses zusteuern, und wenn sie eintraten, würde die Glocke über der Ladentüre klingeln. Bis dahin musste es unten im Laden und oben im Salon mollig warm sein.

Clara stieg die Stufen zur Kellertür hinab und drehte den eisernen Schlüssel um. Im Gang roch es nach Erde, Kohlenstaub und den letzten runzligen Winteräpfeln, die Mieter aus dem Hinterhaus hier lagerten. Sobald Claras Augen sich ein wenig an die Dunkelheit gewöhnt hatten, wandte sie sich nach links. Sie öffnete ihren Verschlag und stieß die Schaufel in die Eierkohlen. In den letzten Wochen war der kleine Berg zusehends geschrumpft, der Winter war lang in diesem Jahr. Aber das schadete nichts, im Gegenteil. Berlin war wirklich ungemütlich bei schlechtem Wetter, und je ungemütlicher es war, desto dringender wollten die Leute sich bei einer Kanne Tee und einem guten Gespräch aufwärmen.

Clara trug die Kohlen in die Hofdurchfahrt, wo ihr bereits der Duft von schwarzem Tee entgegenströmte. Ein Treppenhaus ging von hier ins Vorderhaus hinauf. Sie trat nach rechts drei Stufen hoch in den Aufgang und öffnete die Seitentür zum Laden mit dem Ellenbogen, und Netty, ihre jüngere Schwester, eilte aus dem Verkaufsraum herbei, um ihr eine der Kohlenschütten abzunehmen. Sie war bereits auf das Sorgfältigste zurechtgemacht für die Arbeit im Geschäft: das honigblonde Haar hochgesteckt und mit einer frisch gewaschenen Haube fixiert, das gestreifte Popeline-Kleid mit einer von Olga geplätteten Schürze zusammengehalten. Netty warf einen Blick auf Claras Erscheinungsbild und runzelte die Stirn.

Unwillkürlich fasste Clara sich an die Frisur. »Ich weiß«, sagte sie. Ihre Haare waren noch zum Nachtzopf geflochten. Ein paar Strähnen hatten sich daraus gelöst. »Ich beeile mich.«

»Besser wäre es«, sagte Netty, hob die Brauen und kehrte mit den Kohlen in den Verkaufsraum zurück.

Clara hielt einen Moment inne, weil ihr plötzlich gewahr wurde, wie glücklich sie sich schätzen konnte. Der Laden, der Salon, ihre Familie, alles strahlte Wärme und Geborgenheit aus und war gleichzeitig mit dem Leben da draußen, mit all den Menschen, die zu ihnen kamen, verbunden. Sie hörte das Rumpeln der Kohlen, als ihre Schwester den Ofen fütterte, und folgte ihr in den Laden. Netty klopfte sich etwas Kohlenstaub von den Händen, bevor sie hinter den hölzernen Tresen trat, um die Teeschaufeln zu ordnen. Es sah hübsch aus, wie sie da vor dem Regal mit den schwarzroten Blechdosen stand. Das dachte sicher auch die Kundschaft, weshalb meistens Netty diejenige war, die hier unten das Teehaus Winterfeld repräsentierte. Vor ihr standen zwei Waagen aus Messing, und in einer Vitrine im Schaufenster hatten sie das chinesische Porzellan ausgestellt.

Im hinteren Teil des Verkaufsraums führte neben dem Ofen eine Treppe hinauf in die Räumlichkeiten des Salons, und unter der Treppe war die Tür zum Lager, das sich bis in den Seitenflügel des Hauses zog. Im Hof hatten sie eine Rampe angebracht, damit sie die schweren Teekisten nicht mit der Sackkarre durch den Laden fahren mussten, sondern direkt ins Lager schaffen konnten.

»Clara! Wo bleibst du, Kind?« Die Stimme ihrer Mutter klang ungewohnt streng aus dem Salon zu ihr herab.

»Komme schon!«, rief Clara und ergriff die verbliebene Kohlenschütte.

Adele Winterfeld erwartete sie oben an der Treppe, die Fäuste in die Seiten gestemmt und etwas atemlos. Sie hielt einen Lappen in der Hand. »Wie siehst du denn aus?«, schimpfte sie. »Weißt du nicht, dass wir …«

»… heute Besuch vom alten Stargard bekommen.«

Adele schnalzte missbilligend mit der Zunge. »Das heißt ›Herr Stargard senior‹.«

Clara stellte die Kohlen vor dem Kachelofen gleich neben der Treppe ab und lächelte ihre Mutter an. »Wie du möchtest. Und natürlich weiß ich, dass er heute kommt.«

Adele begann, mit dem Lappen über einen der Teetische

im großen Salon zu wienern, und rückte mit fahrigen Bewegungen die Zuckerdosen zurecht.

Clara öffnete die Ofenklappe, füllte Kohlen auf die brennenden Scheite und erhöhte die Luftzufuhr, damit alles gut durchglühen konnte.

»Otto Stargard ist …«, setzte Adele an.

»… ein überaus wichtiger Mann für das Teehaus Winterfeld«, vollendete Clara auch diesen Satz. Sie wischte sich die Hände an der Schürze ab und sah ihre Mutter prüfend an.

Adele Winterfeld war noch immer eine prachtvolle, üppige und lebhafte Frau. Von ihr hatte Netty das honigblonde Haar. Mutters braune Augen leuchteten für gewöhnlich warm und herzlich. Clara bedauerte manchmal, dass sie selbst mehr nach ihrem Vater kam, schmal und dunkelhaarig, mit dunkelblauen Augen, das Gesicht ein wenig eckig und im Charakter gelegentlich auffahrend, was allgemein an einer jungen Frau nicht gern gesehen wurde. Adele hingegen ruhte stets ganz in sich und ihrer Freundlichkeit. Heute jedoch wirkten ihre Nerven angegriffen.

»Wir werden Otto Stargard wie immer herzlichst empfangen«, sagte Clara. Sie gab ihrer Mutter einen Kuss auf die Wange und ging in den links angrenzenden kleinen Salon, um auch dort anzuheizen. »Er besucht uns, seit ich denken kann«, rief sie. »Er ist ein guter Geschäftspartner. Und er ist ein Freund. Warum bist du so nervös?«

Adele tauchte in der Doppelflügeltür zum kleinen Salon auf und seufzte. »Wenn ich das wüsste, Kind. Es ist nur ein Gefühl. Ich …« Sie horchte in sich hinein und schüttelte den Kopf. »Ich weiß es nicht.« Sie wendete sich mit dem Lappen den restlichen Tischen zu. »Und zieh dich ordentlich an, Herrgott nochmal!«

Clara zuckte zusammen, sagte aber nichts. Sie wollte keinen Streit vom Zaun brechen. Schnell ging sie durch den großen Salon zurück und über den Flur in die Salonküche. Im Kaminzimmer, das rechts vom großen Salon abging, hatte Olga bereits für ein prasselndes Holzfeuer gesorgt. Bestimmt wartete sie jetzt auf die Kohlen für den Herd, und sie würde Clara mit mildem Tadel daran erinnern, dass sie heißes Teewasser brauchten. Clara lächelte bei dem Gedanken. Olga war als Bedienstete in ihrer Familie, seit sie denken konnte, aber sie hatte ihren russischen Akzent niemals ganz abgelegt.

Gegen Mittag herrschte im Teehaus Winterfeld wie immer Hochbetrieb. Der große und der kleine Salon in der Beletage des Hauses waren von sanftem Stimmengemurmel erfüllt, und gelegentlich drang Nettys helles Gelächter von unten aus dem Laden herauf. Das Kaminzimmer hatten sie heute für das Publikum geschlossen; es war für Otto Stargards Besuch reserviert. Der Duft nach frisch gebrühtem Tee und Berliner Pfannkuchen erfüllte die Luft, die Wasserkessel in der Küche kochten um die Wette, und Clara beeilte sich, einem älteren Offizier aus Augusts Kaserne ein Tablett mit einer Kanne Ceylon-Tee zu servieren.

»Zitrone, Herr Oberst?«

»Ich bitte darum, Fräulein Winterfeld.«

Wenn man dem Tee in der Tasse nur ein wenig frischen Zitronensaft hinzufügte, verwandelte sich seine kräftig dunkle Farbe in ein leuchtendes Rotorange.

»Wie geht es meinem Bruder, Herr Oberst? Wie macht er sich?«

»Wie immer aufrecht und wacker. Er wird einmal ein guter Offizier, wenn Sie mich fragen.«

Clara nickte, hörte aber nur mit halbem Ohr zu. Das Geplänkel war eigentlich immer dasselbe und wenig interessant. Das Farbschauspiel in der Tasse jedoch begeisterte sie stets aufs Neue. Als würde an einem verhangenen Abend plötzlich ein letztes Mal die Sonne durch die Wolken brechen, bevor sie hinter dem Horizont verschwand.

Sie lächelte und wandte sich dem Tisch unter dem linken der drei hohen Fenster des Salons zu, wo soeben eine junge Dame Platz genommen hatte.

»Was darf ich Ihnen bringen?«, fragte sie.

Von unten drang Nettys Stimme herauf: »Sie kommen!«

Clara schaute nach unten auf die Straße. Der neue Schnee taute bereits wieder, und in der Mitte der Straße, wo die Schienen der Pferdebahn verliefen, war nur schmutziger Matsch geblieben.

»Ein Kännchen englischen Frühstückstee bitte. Und haben Sie heute Scones?«

Clara nickte. »Sicher, kommt sofort.«

Ein Pritschenwagen hielt vor dem Haus, der Atem der beiden Pferde stob dampfend in die Luft. Auf der Ladefläche zählte Clara vier große, hölzerne Teekisten und eine kleinere Kiste, die vielleicht zehn Kilogramm fassen mochte. Auf den Seiten der Kisten prangte der Stempel des Hamburger Teekontors Stargard – ein stilisierter Klipper, umrahmt von zwei Teezweigen.

Der Kutscher und ein Gehilfe stiegen vom Bock. Aus der Durchfahrt zum Hof trat Claras Vater auf die Straße. Er schob die Sackkarre vor sich her. Ein Lieferschein wurde übergeben, der Empfang quittiert. Nur die kleinere Kiste warf offenbar Fragen auf, Claras Vater wollte sie nicht annehmen. Es musste sich um einen Irrtum handeln, denn wenn sie bestellt worden wäre, hätte Clara davon gewusst. Es sei denn, ihr Vater hätte wieder vergessen, eine Bestellung auch für die eigenen Unterlagen zu notieren? Das kam in letzter Zeit leider häufiger vor. Vielleicht sollte sie gleich einmal runtergehen und fragen, was es mit der Kiste auf sich hatte.

»Fräulein? Wollen Sie hier Wurzeln schlagen?«

»Wie bitte?

»Meine Bestellung. Tee und Scones.«

»Natürlich, einen Moment, bitte.«

Die drei Männer begannen damit, die Teekisten auf die Sackkarre zu laden und in die Hofdurchfahrt zu bringen. Die kleine Kiste blieb zunächst auf der Straße stehen.

Hinter dem Pritschenwagen hielt ein Einspänner mit geschlossenem Wagen. Clara musste sich etwas recken, um ihn gut sehen zu können.

Die Tür ging auf und ein junger Mann stieg aus. Es war Hannes Stargard, der Enkel des alten Stargard. Sie kannte ihn als einen ambitionierten jungen Mann, der das Teekontor eines Tages weiterführen sollte. Seine Schultern verrieten, dass er körperlich arbeitete, der graue Filzzylinder hingegen deutete an, dass er von besserer Gesellschaft war. Sein haselnussbraunes Haar, ungewöhnlich lang für einen Mann, quoll unter dem Hut hervor. Er sah gut aus, kein Wunder, dass Netty ein wenig verliebt in ihn war.

Hannes Stargard drehte sich um und half seinem Großvater aus der Kutsche. Claras Herz machte einen Satz. Sie freute sich, ihn zu sehen. Otto Stargard war für sie immer so etwas wie ein wohlwollender Onkel gewesen. Als sie klein waren, hatte er ihrem älteren Bruder August, ihrer jüngeren Schwester Netty und ihr immer Spielzeug mitgebracht. Als sie größer wurden, ging er zu Büchern und kandierten Früchten über. Aber es war erschreckend, wie sehr er seit seinem letzten Besuch vor nicht einmal einem Jahr gealtert war. Er schien nicht mehr ganz trittsicher zu sein und musste am Arm seines Enkels gehen.

Zuletzt stieg ein dritter Mann aus der Kutsche. Er trug einen schwarzen, runden Hut und einen Anzug mit gestreifter Weste. Er ging in die Knie und hob die kleine Teekiste von der Straße auf. Seine Bewegungen wirkten elegant, beinahe fließend. Clara kannte ihn nicht. Kurz schaute er an der Fassade des Hauses herauf, und ihre Blicke begegneten sich. Seine Augen waren sehr dunkel, wie auch sein Haar. Etwas irritierte sie an seinem Blick, aber sie konnte nicht sagen, was es war. Sie beugte sich ein wenig vor, doch der Fremde hatte den Blick abgewandt und folgte Hannes und Otto Stargard zur Ladentür.

»Fräulein!«

Clara reagierte nicht, so sehr war sie von dem Anblick des Mannes eingenommen.

»Unerhört!« Die Dame schob ihren Stuhl zurück, stand auf und begann ihre Handschuhe anzuziehen.

Wilhelm Winterfeld trat aus der Hofdurchfahrt. Er ließ die Sackkarre stehen, begrüßte zuerst seinen langjährigen Geschäftspartner, danach reichte er Hannes die Hand. In diesem Moment trat auch Netty hinzu. Sie umarmte den alten Stargard umstandslos, und als Hannes Stargard einen Handkuss andeutete, glaubte Clara, eine leichte Röte auf ihren Wangen zu bemerken. Endlich konnte sie sich für einen Moment vom Fenster losreißen und wandte sich der Kundin zu. »Oh, bitte, bleiben Sie. Sie müssen entschuldigen, es ist nur, wir bekommen gerade sehr wichtigen Besuch.«

»Nun, dann werden Sie den Besuch ja gleich in aller Ruhe empfangen können.« Damit drehte die Kundin sich um und stolzierte die Treppe hinunter.

Clara seufzte. So etwas passierte zum Glück nur selten, die meisten Leute brachten etwas Zeit mit, wenn sie in den Salon kamen. Sie wandte sich wieder dem Fenster zu und hielt nach den Fremden Ausschau.

Dieser begegnete Wilhelm und Netty mit zurückhaltender Höflichkeit und verbeugte sich, die Teekiste in den Armen, nur leicht zur Begrüßung.

Clara neigte sich noch weiter vor, verlor die Gruppe aber aus den Augen, als sie durch die Ladentür ins Haus trat. Sie beeilte sich, die Schürze abzulegen und ein letztes Mal ihre störrischen Haare festzustecken, um für den Besuch gewappnet zu sein.

Das Kaminzimmer war gut durchgeheizt, und Netty hatte die Ladenaufsicht für eine Stunde an eine Aushilfe abgegeben, die sich gelegentlich ein paar Silbergroschen bei ihnen dazuverdiente. Fast die ganze Familie hatte um den großen Tisch Platz genommen; Adele und Netty an der Fensterseite, Wilhelm und Clara an den beiden Kopfseiten. Nur Claras Bruder fehlte. August war irgendwo auf einem Schlachtfeld im Kampf gegen Frankreich und Clara vermied es, allzu viel darüber nachzudenken.

Der alte Stargard saß mit dem Rücken zum Feuer neben seinem Enkel Hannes. Und an der Ecke, zwischen Hannes und Clara, saß Herr Akeno.

Hannes Stargard hatte ihn als Handlungsreisenden aus Japan vorgestellt. Da er bereits als Kind privat eine deutsche Lehrerin gehabt habe, sei er nun in der günstigen Lage, sich beinahe akzentfrei zu verständigen.

Clara gab sich größte Mühe, Herrn Akeno nicht fortwährend anzustarren. Zwar war er nach der neuesten europäischen Mode gekleidet, doch war es offensichtlich, dass er nicht aus Europa stammte. Sein glattes, tiefschwarzes Haar hatte er oben am Hinterkopf zu einem Knoten gebunden. Doch was Claras Blick vor allem in seine Richtung zwang, waren die Augen.

Nachdem Herr Akeno die kleine Teekiste neben dem Kamin abgestellt hatte, hatte Clara ihm den Hut abgenommen, und sie hatten einen langen Blick getauscht. Das Weiß seiner mandelförmigen Augen war kaum sichtbar. Es waren ungewöhnliche und, wie Clara fand, überaus anziehende Augen.

Sie stand wie unter Schock. Ihre Wangen glühten und sie hatte Mühe, tief genug Atem zu holen. Herrn Akenos Hand lag auf dem Tisch nur Zentimeter von ihren zitternden Fingern entfernt. Sie hatte noch nie eine so ganz und gar haarlose Männerhand gesehen.

Olga kam und deckte den Tisch mit denselben Tassen, die sie auch für die zahlenden Gäste benutzten. Das Porzellan hatte ein zartes Blumendekor, war aber insgesamt hell gehalten, damit man die Farbe des Tees in der Tasse beurteilen konnte.

»Darf ich servieren?«

»Bitte, Olga«, sagte Hannes Stargard. »Aber nicht das Übliche.«

Olga sah ihn abwartend an.

»Bringen Sie heute bitte nur eine Kanne heißes Wasser«, sagte er. »Ohne den Tee.«

Olga ließ sich weder Überraschung noch Missbilligung anmerken. »Wie Sie wünschen.«

Hannes gab Herrn Akeno ein Zeichen, der daraufhin schweigend die Segeltuchtasche zu seinen Füßen öffnete. Er zog eine glänzende Holzdose sowie eine Rolle aus grob gewebter Seide hervor und legte beides vor sich auf den Tisch.

»Das«, setzte Hannes an und hob einen Zeigefinger, »ist das Allerneueste. Wir haben Ihnen gleich eine kleine Menge mitgebracht.« Er deutete auf die Kiste beim Kamin. »Exklusiv für das Teehaus Winterfeld.«

Olga kam mit dem Wasser zurück, und er wies sie an, die Kanne einfach auf den Tisch zu stellen.

Adele und Netty tauschten einen verwunderten Blick, Olga zog jetzt doch die Brauen hoch, tat aber wie geheißen.

Claras Nervosität steigerte sich zu gespannter Erwartung, als Herr Akeno den Deckel der Dose abhob und sie in die Mitte des Tisches schob, sodass sie alle einen Blick hineinwerfen konnten.

Die Teeblätter darin waren nicht schwarz und kraus wie der Bart eines Mannes, sondern flach und leuchtend grün. Sie rochen auch nicht wie gewohnt blumig oder malzig, sondern sie verströmten einen frischen Duft, der Clara an gemähtes Gras erinnerte. Sie musste an die warmen Sommerabende ihrer Kindheit denken, wenn sie in Zempernick in den Wiesen gelegen und in den Himmel geschaut hatte, und sie wurde kurz ein bisschen wehmütig. Der größte Teil dieser Wiesen waren inzwischen den Gleisen und Brennöfen der Ziegelei Casper gewichen.

»Wenn ich darf?«, sagte Herr Akeno und griff nach der Kanne mit dem heißen Wasser. Seine Stimme klang tief, sein Deutsch war tatsächlich fast akzentfrei, hatte jedoch seine eigene Melodie.

»Ich bitte darum«, sagte Wilhelm.

Herr Akeno goss in einem hohen, schlanken Bogen das dampfende Wasser in Hannes' Tasse. Er prüfte von außen mit der Hand die Temperatur, dann wickelte er einen hölzernen Löffel aus der Seidenrolle, nahm ein paar Teeblätter aus dem Kästchen und gab sie direkt in das heiße Wasser. Hannes beobachtete den Vorgang mit sichtlicher Zufriedenheit.

»Man brüht diesen Tee nicht auf«, erklärte Herr Akeno. »Das Wasser muss zuvor ein wenig abgekühlt sein. So entfaltet der Tee sein Aroma, ohne bitter zu werden.«

Hannes fächelte sich den Dampf über der Tasse mit der Hand zu und sog ihn höchst zufrieden ein. »Großartig«, befand er, schob die Tasse weiter zu Wilhelm und forderte ihn auf, es ihm gleichzutun.

Der schnupperte an dem Tee und zog die Brauen hoch. »Seltsam. Was ist denn das für ein Tee, wenn ich fragen darf?«

»Nun, es ist offensichtlich ein japanischer Tee«, erwiderte Hannes.

Wilhelms Brauen wanderten noch ein wenig weiter in die Höhe. »Aber Japan ist seit Jahrhunderten isoliert.« Er wandte sich an Herrn Akeno. »Bitte entschuldigen Sie, aber soweit ich weiß, verweigert Japan sich doch dem Handel mit der zivilisierten Welt und lässt niemanden ins Land.«

»Sie haben recht, eine lange Zeit ist das so gewesen«, erwiderte Herr Akeno. »Doch Japan öffnet sich, seit unser Kaiser *Meiji-tennō* über das Land herrscht. In der Bucht von Nagasaki findet man jetzt Schiffe aus aller Herren Länder. Und ich«, er deutete wieder eine leichte Verbeugung an, »habe die ehrenvolle Aufgabe übernommen, unseren Tee in der ganzen Welt bekannt zu machen. Dieser hier trägt die Bezeichnung Ichibancha, das heißt, es handelt sich um die erste Pflückung im Jahr. Er wurde im Mai geerntet.«

»Herr Akeno und unser Teekontor werden fürderhin eng zusammenarbeiten«, erklärte Hannes. Er bedeutete Claras Vater, einen Schluck von dem japanischen Tee zu nehmen. »Bitte. Kosten Sie.«

Clara hätte selbst liebend gern gekostet. Aber es gehörte sich natürlich nicht, sich vorzudrängen.

Wilhelm hob die Tasse, spitzte die Lippen, schlürfte laut vernehmbar. Nach wenigen Schlückchen setzte er die Tasse wieder ab.

»Nun …«, er räusperte sich. »Ich will niemanden beleidigen. Aber wenn ich ehrlich bin, es schmeckt, wie es aussieht. Wie Gras. Mit Fisch.« Er lachte kurz. »Also, kurzum, ich weiß nicht, ob unsere Kundschaft damit etwas anzufangen weiß. Ich bin mir nicht einmal sicher, ob *ich* damit etwas anzufangen weiß.« Er lachte noch einmal. »Schließlich bin ich keine Kuh, oder?«

Clara schnappte nach Luft. Wie überaus unhöflich!

Als niemand mit Wilhelm lachte, fügte er hinzu: »Es ist jedenfalls ganz etwas anderes als das, was wir hierzulande unter einem ordentlichen Tee verstehen.«

»Darf ich, Vater?«, fragte Clara und streckte die Hand nach Wilhelms Tasse aus.

Er zuckte mit den Achseln und schob die Tasse quer über den Tisch zu ihr. Der Tee darin war von einem blassen, doch leuchtenden Grün und verströmte einen zarten, fast süßen Duft.

»Schau, das sieht ja nicht einmal aus wie Tee«, sagte Wilhelm jetzt fast schon trotzig. »Es sieht mehr aus wie das Teichwasser im Tiergarten.«

»Vater, bitte«, zischte Netty.

Clara warf einen erschrockenen Seitenblick auf Herrn Akeno. Falls er gekränkt sein sollte, ließ er es sich nicht anmerken.

Hannes' Freude beim Servieren des Tees war sehr sichtbar der Enttäuschung gewichen. Er zog das Kästchen mit dem Ichibancha zu sich heran und setzte etwas ruppig den

Deckel wieder darauf. »Nun, dann nehmen wir unsere japanische Rarität eben wieder mit.« Er wandte sich an Herrn Akeno. »Sicherlich wird man seine Vorzüge in München mehr zu schätzen wissen.«

Clara nahm einen Schluck des schon nicht mehr ganz heißen Tees. Das Aroma breitete sich in ihrem Mund aus, und ein kurzes, intensives Glücksgefühl durchströmte sie. Das war wirklich anders.

Otto Stargard legte seinem Enkel eine altersfleckige Hand auf den Arm und wandte sich an Wilhelm. »Wir haben für das Teehaus Winterfeld wie bestellt einen Yunnan aus China mitgebracht, außerdem einen zart-malzigen Assam und einen leichten, blumigen Darjeeling aus Indien für die Damen. Und natürlich auch eine Kiste eines schönen, kräftigen Earl-Grey-Tees. Es spricht ja überhaupt nichts dagegen, beim Altbewährten zu bleiben.«

Wilhelm nickte zufrieden. »So soll es sein.«

»Aber Japan wird hierzulande bald der Inbegriff für Tee sein«, hob Hannes an. »Das wird noch richtig in Mode kommen!«

Clara nahm einen weiteren Schluck und versuchte vergeblich, Worte für seinen Geschmack zu finden. Herr Akeno wickelte derweil schweigend seinen hölzernen Teelöffel wieder ein.

»Mit Verlaub, was überzeugt Sie so sehr von diesem Tee?«, fragte Wilhelm an Hannes gewandt.

»Das ist doch offensichtlich, oder? Indien gehört den Briten, und der Handel mit China wird weitgehend von ihnen bestimmt, obwohl sie ihr Monopol längst aufgeben mussten. Wir hatten im Teehandel bisher einfach wenig Gelegenheit, uns zu beweisen.« Hannes warf sich in die Brust, als Netty ihm einen bewundernden Blick zuwarf. »Ich habe vor, unseren Einfluss im internationalen Teehandel auszuweiten«, fuhr Hannes fort. »Ich werde …«

»Lass es gut sein, Hannes«, sagte der alte Stargard und unterdrückte ein Husten. »Die Zeit für deinen geliebten Grüntee wird schon noch kommen.«

Hannes verstummte und der alte Stargard atmete durch. »Wilhelm, alter Freund, bevor wir für diesmal das Geschäftliche abschließen, gibt es noch eine andere Sache, über die wir reden müssen.« Er fischte seine Uhr aus der Weste, zog sie auf und steckte sie umständlich wieder ein. »Ich bin alt«, sagte er dann. »Ich unternehme diese Geschäftsreise mit Hannes, um ihn bei unseren Abnehmern einzuführen. Die vergangene Herbstsaison war die letzte für mich als Leiter der Geschäfte. Ich ziehe mich zurück. Das Frühjahrsgeschäft steht bereits unter Hannes' Regie.«

Wilhelm blinzelte überrascht, sagte aber nichts.

Adele hingegen stieß einen entsetzten Laut aus. Alle Farbe war aus ihrem Gesicht gewichen.

»Mutter?«, fragte Clara leise und stellte die Teetasse ab. »Ist dir nicht gut? Soll ich dich hinausbegleiten?«

Adele hob abwehrend eine Hand und schüttelte leicht den Kopf.

»Liebe Adele, mein lieber Hannes wird die Geschäfte wie gewohnt weiterführen. Machen Sie sich *bitte* keine Sorgen«, sagte der alte Stargard.

Adele war offenbar nicht imstande, darauf zu reagieren, sie starrte die Wand an, als habe sie soeben eine Todesnachricht erhalten.

Wilhelm fasste sich als Erster wieder. »Nun, ich bedaure selbstredend ganz außerordentlich, das zu hören. Aber ich bin hocherfreut, dass das Teekontor seine Pforten nicht schließen wird.« Er stand auf und streckte Hannes die Hand hin. »Ich gratuliere, junger Mann.«

Auch Hannes erhob sich, ergriff die dargebotene Hand und nahm Haltung an. »Danke. Auf gute Zusammenarbeit.«

»Auf gute Zusammenarbeit.«

»So, und bevor jetzt alle wieder an ihre Arbeit gehen, die Geschenke für die Kinder!«, sagte der alte Stargard. »Hannes!«

Clara musste lächeln. Sie fragte sich, ob Otto Stargards Enkelsohn diese Tradition wohl aufrechterhalten würde. Aber vermutlich nicht. Er war ja kaum älter als sie selbst und kein älterer Herr, der den guten Onkel für sie und ihre Geschwister spielen würde.

Hannes hob einen abgegriffenen englischen Weekender vor sich auf den Tisch und förderte eine flache, blassblaue Schachtel, die mit einer Schleife verschlossen war, zutage. »Netty«, sagte er und schob das Päckchen über den Tisch.

Nettys Wangen röteten sich und sie löste die Schleife. In dem Päckchen war ein leuchtend grüner Schal, der mit zarten Kirschblüten bestickt war.

»Hannes hat von seiner letzten Reise nach Japan nicht nur Herrn Akeno mitgebracht«, sagte der alte Stargard und zwinkerte.

Vorsichtig hob Netty die glänzende Seide aus dem Karton. »Also, wenn ihr mich fragt … *das* hier könnte ein neuer Verkaufsschlager werden!«

Der alte Stargard lachte. »Das mag stimmen, liebe Netty. Ich hoffe, Sie haben Freude daran.«

Netty kam um den Tisch herum und drückte ihm einen Kuss auf die Wange. »Das werde ich. Danke.«

Als Nächstes holte Hannes eine hölzerne Kiste hervor.

»Die Zigarren sind für August. Wo ist der alte Tunichtgut überhaupt?«

Adele hielt den Kopf gesenkt, als sie antwortete: »Er war leider nicht abkömmlich. Seine Laufbahn zum Offizier erfordert einen gewissen Einsatz.«

»Geben Sie es ihm von mir, wenn Sie ihn sehen. Bestellen Sie Grüße.« Dann zwinkerte Otto Stargard Netty zu. »Wenn August abtrünnig wird, dann muss eines von euch Mädchen eben geschickt heiraten. Dann kann das Teehaus Winterfeld vielleicht auch den Abgang *Ihres* alten Herrn überleben, was?« Sein Lachen ging in ein gequältes Husten über.

Netty warf Hannes einen schnellen Blick zu und schlug die Augen nieder. Die Spannung zwischen den beiden war mit Händen zu greifen, und Clara fand, sie wären wirklich ein schönes Paar.

Als der alte Stargard mit Husten fertig war, zog er als Letztes ein in einfaches Papier geschlagenes Päckchen aus der Tasche. »Für Clara.«

Vorsichtig nahm sie es entgegen und schlug die Enden auseinander. Ein Buch mit blauem Leineneinband kam zum Vorschein. Auf dem Vorsatzblatt war der Stich einer fremdartigen Schönheit mit schwarzem Haar und in langen Gewändern zu sehen.

»*Wundersames Nippon. Berichte von Reisenden aus Japan*«, las Clara vor.

Otto Stargard wusste natürlich, dass er sie mit einem hübschen Schal nicht hinter dem Ofen hervorlocken würde. Er machte sich wirklich Gedanken über die, die er beschenkte. Oder vielleicht hoffte er auch, auf diesem Umweg doch noch ihren Ichibancha an das Teehaus Winterfeld zu verkaufen? Clara hätte nichts dagegen gehabt.

Das Buch jedenfalls versprach Abenteuer, und es würde ihre Sehnsucht nach der Ferne ebenso stillen wie nähren. »Es ist wundervoll«, flüsterte sie. »Danke.«

»Ich weiß doch, dass Sie gern lesen«, sagte der alte Stargard. »Erst recht, wenn es sich um eine Lektüre handelt, um die junge Damen sonst einen großen Bogen machen.«

»Danke«, sagte Clara noch einmal, lauter. Kurz glaubte sie, Tränen in den Augen des alten Stargard zu sehen.

Doch sofort klatschte er munter in die Hände. »So, Abschied! Hannes!«

Er ließ sich von seinem Enkel beim Aufstehen helfen.

Mit Bedauern beobachtete Clara, wie Herr Akeno die Teedose und den in Seide geschlagenen Löffel wieder in seiner Segeltuchtasche verstaute. Er warf ihr einen kurzen Blick zu und Clara erwiderte sein Lächeln.

Wilhelm drückte Otto Stargard lange und fest die Hand und kämpfte gegen die Rührung an. »Danke auch von mir. Für alles.«

Hannes hob die Teekiste neben dem Kamin auf und Netty hakte sich bei ihm unter. »Ich begleite Sie hinaus. Ich möchte schrecklich gern mehr über Ihre Reisen ins ferne Japan hören«, sagte sie im Rausgehen. »Was für Hüte trägt man wohl dort? Und was kochen die Frauen?«

Wilhelm räusperte sich. »Ich sollte mich dann mal um die anderen Teekisten kümmern«, sagte er. »Otto, ich erwarte, dass wir uns nach dem Abendessen noch im Clubhaus treffen, auf ein Getränk und ein, zwei Pfeifen. Ich lasse Sie nicht so einfach davonkommen.«

Der alte Stargard nickte. »Das werden wir, das werden wir.«

Wilhelm verließ etwas steifbeinig das Kaminzimmer. Er hatte vor Jahrzehnten in Hamburg als einfacher Lagergehilfe beim Teekontor angefangen und sich hochgearbeitet. Auch nachdem er mit seiner frisch angetrauten Frau Adele nach Berlin gezogen war, waren die beiden Männer einander verbunden geblieben. Adele wurde nie müde zu betonen, dass sie dem alten Stargard einfach alles verdankten. Vielleicht konnte sie deswegen nicht aufhören zu weinen. Sie saß noch immer am Tisch und knetete in stummer Verzweiflung ihr Taschentuch, unfähig, sich zu verabschieden.

»Herr Akeno, Clara, bitte lassen auch Sie uns für einen Moment allein«, sagte der alte Stargard freundlich.

Clara zuckte zusammen. »Natürlich, ich … wollte ohnehin den Tisch abräumen.« Eilig stellte sie die Kanne und die Tassen auf das Tablett.

Herr Akeno nahm es ihr ab und fragte: »Wohin?«

»Oh! Hier entlang, bitte!«

Clara griff nach ihrem neuen Buch und ging voraus durch den Flur zur Salonküche.

»Einfach auf den Tisch hier, bitte«, sagte sie.

Herr Akeno stellte das Tablett ab und machte eine eigenartige Verbeugung, bei der eine Hand nicht, wie Clara es kannte, Richtung Hutkrempe ging, sondern beide Arme eng an seine Seiten geschmiegt zu Boden zeigten.

»Auf Wiedersehen, Clara Winterfeld«, sagte er und wandte sich zum Gehen.

Claras Herz machte einen Satz. Wenn er jetzt die Küche verließ, würde sie ihn nie wiedersehen.

»Herr Akeno!«

Er sah sie erwartungsvoll aus seinen dunklen Augen an.

»Ich wollte nur sagen … es tut mir sehr leid, wie mein Vater über Ihren Tee gesprochen hat. Das war unhöflich von ihm. Mir hat er wunderbar geschmeckt und ich hätte Ihnen wirklich gern eine Kiste abgenommen.«

Herr Akeno lächelte, wollte etwas erwidern, hielt dann aber inne. »Einen Moment«, sagte er.

Er hob seine Segeltuchtasche neben das Tablett auf den Küchentisch, holte die Holzdose wieder hervor und hielt sie Clara mit beiden Händen und gesenktem Haupt entgegen. »Bitte nehmen Sie sie als mein persönliches Geschenk aus Japan.«

Clara wagte kaum zu atmen. »Wirklich?«, hauchte sie.

Herr Akeno nickte, und sein Blick war so eindringlich, dass Claras Herz schneller schlug.

Sie griff nach dem Behältnis. Kurz berührte sie dabei Herrn Akenos Hände, spürte ihre raue Wärme und den kühlen, glatten Lack der Dose.

»Danke«, flüsterte sie.

»Es ist mir ein Vergnügen.«

Clara räusperte sich. »Was werden Sie jetzt tun?«, fragte sie. »Haben Sie Pläne?«

»Sie meinen, weil ich meinen Tee nicht losgeworden bin?« Herr Akeno lächelte. »Während der nächsten Wochen, vielleicht auch Monate, werde ich reisen und versuchen, Beziehungen aufzubauen.«

»Das ist bestimmt sehr interessant. Jeden Tag etwas Neues.«

»Ja, das ist es. Europa ist anders als Japan.«

Sie standen einen Moment schweigend da, und Clara überlegte fieberhaft, wie sie Herrn Akeno noch ein wenig länger aufhalten konnte.

»Ich denke, ich sollte jetzt …«, sagte er.

Clara nickte. »Oh, natürlich!«

»Ich finde den Weg. Auf Wiedersehen.«

»Auf Wiedersehen«, sagte Clara.

»Sie können den Tee in der Tasse ruhig zwei bis drei Mal

mit neuem Wasser aufgießen. Jeder Aufguss hat seine eigenen Vorzüge.«

»Das werde ich. Danke. Auf Wiedersehen.«

Er nickte ihr zu. Und dann war er fort.

Clara stand da, die Teedose ehrfürchtig mit beiden Händen umschlossen. Von so weit her hatte sie ihren Weg zu ihr gefunden. Und dabei war sie nicht bloß irgendeine anonyme Ware, die über weit verzweige Handelsströme gereist war. Es war ein Geschenk, von einem Menschen vom anderen Ende der Welt. Persönlich überreicht.

Vorsichtig öffnete sie die Dose und betrachtete die leuchtend grünen Teeblätter in ihrem Bett aus rötlichem Holz. Sie sahen wunderschön aus.

Sie würde sie ein Stockwerk höher in die Winterfeld'sche Wohnung bringen und in der Kiste unter ihrem Bett verstauen. Und sobald sie ein wenig Zeit fand, würde sie ganz in Ruhe und nur für sich allein eine Tasse dieses seltenen Tees trinken.

Als Clara die Salonküche verließ, vernahm sie aus dem Kaminzimmer die Stimme ihrer Mutter:

»Den ganzen Morgen hatte ich schon das Gefühl, dass heute etwas Schreckliches passieren würde«, klagte sie laut.

Clara hielt inne und trat näher. Die Tür stand einen Spalt offen. Clara legte das Buch und die Teedose auf die Kommode mit der Tischwäsche, stellte sich dicht neben die Tür und rührte sich nicht.

Natürlich hätte sie nicht lauschen sollen. Aber normalerweise war ihre Mutter auch nicht so leicht aus der Fassung zu bringen, und Clara sorgte sich um sie.

Der alte Stargard schnalzte mit der Zunge. »Na, es ist aber doch gar nichts Schreckliches passiert, liebe Adele. Ich begebe mich in den wohlverdienten Ruhestand. Das ist alles. Hier, nehmen Sie mein Taschentuch.«

Adele schnäuzte sich lautstark. »Und wenn wir uns nie wiedersehen?«, fragte sie mit erstickter Stimme. »Sie sind wie ein Vater für mich, und Sie haben all die Jahre dafür Sorge getragen, dass …«

»Schhhh«, machte der alte Stargard. Dann räusperte er sich. »Ich muss gestehen, dass ich daran ebenfalls gedacht habe. Sie müssen sich keine Sorgen machen, ich werde Hannes instruieren. Und ich habe Ihnen …« Es entstand eine kleine Pause. »Ich habe Ihnen das hier mitgebracht.«

Etwas im Tonfall des alten Stargard ließ Clara aufhorchen. Überaus vorsichtig spähte sie durch den Türspalt.

Otto Stargard zog einen Umschlag aus seiner Rocktasche und reichte ihn Adele. »Ich glaube, dies hier wird Sie beruhigen und erfreuen. Ich hoffe es wenigstens.« Er lächelte. »Leben Sie wohl, Adele.«

Damit drehte er sich abrupt um, durchquerte, so schnell sein Alter es zuließ, den großen Salon, stieg die Treppe hinunter zum Ladengeschäft und verließ das Teehaus Winterfeld.

Adele öffnete indes mit zitternden Fingern den Umschlag, zog ein Stück Karton hervor und betrachtete es eine Weile stumm.

Dann hob sie eine Hand vor den Mund, wie um einen Laut zu unterdrücken, suchte Halt hinter sich und ließ sich in einen der Sessel vor dem Kamin fallen. Einen Moment lang sah es aus, als wolle sie das, was immer der alte Stargard ihr gegeben hatte, in die Flammen werfen.

Doch dann hielt sie inne, betrachtete es eingehend, steckte es schließlich zurück in den Umschlag und ließ ihn in ihrer Schürzentasche verschwinden.

Clara räusperte sich laut und trat ins Kaminzimmer.

Adele sah aus großen Augen durch Clara hindurch. Ihr Gesicht war weiß wie Milch.

»Mutter«, sagte sie. »Soll ich dir ein Glas Wasser holen?«

Adele lächelte Clara an. »Nein, Kind. Es ist alles in Ordnung. Ich … es ist nur der Abschied. Es ist nichts.« Damit stand sie energisch auf, ging an Clara vorbei und in die Küche.

Clara folgte ihr, doch Adele wich ihr aus und tat sehr beschäftigt. Das Tablett mit der Kanne und den Tassen stand noch immer auf dem Tisch, wo Herr Akeno es abgestellt hatte. Clara hob die Tasse und nahm das intensive Aroma wahr, das ihrem Vater so gar nicht gefallen hatte. Der Tee war jetzt kalt. Entschlossen leerte sie die Tasse in den Spülstein, wusch sie ab und stellte sie zurück in den Schrank für das Gästegeschirr.

2

Zwei Tage nach dem Besuch der Stargards am frühen Nachmittag schlüpfte Clara in die Küche, um einen Moment zu verschnaufen. Ihr schwirrte schon der Kopf von all den kleinen Plaudereien im Salon. Sie bemühte sich natürlich wie immer, angemessenes, aber nicht allzu deutliches Interesse am neuesten Klatsch zu zeigen. Sie erfuhr, wessen Geschäfte gut liefen und wer pleite war, wer in diesem schrecklichen, überflüssigen Krieg zwischen Preußen und Frankreich verwundet worden oder gefallen war, welche Hüte und Kleider den Weg von London nach Berlin gefunden hatten, wie die Aktien standen und wer von welcher Reise wiederkam oder dazu aufbrach. Aber eigentlich interessierte sie das nicht, weil sie seit vorgestern nur Augen für ihre Mutter hatte. Wann immer diese sich unbeobachtet wähnte, zog sie den geheimnisvollen Umschlag aus der Schürze, zog den Karton heraus und warf einen langen Blick darauf.

Jetzt jedoch kam sie in die Küche, legte die Schürze ab und hängte sie an den Haken neben der Speisekammer. Sie entschuldigte sich mit Kopfschmerzen und Unwohlsein und zog sich in die Privatwohnung der Winterfelds im Stockwerk darüber zurück. Clara konnte sie dort oben unruhig auf und ab laufen hören.

Als Olga ein Tablett mit Geschirr in die Küche trug, kam Clara eine Idee. »Olga, bitte geh doch in die Apotheke und hole ein Fläschchen Laudanum für meine Mutter, ja? Ich übernehme so lange den kleinen Salon für dich.«

Sie hatten eigentlich genug Laudanum im Haus, aber Clara brauchte einen ungestörten Moment, ohne dass jemand in die Küche kommen würde.

»Du willst beide Salons *und* das Kaminzimmer alleine machen? Ist eine Menge Betrieb gerade.«

»Das schaffe ich schon. Geh du nur.«

Olga zuckte die Achseln und machte sich auf den Weg.

Sobald sie gegangen war, nahm Clara Adeles Schürze vom Haken und steckte die Hand erst in die linke, dann in die rechte Tasche. Sie fand nur eines von Adeles allgegenwärtigen Taschentüchern. Clara seufzte.

Natürlich hatte ihre Mutter den Umschlag mit nach oben genommen. Und sicher würde sie ihn gut verstecken, sodass Clara nie erfuhr, was ihr Gemüt so sehr beschäftigte. Doch wie sollte sie ihr helfen, wenn sie nicht wusste, was für Sorgen ihre Mutter quälten?

»Klopf, klopf!«

Clara drehte sich um. »Franz! Was führt dich her?« Franz Casper stand lässig in den Türrahmen gelehnt. Clara lächelte, schüttelte die Schürze aus und hängte sie zurück an ihren Haken. »Komm rein, setz dich.«

Franz folgte der Einladung, stützte die Ellenbogen auf den Tisch und sah Clara dabei zu, wie sie Tee aus einer Blechbüchse in ein Teesieb löffelte und ihn in eine Kanne hängte.

»Hast du kurz Zeit für mich?« Er wirkte mit einem Mal seltsam ernst.

»Na ja, so viel Zeit wie immer an einem geschäftigen Tag«, sagte sie. »Zumal ich gerade allein bin. Aber fühl dich einfach wie zu Hause.« Sie nahm einen Topflappen, legte ihn um den Griff des Wasserkessels, goss den Tee auf und drehte die kleine Sanduhr, die neben der Kanne auf dem Tisch stand. Drei Minuten.

Franz berührte Clara am Ellenbogen und sie hielt inne. »Genau das tue ich, Clara. Ich fühle mich mit dir – immer schon – wie zu Hause.«

Es war warm in der Küche und Clara wischte sich mit dem Ärmel eine Haarsträhne aus der Stirn. Was war denn mit Franz los? Er war doch sonst nicht so ernsthaft.

»Setz dich doch für einen Moment«, bat er. »Ich muss etwas mir dir besprechen.«

Clara bekam bei seinen Worten ein flaues Gefühl im Magen. Franz war der einzige Sohn und Erbe von Heinrich Casper, Gründer und Inhaber der Ziegelei Casper, und man konnte mit ihm wunderbar reden und sich amüsieren. Als Kinder hatten sie beide noch zu den weniger begüterten Menschen in der wachsenden Metropole Berlin gehört. In den letzten zwanzig Jahren aber war Franz' Familie zu recht üppigem Wohlstand gekommen, was daran lag, dass in Berlin unablässig gebaut wurde.

Die Stadt war in rasendem Tempo auf eine Million Einwohner angewachsen, und all diese Menschen brauchten Häuser, um darin zu leben. Genau wie die Winterfelds hatten die Caspers sehr klein angefangen und sich hochgearbeitet. Manche Leute allerdings waren der Ansicht, sie hätten nicht den richtigen Hintergrund, um etwas auf sich halten zu dürfen. Adele war nur ein Dienstmädchen gewesen, Wilhelm hatte sich vom Laufburschen hochgearbeitet. Und Franz' Vater hatte anfangs Ziegel verladen, die über die Spree geschifft wurden.

Dass sie ihr Los aus eigener Kraft verbessert hatten, das verband ihre beiden Familien seit jeher miteinander. Und dass sie immer wussten, wie man Spaß hatte. Warum also jetzt dieser Ernst?

»Zwei Minuten«, sagte Clara mit Blick auf die Sanduhr, und setzte sich. »Was gibt es denn?«

Franz nahm Claras Hand. »Wir kennen uns sehr lange und gut, wir mögen und verstehen einander, und ich denke, wir sollten langsam darüber nachdenken, die natürliche Konsequenz daraus zu ziehen. Vorausgesetzt, du kannst dir vorstellen, vor den Toren der Stadt zu leben.«

Clara hatte das Gefühl, sie sollte verstehen, wovon Franz redete. Aber irgendwie entglitt ihr der Sinn seiner Worte. »Ich bin lange nicht mehr draußen bei euch gewesen«, sagte sie und fragte sich selbst, was sie damit sagen wollte.

Vielleicht, dass sie sich in den letzten Jahren ein wenig auseinandergelebt hatten. Wenn Franz in der Stadt war, machte er fast immer einen Abstecher hierher. Doch früher war es andersherum gewesen. Da hatten sie so oft als möglich die Stadt Richtung Norden verlassen und waren die zwei Stunden mit Bahn und Kutsche raus nach Zempernick zu den Caspers gefahren.

»Die Arbeitersiedlung war immer eine Art Zuhause für mich. Weißt du noch, als wir eine ganze Lore voller Kirschen gepflückt und dann Ärger gekriegt haben, weil …«

»Ja, das weiß ich noch«, entgegnete Franz. »Aber du weichst mir aus.«

Clara blinzelte verwirrt. Der Sand war fast durchgelaufen und sie stand auf. »Franz, entschuldige. Der Tee …« Etwas hektisch nahm sie das Sieb aus der Kanne, setzte den Deckel auf und stellte sie neben zwei Tassen auf ein Tablett, um es in den Salon zu tragen.

»Clara!« Franz stellte sich ihr in den Weg. »Ich brauche erst eine Antwort.«

»Aber auf welche Frage denn?«

Als Franz sie nur anstarrte, fügte sie hinzu: »Beeile dich bitte, ja? Der Tee wird kalt.«

Franz verdrehte die Augen. »Muss ich wirklich?«, fragte er. »Na gut. Aber nur, weil du es bist.« Dann grinste er sein jungenhaftes Grinsen, und plötzlich ließ er sich ganz und gar theatralisch vor Clara auf die Knie sinken. »Clara, Herzgeliebte! Darf ich bei deinem Vater um deine Hand anhalten?«

Clara blinzelte erneut. »Wie bitte?«

Franz griff nach ihrer Hand, die das Teetablett hielt, und jetzt sprach er mit der ganzen Ernsthaftigkeit, zu der er in der Lage war: »Würdest du mich heiraten, Clara?«

Sie blickte Franz mit großen Augen an. Was sollte sie darauf antworten? Sie wusste ja nicht einmal, was sie denken sollte. Sie mochte Franz. Ja, wirklich. Sie passten sicher irgendwie auch zueinander. Aber sie wäre nie auf die Idee gekommen, ihn heiraten zu wollen. Er war manchmal wirklich ein ziemlicher Kindskopf. Und ein hitziger noch dazu.

Franz kniete noch immer, hielt ihre Hand und sah sie an, als könnte es nur eine Antwort geben. Mit einem Mal fühlte sich Clara ganz schwach. Die Kanne auf dem Tablett geriet ins Rutschen.

Als Franz es bemerkte, ließ er Claras Hand los und machte einen Satz rückwärts. Die Kanne fiel und zersprang, und der heiße Tee spritzte über den Boden, gegen die weiße Wand hinter Franz und über seine hellen Hosen.

»Ach, Clara!«, entfuhr es ihm. »Jetzt sieh nur, was du angerichtet hast!«

In diesem Moment kam Olga von ihrem Gang in die Apotheke zurück und blieb mit offenem Mund in der Küchentür stehen. »Oh!«, stieß sie hervor.

Franz zog das dampfende Hosenbein hoch und Clara beeilte sich, ein Küchentuch mit kaltem Wasser zu tränken. Er bedachte sie mit einem säuerlichen Blick, nahm das Tuch und kühlte das verbrühte Schienbein.

Er hatte es noch nie gut vertragen, wenn die Dinge nicht nach seiner Nase gingen. Wehe, wenn man ihn beim Spielen nicht gewinnen ließ. Wehe, wenn er nicht bekam, was er wollte. Als Junge hatte er seine Mutter, bevor sie gestorben war, immer auf seiner Seite gewusst. Die Gewohnheit, seinen Willen zu bekommen, war natürlich geblieben, und für einen Moment war Clara beinahe froh, dass sie den Tee verschüttet hatte. Vielleicht vergaß er darüber einfach wieder, was er von ihr gewollt hatte.

»Tee darf man nicht trocknen lassen, Flecken gehen sonst nicht mehr raus!«, rief Olga. Sie knallte einen Briefumschlag und das braune Glasfläschchen mit der Laudanum-Tinktur auf den Küchentisch und fing an, mit einem Lappen an Franz' Hosenbein herumzuputzen. »Sie müssen Hose ausziehen, Herr Casper! Schnell!«

Clara spürte, wie ein hysterisches Glucksen in ihr aufstieg, und dann lachte sie lauthals los.

Franz fiel mit ein. Sie krümmten sich geradezu vor Lachen, und Clara konnte erst aufhören, als ihr schon der Bauch wehtat. Olga grunzte empört.

Clara wischte sich die Lachtränen aus den Augen und zeigte auf die Scherben der Teekanne. »Uns ist ein kleines Malheur passiert.«

Olga hob die Hände an die Wangen. »Ach, das schöne Porzellan!«

»Und die schöne Wand erst«, sagte Franz und deutete auf die Teespuren.

»Ach, herrje …«

»Ich kümmere mich natürlich um den neuen Anstrich«, sagte Franz. »Vielleicht sollte man bei der Gelegenheit die Küche gleich einmal richtig fliesen lassen? Was meint ihr? Dann kann man sie viel besser sauber halten.«

Clara nickte. »Eine gute Idee. Was hältst du von weißen Kacheln mit einem blauen Blumendekor? Olga?«

Olga nickte, winkte dann aber ab. »Kommen jetzt mit nach oben, Sie brauchen neue Hose.«

Franz sah Clara an und zuckte mit den Achseln. »Ja, das wäre wohl besser.«

Olga vergaß das Laudanum auf dem Küchentisch und lief mit Franz im Schlepptau los. Clara hörte sie im Treppenhaus die Stufen hinaufstapfen und dann über ihren Köpfen herumpoltern.

Sie griff nach dem Laudanum, um es in die Schublade mit der kleinen Notfallausrüstung für den Salon zu stellen, als ihr Blick auf den Briefumschlag fiel. Ihr Name stand darauf, geschrieben mit schwarzer Tinte und einer breiten Feder. Die Buchstaben kamen ihr wie kleine Kunstwerke vor. Sie kannte niemanden, der so schrieb.

Sie nahm den Umschlag, drehte ihn um.

Er war von Herrn Akeno. Ihre Beine wurden plötzlich ganz weich, und sie musste sich setzen, bevor sie den Umschlag zu öffnen imstande war. Heraus kam ein einzelnes Blatt.

Sehr verehrte Clara Winterfeld,

unsere Begegnung im Hause Ihrer Eltern war kurz, doch sie lässt mich nicht los. Ihr Urteilsvermögen, Ihre Freundlichkeit und Ihre Schönheit sind verehrungswürdig und haben mich tief beeindruckt.
Bitte missverstehen Sie dies nicht als plumpen Versuch,

nach den ablehnenden Worten Ihres Vaters gewissermaßen durch die Hintertür doch noch mit dem Teehaus Winterfeld ins Geschäft zu kommen.
Vielmehr fühle, ja weiß ich, ihn Ihnen eine verwandte Seele gefunden zu haben. Es kommt mir wie ein Wunder vor, so weit entfernt von meiner Heimat, und der Gedanke, Sie nach unserem ersten, viel zu kurzen Treffen gleich wieder zu verlieren, erscheint mir über die Maßen traurig.
Es wäre mir eine große Ehre und Freude, weiter mit Ihnen korrespondieren zu dürfen, Ihnen vielleicht auch weitere Muster unserer besten Tees zukommen zu lassen und mich an Ihrer Freude darüber erfreuen zu dürfen.

Hochachtungsvoll, Akeno-san

Unter dem Brief stand die Adresse des Grand Hotel Budapest, in dem er als Nächstes weilen würde.

Clara ließ das Blatt sinken und atmete ein paar Mal tief ein und aus, um sich zu beruhigen. Viel lieber hätte sie laut aufgeschrien vor Freude und wäre in der Küche auf und ab gehüpft wie ein kleines Mädchen. Aber das ging natürlich nicht, was würden die Gäste sagen.

Sie steckte den Brief in ihre Schürze, wischte endlich den verschütteten Tee vom Boden und kehrte die Scherben zusammen.

Als Franz wieder hereinkam und sich schweigend an den Küchentisch setzte, wusste sie, dass er seine Frage nicht vergessen hatte.

»Und? Was sagst du?«, fragte Franz nach einer gefühlten Ewigkeit.

Clara erhob sich, putzte energisch an der befleckten Wand herum und presste die Lippen aufeinander. Sie wusste natürlich, sie sollte Ja sagen. Ihre Familien würden dann noch enger miteinander verbunden sein. Es würde ihr an nichts fehlen, und Franz war ja immerhin ein Freund. Und musste eine nicht mehr ganz so junge Frau von vierundzwanzig Jahren wie sie nicht eigentlich glücklich sein, geheiratet zu werden? Was konnte sie auf Dauer schon sein ohne Mann? Eine Hausangestellte wie Olga? Die ging jetzt auf die fünfzig zu und hatte ihr ganzes Leben lang weder eine Chance auf Heirat noch eine eigene Familie gehabt, wie die meisten Frauen, die in Stellung waren. Es blieb Clara ja am Ende gar nichts anderes übrig, als zu heiraten.

Und da war es doch besser, man nahm jemanden, den man mochte, statt einen ganz und gar Fremden. Es sprach also absolut gar nichts dagegen und alles dafür, Franz' Frau zu werden.

Clara ließ sich auf einen Stuhl sinken und hielt den Atem an. Unter den Händen spürte sie den Brief in ihrer Schürze. Und der Gedanke ans Heiraten fühlte sich grundfalsch und beklemmend an.

Sie seufzte. Vielleicht hatte sie einfach auf etwas mehr Romantik gehofft. Darauf, dass sie den Mann, den sie einst heiraten würde, auch liebte. Das war jetzt doch das neue Ideal, nicht wahr? Alle wollten heutzutage nur noch aus Liebe heiraten.

Aber liebte sie Franz denn nicht?

Er saß ihr gegenüber am Tisch und Clara sah, wie sein Kehlkopf sich auf und ab bewegte, als er schluckte.

Doch, natürlich liebte sie ihn. Wie einen Bruder.

Und Brüder heiratete man nicht.

»Franz? Meinst du das denn wirklich ernst?«

Er sah ihr in die Augen. »Clara, ich wusste schon immer, dass ich dich heiraten wollte. Ich meine es absolut ernst, und ich …«

Olga streckte den Kopf zur Tür herein. »Clara, im großen Salon warten Gäste.« Mit leicht näselnder Stimme fügte sie hinzu: »Frau von Stadler ist da, nebst Nichten.«

Claras Kehle war plötzlich eng. Was war nur mit ihr los? Warum machte es sie traurig zu hören, dass Franz sie so sehr zur Frau haben wollte?

Sie bemühte sich, zu lächeln. »Olga, bitte geh du und kümmere dich um sie. Halte einen Moment für mich die Stellung.« Dann wandte sie sich Franz zu. »Wir gehen besser hinauf. Ich kann hier nicht so zwischen Tür und Angel darüber sprechen.«

Im Treppenhaus wichen Franz und Clara einer Dame in voluminösem Rock aus, die soeben aus dem nagelneuen, höchst raffinierten Wasserklosett auf dem Treppenabsatz trat. Es war eben ein modernes Haus, in dem sie leben und arbeiten durften. Der Boden des Teesalons war mit glänzendem Parkett ausgelegt, die Decken waren mit Stuck verziert und die Fenster waren hoch und hatten einen Bogen. Die Geschosse weiter oben waren zwar etwas weniger luxuriös – einfache Holzdielen, niedrigere Decken und Fenster und natürlich auch kein Stuck –, aber Clara wusste, dass sie und ihre Familie mit der großen Wohnung samt Küche und Mädchenkammer höchst bevorzugt lebten, noch dazu mitten in der Stadt. Manche Familien mit fünf oder sechs Kindern hausten in nur einem Zimmer, und viele Familien hatten Schlafgänger, die schichtweise in ihren Betten schliefen. Wanzen und Flöhe inklusive.

Clara öffnete die Wohnungstür und horchte. Alles war

still. Vater saß vermutlich in seinem Arbeitszimmer am Schreibtisch und schob Zahlen hin und her, und Mutter hatte sich offenbar endlich hingelegt. Clara bemühte sich, nicht auf die knarrende Diele vor der Wohnstube zu treten. Dennoch erklang hinter ihr das langgezogene Knarren in der Stille der Wohnung, als Franz achtlos über die Diele lief.

»Franz! Mutter ist unwohl«, zischte sie.

»Entschuldigung«, gab er zurück.

Clara schloss die Stubentür und Franz nahm auf dem weinroten Samtsofa mit den Troddeln Platz.

»Du weißt, dass ich dich liebe, Clara«, sagte er sofort und sah sie abwartend an. Es klang so seltsam nüchtern, wie er das sagte.

Clara setzte sich neben ihn. »Franz …«, hob sie an. »Ich fürchte, ich verdiene deine Liebe nicht.«

»Das entscheide wohl ich, wer meine Liebe verdient, oder nicht? Du …«

Clara hob eine Hand. »Lass mich bitte ausreden. Ich verdiene sie nicht, weil ich sie nicht erwidern kann, so wie *du* es verdienst.« Sie verschränkte die Hände im Schoß. »Ich bin nicht ein einziges Mal auf den Gedanken gekommen, dass wir … einander lieben könnten.«

»Siehst du, und auch darum liebe ich dich, Clara.« Franz lächelte jetzt. »Du bist eben ein anständiges Mädchen, und natürlich durftest du niemals andere als freundschaftliche Gefühle für mich hegen. Aber jetzt mag sich das ändern. Clara, du könntest frei sein, mich zu lieben!«

Clara schwieg einen Moment. »Frei?«, sagte sie dann. »Ich weiß nicht, Franz. Wirklich …«

»Clara, die Liebe kommt erst mit der Ehe. Das ist bei den Frauen so, es ist völlig normal. Sie fürchten sich vor dem

Unbekannten, und das ist verständlich. Aber dann, wenn sie es kennenlernen …« Er lächelte verheißungsvoll, nahm Claras Hand und drückte einen etwas zu langen Kuss darauf.

Clara unterdrückte ein Schaudern, entzog Franz ihre Hand und stand auf. »Verzeih, Franz. Aber ich weiß schon, worauf wir Frauen uns einlassen mit einer Ehe. Und ich sage dir jetzt weder Ja noch Nein. Das ist mir alles viel zu plötzlich, und ich muss darüber erstmal gründlich nachdenken.«

Franz wollte etwas erwidern, doch sie kam ihm zuvor. »Geh jetzt. Ich lasse dich wissen, wie ich entscheide.« Damit ging sie zur Stubentür, öffnete sie und wartete demonstrativ.

Franz nickte, stand auf und ging an Clara vorbei.

Im Flur drehte er sich noch einmal um. »Wir sehen uns, Clara.«

»Wir sehen uns«, sagte sie und schloss die Tür hinter ihm.

Einen Moment später hörte sie auch die Wohnungstür zuklappen. Sie setzte sich in den Sessel neben dem Ofen und ließ den angehaltenen Atem entweichen.

Sie wusste nicht, wie lange sie so gesessen und vor sich hin gestarrt hatte, als sie erneut die Wohnungstür hörte.

Kurz darauf ging die Tür zur Stube auf. Wilhelm kam herein und wärmte die rot gefrorenen Hände am Ofen. »Hier steckst du also, Kind«, sagte er und warf ihr einen langen Blick zu. »Geht es dir nicht gut?«

Clara rang sich zu einem Lächeln durch. »Doch, Vater. Mir geht es gut. Ich bin nur etwas müde.« Sie stand auf. »Entschuldige, ich muss runter. Olga ist ganz allein mit dem

Salon.« Sie wandte sich zum Gehen, als ihr noch etwas einfiel. »Warst du nicht eben im Arbeitszimmer, um die Abrechnung zu machen?«

»Nein. Ich war die ganze Zeit unten und habe die neue Kistenware in Blechdosen umgepackt. Es ist immer noch sehr kalt da unten. Und die Wachspapiertüten sind alle, wir müssen neue bestellen. Aber keine Sorge, ich mache die Abrechnung gleich als Nächstes.«

Clara gab ihm im Vorbeigehen einen Kuss auf die Wange. »Deswegen habe ich gar nicht gefragt, sondern wegen Mutter. Sie ist heraufgekommen, um sich hinzulegen. Hast du nach ihr gesehen?«

»Nein, ich wusste gar nicht … ich sehe gleich nach ihr.«

Kurz nach Feierabend fand Clara ihre Mutter in der Stube. Sie nähte Leinensäckchen zusammen, in denen sie Lavendelblüten für den Kleiderschrank verkauften, gegen die Motten. Sie wirkte ganz in sich versunken und Clara sprach sie nicht an.

Ihren Vater traf sie in seinem Arbeitszimmer an. Er saß zurückgelehnt in dem großen Lehnstuhl am Schreibtisch und schnarchte leise. Auf dem Tisch vor ihm lagen Listen mit langen Kolonnen fein säuberlich geschriebener Namen von Teegärten, Chargennummern sowie Einkaufs- und Verkaufspreisen. Darunter lag die Abrechnung. Sie war angefangen, aber nicht annähernd fertig.

Vorsichtig nahm Clara die Blätter an sich und setzte sich damit an den Damensekretär zu ihrer Mutter in die Stube. Adele seufzte, als sie sah, dass ihre Tochter sich nach Feierabend wieder einmal um die Zahlen kümmerte. Clara rechnete alle Ein- und Ausgänge sorgfältig durch und fand, dass sie wirklich zufrieden sein konnten. Schon das Weihnachtsgeschäft war üppig gewesen, doch auch der Januar und der Februar hatten den Winterfelds kräftige Umsätze beschert. Sie hatten sich etwas Spielraum erarbeitet.

Clara legte den Füllfederhalter beiseite und überlegte, wie sie ihren Vater vielleicht doch noch überreden konnte, es mit Herrn Akenos Ichibancha aus Japan zu versuchen. Niemand sonst in der Stadt würde so etwas anzubieten haben. Außerdem … würde sie ihm so gern etwas Erfreuliches antworten können. Heute Abend, wenn alle andern schon im Bett waren und sie in der Stille des Hauses Ruhe hätte, ihre Gedanken zu ordnen.

Die fertigen Bilanzen brachte sie zurück ins Arbeitszimmer. Ihr Vater schlief noch immer friedlich in seinem Stuhl, und sie legte die Blätter vorsichtig zurück auf den Tisch.

Sie würden beide kein Wort darüber verlieren, dass in letzter Zeit immer häufiger nicht Wilhelm, sondern Clara das Rechnen übernahm, dass sie ihn beim Einkauf beriet und ganz allgemein das Geld zusammenhielt und die Geschäfte überblickte. Es war eine stillschweigende Übereinkunft zwischen ihnen, die dafür sorgte, dass Wilhelm das Gesicht wahren und Clara ihrer unorthodoxen Neigung zum Geschäftlichen nachgehen konnte. Sie würde sich diese Aufgabe nicht selbst wegnehmen, indem sie ihre Tätigkeit an die große Glocke hängte. Dafür genoss sie es viel zu sehr, wenn die Zahlen alle zusammenpassten und die Abläufe sich reibungslos wie ein gut geprobter Tanz ineinanderfügten. Den Laden zu führen, wenn auch nur hinter den Kulissen, machte sie auf eine eigentümliche Weise sehr zufrieden.

Draußen war es mittlerweile dunkel geworden. »Vater«, sagte Clara und rüttelte Wilhelm sanft an der Schulter.

Langsam öffnete er die Augen.

»Wir essen in einer halben Stunde.«

Wilhelm setzte sich kerzengerade auf, als wäre nichts gewesen. »Natürlich. Danke, mein Kind.«

3

Clara lag auf dem Rücken, die Hände über der kalten Leinenbettwäsche verschränkt. Sie lauschte Nettys sanften, regelmäßigen Atemzügen im Bett an der gegenüberliegenden Wand und sah in die Finsternis.

Der Brief an Herrn Akeno war ihr leicht von der Hand gegangen. Sie hatte ihm von ihrer lebenslangen Sehnsucht, in fremde Länder zu reisen, erzählt und dass sie ihn bewunderte, weil er diesen Traum umzusetzen vermochte. Sicher sei es nicht leicht gewesen, den Schritt in die Fremde zu wagen. Aber für sie als Frau gestalte sich ein solches Abenteuer noch komplizierter. Sie hatte ihn auch gefragt, aus welcher Präfektur in Japan er stamme und was für ein Leben er dort in seiner Heimat führe.

Morgen würde sie den Brief zur Post bringen, und sie konnte es schon jetzt kaum erwarten, seine Antwort zu lesen.

Doch es war nicht die Vorfreude, die sie vom Schlafen abhielt, sondern Franz. Wie sollte sie schlafen, wenn sie die ganze Zeit an die Worte denken musste, die er zu ihr gesagt hatte. Frei, ihn zu lieben … *Freiheit* … Was war das eigentlich?

Wenn es nach Clara ging, bedeutete es, auf eine abenteuerliche Reise zu gehen. Oder ein Geschäft zu führen. Und ja, vermutlich auch, lieben zu dürfen. Aber Freiheit müsste doch auch bedeuten, nicht lieben zu *müssen,* wenn man nicht wollte. Clara unterdrückte den Drang, sich hin und her zu wälzen. Sie wollte nachdenken, nicht herumzappeln.

Warum fiel es ihr so schwer, sich für oder gegen eine Ehe mit Franz zu entscheiden? Sie *hatte* doch die Freiheit dazu. Niemand würde versuchen, sie gegen ihren ausdrücklichen Willen in eine Ehe zu zwingen. Ihre Eltern waren ja keine herzlosen Tyrannen.

Clara gab dem Drang nach, drehte sich nun doch auf die Seite und schob eine eiskalte Hand unter das Kissen. Ja, sie wollte frei sein. Und dieser Mann, Franz, passte so gar nicht zu ihrer Vorstellung von Freiheit. Er war viel zu sehr … sie wusste nicht, was. Zu sehr auf Konventionen bedacht? Stimmte das?

Vielleicht würde ein anderer Mann passen. Jemand wie Herr Akeno vielleicht. Er war frei.

Was, wenn sie neulich einfach beschlossen hätte, ihm die Stadt zu zeigen, statt zu Hause zu bleiben? Sie hätte sicher einen interessanten und inspirierenden Nachmittag erlebt. Warum hatte sie sich diese Freiheit nicht einfach genommen? Clara drehte sich auf die andere Seite und schüttelte den Gedanken ab.

Natürlich wollte sie niemanden verletzen, weder Franz noch ihre Eltern, die sicherlich enttäuscht wären, wenn sie nicht einwilligte, seine Frau zu werden. Ein Fabrikantensohn, der einmal sehr reich erben würde, eine befreundete Familie. Wie konnte sie sich herausnehmen, eine solche Gelegenheit, die die Zukunft ihrer ganzen Familie sichern würde, auszuschlagen? Selbst wenn sie die Freiheit besaß, hatte sie darum auch das Recht dazu?

Ruckartig setzte Clara sich auf. Natürlich hatte sie das Recht! Es war immerhin ihr Glück, ihr ganzes weiteres Leben, das hier auf dem Spiel stand!

Das Leinenbettzeug auf der anderen Seite des Zimmers raschelte, als Netty sich ebenfalls im Bett aufsetzte. »Kannst du nicht schlafen?«, fragte sie.

Im Dunkeln war sie in ihrem weißen Nachthemd nur ein blasses Gespenst, das fröstelnd die Arme um die Knie schlang.

»Nein. Habe ich dich geweckt?«

Ein tiefes Seufzen erklang und Clara hörte das Lächeln in der Stimme ihrer Schwester. »Nein, ich kann auch nicht schlafen.«

»Ach so?«

»Hannes Stargard«, sagte Netty. »Seit dem Besuch muss ich sehr viel an ihn denken.«

»Hm«, machte Clara. »Verstehe.«

»Glaubst du, er findet mich ein bisschen interessant?«

»Interessant?« Clara lachte. »Sag, Netty, welcher Mann will schon eine *interessante* Frau? Frauen sollen anständig und zurückhaltend sein. Und hübsch anzusehen natürlich.«

»Ja, schon«, sagte Netty. Sie klang ein wenig enttäuscht.

»Und da das alles auf dich zutrifft, könntest du für Hannes Stargard wirklich die perfekte Kandidatin sein.«

»Meinst du?«

»Sicher, wenn ich es sage.« Netty war wirklich die perfekte Frau. Abgesehen von ihren weiblichen Tugenden war sie arbeitsam, hatte ein frohes Gemüt und war bescheiden.

Clara wusste, dass sie selbst solchen Ansprüchen niemals genügen konnte. Allein darum musste sie dankbar sein, dass Franz sie heiraten wollte.

»Und du?«, fragte Netty.

»Was meinst du?«

»Der Japaner?«

Claras Herz begann schneller zu schlagen. »Unsinn. Wie kommst du denn darauf?«

Das Gespenst auf der anderen Seite des Zimmers zuckte die Achseln. »Ich dachte, so wie du ihn angesehen hast …«

Clara schwieg kurz. »Na schön, du hast recht. Er ist faszinierend. Nicht wahr?«

Netty kicherte begeistert. »Zweifellos. Nicht für mich zwar, aber dir muss es ja beinahe vorkommen, als sei ein Held aus einem deiner Abenteuerbücher hier bei uns erschienen.«

»Ach, hör schon auf, Netty.« Irgendwie störte es Clara, dass Netty so über ihn redete. Er war keine Fantasiefigur, er war ein Mensch aus Fleisch und Blut.

Netty seufzte übertrieben und kuschelte sich wieder in ihr Bettzeug ein. »Gute Nacht«, sagte sie zufrieden.

»Gute Nacht, Netty.«

Nach einer Minute, als Clara schon dachte, Netty sei ins Land der Träume hinübergeglitten, murmelte sie: »Danke, Clara. Du bist die beste Schwester überhaupt.«

Sie hätte gern mit Netty über Franz geredet. Vielleicht würde sie verstehen, warum sie ihn nicht wollte. Nur würde Netty ihr Zögern vermutlich auf die Begegnung mit Herrn Akeno schieben. Aber daran lag es nicht, absolut nicht.

»Du auch, Netty«, sagte sie.

Sie legte sich wieder hin, verschränkte erneut die Hände hinter dem Kopf und lauschte dem Atem ihrer Schwester.

Als sie eine gefühlte Ewigkeit später noch immer nicht einschlafen konnte, wappnete sie sich gegen die nächtliche Kälte im Zimmer, schwang die Beine aus dem Bett und schob ihre Füße, die bereits in dicken Socken steckten, in die Filzlatschen vor dem Bett. Sie schlang sich ihr Wolltuch um die Schultern, langte unter das Kopfkissen, wo sie beim Zubettgehen ihr neues Buch verstaut hatte, tastete in der Holzkiste unter dem Bett nach Herrn Akenos Teedose und schlich sich aus dem Zimmer. Bisher hatte sie keine Zeit für ihre neuen Schätze gefunden. Also würde sie jetzt einfach die Nachtzeit dafür nutzen.

In der Küche war noch genügend Wärme vom Tag übrig, um es eine Weile aushalten zu können. Clara entzündete an der letzten Glut im Herd einen Span und steckte die Petroleumlampe an. Der Docht flackerte in der Zugluft, die vom Fenster herkam, und sie stülpte rasch den Glaszylinder über die Flamme.

Anschließend schürte sie das Feuer, legte etwas Holz auf, füllte den Kessel mit Wasser und stellte eine Tasse, einen Löffel und die Dose mit dem Tee bereit.

Dann setzte sie sich an den Tisch und schlug das Buch auf; einfach irgendwo in der Mitte. So machte sie es oft. Die ersten paar Sätze, die sie las, sagte sie sich, verrieten ihr, was die Zukunft brachte. Ein Aberglaube natürlich, doch sie mochte dieses kleine Gedankenspiel. Sie tippte mit dem Finger an einer beliebigen Stelle auf die Seite und las:

> *Und so lernten wir, es gibt kein allgültiges Rezept, einen Tee vollendet zu bereiten. Jeder Tee ist einzigartig und braucht eines Meisters Hand, und es gibt gut und schlecht bereiteten Tee, wie es gute und schlechte Kunstwerke gibt.*

Clara widerstand dem Drang, weiterzulesen, legte den Daumen zwischen die Seiten und schlug das Buch zu. »Es gibt kein allgültiges Rezept«, murmelte sie.

Wie konnte sie das deuten? Vielleicht so, dass sie selbst herausfinden musste, was das beste Rezept für ihr Leben war. Man musste das Leben meistern, es zu seinem eigenen

Kunstwerk machen. Vielleicht war das die einzige wahre Freiheit? Die Freiheit, der Besonderheit des eigenen Lebens gerecht zu werden? Das wäre wirklich ein schönes Leben, das man frei von Pflicht und Konvention gestalten durfte.

Clara wollte das Buch gerade wieder aufschlagen und weiterlesen, als sich die Küchentür öffnete. Vor Schreck glitt ihr der Band aus den Händen.

Adele, ebenfalls in Nachthemd und Schultertuch, trat in die Küche. »Clara? Warum bist du denn mitten in der Nacht auf den Beinen?« Sie sah mitgenommen aus und ihre Augen waren geschwollen, als hätte sie geweint.

»Ich konnte nicht schlafen«, sagte Clara. »Wie geht es dir, Mutter? Besser?«

Adele lächelte, aber sie wirkte nach wie vor angespannt. »Ja, dem Kopf geht es besser, danke. Ich habe wohl nur zu wenig getrunken. Der Durst hat mich geweckt.« Sie goss sich einen Becher Wasser aus der großen Kanne ein und trank ihn in einem Zug leer.

»Und *warum* kannst du nicht schlafen?«, fragte sie dann. Sie kam um den Tisch herum, hob das Kinn ihrer Tochter und sah ihr ins Gesicht.

Clara zuckte die Achseln. »Es war ein turbulenter Tag. Und ich konnte einfach nicht aufhören, an … ans Geschäft zu denken.«

Adele ließ ihr Kinn los und nickte. »Das Teehaus verlangt uns viel ab. Du könntest gelegentlich ein wenig Laudanum nehmen, so wie ich. Es würde dir beim Einschlafen helfen.«

»Ich bin nicht so dafür, das weißt du. Ich kann dann nicht mehr richtig denken.«

»Aber genau darum geht es doch, oder nicht?«, sagte Adele amüsiert.

Clara bückte sich und hob das Buch vom Boden auf.

»Und nachts zu lesen ist sicher auch nicht hilfreich«, mahnte Adele. »Geh jetzt lieber wieder schlafen, Kind.« Damit verließ sie die Küche und Clara unterdrückte eine Aufwallung von Trotz.

Ihre Mutter hatte ja im Grunde recht. Es war Zeit, zumindest ein paar Stunden zu schlafen, bevor morgen in aller Frühe die Arbeit wieder begann.

Nur vielleicht ein paar Zeilen noch.

Aus dem Kessel stieg Dampf auf und das Brodeln wurde leiser und gleichmäßiger. Clara stand auf und nahm ihn vom Herd. Sie wartete, bis das Wasser sich beruhigte, und dann noch etwas länger. Wie Herr Akeno goss sie daraufhin das heiße Wasser in einem langen, schlanken Strahl in ihre Tasse, sodass es nicht mehr zu heiß wäre für die Teeblätter, die sie anschließend dazugab. Diese eine Tasse Tee würde sie noch trinken und dabei lesen. Und dann würde sie schlafen gehen.

Clara kostete, schloss die Augen. In ihrem Mund breitete sich ein weicher, fast schon lichtvoller Geschmack aus, der Bilder von sanften, regennassen Hügeln in ihr wachrief. Wie konnte man diesen Geschmack beschreiben? Was würde sie sagen, wenn Kunden fragten, wie er schmeckte? Nach Sommerregen, frisch, grün und … irgendwie tröstlich.

Sie wünschte, ihr Vater hätte die kleine Kiste, die Herr Akeno mitgebracht hatte, einfach gekauft. Sie hatte schon so viele Tees gekostet. Sie wusste, wo er wuchs, wie er geerntet und aufbereitet wurde. Sie wusste auch, ob es lohnte, den geforderten Kilopreis zu bezahlen. Sie hatte die Nase dafür, wie Wilhelm zu sagen pflegte.

Über diesen Tee wusste Clara überhaupt nichts. Wie machte man es, dass die Blätter ihre grüne Farbe behielten?

Unter welchen Bedingungen wuchs er am besten? Und welche Variationen von grünem Tee mochte es wohl geben? Clara genoss einen weiteren Schluck. Sie wusste nur, dass Hannes Stargard richtiglag. Dieser Tee lohnte sich. Clara war sich sicher, er würde glühende Anhänger finden. Und ihr Vater hatte das nicht erkannt. Sie stellte die Tasse ab, goss heißes Wasser nach und schlug ihr Buch auf.

So lange hatte sich dieses grüne Land vor uns verborgen gehalten, doch der junge Tag schien uns sein Inneres nun endlich enthüllen zu wollen. Wir konnten von Glück sagen, dass uns die seltene Erlaubnis erteilt wurde, solch ein merk- und denkwürdiges Land wie Japan bereisen zu dürfen. Mit Anbruch des Tages erwarteten wir unsere japanischen Reisegefährten, die uns laut Gesetz in Nagasaki abholen mussten, denn als Fremde durften wir die berühmte Hafenstadt nicht alleine verlassen. Wir waren gut vorbereitet und mit großem Enthusiasmus für unsere Sache beseelt.
Unsere Begleiter erschienen mit zahlreichem Gefolge am Tor der Niederländischen Handelsgesellschaft, wo sich bereits in aller Frühe Träger und Fuhrleute mit ihren Pferden eingefunden hatten. Eine Menge Volkes drängte sich aus Neugierde weit Richtung Straße, wohin unser Zug nun aufbrach. Träger und Packpferde bildeten die Spitze, wir folgten und gingen, stattlich gekleidet und unter dem Geleit japanischer Beamter und Offiziere, hinter den Sänften einher. Vor den Toren von Nagasaki angekommen …

***

»Guten Morgen!« Netty betrat die Küche.

Clara zuckte zusammen und blickte auf.

Ihre Schwester war angekleidet und bereit für das Tagwerk. »Hast du etwa die ganze Nacht hier gesessen?«

Clara streckte sich. Ihre Füße waren eiskalt und ihr Nacken schmerzte. Sie hatte es nicht einmal bemerkt.

»Es ist … spannend«, sagte sie und schlug widerstrebend das Buch zu.

Netty nahm ihre Schürze vom Nagel und band sie sich um. »Du solltest dir das exzessive Lesen abgewöhnen.«

»Warum?«, fragte Clara. Sie hoffte auf eine möglichst einsilbige Antwort, etwas wie ›du verdirbst dir die Augen‹, das sie ignorieren konnte.

Sie stand auf, um ins Schlafzimmer auszuweichen. Sie wollte nach aller Möglichkeit noch vor der Arbeit wissen, wie man die Reisenden an all den Orten, die sie erkunden wollten, empfangen würde.

»Es scheint mir nicht recht zum Status einer Ehefrau zu passen«, bemerkte Netty. Clara hörte einen spitzen Unterton in ihrer Stimme.

Sie schaute ihre Schwester an. »Wie meinst du das?«

Netty lächelte wissend, sagte aber nichts.

»Netty?«

»Also, ich bin ja ein bisschen beleidigt, dass du mir so gar nichts davon erzählt hast.« Sie fing an zu grinsen. »Das sind schließlich ganz große Neuigkeiten mit dir und Franz!«

Clara legte das Buch auf den Küchentisch. »Moment. Hat Olga …?«

Netty schüttelte den Kopf. »Mutter. Sie kommt sicher jeden Moment. Sie ist ganz aufgedreht vor lauter Freude.«

Jetzt verstand Clara wirklich nichts mehr. Wieso Mutter? Ihr hatte sie doch wohlweislich noch gar nichts von Franz' Ansinnen erzählt.

Clara brauchte keine fünf Minuten, um in ihre Kleider zu schlüpfen und erneut in die Küche zu treten, wo Adele gerade ihren ersten Morgentee trank und Olga frisches Brot und Marmelade auf den Tisch stellte.

»Guten Morgen, kleine Braut!« Adele empfing sie strahlend. »Dein Vater hat es mir eben gerade erst erzählt.« Sie stand auf, umarmte Clara und drückte sie fest an sich. »Ich freue mich so für dich, Kind.«

»Aber … was genau hat Vater dir denn erzählt?«

Adele setzte sich wieder und klopfte auf den Stuhl neben sich, damit Clara Platz nahm.

»Franz hat wohl gestern Abend noch mit ihm gesprochen. Im Herrenclub.«

Claras Herz begann schneller zu schlagen, und sie hatte Mühe zu atmen.

»Und ich habe davon gar nichts mitbekommen, so sehr war ich mit mir selbst beschäftigt.« Adele nahm Claras Hand und drückte sie fest. »Es tut mir leid, Kind.«

»Aber …« Clara sah Olga hilfesuchend an.

Die zuckte nur mit den Achseln, zog die Mundwinkel herunter und schenkte auch Clara eine Tasse Tee ein.

»Wilhelm hat deinem Franz unseren Segen gegeben. Und dir geben wir ihn natürlich auch.«

Clara hielt es nicht aus neben ihrer glückselig strahlenden Mutter und sprang wieder auf. »Wie konnte er nur!«, platzte es aus ihr heraus.

Adele blickte irritiert zu ihr auf.

»Ich habe Franz gesagt, dass ich darüber *nachdenken*

würde. Mehr nicht. Und dass er keinesfalls ohne meine ausdrückliche Zustimmung …« Clara stieß einen wütenden Laut hervor. »Was fällt ihm eigentlich ein!?«

»Kind, nun setz dich doch wieder.«

Clara schüttelte den Kopf und begann in der Küche auf und ab zu laufen, wobei sie Olga in die Quere kam und sich von ihr einen entnervten Blick einfing.

»Er wollte wohl sichergehen, dass du ihm nicht entkommst.« Adele zuckte die Schultern. »Er liebt dich eben.«

Clara blieb stehen. »Er, er …« Sie wusste nicht, wie sie es ausdrücken sollte. Er nahm ihr einfach die Entscheidung ab. Wie sollte sie jetzt, gegen die Zustimmung und Freude ihrer Eltern, ablehnen? Er hatte sie in die Ecke gedrängt.

»Aber es ist *meine* Entscheidung!«, beharrte sie.

»Sicher ist es das, Kind, so beruhige dich doch. Und es ist doch ohnehin sonnenklar, wie du entscheiden wirst, oder nicht?«

Clara konnte darauf nicht antworten, und einen Moment lang war in der Küche nur Olga zu hören, die einen Hefeteig für frische Rosinenbrötchen knetete.

Adele fuhr fort: »Ich verstehe, dass du dir etwas mehr Rücksicht oder Feingefühl wünschst. Aber Männer tun sich damit eben schwer. Und letztlich kommt es doch auf dasselbe heraus.«

Clara kämpfte mit den Tränen. Wenn sie jetzt etwas sagte, würde es etwas Hässliches sein. Also schwieg sie weiter.

Adele erhob sich, strich ihr eine Haarsträhne aus der Stirn und legte eine Hand an Claras vor Wut und Scham glühende Wange.

»Wovor hast du denn Angst?«, fragte sie sanft. »Vor den Pflichten der Ehe? Davor, dein Elternhaus zu verlassen?«

Clara wandte sich ab, trat ans Fenster und sah auf den schmutzig nassen Innenhof hinab. »Es fühlt sich einfach nicht richtig an.«

»Was die Ehe angeht, kommt der Appetit beim Essen. Du wirst sehen, es ist nicht so schlimm, wie du denkst. Und du ziehst ja auch nicht ans Ende der Welt, sondern nur vor die Tore der Stadt.«

Claras Herz sank noch etwas tiefer. Natürlich. Man erwartete von ihr, dass sie zu ihrem Ehegatten übersiedelte. »Aber was ist mit dem Teehaus? Ihr braucht mich doch hier«, sagte sie. Sie dachte an die Abrechnungen, an die ständige Lauferei treppauf, treppab und daran, dass ihre Eltern nicht jünger wurden.

»Das schaffen wir schon. Und August …«

Clara schnaubte. »August? Der hat nur seinen Krieg und seine Karriere im Sinn. Ständig gibt er an, was für ein großer, starker Mann er ist. Der interessiert sich doch gar nicht für so etwas wie Tee.«

»Er wird sich den Gegebenheiten anpassen. Genau wie du.«

»Und was ist mit Vater?« Clara drehte sich um und blickte ihre Mutter wütend an. »Wenn ich erst verheiratet bin, dann ist hier niemand mehr, der richtig rechnen kann!«

»Clara! Etwas mehr Respekt, wenn ich bitten darf. Wer, glaubst du, hat das alles hier aufgebaut? Und zwar ganz ohne deine Hilfe. Hältst du dich für so wichtig, dass du deinen Vater beleidigen darfst?«

Clara senkte den Blick. »Du hast recht. Ich bitte um Entschuldigung.«

Adeles Stimme wurde wieder sanfter. »Ich weiß, du gibst eine Menge auf. Aber du gewinnst doch so viel! Als ich jung war, hatte ich …« Sie unterbrach sich, setzte neu an. »Nun, es ist so, dass es für eine junge Frau auf jeden Fall besser ist, wenn sie heiratet. Es hat ausschließlich Vorteile. Glaub mir, ich spreche aus Erfahrung.«

Clara hätte gern gewusst, was das für Vorteile sein sollten. Dass sie als Ehefrau nicht einmal mehr selbstständig ein Geschäft abschließen durfte? Dass sie nicht mehr bei ihrer Familie leben konnte? Dass sie fortan morgens vielleicht hässlichen, bitteren Kaffee trinken würde statt zart duftenden Tee?

»Aber ich liebe Franz nicht, Mutter«, sagte sie leise.

Adele schwieg einen Moment betroffen und seufzte dann. »Das wirst du lernen. Ich habe es auch gelernt. Und dann, eines Tages, möchte man den Mann neben sich gar nicht mehr missen. Man bekommt Kinder, man wirtschaftet gemeinsam. Die Liebe kommt.«

»Dann hast du Vater am Anfang gar nicht geliebt?«

»Sagen wir, er war mir nicht völlig zuwider, und nur darauf kommt es letztlich an. Man muss gut miteinander auskommen und Rücksicht aufeinander nehmen. Der Rest kommt dann wirklich ganz von allein. Versprochen.«

»Und liebst du ihn jetzt?«

»Aber natürlich! Sehr sogar! So, wie ich meine ganze Familie liebe. Und ich möchte alle meine Kinder glücklich sehen.« Mit den letzten Worten war Adeles Stimme plötzlich brüchig geworden und sie wandte den Blick ab, um die Tränen zu verbergen, die Clara dennoch sah.

Adele räusperte sich. »Wenn du einen Mann gleich am Anfang zu sehr liebst, kann das großen Schaden anrichten«, fuhr sie fort. »Liebe vereitelt die gute Raison, du kannst einfach keine klugen Entscheidungen mehr treffen. Es ist wirklich besser, sich mit ganz und gar klarem Kopf an einen Mann zu binden. Und Franz ist ein guter Mann. Er wird für dich sorgen und du wirst ein überaus reiches und glückliches Leben führen.«

Clara verschränkte die Arme. »Und was, wenn ich trotzdem Nein sage?«

Olga warf mit Nachdruck ihren Hefeteig in die Schüssel und deckte ihn zu. »Dann bist du ängstliches, dummes Huhn!«, schimpfte sie. »Entschuldigung, ich mein ja nur.«

»Dein Vater und ich wollen nicht, dass du für immer arbeiten und Gäste bedienen musst, als wärst du bei fremden Leuten in Stellung.«

»Siehst du«, fiel Olga erneut ein. »So wie ich. Alt, keine Kinder, kein Mann. Wenn deine Eltern nicht so gute Leute wären, wär ich längst im Armenhaus.«

Adele nickte. »Wir wünschen uns für dich etwas Besseres.«

Clara seufzte. Sie dachte an das blaue Buch, das sie im Schlafzimmer zurückgelassen hatte. Sie war gerade dabei gewesen, mit einer Delegation von Reisenden tief ins Innere des geheimnisumwobenen Japan vorzudringen.

Und nun war sie hier in der Familienküche und wurde bedrängt, einen Mann zu heiraten, den sie nicht wollte. War es an der Zeit, ihre Träume zu begraben und erwachsen zu werden? Was sonst konnte sie sich denn erhoffen außer einer guten Ehe? Dass sie eines Tages das Teehaus als Inhaberin übernehmen würde? Das Teehaus würde natürlich August bekommen. Und natürlich würde sie auch nicht wie ein Herr Akeno um die Welt reisen und Abenteuer erleben. Vielleicht blieb ihr am Ende tatsächlich nur die Freiheit, einen Mann zu heiraten, der ihr ein guter Freund sein würde. Es war dumm und hochmütig zu glauben, dass die Welt nur für sie eine Ausnahme von den Regeln machen würde. Sie atmete tief durch.

»Ich werde es in Betracht ziehen«, sagte sie endlich. »Wirklich. Ich … gebt mir einfach nur etwas mehr Zeit, ja?« Sie eilte zur Küchentür, bevor sie vielleicht noch in Tränen ausbrach. »Die Arbeit ruft«, brachte sie gerade noch hervor.

Nachdem Clara sich gesammelt hatte, trug sie in Wohnung und Salon Kohlenschütten zusammen, um in den Keller zu gehen und Nachschub zu holen. Fast alle Schütten waren leer und sie würde heute wohl mehrmals laufen müssen.

Auf dem Treppenabsatz unter sich bemerkte sie Adele in Mantel, Hut und Handschuhen. Sie trug ihre mit Rosen bestickte Segeltuchtasche über dem Arm.

»Mutter, wohin willst du denn so früh schon?«

Adele blieb stehen und griff sich an die Brust. »Clara! Du hast mich zu Tode erschreckt. Ich muss nur kurz eine kleine Besorgung machen.« Sie lächelte vielsagend. »Es sind schließlich besondere Zeiten, und da gilt es einiges vorzubereiten.«

Clara wurde flau im Magen. Wollte ihre Mutter etwa jetzt schon das Aufgebot bestellen? Clara hatte ja noch nicht einmal Ja gesagt, geschweige denn ein weiteres Mal mit Franz darüber gesprochen. Warum taten alle so, als sei die Heirat bereits ausgemachte Sache?

»Keine Sorge, ich bin rechtzeitig zurück.«

»Rechtzeitig?«

»Für August.«

»Kommt er etwa?«

Adele nickte. »Das ist die zweite gute Nachricht, die dein Vater gestern aus dem Herrenclub mitgebracht hat.«

Adele winkte fröhlich, eilte die Treppe hinab, und kurz

darauf hörte Clara, wie die Tür zur Hofdurchfahrt zufiel.

August kam. Das war gut. Die Franzosen hatten ihn also nicht verwundet oder gar Schlimmeres. Sehr gut.

Clara würde sich beeilen müssen, um nach dem Einheizen in Laden und Salon noch genügend Zeit zu finden, auch die Stube warm zu bekommen und den Tisch für ein üppiges Frühstück einzudecken. Wenn August kam, war die Küche nicht gut genug. Ihre Eltern legten Wert auf das beste Zimmer und das beste Geschirr, wie es sich für einen Offiziersanwärter und Kriegshelden gehörte.

Netty war wie immer bereits im Laden, als Clara mit den Kohlen kam. Sie wischte mit einem Tuch den allgegenwärtigen Teestaub von den Waagen und unterdrückte ein Gähnen. Ihr Gesicht sah blass und so müde aus, wie Clara sich fühlte. Es lag eine Spannung in der Luft, die ihnen allen zu schaffen machte.

»Und, hast du von deinem Hannes geträumt?«, fragte Clara, um die Stimmung ein wenig zu heben.

»Und du? Von deinem Franz?« Netty ordnete die Teeschaufeln nach Größe.

Clara hielt die Luft an. Da war das Thema also schon wieder. Es wäre ihr fast lieber gewesen, Netty hätte nach Herrn Akeno gefragt. Aber vermutlich hatte das Thema Franz ihn vollständig aus Nettys Kopf verdrängt. Und Clara würde es nicht mehr loswerden, bis sie sich fügte. »Nein«, erwiderte sie trocken. »Ich habe gelesen.«

»Stimmt.«

Sie überlegte, wie sie Netty erklären konnte, dass sie sich überhaupt nicht sicher war, ob sie Franz heiraten wollte.

»Ich hab auch nicht geträumt.« Netty öffnete eine Schublade und spähte hinein. »Wir haben kaum noch Hundertgrammtüten.« Dann schaute sie Clara über die Ladentheke hinweg streng an. »Ich hoffe doch, du weißt dein Glück zu schätzen«, sagte sie. »Franz ist eine gute Partie.«

»Ich hole neue Tüten aus dem Lager«, sagte Clara und ergriff die Flucht. Sie hatte keine Lust, sich den nächsten Vortrag über das offenbar einzig wahre Glück einer Frau, nämlich unter die Haube zu kommen, anzuhören. Warum waren sie nur alle so versessen darauf?

Sie öffnete den Riegel der Lagerraumtür unter der Salontreppe. Meistens war sie sich gar nicht bewusst, dass das Teehaus einen betörenden Duft verströmte. Schon wenn man auf der Straße daran vorbeiging, stieg einem dieser zugleich frische und heimelig-warme Geruch in die Nase. Es verging kein Tag, an dem nicht ein Kunde sagte: »Ach, bei Ihnen duftet es immer so gut!« Clara war so sehr daran gewöhnt, dass sie es nur noch bemerkte, wenn sie von draußen hereinkam.

Es sei denn, sie hielt sich im Lager auf. Dort standen die Teekisten und -säcke an den Wänden und in den Regalen dicht bis unter die Decke, und der Duft umschmeichelte sie wie eine warme Brise. Sie liebte es, einfach nur dazustehen, für einen Moment die Augen zu schließen und sich von Düften umhüllen zu lassen.

»Was …?!« Clara drückte sich den Ärmel vor Mund und Nase und hielt die Luft an, als sie jetzt das Lager betrat.

Was ihr heute entgegenströmte, roch nicht nach Tee. Es stank nach Kloake.

Der Boden war nass, und je weiter sie vordrang, desto schlimmer wurde der Gestank. Die hölzernen Teekisten auf dem Boden hatten die Nässe bereits aufgesogen und zeigten feuchte Ränder.

Als Clara die Rückwand des Lagers erreichte, entdeckte sie die Ursache: Das Fallrohr der nagelneuen Wasserklosetts lief durch die hintere, rechte Ecke des Raumes. Dicht unter der Decke beginnend klaffte ein langer Riss darin, aus dem die braune Brühe sickerte.

In diesem Moment spülte jemand weiter oben im Haus und Clara konnte hören, wie das nächste Malheur unaufhaltsam näher kam.

»Oh, nein«, hauchte sie und unterdrückte den aufsteigenden Brechreiz.

»Oh, nein!«, erklang hinter ihr Nettys spitzer Aufschrei. »Das darf doch nicht wahr sein!«

Sie schob Clara unsanft beiseite und versuchte, eine viel zu schwere Teekiste Richtung Tür zu wuchten. »So hilf mir doch!«, schimpfte sie.

»Das hat keinen Sinn, Netty, es ist längst passiert. Schau.« Clara deutete auf die Ränder unten an den Kisten.

Das Rohr war vermutlich schon gestern gebrochen, kurz nachdem Wilhelm aus dem Lager heraufgekommen war. Oder vielleicht in der Nacht. Clara musste an die Frau mit den ausladenden Röcken denken, die ihnen im Treppenhaus aus dem WC entgegengekommen war. Innerlich gab sie ihr die Schuld. Irgendwer musste schließlich schuld sein.

»Geh und mach die Lagertür zu, damit der Gestank nicht nach vorne zieht«, wies Clara ihre Schwester an. »Und häng eine Tafel ins Fenster, dass wir heute später öffnen. Ich gehe gleich hinauf und sage Vater Bescheid. Vielleicht ist ja noch etwas zu retten.«

Netty nickte und stürzte in den Laden zurück.

Clara raffte ihren Rock, dessen Saum bereits feucht war, und ging durch die Seitentür in den Hof, in das nasskalte Wetter hinaus. Der letzte Schneematsch würde ihren Rocksaum vielleicht ein wenig säubern. Und sie brauchte dringend frische Luft.

Eine Weile stand sie einfach im Innenhof, hielt den Kopf in den Nacken gelegt, atmete durch und starrte in den Himmel.

»Was ist denn nur los in letzter Zeit?«, fragte sie laut, die blassen Wolken über sich.

Gleich musste Clara ihrem Vater die Botschaft überbringen, dass der größere Teil der Ware hinüber war. Davon hätten sie das Geschäft wenigstens für ein Jahr unterhalten. Und mit den Vorräten fiel auch der Umsatz weg. Und wovon sollten sie dann neue Ware kaufen?

Während Clara langsam das Treppenhaus hinaufstieg, dachte sie an die Abrechnungen, die sie gestern gemacht hatte. Sie sollten eigentlich genügend Geschäftsrücklagen in der Kasse haben. Mutter hätte einen Teil davon sicher gern für Claras Hochzeit abgezweigt. Unwillkürlich musste sie lächeln. Vielleicht war der Rohrbruch ein Zeichen, dass sie nicht heiraten musste. Zumindest nicht so bald.

Als Clara in die Wohnung kam, hatte Netty die frohe Botschaft bereits verkündet, und alle warfen sich Tücher und Mäntel über, um nach unten zu eilen und zu retten, was vielleicht noch zu retten war.

Kurz darauf kehrte auch Adele von ihrer geheimnisvollen Erledigung zurück und packte ebenfalls mit an.

Zwei Stunden später hatten sie den Riss im Rohr notdürftig mit Holzwolle zugestopft und mit einem Strick fest umwickelt. Netty hatte einen Botenjungen bestellt, um den Hauseigentümer zu informieren. Und Clara war durchs ganze Vorderhaus gelaufen und hatte an den WCs Zettel angebracht, dass sie nicht benutzt werden durften. Gemeinsam hatten sie alle Teekisten, die auf dem Boden standen, nach draußen geschafft und das Wasser und die Exkremente im Lager aufgewischt.

Während Wilhelm und Adele zugleich erhitzt von der Arbeit und mit vor Kälte roten Wangen im Hof standen und die Kisten öffneten, um Teeproben zu entnehmen, ging Clara nach oben in die Wohnung.

Sie musste nachsehen, wie es um die Finanzen der Winterfelds stand, um sich damit zu beruhigen, dass sie das bald alles im Griff hätten und die Geschäftsabläufe wieder geschmeidig ineinandergreifen würden. Sie würde nur kurz überschlagen, wie viel von dem vorhandenen Geld sie ausgeben konnten, und dann würde sie einen Brief nach Hamburg schreiben und neue Ware ordern. Sie würde ihn gleich heute noch aufgeben. Oder besser: telegrafieren. Und wenn alles gut ging, waren sie in zwei, drei Wochen schon wieder vollständig einsatzbereit. Vorausgesetzt, das Teekontor hatte noch Ware abzugeben, die nicht bereits anderen Händlern versprochen war.

Hoffentlich konnten sie den Engpass lang genug überbrücken. Aber es gab ja noch die gut gefüllten Blechdosen im Laden.

Clara roch an ihrem Schultertuch, bevor sie es auf die kleine Biedermeierkommode im Flur legte. Es stank. Vermutlich stank sie selbst ebenfalls. Olga würde heute viel heißes Wasser für alle zubereiten und eine Menge Wäsche waschen müssen. Und sie sollten die leichter beweglichen Waren in den Lagerregalen besser heute noch in die beiden oberen Etagen schaffen, damit sie nicht doch noch den üblen Geruch aus dem Lager annahmen.

Clara öffnete die Tür zum Arbeitszimmer ihres Vaters, um den Schlüssel für die Schublade unter der Schreibunterlage hervorzuholen und nach dem Geld zu sehen.

August fuhr erschrocken herum, als er sie erblickte. Er stand an Vaters Schreibtisch, die Geldkassette mit ihren Geschäftsrücklagen fest in beiden Händen.

Clara blieb unschlüssig in der Tür sehen.

»Guten Morgen, August. Ich freue mich, dich gesund und munter zu sehen.«

Ihr Bruder legte die Geldkassette in die Schublade, schob sie zu und drehte den Schlüssel um. »Wo steckt Ihr denn nur alle? Der Laden ist geschlossen und die Wohnungstür sperrangelweit offen? Verkehrte Welt!«

»Wir sind alle im Lager. Es gab ein Malheur. Wir haben gerade eine Menge Ware verloren.«

August setzte sich auf Wilhelms Stuhl und legte die Füße auf den Tisch. »Wenn ihr nicht aufpasst, verliert ihr nicht nur Ware«, sagte er und wies auf die Schublade. »Die Kassette stand geöffnet mitten auf dem Tisch, und die Schublade war ebenfalls sperrangelweit offen. Kannst du mir das vielleicht erklären?«

Das war zu viel auf einmal, um überhaupt einen klaren Gedanken zu fassen. »Nein«, sagte Clara tonlos. »Das ist wirklich seltsam.«

Erst dankte der alte Stargard ab und Mutter reagierte überaus merkwürdig auf etwas, das sie von ihm bekommen hatte und nun vor ihnen versteckte. Clara bekam einen unliebsamen Heiratsantrag, das Lager schwamm im Kot, die Geldkassette stand offen. Was denn wohl noch?

»Clara! Guten Morgen, mein Herz!«

Nein, bitte nicht auch noch Franz! Wieso nannte er sie plötzlich ›mein Herz‹? Das klang vollkommen falsch! Er kam durch den Wohnungsflur direkt auf Clara zu und streckte ihr sehnsüchtig die Hände entgehen.

Sie wich ins Zimmer zurück und verschränkte die Arme.

»Ich wollte nun doch noch einmal mit dir über die Hochzeit sprechen und dachte, wir könnten heute zusammen einen kleinen Ausflug unternehmen. Etwas romantischer diesmal? Du musst entschuldigen, das war wirklich ungeschickt von mir. Aber ich mache es wieder gut und …«

»Das Teehaus schwimmt im Dreck, und du denkst an Romantik?! Vielleicht packt ihr zwei Kerle lieber mal mit an, statt faul und eitel hier …« Clara schnappte nach Luft.

August hob nur verwundert die Brauen.

»Auf! Oder ich mache dir Beine!«

Betont langsam nahm er die Füße vom Tisch und erhob sich. »Frauen«, sagte er im Vorbeigehen zu Franz und schnitt ein Gesicht.

Franz war offenbar zu verwirrt, um überhaupt etwas zu sagen. Er war hochrot im Gesicht und erinnerte Clara an eine zu prall gestopfte Wurst kurz vor dem Platzen. Sie hätte die beiden am liebsten geohrfeigt, so wütend war sie.

Als August und Franz sich endlich getrollt hatten, ließ sie sich erschöpft auf den Stuhl hinter dem Schreibtisch fallen, legte die Hände vors Gesicht und versuchte, sich zu beruhigen. Das Herz schlug ihr bis zum Hals und ihr war schwindelig.

Aber es half nichts, sie musste sich Gewissheit verschaffen. Und schließlich brachte sie den Mut auf, die Schreibtischschublade wieder zu öffnen.

Nachdem sie ihre Geschäftsrücklagen das zweite Mal akribisch durchgezählt hatte, war sie sich sicher. Es fehlten 500 Thaler.

August hatte recht, die Wohnungstür hatte offen gestanden und sie waren allesamt unten beschäftigt gewesen. Jeder hätte hier heraufkommen und sich bedienen können.

Aber wer außer den Eltern und ihr wusste denn, wo Wilhelm den Schreibtischschlüssel aufbewahrte?

Netty achtete auf so etwas nicht, Olga traute sie keine solchen Untaten zu. Und welcher Dieb würde, wenn er denn den Schlüssel rein zufällig fand, nur einen Teil des Geldes stehlen?

In den letzten Monaten hatte Wilhelm August auf Claras Anraten hin den Geldhahn ein wenig zugedreht. Sie waren nicht arm, aber sie waren eben auch nicht reich, und sie hatten ein Geschäft zu versorgen. Der Lebensstil, der von einem angehenden Offizier erwartet wurde, war jedoch üppig. Man musste zeigen, dass man etwas besaß, und dafür reichte ein Sold allein nicht aus. Was also, wenn August …?

Clara wollte den Gedanken nicht zu Ende denken. Sie wünschte sich, sie wäre irgendwo anders. Wie Herr Akeno. Jeder andere Ort als dieser wäre akzeptabel.

4

Sich am nächsten Morgen im Bett aufzusetzen, war eine Aufgabe. Jede Bewegung tat weh. Fröstelnd stellte Clara die Füße auf die kalten Dielen, streckte sich vorsichtig und stand auf.

Nettys Bett war leer, ihre Decke hing ordentlich zum Auslüften über dem Fußteil. Wahrscheinlich werkelte sie schon wieder frisch zurechtgemacht unten im Laden. Sie war wirklich ›phänomenal‹. August hatte gestern dieses Wort für Netty benutzt, nachdem sie das Lager geräumt und alles geputzt und neu sortiert hatten. Bis spät in den Abend hinein hatten sie Kisten und Säcke hin und her geschleppt, Tee umgeschaufelt, Proben genommen und den Laden neu dekoriert.

Die Vitrine aus dem Schaufenster hatten sie vor die Lagertür unter der Treppe gestellt, in der Hoffnung, dass so weniger von den unguten Gerüchen aus dem Fallrohr nach vorne drang. Und das Schaufenster war jetzt nicht mehr adrett wie ein gedeckter Teetisch mit Kännchen, Döschen und Tässchen gestaltet. Dort standen jetzt Kisten aus rohem Holz mit den schwarz aufgedruckten Namen von Teegärten. Sie hatten ein Stück Segeltuch ins Fenster gehängt, ein Schiffstau schlängelte sich um die Kisten. Und eine große Lagerschaufel steckte in einem offenen Jutesack mit getrockneter, intensiv duftender Minze, die auch den letzten Hauch von Kloake vertreiben sollte.

Clara zog ihren Nachttopf unter dem Bett hervor und stöhnte. Sie hätte nicht gedacht, dass die Arbeit ihren Knochen und Muskeln so zusetzen würde. Dann fiel ihr ein, dass sie das Wasserklosett nicht benutzen konnte, bevor die Reparaturen nicht abgeschlossen waren. Jemand würde noch heute im Hof neben dem Hühnerverschlag ein Plumpsklo zimmern müssen, und sie müssten den Eimer mehrmals täglich in eines der Wasserklosetts im Hinterhaus leeren. Was für eine wunderbare Aussicht.

Adele und Olga saßen bereits am Küchentisch. Adele hatte schon wieder glasige Augen, als ob sie geweint hätte. Beide hielten einen großen Becher mit den Händen umschlossen und blickten stumm auf den dampfenden Tee.

Olga hob ihren Becher an und pustete. Ein eigentümlicher, zartsüßer, gleichwohl frischer Duft zog durch die Küche.

»Guten Morgen«, sagte Clara, setzte sich und goss sich einen Becher des starken, schwarzen Tees aus der Kanne ein.

Olga stand auf, füllte wortlos ein kleines Sieb mit frisch geschnittenen Apfelstückchen, getrockneter Minze und einem dicken Kandiszuckerbrocken und hängte es in Claras Becher.

Auf Claras fragenden Blick sagte sie: »Glaub mir, ist besser. Hat meine Mutter früher in Kiew auch so gemacht, wenn der Tee stockig war.«

Vorsichtig schnupperte Clara an ihrem Becher. »Ist er denn stockig?«

Olga zuckte die Achseln. »Nein. Aber Vorsicht ist besser.« Sie schüttelte sich. »Ich krieg Gestank einfach nicht aus der Nase.«

Clara nickte. Sie wusste, was Olga meinte.

Der Tee nach dem Rezept von Olgas Mutter duftete hingegen köstlich und ließ sie sehnsüchtig an sommerwarme Tage denken. Bisher war es ja nicht einmal richtig Frühling geworden.

Sie probierte vorsichtig einen noch sehr heißen Schluck und schmeckte eine überraschende Kombination aus herb, süß und frisch.

»Sehr gut!«, sagte sie.

Adele zeigte noch immer keine Regung.

»Mutter? Was denkst du?«, fragte Clara.

Adele blickte auf und sah Clara an, als würde sie erst jetzt bemerken, dass sie die Küche betreten hatte. »Wie bitte?«

»Was hältst du von Olgas Tee?«

»Oh … ich habe ihn noch gar nicht probiert. Entschuldige.« Sie trank, während sie weiter Löcher in die Luft starrte.

Als sie nichts verlautbaren ließ, hakte Clara nach: »Mutter, nun sag schon!«

Adele nickte. »Ja, doch. Schmeckt sehr gut. Ohne Frage.« Sie nahm noch einen Schluck und versank wieder in ihren Gedanken.

Clara seufzte verhalten. Mit einem Löffel drückte sie die Apfelstückchen und Minzblätter in ihrem Sieb ein wenig aus, legte es auf einen Unterteller, rührte um und probierte erneut. Kräftig, dennoch weich. Ein Tee, der die Lebensgeister weckte. Vielleicht wäre diese Mischung eine erste Notlösung für ihr dezimiertes Teelager? Sie konnten die verbliebenen Keemun- und Ceylon-Tees ein wenig strecken, indem sie weitere Zutaten hinzufügten. Aber wäre das lauter?

Clara dachte an die immer neuen Geschichten, die Otto Stargard im Laufe der Jahre zur Entstehung von Earl-Grey-

Tee zum Besten gegeben hatte. Und das war immerhin eine der beliebtesten Teespezialitäten überhaupt. Earl Charles Grey hatte ein reich bewegtes Leben geführt, und er war ein Teeliebhaber, der sich seinen Tee direkt aus China kommen ließ. Einer der Geschichten zufolge war der Earl Händlern aufgesessen, die ihm einen minderwertigen, mit Bergamotte-Öl gestreckten Tee untergeschoben hatten, für den er sich dann aber sehr begeisterte. Vielleicht kam das Aroma aber auch zum Einsatz, um den harten Kalkgeschmack des Wassers auf dem Familiensitz des Earls zu kaschieren. Oder der Tee, den er sich aus China kommen ließ, wurde bereits dort mit Bergamotte-Öl behandelt, um ihn auf der langen Seereise vor Ungeziefer und Moder zu schützen. Am schönsten fand Clara die Geschichte, nach welcher der Tee durch einen Unfall entstanden war: Irgendwann um 1830, ein britisches Handelsschiff ist auf dem Weg nach England, beladen mit chinesischem Tee für den Earl und einem Fass mit grüngoldenem Bergamotte-Öl aus Indien. Ein Sturm kommt auf, das Fass kippt um, das Öl läuft über den Tee.

Natürlich erwartet man, der Earl werde die verdorbene Ladung gleich im Hafen über Bord kippen. Er probiert den Tee jedoch und ist so begeistert von seinem Aroma, dass er ihn fortan gezielt herstellen und vertreiben lässt.

So oder so, der alte Graf war Clara sehr sympathisch. Als Premierminister hatte er in England den Sklavenhandel verboten und das Monopol der East India Company auf den Teehandel mit China aufgehoben. Ohne diese Entscheidung hätte es kein Hamburger Teekontor gegeben und auch kein Teehaus Winterfeld. Sie waren ihm also nicht nur für seinen Tee zu Dank verpflichtet.

Und darum, fand Clara, war es auch mehr als in Ordnung, jetzt ihren eigenen Tee zu aromatisieren.

Es war vielleicht gar keine Notlösung, sondern ein echter Zugewinn. Und wenn der Bergamotte-Tee nach Earl Charles Grey benannt worden war, dann konnten sie Olgas Tee doch auch einen Namen geben.

»Was hältst du von *Olgas Apfel-Minze*?«, fragte Clara in die Stille hinein.

»Was?«

»Ich meine, deine Teemischung sollte einen eigenen Namen bekommen. Ich habe nämlich eben beschlossen, dass wir ihn im Salon servieren und im Laden verkaufen werden.«

Olgas Miene hellte sich auf. »Oh! Ach so!«

»Mutter, was sagst du dazu?«

Wieder kehrte Adele von sehr weit her an den Küchentisch zurück. »Das musst du deinen Vater fragen. Das Geschäftliche ist sein Gebiet.« Ein aufgesetztes Lächeln huschte über ihr Gesicht und sie stand auf. »Ich habe jetzt zu tun.« Sie hielt inne. »Ach, und Clara, hast du dir schon Gedanken wegen der Hochzeit gemacht? Wann und wo sie stattfinden soll?«

In Claras Magen bildete sich ein Klumpen. »Mutter, wir haben doch gerade wirklich andere Sorgen.«

Adele nickte. »Vergiss es aber nicht«, sagte sie. »Heiraten ist vielleicht nicht so überaus dringend. Aber es ist sehr, sehr wichtig.« Energisch zog sie die Küchentür hinter sich zu.

Clara schüttelte den nagenden Gedanken an Franz und das Heiraten ab. Sie hatte schließlich nicht zugesagt, auch wenn hier alle so taten. Sie widmete sich lieber wieder ihrem gegenwärtigen Problem.

Was ginge vielleicht noch außer Apfel mit Minze? Gäbe es bei Frucht-Schweiger in der Ackerstraße vielleicht Bergamotte-Öl zu kaufen? Oder was könnte man außerdem benutzen? Gewürze, Früchte, Öle? Sie brauchte Zutaten, die intensive Aromen abgaben. Rose oder Jasmin waren vermutlich zu teuer. Aber wie wäre es mit Zitrusnoten? Oder Ingwer! Exotisch, scharf, frisch. Ja, das ginge. Und vielleicht könnte man …

»Olgas Apfel-Minze«, sagte Olga versonnen. »Gefällt mir sehr gut.«

Clara nickte. »Ich schreibe es, wenn ich zu Frucht-Schweiger gehe, gleich unten an die Tafel. Und du bietest unseren Gästen deine Mischung an, ja?«

Olga nickte entschlossen und Clara ließ sich zufrieden gegen die Stuhllehne sinken. Gut. Apfel-Minze war einfach. Das würde bei ihren spärlichen Vorräten zwar nicht lange vorhalten. Aber die ersten Engpässe konnten sie damit überbrücken.

Clara klopfte an Wilhelms Arbeitszimmer und trat ein. Er war nicht da und ihr fiel ein, dass er und August ja im Hof ein provisorisches Plumpsklosett bauen mussten. Sie trat an den Schreibtisch, um Geld für die neuen Teezutaten aus der Kasse zu nehmen – und stutzte.

Auf der Schreibunterlage lag ein einzelnes, beschriebenes Blatt. Es war Wilhelms Handschrift, und es schien sich um einen angefangenen Brief zu handeln. Doch bei näherem Hinsehen bemerkte Clara, dass sie kein einziges Wort auf dem Papier entziffern konnte. Die Buchstaben waren krakelig und zittrig und erinnerten nur von Ferne an lesbare Schrift. Offenbar hatte Wilhelm sein Vorhaben nach einer guten halben Seite abgebrochen und den Schreibtisch verlassen. Nicht einmal das Tintenfass hatte er geschlossen.

Ein Schrecken fuhr Clara durch die Glieder. Was, wenn ihr Vater wirklich nicht mehr in der Lage war, die Geschäfte zu führen? Was, wenn sein Geist ihn im Stich ließ?

Es hatte in letzter Zeit ein paar ungute Anzeichen dafür gegeben. Er verlor beim Sprechen den Faden, vergaß Dinge, sogar Namen, seine Bewegungen waren merkwürdig verlangsamt, und manchmal wackelte er mit dem Kopf wie ein Kind, das gerade erst lernte, das Gewicht eines Schädels auf dem Hals zu tragen.

Aber es half nichts, sich deswegen verrückt zu machen. Clara musste sich auf den gegebenen Moment konzentrieren und die Probleme lösen, die sie jetzt hatten – das fehlende Geld und der verdorbene Tee.

Um die Probleme von morgen würde sie sich morgen kümmern.

Sie notierte Umfang und Zweck des Geldausgangs im Geschäftsbuch. Dann verschloss sie die Kasse wieder und verstaute sie in der Schublade.

Einem Impuls folgend legte sie den Schlüssel jedoch nicht zurück an seinen Platz unter der Schreibunterlage, sondern schob ihn zu dem Geld in das bestickte Täschchen in ihrer Manteltasche. Besser, sie behielt die Sache vorerst in der Hand. Wenigstens, bis sie mit ihren Eltern über den Fehlbetrag geredet hatte.

Clara lief, einen Einkaufskorb über dem Arm, in den Laden hinunter, schnappte sich ein Stück Kreide aus der rechten Tresen-Schublade und erzählte Netty, was sie vorhatte und dass sie in einer Stunde zurück sei.

Draußen, zwischen Ladentür und Schaufenster, hing eine schmale Tafel an der Hauswand; darauf schrieb sie mit sorgfältigen, geschwungenen Buchstaben:

Heute neu im Salon Winterfeld – Olgas Apfel-Minze-Tee! Kommen Sie herein und kosten Sie!

Zufrieden betrachtete sie ihr Werk, steckte die Kreide in die Manteltasche, klopfte sich den Staub von den Händen und winkte Netty durch das Schaufenster zu.

Dann machte sie sich voller Vorfreude auf den Weg zu Frucht-Schweiger mit seiner duftenden, farbenfrohen Mischung aus regionalen und exotischen Waren. Clara liebte den Laden fast so sehr wie das Teehaus. Aus der Kälte in die Wärme des Verkaufsraums zu kommen, das war an sich schon ein Erlebnis.

Clara drückte die Klinke herunter, die Glocke über der Tür bimmelte, als sie eintrat, und Clara sog genüsslich die satten Düfte in sich auf. Es roch selbstbewusst nach Kaffeebohnen und zart süß nach gemahlenem Kakao, es duftete nach Orangenschalen und frischen Ananas-Früchten und hundert anderen Dingen, die in Gläsern, Körben, Kisten, Schachteln und Säcken im ganzen Laden ansehnlich hergerichtet waren. Warum war sie nicht viel früher schon auf die Idee gekommen, ihren Tee mit dieser ganz anderen Welt aus Aromen zu verbinden? Es lag doch eigentlich so nahe.

Aus dem Hinterzimmer kam die alte Frau Schweiger nach vorn in den Laden. »Guten Morgen, Fräulein Winterfeld. Was kann ich für Sie tun?«

Sie war dick, atmete schwer und hatte immer rote, geschwollene Hände. Aber das verdarb ihr offenbar nie die gute Laune.

»Guten Morgen. Haben Sie vielleicht Bergamotte-Öl im Angebot?«

»Ach, Bergamotte. Sehr lebhafter und eigener Duft, nicht wahr? Obwohl die Früchte so hässlich sind. Tut mir leid. Ich könnte Ihnen aber ein paar türkische Bergamotte-Bonbons anbieten.«

Clara hatte es schon fast befürchtet, dass Bergamotte zu

exklusiv war, um es einfach so im Laden kaufen zu können. »Ich glaube, dann brauche ich Ihren Rat«, sagte sie.

Frau Schweiger zog eine Trittleiter heran, setzte sich mit einem Seufzen darauf und stützte die Ellenbogen auf die Ladentheke. »Meinen Rat?«

»Ich möchte neue Teerezepturen ausprobieren. Ich brauche Zutaten, deren Aromen beim Aufbrühen nicht zerstört werden, sondern sich dann erst richtig entfalten. Ich könnte mir auch Zitronenöl gut vorstellen. Oder Orange? Was meinen Sie dazu?«

»Zitronenöl habe ich da, auch getrocknete Zitronen- und Orangenschalen. Oder auch Orangeat und Zitronat.«

»Wie ist es mit Ingwer?«

»Den können Sie als Gewürzpulver, getrocknet und geschnitten oder kandiert bekommen. Frischen habe ich leider nicht vorrätig.«

»Gut, dann hätte ich gern von allem, was Sie gerade aufgezählt haben, jeweils ein Viertelpfund zum Ausprobieren.«

Frau Schweiger nickte, stemmte sich von ihrem Tritt hoch, schob ihn mit dem Fuß einen Meter weiter vor das deckenhohe Regal mit den salbeigrünen Kartons, stellte sich darauf und hob unter bedenklichem Schwanken mehrere davon herunter auf den Ladentresen. Dann begann sie, die Zutaten in spitze Papiertütchen abzuwiegen.

»Wie wäre es mit Kardamom oder Zimt? Oder Kakao?«, fragte sie.

»Zimt und Kardamom sind vielleicht im nächsten Winter gut. Aber nicht jetzt. Und Kakao, fürchte ich, würde den Tee in der Tasse recht trübe machen. Das Auge trinkt schließlich mit.«

»Aber nicht, wenn Sie Kakaoschalen verwenden. Moment.« Frau Schweiger schob ihren Tritt erneut ein Stück weiter und holte einen weiteren Karton aus dem Regal. Sie hob den Deckel, und ein kräftiger Schokoladenduft strömte Clara entgegen. Die Schalen schimmerten in einem satten, warmen Braun und raschelten leise, als Frau Schweiger mit der Schaufel hindurchfuhr.

»Sehr interessant!«

Als Nächstes griff Frau Schweiger nach einem schlanken Glas mit Deckel, in dem ein paar Handvoll schwärzlich glänzender Schoten standen. Sie öffnete es, und sogleich erkannte Clara den Duft von Vanille. Frau Schweiger nahm eine Silberzange und legte eine der Schoten auf ein Stück Papier. »Warten Sie!«

Sie verschwand im Hinterzimmer und kam mit einem Mörser aus Porzellan zurück. Sie schnitt kleine Stückchen von der Vanilleschote in den Mörser und ließ mit der Schaufel Kakaoschalen hinzurieseln. Dann nahm sie den Stößel und arbeitete Vanille und Kakaoschalen kräftig ineinander. Ein geradezu betörendes Aroma stieg auf. Das war es! Eine wärmende, schmeichelnde Mischung, die dennoch nicht an Winter oder Weihnachten gemahnte. Clara hätte Frau Schweiger am liebsten einen Kuss auf die Wange gedrückt.

Frau Schweiger füllte die Vanille-Kakao-Mischung ebenfalls ab. »Nehmen Sie das als kostenlose Probe mit.«

Clara nahm das Tütchen dankend entgegen, steckte es zu den anderen Zutaten in ihren Einkaufskorb und bezahlte. Dann eilte sie durch den Schneematsch zurück Richtung Invalidenstraße, wich behände den Fuhrwerken, Dienstmägden und übermüdeten Fabrikarbeiterinnen aus, die nach der Nachtschicht am Stettiner Bahnhof ankamen und sich auf den Weg zu ihren Schlafstätten machten. Sie konnte es gar nicht erwarten, mit dem Ausprobieren anzufangen. Mit etwas Glück hatten sie bald drei nagelneue, aufregende Teesorten im Angebot, die sie zu einem guten Preis verkaufen konnten.

Olgas Apfel-Minze-Tee, den würden sie mit einem sattroten, doch milden Ceylon mischen. *Claras Ingwer-Limonen-Tee* brauchte hingegen eine helle, leichte Grundlage. Am liebsten würde sie dafür Herrn Akenos Tee nutzen, nur den hatte ihr Vater ja leider ausgeschlagen. Aber ihr würde schon noch etwas dafür einfallen. Und *Frau Schweigers Vanille-Kakao-Tee* würde sie mit einem kräftigen, vollmundigen Tee mischen. Vielleicht einem Assam? Oder besser einem satten Herbst-Darjeeling?

Clara betrat den Teeladen. Netty füllte gerade für einen eleganten Herrn und seine hübsche Tochter aus der großen Kiste im Fenster Tee in eine Tüte.

Clara eilte grußlos direkt zur Treppe.

»Darf es noch etwas sein?«, fragte Netty mit ihrer gewohnten Freundlichkeit.

»Tee haben wir nun wohl genug, Papa«, sagte das Mädchen. Sie betonte vornehm das zweite ›a‹. »Aber …« Sie räusperte sich und errötete ein wenig.

»Natürlich, ich weiß.« Ihr Vater wandte sich an Netty. »Eine Sache noch. Wie ich höre, verkehrt in Ihrem Salon ein junger Herr, ein Offizier. Und er ist Ihnen, wenn ich das so sagen darf, wie aus dem Gesicht geschnitten.«

»Ach, Sie meinen sicherlich August, meinen Bruder.«

Clara war schon auf halbem Weg die Treppe hinauf, doch jetzt blieb sie stehen und hörte zu.

»So muss es wohl sein. Nun, würden Sie ihm wohl etwas ausrichten. Von Herrn Friedrich von und zu Hausen« – er deutete eine Verbeugung an – »meiner Wenigkeit.«

»Natürlich.«

»Meine Tochter Susanna und er haben sich sehr gut

unterhalten in Ihrem Salon, und Ihr Herr Bruder ist sehr schneidig. Meine Tochter war sehr beeindruckt und …«

Herr von und zu Hausen richtete sich zu seiner ganzen Größe auf und erhob die Stimme. »Gerade *weil* er dem edlen Stand der Offiziere angehört und ebenso dem ehrenvollen Handelshaus der Winterfelds, muss ich als Vater einer jungen Frau im heiratsfähigen Alter darauf bestehen, dass Ihr Herr Bruder sich entsprechend aufführt und jegliche unbotmäßigen Äußerungen und Annäherungen zu unterlassen hat. Das ist der ausdrückliche Wunsch und Wille auch meiner Tochter.«

»Aber Papa! Du wolltest doch …«

»Ruhig jetzt!«, fuhr er seine Tochter an. An Netty gewandt setzte er fort: »Sieht er sich dazu außerstande, so sehe ich mich in der Pflicht, gewisse satisfaktorische Maßnahmen zu ergreifen. Wenn Sie verstehen, was ich meine.«

Susanna von und zu Hausen war bei den Worten ihres Vaters dunkelrot angelaufen und versuchte, in ihrem pelzbesetzten Mantelkragen zu verschwinden. Offenbar hatte sie nicht erwartet, dass ihr Vater so grob werden würde.

Netty hingegen war totenblass geworden. »Sie wollen sich duellieren?«, hauchte sie entsetzt. »Wegen August?«

»Wie barbarisch!« Die Worte kamen einfach so aus Clara herausgepoltert.

Herr von und zu Hausen drehte sich um, klemmte ein Monokel in sein rechtes Auge und musterte sie von oben bis unten. »Und Sie sind?«

Clara hob den Kopf und war froh, dass sie ein paar Stufen über diesem so überaus feinen Herren stand.

»Clara Winterfeld, angenehm. Und ich finde das lose Verhalten meines Bruders barbarisch und werde ein ernstes Wort mit ihm sprechen, Herr von und zu …« Vor Aufregung fiel ihr der Name nicht mehr ein. »Zugleich muss ich Ihnen sagen, dass die Praxis der Satisfaktion reaktionär und veraltet, illegal und ebenso barbarisch ist und ich mir solcherlei Ansinnen und Verabredungen in unserem Haus ausdrücklich verbitte. Ich wünsche noch einen guten Tag.«

Damit machte Clara auf dem Absatz kehrt und eilte mit weichen Knien und kochend heißem Gesicht die restlichen Stufen zum Salon hinauf.

Zwei ältere Herren, die es sich mit Rosinenbrötchen und Butter sowie einer großen Kanne Tee gemütlich gemacht hatten, zuckten zusammen, als unten die Ladentür krachte, dass der Kitt von den Scheiben fiel. Normalerweise hätte Clara ihnen einen guten Morgen gewünscht und eine belanglose Unterhaltung mit ihnen geführt. Doch sie hatte sich zu sehr in Rage geredet und war jetzt einfach nicht zu solchen Artigkeiten in der Lage.

So schnell es ihr möglich war, ohne ungebührlich zu rennen, eilte sie durch den Salon. Sie hatte sich sehr respektlos gegenüber einem Kunden verhalten, und sicher hatten die beiden älteren Herren jedes Wort davon gehört. Das war gar nicht gut.

Was, wenn die Leute jetzt nicht nur über Augusts Anzüglichkeiten, sondern auch noch über Claras respektlose Frechheit zu reden begannen? Sie hätte sich diesen Ausbruch nicht erlauben dürfen.

Noch immer außer Atem vor Aufregung stellte sie ihre Einkäufe in der Salonküche auf den Tisch und rief laut: »Olga, komm her! Ich hab nicht den ganzen Tag Zeit!«

Olga stellte in aller Seelenruhe ein Tablett neben den Spülstein, wischte sich die Hände an der Schürze ab und musterte Clara mit deutlicher Missbilligung.

»Was gibt?«, fragte sie schlicht.

»Wir mischen jetzt Tee!«

***

Clara wischte Tische im Salon ab und überlegte, wie sie wohl größere aromatisierte Tee-Mengen auf einmal herstellen und lagern konnten. Es würde auf Dauer einfach zu viel Arbeit machen, für jede Portion die Zutaten abzumessen und sie einzeln zu mischen. Sie hatten ja nicht einmal eine richtige Waage hier oben. Aber so weit waren sie auch noch gar nicht. Sie hatten gerade erst eine Ingwer-Orangen-Mischung mit einem chinesischen Schwarztee ausprobiert, die schlichtweg misslungen war. Vielleicht sollten sie …

»Frollein! Bitte!«

Clara unterdrückte ein Seufzen, setzte ein Lächeln auf und drehte sich um. »Frau Lenbach. Was kann ich für Sie tun?«

»Dieser Tee ist höchstens lauwarm.«

Dann hätten Sie ihn eben nicht so lange stehen lassen dürfen, hätte Clara am liebsten gesagt.

Doch Eleonore Lenbach war die Gattin des Inhabers des neu errichteten Warenhauses am Alexanderplatz. Sie war eine wichtige Kundin mit Verbindungen in das, was man die bessere Gesellschaft nannte. Also bemühte Clara sich stets um Contenance, wenn sie kam und an Tee, Plätzchen, zerknitterten Schürzen oder der Zugluft aus dem Laden herummäkelte. Vermutlich kam sie sowieso nur hierher, um ausgesprochen ekelhaft zu sein.

»Ich werde Ihnen neuen Tee bringen.« Clara machte einen Knicks und griff nach der Kanne auf dem Tisch.

Sie war fast leer.

Frau Lenbach zog die Mundwinkel runter. »Nein, besten Dank. Ich habe jetzt wirklich keine Zeit mehr, auf Sie zu warten.« Sie zupfte an ihrem Hut und ihrer Handtasche herum und machte Anstalten aufzustehen, und Clara überlegte, wie sie ihr höflich, aber bestimmt sagen konnte, dass sie den Tee, den sie ja wohl, ob heiß oder nicht, getrunken hatte, bezahlen musste.

»Meinen Mantel.«

Oder sie würden dem Warenhaus einfach eine Rechnung schicken. Jedenfalls würde Frau Lenbach ihr nicht schon wieder einfach so davonkommen.

»Clara!« Franz eilte, immer zwei Stufen auf einmal nehmend, die Treppe in den Salon herauf.

»Bitte nicht jetzt«, murmelte Clara.

Franz strahlte über das ganze Gesicht. »Frau Lenbach, einen wunderschönen guten Tag!« Er griff nach ihrer behandschuhten Hand und beugte sich darüber. »Steht denn das Warenhaus noch?«

Die Ziegelei Casper hatte Unmengen Steine für den Neubau geliefert. Auch für die Caspers waren die Lenbachs wichtige Kunden.

Frau Lenbach wusste mit Franz jedoch offensichtlich nichts anzufangen und starrte ihn nur konsterniert an.

»Casper«, sagte Franz. »Sie erinnern sich bestimmt. Die Ziegelei.«

»Ach! Ja, so viel Staub und Dreck!«

Franz wirkte mit einem Mal etwas abgekühlter. »Sie entschuldigen«, sagte er und wandte sich Clara zu. »Ich schneie nur kurz herein, um die ganze Familie für Sonntag in die Villa einzuladen. Wir haben eine Überraschung für euch.« Unnötig laut fuhr er fort: »Und, ganz unter uns, mein Herz, wir sollten dann unbedingt auch über unsere Hochzeit reden.«

Clara schoss das Blut in die Wangen. »Franz!«, zischte sie und warf einen Seitenblick auf Frau Lenbach, die jetzt wie angewurzelt an ihrem Platz stand und gar keine Anstalten mehr machte, zu gehen.

Natürlich tat sie so, als interessierte sie das alles nicht, aber Clara war sich sicher, in ein paar Tagen würde die halbe Stadt über die Hochzeit des Fabrikantensohnes aus Zempernick mit der älteren Tochter der Winterfelds sprechen. Franz gehörte gewissermaßen zum Geldadel. Clara hingegen war im Grunde nur ein besseres Serviermädchen. Das würde ganz sicher Gesprächsstoff geben.

Franz half Frau Lenbach in den Mantel und geleitete sie zur Treppe. Dann kehrte er zu Clara zurück. »Und, kommt ihr?«

»Das hast du absichtlich gemacht, oder?« Claras Stimme zitterte vor unterdrückter Wut.

»Absichtlich? Was denn?«

»Dabei habe ich noch nicht einmal Ja gesagt.«

Franz grinste übers ganze Gesicht. »Ach, komm schon, Clara. Als ob du wirklich eine Wahl hättest. Warum um alles in der Welt solltest du wohl Nein sagen?«

»Ich will einfach nicht, dass die ganze Stadt darüber redet.«

Franz zuckte die Achseln. »Lass sie doch reden. Solange es etwas Gutes ist. Was ist nun mit Sonntag?«

Clara atmete tief durch. »Am besten, du fragst meinen Vater.« Ihr fiel auf, dass sie ihn heute noch immer nicht gesehen hatte. »Geh schon hoch, ich komme gleich nach.«

Während Franz hinauf in die Wohnung ging, eilte Clara nach unten in den Hof, um einen Moment lang einfach nur allein zu sein und durchzuatmen.

Sie blinzelte in den milchig weißen Mittagshimmel. Kein

bisschen Blau war zu sehen. Hinter ihr waren zwei Männer, die sich nicht kannte, am Hämmern und Sägen, um das Klosett für die Gäste fertigzustellen. Anscheinend hatte Wilhelm helfende Hände dafür gefunden.

Als Clara nach oben kam, saßen Franz, August und Wilhelm in trauter Eintracht in der Stube, tranken trotz der frühen Stunde einen ersten kleinen Cognac und rauchten. Normalerweise war Wilhelm sehr streng mit seinen Arbeitszeiten. Vor vier Uhr am Nachmittag wurde weder getrunken noch geraucht. Doch jetzt wirkte er ganz aufgeräumt und unterhielt sich offenbar bestens mit den beiden jüngeren Männern. Clara nickte ihnen nur kurz zu und schloss die Tür wieder.

Ein Gedanke formte sich, eine Idee: Olga und Netty waren unten, Adele machte Besorgungen, die Männer waren in der Stube. Was, wenn sie, ganz kurz nur, nachschauen ging, ob Mutter Otto Stargards Mitbringsel vielleicht in ihrem Zimmer hatte liegen lassen?

Da Olga die Mädchenkammer auf der Salonetage bewohnte, war die Kammer in der Wohnetage frei geblieben, und Adele hatte sich hier ihr eigenes kleines Reich geschaffen. Netty und Clara hatten zwar ein deutlich größeres Zimmer, aber manchmal beneidete Clara ihre Mutter dennoch darum, einen Raum ganz für sich allein zu haben.

Adele hatte die Kammer mit einem bequemen Sessel, ihrem Handarbeitskorb sowie einem kleinen Sekretär eingerichtet. Es war eine wirkliche Oase, und einen Moment lang war Clara versucht, sich in den Sessel fallen zu lassen, die Augen zu schließen und einfach zu warten, bis jemand sie hier fand und sie weiterarbeiten musste.

Aber darum war sie nicht hier. Sie ließ die Tür ein Stück weit geöffnet, um hören zu können, wenn jemand kam.

Dann konnte sie so tun, als hätte sie hier nach Mutter gesucht. Sie öffnete vorsichtig den Sekretär und zog die Schubladen eine nach der andern auf. Sie fand Mutters Granat-Schmuck, die üblichen Schreibutensilien, eine fremdartige Münze und ein paar verjährte Weihnachtskarten aus Hamburg. Nichts von diesen Dingen bot auch nur im Geringsten den Anlass, außer Fassung zu geraten.

Clara las eine der alten Karten von Otto Stargard. Sie zeugte von einem warmherzigen Verhältnis, und sie musste lächeln. Es war gut, dass ihre Mutter in Otto Stargard einen solch zugewandten Freund fürs Leben hatte. Manchmal hatte sie das Gefühl, Adele brauchte tatsächlich jemanden, der für sie da wäre, was immer geschah. Doch warum eigentlich? Ihrer Familie ging es – von ein paar Engpässen hier und da abgesehen – doch wirklich gut. Adele führte eine friedvolle Ehe, ihre Kinder hatten das Erwachsenenalter erreicht, und sie hatte es vom einfachen Dienstmädchen zur Gattin eines Geschäftsmannes gebracht. Das war kein schlechter Weg für eine Frau.

Und dennoch, manchmal, nur für Momente, war schon immer etwas Trauriges an ihrer Mutter gewesen. Als blicke sie in einen Abgrund. Und ebendieser Abgrund musste sich aufgetan haben, als Otto Stargard ihr den Umschlag überreicht und sie ihn geöffnet hatte.

Clara legte den Stapel Weihnachtskarten zurück in die Schublade und öffnete die nächste, als sie hinter sich ein Räuspern vernahm.

»Ich wollte mich nur kurz verabschieden«, sagte Franz. »Wir sehen uns am Sonntag in Zempernick.«

Clara schloss ein wenig fahrig den Sekretär und wischte sich die Hände an der Schürze ab. »Ach ja. Dann also am Sonntag.« Sie lächelte.

Franz tippte sich an den Hut, zog einen Mundwinkel hoch und machte kehrt.

Clara ließ die angehaltene Luft entweichen und schloss die Kammertür so leise, wie sie sie geöffnet hatte.

Vielleicht war es besser, dass sie nichts gefunden hatte. Vielleicht hätte sie nur von Dingen erfahren, die sie wirklich nichts angingen.

Sobald Adele von einer ihrer geheimnisvollen ›Besorgungen‹ zurückgekehrt war, bat Clara sie, August und Wilhelm um eine Unterredung im Arbeitszimmer.

Olga brachte ein Tablett mit Tassen und einer Kanne Tee herein. Clara erkannte die neue Mischung aus Assam, Kakaoschalen und Vanille bereits am Duft und war gespannt, was ihre Familie dazu sagen würde.

Olga schenkte ein, stellte ein Kännchen Sahne und die Zuckerdose auf den Tisch und verließ den Raum.

»Nun?«, fragte Wilhelm und sah Clara aufmerksam an.

Sie räusperte sich. »Als Erstes würde ich euch bitten, den Tee zu kosten. Eine neue Mischung.«

Alle hoben die Tassen, schnupperten, schlürften. Adele nahm Sahne und Zucker dazu. August hob einen Zeigefinger, als hätte er eine grandiose Idee, sprang auf und kam kurz darauf mit der Cognac-Flasche aus der Stube zurück. Er goss einen Schluck zum Tee, schnupperte erneut, trank und seufzte zufrieden.

»Darf ich?«, bat Clara und streckte die Hand aus.

August reichte ihr die Tasse.

Der Alkohol stieg etwas beißend in ihre Nase, aber August hatte recht, der Geschmack war vorzüglich. »Eine gute Idee«, sagte sie anerkennend. »Das können wir auch gleich mit auf die Karte setzen.«

Auch ohne Zucker, Sahne oder Alkohol schmeckte die neue Teemischung weich, voll, rund und überhaupt sehr angenehm.

Nachdem Wilhelm zufrieden gebrummt hatte, stimmte auch Adele in das Lob ein. Der Tee würde also auf die Karte und in den Verkauf kommen. Claras Wangen glühten vor Freude und vielleicht auch ein bisschen vom Cognac in dem heißen Tee.

Clara atmete tief durch. Nun kam also der unangenehme Teil. Am besten, sie legte einfach los.

»Es gibt noch etwas, worüber wir reden müssen. August, du hast mich darauf aufmerksam gemacht, dass die Kassette mit unseren Geschäftsrücklagen geöffnet auf Vaters Schreibtisch stand, als du hier eingetroffen bist. Und die Wohnungstür stand ebenfalls offen.«

August nickte und wartete ab.

Wilhelm richtete sich auf, offenbar alarmiert.

Adele hingegen schien ein wenig in sich zusammenzusinken, als fürchtete sie sich vor dem, was kam.

»Ich habe daraufhin den Inhalt der Kasse mit den Geschäftsbüchern abgeglichen.« Clara seufzte. »Um die Sache kurz zu machen – wir wurden bestohlen. Ganze fünfhundert Thaler fehlen.«

August schlug mit der flachen Hand auf seine Armlehne. »Wusste ich's doch! Ich sage euch, wir kriegen dieses Lumpenpack!«

Wilhelm und Adele hingegen reagierten seltsam still, als überraschte diese Information sie überhaupt nicht.

»Vater, Mutter? Was sagt ihr dazu?«

Wilhelm räusperte sich. »Wir hätten sicher mitbekommen, wenn jemand Fremdes sich ins Treppenhaus … und einer der Nachbarn – nein. Aber ich will natürlich nicht rundheraus ausschließen, dass hier Diebe ihr Unwesen getrieben haben.«

»Aber?«

»Aber hätten Diebe nicht alles genommen?«

Diesen Gedanken hatte Clara auch schon gehabt.

»Was denkst du, was passiert ist?«, fragte sie.

Wilhelm wich ihrem Blick aus. »Ach, wer weiß schon, ob bei den Ein- und Ausgängen immer alles erfasst wird. Es könnte ja auch unser Fehler sein, nicht wahr?«

Adele Winterfeld griff nach der Hand ihres Gatten und drückte sie fest. Sie hatte schon wieder Tränen in den Augen.

»Du meinst, du hast vielleicht vergessen, deine Entnahmen einzutragen?«, fragte Clara fassungslos.

»Siehst du, dein Bruder braucht manchmal zusätzliche Beträge, und im Herrenclub geben wir auch Geld aus. Deine Mutter bereitet eine Hochzeit vor … Es kann also durchaus sein, dass hier und da, wenn das Geld in der Privatkasse nicht ganz ausreicht …« Wilhelm zuckte die Achseln. »Da ist doch nichts dabei, der Laden läuft doch prächtig!«, sagte er und lachte etwas zu laut. »Wir können uns doch etwas leisten!«

Clara sah erst aus dem Fenster, dann auf ihre Hände. Sie wollte ihrem Vater erklären, dass er nicht einfach Geld aus der Geschäftskasse nehmen konnte für Dinge, die mit dem Geschäft nichts zu tun hatten. Dass sie für private Zwecke nur das ausgeben konnten, was in der Privatkasse war. Aber das wusste er natürlich. Er selbst hatte dieses System so eingeführt. Und wenn er jetzt beschlossen hatte, sich nicht mehr daran zu halten, dann stand es um ihn vielleicht schlimmer, als sie befürchtet hatte.

Clara schloss die Augen und hielt ihre Zunge im Zaum.

Sie würde ihn nicht damit konfrontieren. Sie würde ganz in Ruhe noch einmal mit Adele darüber reden, allein. Falls – nur falls – Clara wirklich heiratete und das Haus verließ, dann musste jemand Sorge tragen, dass Wilhelm nicht mehr an die Geschäftskasse ging. Und August am besten auch nicht.

5

Clara und Netty stiegen als Erste aus der Bahn und traten auf den Bahnsteig von Zempernick. Wilhelm half Adele die hohen Stufen herab. Das Wetter war endlich milder geworden, die ersten Frühblüher zeigten sich auf dem Grasstreifen neben dem Bahnsteig, und Clara sog mit Genuss die frische, nach Frühling duftende Luft ein.

»Guten Morgen, die Herrschaften!« Dicht gefolgt von Franz kam ein junger Mann in Hemd und Hosenträgern auf sie zu, winkte und tippte sich an die Mütze.

Franz holte auf, ergriff Claras Hand und beugte sich tief darüber, bevor er Netty und Claras Eltern zunickte.

»Darf ich vorstellen: Das ist Herr Graf«, sagte er. „Er arbeitet als Lieferant für uns. Und dies sind die Winterfelds."

»Ja, ja, ich bin den ganzen Tag auf Achse. Mit meinem eigenen Wagen, wie ich sagen darf«, sagte Herr Graf und warf sich in die Brust. »Sie können mich übrigens Heinz nennen. Darf ich die jungen Schönheiten auf eine Fahrt einladen?«

Franz lachte, doch es schwang Verärgerung darin mit. »Ihr müsst entschuldigen«, sagte er. »An unserem Wagen ist eine Achse gebrochen und der Schaden ist noch nicht behoben. Darum sind wir heute auf Herrn Graf angewiesen.«

»Ein Lieferant? Mit was für einer Art Wagen fahren wir dann?«, fragte Adele zweifelnd.

Franz zuckte die Achseln. »Nun ja. Kommt mit.«

Auf dem Bahnhofsvorplatz stand ein einfacher Pritschenwagen mit einer Fahrerbank. Ein stämmiges Pferd war eingespannt und rupfte mit langen Zähnen das Gras, das zwischen den Pflastersteinen wuchs.

»Das ist meiner«, sagte Heinz Graf und klopfte mit sichtlichem Stolz den Pferdehals. »Viel Platz für Waren aller Art«, fügte er hinzu.

Netty warf Clara einen verzweifelten Blick zu. Wahrscheinlich machte sie sich Sorgen um ihr neues Kleid. Clara hatte den hellgelben Popeline-Stoff zusammen mit ihr ausgesucht. Clara lächelte aufmunternd, auch um sich selbst zu beruhigen. Sie fuhr nicht gern hinten, wo es noch mehr schaukelte und rappelte als vorne. Doch die Fahrt würde ja nicht einmal eine halbe Stunde dauern, und sollte ihre Kleidung Staub oder gar ein wenig Schmutz abbekommen, konnte man das auch wieder ausbürsten.

»Sind Sie schon einmal hinten auf einem Pritschenwagen mitgefahren?«, fragte Heinz an Netty gewandt. »Es ist sehr romantisch.« Er zwinkerte. »Besonders, wenn Heu geladen ist.« Er wies mit dem Daumen in eine unbestimmte Richtung hinter sich. »Oder frisch gewaschene Wäsche aus der Wäscherei.«

Netty lächelte kurz, seufzte und schwieg. Dieser Heinz Graf benahm sich auf eine schwer fassbare Art anzüglich.

Clara und Franz machten den Anfang und kletterten auf die Ladefläche. Sie reichten Adele und Wilhelm die Hände und zogen sie herauf. Wilhelm war guter Dinge und stieß der säuerlich dreinblickenden Adele fröhlich in die Seite.

»Komm schon, meine Liebe«, sagte er aufgeräumt. »Wo bleibt dein guter alter Abenteuergeist?« Er half Adele, sich niederzulassen, und Clara setzte sich neben Franz auf die rauen Holzplanken.

»Netty?«, sagte sie. »Kommst du?«

»Aber, nein!«, rief Heinz Graf. »Sie fahren natürlich vorne mit, Sie wollen doch nicht Ihr hübsches Kleid ruinieren.«

Er schnappte Nettys Hand und zog sie neben sich auf die Fahrerbank. Clara konnte zwar nur noch Nettys Rücken sehen, aber sie war sich sicher, dass sie gerade die Augen verdrehte.

Heinz Graf schnalzte mit der Zunge, ließ die Peitsche über dem Pferd in der Luft knallen, und mit einem Ruck setzte sich der Wagen in Bewegung. Clara musste sich am Rand der Ladefläche festhalten, als er mit etwas zu viel Schwung vom Bahnhofvorplatz auf die holperige Landstraße Richtung Ziegelei einbog. Ein erster Anflug von Übelkeit zog ihr den Magen zusammen. Wenn Herr Graf dieses Tempo beibehalten wollte, musste sie sich dringend auf etwas anderes als ihren Magen konzentrieren.

Sie ließ den Blick in die Ferne schweifen und konzentrierte sich auf einen Punkt, der sich möglichst wenig bewegte.

Ein gutes Stück vor sich konnte sie auf der linken Seite die Kuppe eines Hügels ausmachen. Das musste das obere Ende der Obstwiese sein, die zur Casper'schen Villa gehörte. Clara dachte wieder an die Kirschen, die Franz und sie als Kinder dort gepflückt hatten. Es waren so viele Kirschen gewesen, dass sie mit dem Einmachen, Marmeladekochen und Saftpressen gar nicht nachgekommen waren. Ein großer Teil war auch gedörrt worden, und Clara mochte die schrumpeligen, säuerlich frischen Trockenfrüchte viel lieber als Rosinen, die ihr immer zu süß waren. Bei dem Gedanken an Rosinen hob sich Claras Magen bedenklich, und sie schüttelte den Kopf und atmete langsam aus.

Denk an Kirschen. Dunkelrot. Sie schloss für einen Moment die Augen. Oder Grün. Das ist frisch und gut für den Magen. Besonders, wenn es bitteres Grün ist. Vor ihrem inneren Auge erschienen die flachen, leuchtend grünen Blätter von Herrn Akenos Tee.

Franz fasste sie am Ellenbogen. »Clara?«

Sie riss die Augen auf, starrte in sein vom frischen Fahrtwind gerötetes Gesicht. Sie schluckte die Übelkeit hinunter.

»Du bist etwas weiß um die Nase. Ist dir nicht gut?«

Clara nickte, schüttelte den Kopf und sah dann stur geradeaus.

»Heinz«, rief Franz nach vorn, »fahr mal langsamer, du hast Damen an Bord!«

Heinz Graf griff die Zügel, verlangsamte die rasende Fahrt, der Lärm der Hufe und der Räder auf dem Pflaster wurde etwas leiser, und Clara atmete durch.

Grün und Rot, dachte sie. Wie wäre es wohl, wenn man zarten grünen Tee mit dem vollen Geschmack reifer Kirschen kombinierte? Sie versuchte es sich vorzustellen. Die grasige Frische des Tees, die weiche Süße und die Verbindung all der Aromen. Claras Kirschtee. Die Idee erschien ihr vielversprechend, sie müsste sie unbedingt einmal ausprobieren. Irgendwann, wenn ihr Magen nicht gerade verrücktspielte.

Nur zehn Minuten später waren sie am Ziel, und es war keine Minute zu früh. Mit wackeligen Beinen ließ Clara sich von der Ladefläche helfen.

Adele stand da, betrachtete die Fabrikantenvilla der Caspers und legte beide Hände auf die Brust. »So ein wunderbares Haus«, seufzte sie.

Clara bemerkte eine Träne in ihrem Augenwinkel und nickte. Ja, es war nicht zu verachten. Die Villa wirkte herrschaftlich mit ihren zwei Geschossen und dem Dachgeschoss mit den hübschen Gauben und Bogenfenstern. Rechts wurde sie von einem Türmchen flankiert, links von einem alten Ahorn, dessen dicke Äste das Dach überragten. Die Fenster in den beiden unteren Geschossen waren groß und ließen viel Licht ins Haus, und hinter einem schmiedeeisernen Zaun zog sich ein von sorgfältig gestutzten Rosen gesäumter Sandweg bis zur Treppe des Eingangsportals.

Clara hatte während ihrer Kindheit viele Stunden und Tage auf dem Gelände hinter der Villa verbracht. Sie hatte einige frühe Erinnerungen an die Arbeitersiedlung ein Stück weiter den Kanal hinunter, wo sie und Franz oft mit den Kindern, die dort lebten, gespielt hatten. Damals war die Villa kurz vor der Fertigstellung gewesen und die Caspers hatten zwischenzeitlich in einem der Arbeiterhäuser Quartier bezogen. Clara hatte sich dort wirklich wohl gefühlt, sehr heimisch.

Später dann war das prächtige Fabrikantenhaus für sie wie ein zweites Zuhause gewesen. Sie hatte sich als Kind keine Gedanken darüber gemacht, dass nur sehr reiche Leute sich ein solches Haus leisten konnten. Sie waren einfach hier ein und aus gegangen, wie sie wollten.

Für Adele jedoch war das sicher keine Selbstverständlichkeit gewesen. Sie hatte vor ihrer Heirat eine andere Art von Leben geführt und in ihrer Jugend solche Häuser ausschließlich durch die Personaltür betreten. Nur hierher war sie immer als Gast und durch die Vordertür gekommen. Und jetzt kam sie, wie Clara in diesem Moment klar wurde, als potenzielle Schwiegermutter des Mannes, der dies alles einmal erben würde. Für Adele musste es wirklich etwas bedeuten, wenn Clara Franz heiratete. Sie konnte es ihr in diesem Moment nicht einmal verdenken.

Und wäre es denn wirklich so schlecht, hier zu leben, als Franz' Ehefrau? Eine Heirat wäre auf jeden Fall ein Aufstieg und eine Gelegenheit, die sie vielleicht nie wieder erhalten würde.

Franz' Vater Heinrich begrüßte die Familie und bat sie alle zu Tee und Gebäck in den Wintergarten auf der Rückseite des Hauses. Dort war eine lange Tafel mit geblümtem Porzellan gedeckt, die Sonne schien herein.

»Setzt euch, setzt euch«, sagte Heinrich aufgeräumt.

Aber Clara blieb wie angewurzelt stehen. In dem ausgedehnten Garten hinter dem Haus, der sich bis zum Kanal hinunter erstreckte, sollte jetzt eigentlich der Frühling erstrahlen. Doch es gab keinen Garten mehr.

Kein Grashalm war mehr zu sehen, kein Strauch und kein Baum. Durch die Scheiben des Glashauses blickte Clara auf schlammiges, ebenes Gelände. Der Garten war eine Wüstenei. Eine schmalspurige Bahn zog hinter dem Haus vorbei Richtung Kanal, rechter Hand sah sie mehrere geduckte, rundliche Ziegelbauten. Das mussten Heinrich Caspers neue Brennöfen sein. Und linker Hand verteilten sich einige neu gebaute Ziegelhäuschen über das Gelände.

Franz trat neben sie, nahm ihre Hand. Er musste ihr Entsetzen bemerkt haben. »Vater hat gern den Überblick über das Geschehen. Er hält sich die meiste Zeit des Tages hier auf.«

Clara schluckte. »Gibt es denn wenigstens die Streuobstwiese noch? Die Kirschen und Mirabellen an der Kanalbiegung?«

»Ja, die Wiese ist noch da. Aber wir werden die Bäume

wohl diesen Herbst fällen lassen. Sie tragen kaum noch und wir brauchen den Platz.«

Clara hatte früher sorglose Stunden zwischen den Obstbäumen verbracht, in den blauen Himmel geblinzelt und sich die Kleider mit dem Saft der frischen Kirschen ruiniert.

Die andern saßen längst am Tisch, Wilhelm und Heinrich tauschten laut lachend alte Geschichten aus, und Netty und Adele stimmten mit ein in das Gelächter.

»Komm«, sagte Franz und führte Clara zum Tisch.

»Wo ist eigentlich August, der alte Haudegen?«, rief Heinrich.

»Er haut wieder, würde ich sagen«, antwortete Wilhelm. »Sie exerzieren in der Kaserne, was das Zeug hält, bevor es erneut in irgendeine Schlacht gegen die Franzosen geht.«

Frisch gebrühter Tee und ein sahniger Frankfurter Kranz wurden von einem Mädchen serviert, das kaum sechzehn Jahre alt sein mochte.

»Nun gut, nun denn«, hob Heinrich Casper an und tauschte einen langen Blick mit Franz, der ein Nicken andeutete.

Mechanisch stach Clara mit der Gabel ein Stück Kuchen ab und schob es sich in den Mund.

Heinrich Casper räusperte sich umständlich. »Lieber Wilhelm, liebe Adele. Ich will euch natürlich nicht zu nahetreten. Mir kommt jedoch zu Ohren, dass ihr nach einem Rohrbruch und einem unerklärlichen Kapitalschwund derzeit ein wenig zu kämpfen habt. Und als alte Weggefährten, lieber Wilhelm, kann ich das so natürlich nicht stehenlassen.« Er griff in die Innentasche seines Rocks, zog einen Umschlag hervor und schob ihn über den Tisch zu Wilhelm.

Wilhelms Hände zitterten, doch er rührte den Umschlag nicht an.

»Es ist selbstverständlich ein Kredit, ich will dich nicht durch ein Geschenk in Verlegenheit bringen.«

Adele drückte Wilhelm einen Ellenbogen in die Seite.

Wilhelm straffte die Schultern, griff nach dem Umschlag und warf einen Blick hinein. Dann wurde er feuerrot im Gesicht und legte den Umschlag wieder zurück.

»Heinrich, das ist wirklich sehr großzügig und mitfühlend von dir, und ich danke dir von Herzen. Aber ich sehe nicht, wie ich einen solchen Kredit je wieder zurückzahlen könnte.«

Wieder tauschten Franz und Heinrich Casper einen Blick, als hätten sie mit dieser Antwort gerechnet.

Der Kuchen in Claras Mund schien beim Kauen immer mehr zu werden, sie konnte ihn beim besten Willen nicht herunterschlucken.

Franz griff nach ihrer Hand und drückte sie fest.

»Ich weiß, es ist viel«, sagte Heinrich. »Und obwohl ich jetzt mit Fug und Recht sagen kann, dass wir, nun ja, reich geworden sind und es uns leisten könnten, dir die Summe zu schenken, muss ich um der gleichberechtigten Freundschaft willen darauf bestehen, dass es dennoch ein Kredit bleibt. Es sei denn …«, Heinrich Casper hob vielsagend die Brauen, »das Geld bliebe von vornherein in der Familie. Dann käme eine Rückzahlung natürlich überhaupt nicht in Frage.«

Adele presste die Hände aufs Herz, Netty schlug eine Hand vor den Mund, Wilhelm wurde abwechselnd blass und rot und Franz strahlte Clara über das ganze Gesicht erwartungsvoll an.

Die Übelkeit von der Fahrt war noch immer nicht ganz abgeklungen, und plötzlich protestierten Claras Eingeweide mit einer Heftigkeit, die sie zwang, aufzuspringen, die Tür zum ehemaligen Garten aufzureißen und in die schlammige Ödnis hinauszustolpern.

Es gab keinen Busch, hinter dem sie sich verbergen konnte, und so blieb ihr nichts anderes übrig, als sich vor den Augen der versammelten Gesellschaft auf den Erdboden zu übergeben.

»Geht es jetzt wieder, mein Herz?« Franz, der zu ihr geeilt war, befühlte fürsorglich ihre Stirn.

Clara schob seine Hand weg. »Natürlich, Franz. Ich vertrage einfach das schnelle Fahren nicht.« Sie lächelte etwas zittrig. »Mir geht es gut, wirklich. Ich möchte einfach ein wenig an der frischen Luft bleiben, mir die Beine vertreten.«

»Ich begleite dich natürlich.«

Clara nickte und nahm den dargebotenen Arm.

»Wohin möchtest du gehen?«, fragte Franz fürsorglich.

»Hinunter zum Kanal und von dort zur Obstwiese?«

Franz nickte und sie liefen los.

Clara warf einen Blick zurück zum Wintergarten. Die Gestalten darin waren nur schemenhaft zu erkennen, und Clara fragte sich, ob sie bereits über den Brautpreis verhandelten. Denn das war es doch gewesen, oder nicht? Ein Kaufgebot für die Frau, die Franz unbedingt heimführen wollte.

Mit gesenktem Kopf ging sie neben ihm her. Er erklärte ihr, dass es sich bei den ovalen, flachen Gebäuden rechts tatsächlich um nagelneue Hoffmannsche Ringöfen handelte und dass er sie ihr unbedingt einmal richtig zeigen müsste, wenn sie erst hier wohnen würde. Er beschrieb ihr, wo die Ziegel geformt wurden und die Arbeiterfamilien lebten und wie sie die gebrannten Ziegel in die Eisenschiffe luden, die von hier über ein Kanalsystem direkt nach Berlin zu den zahlreichen Bauplätzen entlang der Spree fuhren.

Clara nickte höflich, hörte aber nur mit halbem Ohr zu. Als sie sich am Kanal nach links wandten, in Richtung der Arbeiterunterkünfte, unterbrach sie seinen Redefluss.

»Warum ich, Franz? Du könntest doch jede andere junge Frau haben. Du könntest auch weitaus standesgemäßer heiraten. Gibt es denn keine nützlichere Liaison für dich?«

Franz schwieg eine Weile. Dann antwortete er mit belegter Stimme. »Wer sagt denn, dass ich des Nutzens wegen heiraten möchte?«

Clara blieb stehen und sah ihm in die Augen. »Du glaubst also wirklich, dass du mich liebst, Franz?«

Franz lachte. »Wieso glauben? Ich weiß es!« Dann wurde er ernst. »Und ehrlich gesagt, es schmerzt mich, dass du meine Gefühle so wenig erwiderst.«

Clara wusste darauf nichts zu sagen. Sie wusste nicht, woran es lag, dass sie Franz nicht liebte. Dass sie ihm nicht einmal glaubte, dass *er* sie liebte. Er mochte sie bestimmt sehr gern, er kannte sie gut. Er hatte sie gern in der Nähe. Und er wollte nun einmal seinen Kopf durchsetzen. Aber das war doch keine Liebe. Was genau versprach er sich denn von ihr?

»Und wenn du dich täuschst?«, fragte sie.

»Und wenn du dich täuschst?«, fragte er zurück. »Ich sage, der Appetit kommt beim Essen. Wenn wir erst verheiratet sind, wirst du mich auch zu lieben lernen.«

Sie folgten weiter der Biegung des Kanals. Gleich würde die Streuobstwiese in Sicht kommen. Wie sollte Clara diese Entscheidung treffen? Und war es überhaupt ihre Entscheidung? Hatten ihre beiden Familien nicht längst alles ausgehandelt?

Sie dachte an Herrn Akeno, seinen intensiven Blick, die Hände, die die ihren berührt hatten, als er ihr den Tee geschenkt hatte. Wenn sie heiratete, würde sie es ihm schreiben müssen. Oder spielte es keine Rolle? Clara schob den Gedanken beiseite und warf einen Blick voraus.

Falls die Kirschbäume bereits blühen, dachte sie, werde ich heiraten. Und wenn sie kahl sind, dann nicht.

Als sie die Wiese erreichten, machte sich unwillkürlich Erleichterung in ihr breit. Die Bäume standen locker verteilt auf dem Hang, der sich vom Ufer mit einer leichten Steigung zur alten Arbeitersiedlung hinaufzog. Ihre Stämme glänzten nass, und die Zweige waren kahl und standen schwarz gegen den blassblauen Himmel. Nur das Gras war hier und da schon ein wenig grün.

Gemeinsam traten sie ans Kanalufer und Clara betrachtete den Lauf des Wassers. Es war auf dem Weg nach Berlin, und von dort ging es weiter Richtung Greifswald und Rostock. Von dort aus könnte man in die Welt hinausfahren.

»Warte einen Moment«, sagte Franz. Er lief ein paar Meter den Hang hinauf.

Clara blieb stehen. Kalt und dunkel sah das Wasser aus.

Kurz darauf kam Franz zurück. Er hielt ihr einen kleinen Zweig mit einigen sich öffnenden Kirschblüten entgegen.

Clara schwankte zwischen Entzücken und Entsetzen, nahm den Zweig und roch daran. Die Blüten dufteten nicht. Vermutlich war es einfach zu kühl dafür. Oder dufteten Kirschblüten überhaupt nie? Sie versuchte sich daran zu erinnern, wie es war, wenn die Bäume in voller Blüte standen. Doch sie wusste es nicht mehr.

»Für dich«, sagte Franz, nahm ihr den Zweig wieder aus der Hand und steckte ihn ihr an den Hut. Dann beugte er sich zu ihr herab und küsste sie vorsichtig auf den Mund.

Es fühlte sich seltsam an, aber nicht vollkommen unangenehm. Und nicht einmal fremd.

»Weißt du es nicht mehr?«, fragte Franz.

Und mit einem Mal erinnerte Clara sich daran, wie sie sich schon einmal als Kinder so geküsst hatten. Sie hatten Heiraten gespielt, genau hier, unter den Obstbäumen.

»Du hast mir versprochen, dass wir eines Tages richtig heiraten«, sagte er. »Hältst du dich daran?«

Clara sah zu Boden. Was, wenn sie einfach beschloss, käuflich zu sein? Franz war ihr tatsächlich nicht völlig zuwider. Und wenn sie ihn heiratete, würde es ihrer Familie finanziell gut gehen. Auch wenn Clara die Summe in dem Umschlag nicht gesehen hatte, Heinrich ließ sich bestimmt nicht lumpen. Und ihre neumodischen Vorstellungen von Romantik und Liebe sollten bei einer solchen Entscheidung doch überhaupt gar kein Mitspracherecht haben. Clara atmete tief durch und ignorierte das heftige Pochen ihres Herzens.

»Dann soll es so sein«, sagte sie.

»Das ist also ein Ja?«

Clara sah Franz in die Augen. »Ja. Wir heiraten.«

»Wusste ich's doch!«, rief Franz strahlend. »Wenn ich mir einmal etwas in den Kopf setze, dann kriege ich es auch!« Er lachte, hob Clara hoch und wirbelte sie herum. Dann setzte er sie wieder ab. »Komm, wir geben die Neuigkeiten bekannt. Deine Eltern werden sich freuen.«

6

»August, Füße vom Tisch! Wir sind hier nicht im Feldlager!«, polterte Wilhelm, als er die Wohnstube betrat.

Adele zog die Brauen hoch und reichte ihrem Gatten eine Schreibunterlage und den Füllfederhalter. »Da bist du ja endlich, wir warten schon.«

August nahm widerwillig die Stiefel von dem flachen chinesischen Teetischchen, das vor dem Sofa stand.

Fast die ganze Familie hatte sich versammelt, um über die Hochzeitsvorbereitungen zu sprechen. Nur Heinrich Casper fehlte, er hatte Geschäftliches vorgeschoben, um sich um diese Zusammenkunft herumzudrücken. Clara konnte es ihm nicht verdenken.

Wilhelm setzte sich in den freien Sessel neben Adele, legte die Schreibunterlage auf seinen Knien ab und brummelte etwas vor sich hin, das klang wie: »Wenn ich gewusst hätte …« Er warf Clara einen entschuldigenden Blick zu und sie verspürte eine warme Welle der Zuneigung für ihren Vater. Obwohl er Franz seinen Segen für die Eheschließung gegeben hatte, schien er mit der Entwicklung der Dinge nicht wirklich zufrieden zu sein. Clara unterdrückte ein Seufzen.

Links neben ihr saß Netty auf einem der beiden Stühle, die sie aus der Küche herbeigeschafft hatten. Und Franz saß zu ihrer Rechten neben August auf dem Sofa. In letzter Zeit hatten die beiden einander gefunden und verbrachten die Abende oft zusammen irgendwo in der großen Stadt. So wie Clara Franz kannte, war er vermutlich der Ansicht, er müsse sich vor dem großen Tag noch ein wenig die Hörner abstoßen. Und August kannte dafür offenbar die richtigen Adressen.

Seltsamerweise empfand sie gar nichts bei dem Gedanken, was Franz wohl so trieb, bevor er in den Hafen der Ehe einlief.

Es beschäftigte sie vielmehr, dass sie es noch immer nicht über sich gebracht hatte, Herrn Akeno die großen Neuigkeiten mitzuteilen. Sie hatte das dringende Gefühl, er müsse von ihrer Heirat wissen. Und zugleich hatte sie Angst, wie er wohl reagieren würde. Was, wenn er sich von ihr zurückzog und den Inhalt seiner warmherzigen, wunderbaren Briefe künftig auf den Austausch über Tee beschränkte? Oder die Korrespondenz gar einstellte? Oder, fast noch schlimmer: Was, wenn es ihm ganz egal war? Wenn er wirklich nur eine Verbündete im Geist in ihr sah, während sie selbst so viel mehr für ihn empfand?

Clara schüttelte unwillig den Kopf. Sie musste aufhören, so zu denken. Es würde ja doch nichts ändern.

Sie nahm einen Schluck von dem Ingwer-Limonen-Tee, den sie heute bereits in aller Frühe gemischt hatte. Diesmal hatte sie es mit einem hellen Darjeeling, getrockneten Ingwerstücken sowie einem kaltgepressten Zitronenöl versucht. Sie hatte festgestellt, dass man den Tee lange und sehr ausdauernd mit der Schaufel durchmischen musste, wenn man ein Öl verwendete, damit es sich auch richtig verteilte. Das hatte sie bei ihren ersten Versuchen mit der neuen Kreation nicht bedacht.

»Nun«, sagte Wilhelm und räusperte sich. »Ich weiß zwar

nicht, warum ihr mich hierbei braucht, aber dann schießt mal los.«

»Brautkleid!«, sagte Netty sofort. Ihre Wangen waren gerötet vor Aufregung.

»So ist es!« Auch Franz war ganz Begeisterung.

»Schreib das bitte auf, Wilhelm«, sagte Adele.

Wilhelm nickte und schraubte den Federhalter auf.

»Ich stelle mir da etwas Blütenweißes vor«, fuhr Franz fort, »mit Raffungen vorne, Seidenblumen am Busen und natürlich einer Menge Spitze.«

Die neue Teemischung schmeckte leicht, frisch und zitronig, und sie harmonierte überraschenderweise sogar mit ein wenig Sahne im Tee. Aber wenn Clara sie in größeren Mengen anbieten wollte, würde sie eine Möglichkeit finden müssen, sie mit zuverlässig gleichbleibendem Geschmack herzustellen. Dieses Problem hatte sie immer noch nicht gelöst. Vielleicht könnte man zum Mischen eine große Zinkwanne verwenden?

»Wie anno dazumal die englische Königin Victoria?« Adele seufzte. »So schön! Aber sehr teuer, so etwas. Sehr, sehr teuer. Was sagst du denn dazu, Clara?«

Clara dachte an die Ziegelei. Dort mischten sie Ton, Wasser und verschiedene Zuschlagstoffe in großen Trommeln, die mechanisch betrieben wurden. Vielleicht …

»Clara!«, sagte Franz etwas ungehalten.

»Wie bitte?«

»Das Kleid? Weiße Seide, Rüschen, Spitze, Blumen?«

»Aber ich habe doch noch das schöne blaue Kleid. Oder das jadegrüne mit den …«

»Kommt ja gar nicht in Frage!«, fuhr Franz auf. »Meine Braut heiratet nicht wie eine Arbeiterfrau in *irgendeinem* Kleid.«

August lachte auf. »Ich verstehe dich nicht, Franz. Sei doch froh, dass Clara so bescheiden ist. Warum viel Geld für ein Kleid ausgeben, das nur einmal getragen wird? Warum muss man die Frauen überhaupt erstmal wie ein Geschenk verpacken, nur um sie später wieder …«

Wilhelm zog warnend die Brauen hoch. August räusperte sich und verstummte, bevor er etwas Anstößiges sagte.

Dennoch gab Clara ihrem Bruder ausnahmsweise recht. Allein die Vorstellung, mit Franz vor den Altar zu treten, kam ihr höchst übertrieben vor. Und dann auch noch in einem solchen Kleid?

»Wenn wir erstmal den Krieg gewonnen haben und das Deutsche Reich vereinigt ist, dann wird Heiraten ohnehin Sache des Staates. Dann ist Schluss mit dem ganzen Kirchentheater«, sagte August. Es sollte wohl gleichgültig klingen, aber Clara meinte dennoch, einen Anflug von Traurigkeit aus seinen Worten zu hören.

Netty stieg die Zornesröte ins Gesicht. »Dann hoffe ich aber sehr, dass wir den Krieg verlieren, August!«, schnappte sie.

August schluckte und sagte dann ungewohnt leise: »Ich bin durchaus ein Romantiker, Netty. Aber der Krieg macht einen Mann realistisch.«

Netty befand August wohl keiner Antwort für würdig. »Wann lasst ihr denn eure Hochzeitsfotografie machen?«, fragte sie.

»Eine Fotografie?« An so etwas hatte Clara noch gar nicht gedacht. »Ich weiß nicht.«

»Eine hervorragende Idee, Netty!«, sagte Franz. »Das ist natürlich eine recht aufwändige Sache. Am besten also, wir machen das bald. Noch vor der Trauung.«

»Aber das Kleid muss erst fertig sein«, sagte Netty.

Adele nickte. »Wilhelm, schreib das auf! Wir brauchen einen Termin beim Fotografen.« Sie warf einen Seitenblick auf Franz. »Und einen beim Schneider?«

Franz nickte. »Auf meine Rechnung, bitte.«

»Aber …«, setzte Clara an.

Franz nahm ihre Hand, drückte die Lippen darauf und hob seine Augen zu Clara. »Nichts ist mir zu teuer für meine Schöne.«

Clara wurde heiß im Gesicht und sie schlug die Augen nieder. Sie wünschte wirklich, die ganze Sache wäre endlich vorbei.

»Haben wir dann alles?«, fragte Wilhelm und unterdrückte ein Gähnen.

»Nur eine Sache noch«, sagte Franz. »Ich bin zwar ein Romantiker.« Er warf Clara einen glühenden Blick zu. Dann lehnte er sich zurück. »Aber wie August bin ich auch Realist. Und ich denke, wir sollten einen Ehevertrag aufsetzen.«

»Unsinn. Was soll das denn wieder für ein neumodischer Kram sein?«, polterte Wilhelm.

»Das ist gar nicht neumodisch, so etwas gibt es schon sehr lang, lieber Schwiegervater in spe.«

»Und was ist ein Ehevertrag?«, fragte Clara vorsichtig.

»Nun, mein Herz, er regelt notariell beglaubigt unsere materiellen Angelegenheiten über die Rechte und Pflichten der kirchlichen Gelübde hinaus.«

Clara nickte. Das konnte ja an sich nichts Schlechtes sein, oder? Das Teehaus könnte, wenn sie einen guten Vertrag aushandelten, vielleicht sogar von dieser Ehe profitieren. Nicht nur durch eine einmalige Zahlung, sondern dauerhaft. Und letztlich, wenn sie ehrlich war, ging es ihr doch genau darum.

»Solche Fragen sollten vermutlich wirklich eindeutig geregelt werden«, sagte sie. »Vater, bist du so gut und setzt für uns einen Notartermin mit auf die Liste?«

Wilhelm schüttelte missbilligend den Kopf. »Eine Frau und ihr Mann leben beisammen, bis dass der Tod sie scheidet, und es gilt das kirchliche Erbrecht. Was soll man da noch zusätzlich regeln? Adele und ich haben nie einen Ehevertrag gebraucht.«

»Also, ich bin dafür«, bekräftigte Clara. »Ich bin sehr dafür, dass alles seine Ordnung hat.«

Adele schnalzte ungeduldig mit der Zunge. »Wilhelm, bitte.«

Wilhelm zuckte die Achseln und schrieb es auf. Franz drückte Clara erneut einen Kuss auf die Hand. »Hauptsache, wir sind uns einig.«

Nachdem sie sich über Kirche, Menüfolge, Einladungen und hundert andere Kleinigkeiten verständigt hatten, erhoben sich alle, um endlich wieder ihren alltäglichen Verrichtungen nachzugehen.

»Wilhelm, die Liste«, sagte Adele. »Die nehme ich am besten.«

Wilhelm nickte und überreichte sie seiner Frau.

Adele warf einen Blick darauf und stutzte. »Aber Wilhelm, wer soll denn das lesen?«

Clara trat zu ihr und sah ihr über die Schulter. Sie hatte recht. Die Buchstaben waren winzig klein, man konnte kein einziges Wort entziffern. Dabei hatte Vater immer eine großzügige, ausladende Handschrift gehabt. Konnte die Handschrift sich durch das Alter oder vielleicht eine Krankheit so sehr verändern?

Der Ausdruck im Gesicht ihres Vaters – bemüht gleichgültig und doch offenbar verzweifelt – ließ Clara schlucken. »Macht nichts«, sagte sie schnell, griff nach der Liste und faltete sie zusammen. »Ich weiß noch alles. Ich schreibe es dir gleich nochmal auf, Mutter.«

Sie ging nach nebenan in Vaters Arbeitszimmer und setzte sich an den großen Schreibtisch.

Als sie mit der Liste fertig war, legte sie sie beiseite und öffnete die Mappe mit dem Briefpapier. Es wurde höchste Zeit.

Mein lieber Akeno-san,

wie geht es Ihnen, wo weilen Sie gerade? Ich wünschte, ich könnte jetzt bei Ihnen sein, irgendwo in Europa, und neue Länder, neue Sitten kennenlernen.
Gerade jetzt wäre ich gern überall, mit Ihnen. Nur hier in Berlin will ich nicht sein.
Sie müssen wissen, es sind bewegte Zeiten, und seit Wochen kann ich an kaum etwas anderes denken als daran, wie ich es Ihnen am besten mitteilen soll.
Dem Geschäft geht es gut. Wir haben eine nicht unbeträchtliche Unterstützung von einer befreundeten, recht betuchten Familie erhalten.
Wie solche Angelegenheiten wohl in Japan gehandhabt werden? Gibt es in Ihrer Heimat so etwas wie einen Brautpreis? Ich habe gelesen, in manchen Gegenden der Welt sei es üblich, der Familie, die eine Tochter hergibt, eine Art Entschädigung zu zahlen. Bei uns gehört so etwas höchstens inoffiziell zu den Gepflogenheiten, und ich war doch sehr überrascht, dass man offenbar einen hohen Preis für jemanden wie mich zu bezahlen bereit ist.
Sie merken schon, es fällt mir schwer, das Offensichtliche auszusprechen, lieber Akeno-san, und noch

schwerer fällt es mir, mein Zögern zu begründen. Doch ich will es versuchen:
Seit wir uns begegnet sind, weilt mein Herz bei Ihnen, wo immer Sie gerade sein mögen. Innerlich bin ich auf allen Ihren Reisen bei Ihnen. Jeden Tag denke ich an Sie, warte auf Ihren nächsten Brief. Ist es vermessen, wenn ich sage: Meine ganze Sehnsucht drängt zu Ihnen? Ich hätte mein Leben so gern mit Ihnen geteilt.
Es zerreißt mich, Ihnen nun sagen zu müssen, dass ich es mit jemand anderem teilen werde. Ein junger Mann, den ich seit meiner Kindheit kenne, hat um mich angehalten, und um meiner Familie willen bleibt mir nichts übrig, als Ja zu sagen.
Liebster Akeno-san, ich werde heiraten.
Und ich …

Clara hielt inne. Das Herz schlug ihr bis zum Hals. Ob sie ihn zur Hochzeit einladen sollte? Ihr wurde heiß und kalt bei dem Gedanken. Nein, das ging auf gar keinen Fall! Die Vorstellung, dass er sie mit Franz am Altar stehen sah, trieb ihr die Schamesröte ins Gesicht. Sie könnte es nicht ertragen, wenn Akeno zum Greifen nahe wäre und sie doch mit einem anderen gehen müsste.

Aber wenn sie ihm von der Hochzeit schrieb, dann sollte sie ihn auch einladen, oder nicht?

Clara griff nach der bereits beschriebenen Seite und las sie noch einmal durch. Dort stand, überaus deutlich sogar, was sie sich selbst bisher nicht hatte eingestehen wollen: Sie liebte diesen Fremden. Sie wusste nicht, ob er ebenso fühlte. Aber sie wusste, was sie selbst empfand.

Und wenn er zu ihrer Hochzeit käme, würde sie Franz nicht heiraten können. Sie würde ihn vor dem Altar verlassen. Das hieß, sie konnte es Akeno erst sagen, wenn die Zeremonie vorüber war.

Sie lehnte sich zurück und schloss die Augen. Wie seltsam es sich anfühlte, ein Geheimnis vor Akeno zu haben. Falsch und fremd und traurig. Und dennoch ging es nicht anders. Ohne die Augen zu öffnen, riss sie den angefangenen Brief mitten entzwei.

***

Das Fotoatelier in der Rykestraße hatte vor kurzem erst eröffnet. Eine Teekundin hatte es ihnen empfohlen. Sie hatte im Kaufhaus am Alexanderplatz von der bevorstehenden Hochzeit gehört, die Sache sprach sich offenbar bereits herum. Gestochen scharfe, wohlinszenierte Bilder sollte es hier geben, die ein Leben lang halten würden.

Clara stieg aus der Kutsche und hakte sich auf seinen Wink hin bei Franz ein. Hinter ihnen setzten Adele und Netty die Koffer, in denen sich die Kleidung für die Hochzeitsfotografie befand, auf die Straße.

Im Schaufenster hing ein Schild, auf dem mit weißer Farbe geschrieben stand: *Photoatelier Peter Rabinski. Voranmeldungen bitte im Geschäft.*

Darunter waren einige Aufnahmen ausgestellt. Das Porträt eines Mädchens fesselte für einen Moment Claras Aufmerksamkeit. Die Konturen ihres Gesichts waren weich, das Licht zeichnete Tiefe in die Züge, die Augen waren dunkel und wie in kindlichem Erstaunen nach oben gerichtet, die Lippen ein wenig geöffnet und der Teint so fein wie das feinste Biskuit-Porzellan. Das Mädchen trug Sonntagsstaat, und es hielt eine Puppe auf dem Schoß, die dasselbe helle Kleidchen trug wie es selbst. Das Bild strahlte eine frohe, kindliche Gelassenheit aus, die Clara seltsamerweise traurig stimmte.

Vielleicht lag es daran, dass neben dem Bild eine echte Puppe im Fenster saß. Es war dasselbe Modell wie die Puppe auf dem Schoß des Mädchens. Ihr Porzellankopf war zerbrochen und wieder geklebt worden; feine Linien zogen sich durch das Gesicht, wie Narben, die man nur sah, wenn man genauer hinschaute. Sie betonten die Perfektion des Gesichts, statt sie zu stören. Es sah so echt aus, dieses Puppenkind, so lebendig. Und wie es schien, hatte es ein schlimmes Schicksal erlitten. Sie musste an Akeno denken. In einem seiner Briefe hatte er ihr erzählt, wie er als kleines Kind bei bewaffneten Unruhen seine Eltern verloren hatte. Ein wohlmeinender Soldat hatte ihn damals mit sich genommen und später in einem Teegarten ganz im Süden Japans, in der Präfektur Kagoshima, untergebracht, wo er fortan gelebt und gearbeitet und seine Liebe zum Tee entdeckt hatte. Clara unterdrückte das Schluchzen, das plötzlich in ihr aufstieg, und wandte den Blick von dem melancholisch dreinblickenden Kind im Fenster ab.

»Lasst uns endlich reingehen«, sagte sie und zog Franz mit sich in den Laden.

Drinnen bemerkte sie als Erstes den Geruch von feuchtem Staub. Das Haus war noch nicht einmal richtig trockengewohnt, so neu war es. Vermutlich gebaut mit Steinen aus der Ziegelei Casper.

Das Atelier bestand aus zwei freundlichen Räumen, die zur Straße hinausgingen. Der kleinere war als Warteraum hergerichtet, mit einem Tischchen, auf dem Fotografie-Alben lagen. Es blieb jedoch keine Zeit, sie sich anzusehen, denn sie wurden von dem jungen, nervös wirkenden Herrn Rabinski gleich in das eigentliche Studio gebeten.

Clara betrachtete die Lampen und Lichtsegel und die große Prospektwand. Selbst eine antikisierende Säule sowie eine lebensgroße Gipsstatue einer griechischen oder römischen Heroin fand hier Platz. Im hinteren Teil des Raumes war eine Garderobe abgeteilt.

Franz kam mit seinem Anzug gut allein zurecht, doch Clara brauchte Nettys Hilfe, um ihr strahlend weißes Hochzeitskleid zu arrangieren. Sie wollte sich gar nicht vorstellen, was es gekostet haben mochte. Der Seidenstoff würde fast unmöglich zu waschen sein. Das zarte, mit kleinen Perlen und Seidenblüten bestickte Gewebe an Ausschnitt und Ärmeln durfte nicht einreißen, und die Tournüre, die Claras Gesäß modellierte, nahm erstaunlich viel Platz ein. Sie musste sich vorsichtig umdrehen, wenn sie keine Vasen oder anderen Zierrat in ihrer Reichweite mitreißen wollte.

»Ach!«, schimpfte sie. »Ich komme mir vor wie eine Raupe bei der Verpuppung.« Die vielen Raffungen an der Vorderseite des Kleides erlaubten ihr kaum, richtig auszuschreiten.

»Aber immerhin eine überaus beeindruckende und hübsche Puppe«, sagte Netty und steckte den Seidenblütenkranz mit dem Schleier in Claras Haaren fest. »Außerdem solltest du dich nicht beschweren.« Sie betrachtete Clara von oben bis unten. »Ich fürchte, ich selbst werde niemals solch ein wunderschönes Kleid tragen dürfen.«

Clara hörte Franz auf der hölzernen Bühne bereits ungeduldig auf und ab schreiten, während sie noch immer mit Schleifen, Handschuhen und Fächer beschäftigt war.

»Natürlich wirst du zu deiner Hochzeit ein mindestens ebenso schönes Kleid tragen, Netty.« Clara gab ihrer Schwester einen Kuss auf die Wange. »Und du wirst darin viel hübscher aussehen als ich«, fügte sie hinzu. Weil *du* nämlich eine glückliche Braut sein wirst, dachte sie. Aber das sagte sie natürlich nicht laut.

»Fertig!«, verkündete Netty endlich, und als Clara hinter dem Vorhang hervortrat, schlug Adele vor Staunen die Hände zusammen und Franz blieb buchstäblich der Mund offenstehen.

»Was sagt ihr?«, fragte Clara etwas unsicher.

»Famos!«, sagte Franz. »Wunderbar!«

Adele war unfähig zu sprechen. Ihr standen Tränen der Rührung in den Augen.

»Hier herüber, bitte«, sagte der Fotograf und wies Clara und Franz ihre Plätze auf der kleinen Bühne an. Franz wurde auf einen samtbezogenen Stuhl gesetzt, Clara stellte sich etwas versetzt links neben ihn. Ihr Kleid würde nicht zur Wirkung kommen, wenn sie sich setzte.

»Protestantisch, nehme ich an?«

»Selbstredend«, antwortete Franz.

Der Fotograf zog hinter ihnen einen gemalten Prospekt herunter, der das eher schlichte Interieur einer evangelischen Kirche zeigte. Er arrangierte einen Strauß frischer Rosen in einer Vase und platzierte sie auf einer halben Säule schräg hinter Clara. Er forderte sie auf, sich näher an ihren Bräutigam heranzustellen und ihm als vertrauensvolle Geste, wie er sagte, eine Hand auf den Arm zu legen.

Zwischen seinen Regieanweisungen verschwand er immer wieder unter dem schwarzen Tuch seiner Kamera und prüfte das Bild, ordnete hier und da noch eine Falte oder eine Rosenblüte. Als er endlich zufrieden war, holte er zwei Posehilfen herbei, passte die Höhe an und klemmte Franz' und Claras Nacken in die gepolsterten Halterungen, damit sie während der langen Belichtung der fotografischen Platte auch wirklich stillhielten.

Nach einem gefühlten Weltzeitalter war das Bild endlich im Kasten und Clara trug wieder ihre Alltagskleidung. Sie war erschöpft und wollte einfach nur eine Weile allein sein.

Als Franz eine Kutsche heranwinkte, um die Winterfelds nach Hause zu bringen, erklärte sie, dass sie lieber zu Fuß gehen wollte.

»Wirklich, mein Herz? Aber warum?«, fragte Franz.

»Das Wetter ist so schön«, sagte Clara.

Das war zwar eine Ausrede, stimmte aber dennoch. Es war erst Ende April, doch der Himmel über Berlin strahlte in einem fast schon sommerlichen Blau, und die Sonnenstrahlen wärmten endlich auch ein wenig.

»Nun, dann gehen wir eben gemeinsam«, sagte Franz und bot ihr den Arm.

Der Kutscher verstaute die Koffer mit der Hochzeitskleidung.

»Bitte sei mir nicht böse, Franz, aber ich möchte lieber allein gehen. Ich muss mich ein wenig sortieren nach diesem … Erlebnis.« Sie lächelte.

Kurz huschte ein Schatten über Franz' Gesicht. Dann glättete sich seine Stirn und er sagte: »Was immer meine Braut sich wünscht.«

Damit stieg er zu Adele und Netty in die Kutsche. Clara sah ihr nach, als sie davonfuhr.

Während sie langsam nach Hause ging, hatte sie kaum einen Blick übrig für die Schönheit der Stadt im Frühling. Zwei Gedanken kreisten unaufhörlich in ihrem Kopf: Ich mache einen Fehler. Wenn ich es nur erst hinter mir hätte.

7

Die evangelische Kirche mit ihrem eckigen Turm aus Feldsteinen und dem breiten Kirchenschiff kam Clara vor wie in die Erde geduckt, als wollte sie lieber nicht gesehen werden. Die Trauung fand bei den Caspers in Zempernick statt, Franz hatte darauf bestanden, und Clara war es einerlei.

Vorsichtig tat sie in ihrem aufsehenerregenden Kleid ein paar Schritte auf die Kirche zu, aber es war vielleicht doch besser, zu warten, bis ihr Vater an ihre Seite trat. Clara schloss die Augen und hielt ihr Gesicht in die Sonne. In ein paar Stunden war es vorbei und sie konnte sich endlich ausruhen.

Seit Wochen fragte sie sich, ob sie womöglich nur kaltherzig und berechnend war. Bei den umfangreichen Vorbereitungen zur Hochzeit hatte sie eigentlich nur der Ehevertrag wirklich interessiert. Er regelte die Gütergemeinschaft und das gegenseitige alleinige Erbrecht im Todesfall. Clara wurde ein üppiges monatliches Handgeld für ihre privaten Ausgaben zugesprochen. Wichtig war, sie durfte es auch für das Teehaus ausgeben. Franz war damit einverstanden, solange diese Nebenaufgabe, wie er es nannte, Claras Ansehen als Ehefrau und ihre Repräsentationsaufgaben nicht beeinträchtigte. Und aufgehoben würde die Regelung nur, falls sie und Franz sich trennen sollten. In dem Fall würde Franz sein ganzes Geld zurückerhalten, so einfach war das.

Clara wusste, dass sie sich damit festlegte. Aber genau darum ging es ja in einer Ehe – man legte sich für den Rest seines Lebens fest. Das war zwar beängstigend, erschien ihr aber durchaus gerecht. Wilhelm konnte die Idee des Ehevertrags zwar nicht überzeugen, aber Adele hatte nichts dagegen gehabt. Vor allem gab er Clara das beruhigende Gefühl, ihrer Familie immer helfen und das Teehaus erhalten zu können. Und eine Ehe war letztlich nur ein kleiner Preis für diese Sicherheit.

»Wollen wir?«, fragte Adele.

Clara nickte. Sie hängte sich bei ihrem Vater ein und zog an seiner Seite in die Kirche ein, gefolgt von den Trauzeugen, Blumenkindern, den Familien, Freunden und ein paar wichtigen Kunden, die bald überall von diesem Ereignis berichten würden. Vorne am Altar wartete Franz und sah ihr erwartungsvoll entgegen. Wilhelm tätschelte ihr fürsorglich die Hand. Er hatte den ganzen Morgen noch kein Wort gesagt, und er sah beinahe ebenso verzagt aus, wie Clara sich fühlte.

Die Zeremonie selbst zog wie in weiter Ferne an Clara vorüber. Erst kamen Eröffnung und Anrufung. Der Pastor begrüßte die Hochzeitsgesellschaft, dann las er einen Bibelvers, an den Clara sich in dem Moment, wo er verklang, bereits nicht mehr erinnerte. Es folgte das Eingangsgebet, gesprochen von der versammelten Gemeinde. Der Pastor erzählte von Franz und Clara, als sie Kinder waren, und dass diese Ehe sich vor langer Zeit schon angebahnt hatte, zweifellos von Gott so gewollt. Dann wurde erneut aus der Bibel gelesen, und Clara bekam vage mit, dass es dabei um Mann und Frau und Ehe und Pflichten ging. Sie konnte sich nicht konzentrieren, weil sie daran denken musste, wie Akeno ihr in einem seiner Briefe die japanische Teezeremonie beschrieben hatte. Jede kleine Verrichtung war voller Schönheit und Bedeutung. Sie musste weit intimer und zugleich um vieles heiliger sein als diese Trauung. Akeno hatte ihr versprochen, ihr eines Tages eine solche Zeremonie zu schenken. Doch sie hatte ihm nicht mehr auf seine Briefe geantwortet, seit sie den letzten an ihn zerrissen hatte, und so würde es wohl nie dazu kommen. Sie hatte es einfach nicht über sich gebracht, ihn zu belügen. Und die Wahrheit konnte sie ihm noch weniger sagen.

Als es zum Traubekenntnis kam, riss Clara sich zusammen und sprach auf die Fragen des Pastors folgsam ihr »Ja, mit Gottes Hilfe«.

Beim Tausch der Ringe hatte Clara Mühe zu atmen. Vermutlich war das Korsett zu eng geschnürt.

Beim Trauungssegen tanzten Silberfünkchen vor ihren Augen. Beim Vaterunser verengte sich ihr Blickfeld und ein schwarzer Ring aus Dunkelheit legte sich um einen immer länger und enger werdenden Tunnel.

Bei den Fürbitten klammerte sie sich an Franz' Arm wie eine Ertrinkende, und er bedachte ihre Anhänglichkeit mit einem wohlwollenden Lächeln.

Clara stand zuletzt noch den Segen des Pastors durch, und beim Auszug aus der Kirche griff August auf der anderen Seite nach ihrem freien Arm und stützte sie.

»Ist dir nicht gut?«, fragte er dicht an ihrem Ohr.

Claras Atem ging flach und schnell, ihr Herz hämmerte in der Brust und sie hatte Angst, jeden Moment die Besinnung zu verlieren. »Ich muss es nur bis zum Wagen schaffen«, flüsterte sie.

»Wir helfen dir«, sagte August. »Keine Bange.«

Wäre Clara nicht so außer sich gewesen, hätte sie darüber

gelacht. Keine Bange. Sie hatte noch nie im Leben eine solche Angst verspürt.

Dabei war es doch schon vorbei. Die Trauung war vollzogen. Wenn sie vorher Angst gehabt hätte, das wäre wohl verständlich gewesen. Aber jetzt, nachdem alles vorbei war? Es konnte doch gar nichts mehr schiefgehen.

Clara klammerte sich an die Sitzbank der Hochzeitskutsche und konzentrierte sich darauf, einfach nur zu atmen. Der frische Fahrtwind und dass sie bei dem Rappeln der Räder auf dem Kopfsteinpflaster nicht mit Franz reden musste, halfen ihr, ihre Fassung wiederzuerlangen.

Als sie eine Viertelstunde später die Casper'sche Villa erreichten, spürte sie, dass sie wieder Farbe im Gesicht hatte und nicht fallen würde, wenn sie vom Wagen stieg.

Clara raffte den Saum ihres Kleides und folgte Franz über den Weg durch den vorderen Rosengarten zum Eingang des Hauses. Trotz aller Vorsicht war der Saum bereits nach wenigen Schritten mit gelbrotem Ziegelstaub bedeckt. Er war einfach überall, man konnte ihm nicht entgehen, und Clara vermutete, dass er sich auch nicht würde herauswaschen lassen. Doch was machte das schon? Sie würde das Kleid ja ohnehin nie wieder tragen. Sie ließ den Saum los, schloss zu Franz auf und betrat mit ihm gemeinsam ihr neues Zuhause.

***

Bestimmt höchst ansehnlich, mit verschränkten Füßen und sehr aufrecht saß Clara auf einem der zahlreichen Sofas im Erdgeschoss der Villa. Ihr Blick schweifte über die Hochzeitsgäste, die in Grüppchen zusammenstanden oder saßen und plauderten.

Zu gern wäre sie endlich aus ihrem Raupenkleid herausgekommen und hätte sich etwas Bequemeres angezogen. Aber ihre repräsentativen Aufgaben am heutigen Tag waren noch nicht beendet. Im Grunde war es nicht viel anders als die Arbeit im Salon, sagte sie sich. Lächeln, unterhaltsam plaudern und dafür sorgen, dass alle sich wohl fühlten. Der einzige Unterschied war, dass sie hier niemanden bedienen musste. Sie konnte also eigentlich zufrieden sein.

Wenn sie nur nicht so müde gewesen wäre. Clara gähnte und zählte die Minuten. Sie wurde erst ein wenig wacher, als aus dem einschläfernden Gemurmel der Gäste eine Stimme deutlich herausstach:

»Und ich sage, man muss die bürgerliche Ehe an erste Stelle setzen! Nieder mit der Macht der Kirchen! Nieder mit den endlosen Zeremonien! Sie sind ein Kropf, eine Unzumutbarkeit für Mensch und Geldbeutel.«

Das war August. Natürlich. Er hatte schließlich aus nächster Nähe mitbekommen, wie sehr die Trauung Clara strapaziert hatte, und sie fand es nett von ihm, dass er sich um sie sorgte.

Er und Franz hielten etwas unsicher auf den Kamin zu. Sie waren schon ziemlich angetrunken.

Franz hieb August kameradschaftlich auf die Schulter. »So ist es, so ist es.« Sein Gesicht war dunkelrot. »Ohne dich hätt ich auch niemals diesen Ehevertrag geschlossen. Ich bin dir zu tiefstem Dank ...«

Clara wandte sich dem Fenster zu, bevor einer von ihnen noch auf die Idee kam, sie in diese alkoholisierte Unterhaltung einzubeziehen. Zwei Eichhörnchen jagten sich draußen über den staubigen Platz. Sie passten farblich gut in die Umgebung und zogen beim Rennen rötliche Staubfahnen hinter sich her.

»Clara, da bist du ja!«

Netty setzte sich neben sie. In ihrem Gesicht stand die Begeisterung, die eigentlich Clara hätte verspüren sollen. Doch sie fühlte sich innerlich noch immer wie betäubt, der ganze Tag, die Hochzeit, nichts davon erschien ihr wirklich, alles blieb seltsam entrückt.

Netty übereichte ihr ein in rotes Seidenpapier gewickeltes Päckchen. »Für dich«, sagte sie.

Clara nahm es entgegen, strich mit den Händen über das weiche Papier und zögerte. »Was ist es?« Wie ein Buch fühlte es sich jedenfalls nicht an.

»Mach es doch einfach auf.«

Clara öffnete die Schleife und zum Vorschein kam ein Bilderrahmen aus dunklem Holz, mit der Rückseite nach oben.

Clara drehte ihn um. Unter dem Glas prangte in einem bestickten Passepartout aus glänzendem, goldfarbenem Stoff ihre Hochzeitsfotografie.

Franz sah darauf stolz und sehr mit sich zufrieden aus, aber sie selbst wirkte etwas geisterhaft, ihr Blick war verschwommen. Vermutlich hatte sie während der Belichtung doch geblinzelt, obwohl der Fotograf ihnen erklärt hatte, dass sie gerade das tunlichst vermeiden sollten.

»Lies, was da steht!«, forderte Netty sie auf.

Clara bemerkte erst jetzt, dass sich zwischen den gestickten Ranken und Blüten Worte verbargen.

Ungeduldig nahm Netty ihr den Rahmen aus der Hand und las vor:

»Gott schütze unsern Bund, auch unser trautes Heim, und lasse uns in Treue auf Erden glücklich sein!«

Sie strahlte Clara an. »Das habe ich selbst gemacht.«

Clara hatte plötzlich einen Kloß im Hals. Sie drückte ihre

kleine Schwester an sich und hauchte, »Danke, Netty. Für alles.«

Netty reichte ihr ein Taschentuch und begann selbst ein wenig zu weinen. Clara schnäuzte sich, und dann saßen sie eine Weile einfach da, zwei Schwestern, Hand in Hand, die ihr bisheriges Leben lang ein Zimmer geteilt hatten.

Von nun an wäre Netty allein in dem großen Raum, und Clara musste nicht nur das Zimmer, sondern vielleicht gar das Bett mit Franz teilen. Würde sie überhaupt je wieder schlafen können, ohne Nettys ruhige Atemzüge neben sich zu hören? Sie würde es so sehr vermissen, morgens aufzuwachen und ihre bereits verlassene und aufgeräumte Schlafstatt zu sehen.

Doch sie durfte sich solchen Gedanken gar nicht erst hingeben. Besser, sie dachte an den Vertrag und die Möglichkeiten, die er ihrer Familie bot. Sie hatte jetzt mehr als genug Geld für die vielen Experimente, die sie mit dem Tee vorhatte. Möglicherweise würden sie ihre neuen Kreationen sogar an andere Teegeschäfte verkaufen können und …

»Liebe Gäste! Kuchen!«, rief Heinrich Casper und klatschte in die Hände.

Die Hochzeitsgäste begaben sich zu der langen, reich geschmückten und mit schimmernden Damast-Tischdecken gedeckten Tafel. Clara und Netty folgten ihnen in aller Ruhe.

Franz ließ sich neben Clara auf seinen Stuhl plumpsen. Sie roch seinen Alkoholatem, als er seine Hand auf ihre legte und ihr ein Lächeln schenkte. »Meine Schöne«, sagte er schwerfällig.

Der Tee wurde in schneeweißem, hauchdünnem Porzellan serviert – ein Teil der Aussteuer. Claras Eltern hatten sich in viel zu hohe Unkosten dafür gestürzt. Vermutlich kam das Geld am Ende ohnehin von den Caspers. Ein einfaches Blütendekor zierte die Tassen, und sie waren flach und weit, sodass Farbe und Aroma des Tees wunderbar zur Geltung kamen.

Clara hatte Wilhelm das feste Versprechen abgenommen, ihr alle neuen Teemuster zukommen zu lassen, damit sie sie testen konnte, bevor er Entscheidungen traf. Mit diesen Tassen würde die Arbeit ein Vergnügen sein. Sie hätte gern gesehen, wie die grüngoldene Farbe des japanischen Sencha vor dem durchscheinenden Weiß leuchtete, und stellte sich vor, wie sie den süßen Dampf inhalierte, der von der Oberfläche aufstieg.

Aber Akenos Besuch schien unendlich lange her zu sein. Lange schon war nichts mehr übrig von seinem köstlichen Geschenk. Dabei war es jetzt erst Ende Mai. Clara fühlte sich schuldbewusst bei dem Gedanken an die leere Teedose, die sie aufbewahrte wie einen geheimen Schatz. Sie hatte sie niemandem gezeigt. Nicht einmal Netty. Und den grünen Tee hatte sie sich immer nur nachts zubereitet, wenn sie allein in der Küche gesessen und gelesen hatte.

Clara lauschte den Tischgesprächen und dem leisen Klirren der Kuchengabeln auf den Tellern. Tee und Torte wurden gebührend gelobt und sie musste nur dasitzen und nichts tun. Franz hauchte ihr gelegentlich von der Seite bewundernde Worte ins Ohr, und sie gab sich Mühe, ihn nicht merken zu lassen, dass sein Zustand ihr unbehaglich war.

Er war nur ein betrunkener Mann, sagte sie sich. Das war an sich ja nichts Besonderes, und es würde sicher noch öfter vorkommen. Doch nach und nach rückte er immer näher, und als er sich zu ihr herüberlehnte und an ihrem Haar roch, konnte sie nicht mehr an sich halten.

»Franz«, zischte sie. »Könntest du dich bitte ein wenig

würdevoller benehmen? Wir haben Gäste.« Sie schob ihn von sich und versuchte, etwas Raum für sich zu gewinnen.

Franz wich mit erhobenen Händen zurück, drehte sich von ihr weg und fegte dabei versehentlich seine Tasse samt Untertasse vom Tisch. Der dampfend heiße Tee ergoss sich in seinen Schoß. Sein Stuhl fiel krachend nach hinten um, als er aufsprang, und das schneeweiße Teegedeck ging zu Bruch.

»Verflixt und ... Clara! Schon wieder!«

Die Hochzeitsgäste stellten ihre Gespräche ein, alle Blicke richteten sich auf sie.

Franz zog an seiner vom Tee durchtränkten Hose. Der nasse Stoff war sicher furchtbar heiß, und mit einem Mal wirkte Franz vollkommen nüchtern.

Er riss sich die Serviette aus dem Kragen und warf sie auf den Tisch. »Ich gehe dann wohl wieder einmal die Hose wechseln.« Mit säuerlicher Miene und etwas steifbeinig verließ er den Raum.

Als eine junge Bedienstete, deren Namen Clara noch nicht kannte, herbeikam, den Stuhl aufstellte und die Scherben zusammenfegte, nahmen die Gäste ihre Gespräche wieder auf.

Clara saß da und starrte auf den vom Tee noch feuchten Fleck auf dem Parkett. Die Sache tat ihr wirklich furchtbar leid. Das Erschreckende war nur, dass es ihr nicht wegen Franz leidtat, der sich vermutlich verbrüht hatte. Es tat ihr leid um das schöne Porzellan.

***

Als Clara ihr Zimmer betrat, wollte sie nur eins: sich endlich aus ihrem Kleid befreien. Aber ohne Hilfe würde sie das nicht schaffen, wenn sie es nicht beschädigen wollte. Netty konnte sie nicht um Hilfe bitten, sie logierte mit ihren Eltern und August auf der anderen Seite der Villa, wo die Gästezimmer lagen.

Sie selbst befand sich in den Wohnräumen der Familie Casper. Noch kannte sie die Namen der Mädchen nicht, und sie wollte sich auch nicht gern von einer Fremden beim Ausziehen helfen lassen. Außerdem war es spät und längst dunkel. Clara seufzte und schloss die Tür ihres Schlafgemachs hinter sich. Mit einiger Beklemmung dachte sie daran, was Eheleute in der Hochzeitsnacht taten, ja geradezu zu tun verpflichtet waren. Sie war natürlich nicht naiv und wusste um gewisse Geheimnisse. In Berlin konnte man allerlei Dienste leicht kaufen, und August hatte früher geradezu geprahlt mit seinen Eroberungen, die keine waren, weil er sie bezahlen musste. Clara hatte ihn lange nicht mehr über derlei Abenteuer sprechen gehört, aber früher hatte er ihr und Netty manchmal Details geschildert, die aufregend und beängstigend zugleich waren. Sie wusste also recht genau, was heute vermutlich noch auf sie zukam. Sie wusste nur nicht, ob sie wirklich bereit dazu war.

Der Raum kam ihr viel zu groß vor, um einfach nur darin zu schlafen. Aber daran würde sie sich vermutlich gewöhnen. Und immerhin – es war ihr eigenes Reich. Hatte sie sich nicht immer ein eigenes Zimmer gewünscht? Und jetzt hatte sie eines, das so viel größer war als die Kammer ihrer Mutter.

Franz hatte, wie sie mit Erleichterung festgestellt hatte, ebenfalls sein eigenes Schlafzimmer – gleich nebenan, mit ihrem Zimmer durch eine Doppelflügeltür verbunden.

Clara schob einen der schweren Vorhänge ein wenig zur Seite und versuchte, hinauszuschauen. Aber das helle Gaslicht im Zimmer verwandelte die Fenster in dunkle

Spiegelscheiben, und sie erkannte lediglich sich selbst. Sie sah schrecklich müde und ängstlich aus, ihr Gesicht war bleich und hatte tiefe Schatten unter den Augen. Eher war sie der Geist einer Braut als die ›Schönheit‹, die Franz den ganzen Tag über gebetsmühlenartig heraufbeschworen hatte.

Ihr Ehemann. Und sie war jetzt also eine Ehefrau. Sie konnte sich an den Gedanken und was das für sie bedeutete, einfach nicht gewöhnen. Seit Franz' Antrag hatte sie sich das gar nicht vor Augen halten wollen. Aber jetzt konnte sie die Furcht vor dem Unvermeidlichen nicht mehr beiseiteschieben.

Clara ließ sich auf den Stuhl vor ihrem neuen Waschtisch sinken und unterdrückte einen Anflug von Panik und das heftige Heimweh, das in ihr aufwallte.

Franz kam, ohne zu klopfen, aus dem angrenzenden Zimmer herein. Er trug ein langes Hemd, Strümpfe und Sockenhalter. Die übrige Kleidung hatte er bereits abgelegt, und Clara beneidete ihn darum, auch wenn sein Aufzug ihr Sorgen machte.

Er ließ sich in einen barock verschnörkelten Sessel fallen, blies die Backen auf und stieß die Luft aus. »Was für ein Tag«, sagte er. Seine Stimme klang klar. Er schien also wieder einigermaßen nüchtern zu sein.

Dennoch hatte sein Blick etwas Glasiges, als er Clara jetzt anstarrte. »Du brauchst Hilfe mit dem Kleid, habe ich recht?«, sagte er.

Clara nickte vorsichtig. »Ja, allein komme ich da nie wieder raus.«

Franz grinste. »Vermutlich ist das gerade so gedacht.« Er stand auf. »Komm her, ich helfe dir.«

Clara zögerte, aber nur kurz. Er war ihr Ehemann. Und sie würde sich wie eine Ehefrau verhalten.

Franz trat hinter sie und fummelte vergeblich an den Bändern, Haken und Ösen in ihrem Rücken herum.

Schließlich fluchte er leise und griff mit beiden Händen in das zarte Gewebe in ihrem Nacken. Mit einem kräftigen Ruck hatte er das Kleid hinten bis zur Tournüre hinunter aufgerissen.

Clara stieß einen erschrockenen Laut aus. Aber es war ein erhebendes Gefühl, ja fast eine Freude, den beengenden Stoff so reißen zu hören.

Franz löste die Schleife, die die Tournüre um Claras Hüften hielt, und zog ihr das ganze Ding samt Rock einfach vom Leib. Clara lachte nervös auf, drehte sich rasch um und nahm ein wenig Abstand.

Sie erkannte in Franz den wilden Jungen, den sie als Kind so gemocht hatte. Aber jetzt war ihr das Wilde in seinem Blick nicht geheuer.

»Es ist die Hochzeitsnacht«, sagte er mit rauer Stimme.

Claras ganzer Körper fühlte sich steif an, wie eine Puppe. Sie atmete tief durch. »Ich weiß.«

Franz schlüpfte samt Hemd und Sockenhaltern unter die Bettdecke und hielt sie mit einer einladenden Geste für sie auf. »Keine Angst. Ich beiße nicht.«

Clara fasste sich ein Herz und legte sich neben ihn auf den Rücken, vorsichtig darauf bedacht, ihn nicht zu berühren.

Er legte die Decke über sie und rückte näher an sie heran. Sie fühlte die Hitze seiner Haut. Als Franz mit einer schnellen Bewegung die Hand zwischen ihre Beine gleiten ließ, zuckte sie zusammen. Sie wusste, was er vorhatte, und sie wusste, dass es seine Ordnung hatte. Aber es fühlte sich furchtbar fremd an, wenn ein anderer Mensch einen dort berührte.

Franz legte sich zwischen ihre Beine, wühlte sich durch ihren Unterrock, und sie spürte etwas Hartes, das gegen ihre Scham drängte. Clara hielt die Luft an und wartete auf den unvermeidlichen Schmerz. Franz biss die Zähne zusammen, Anstrengung stand in seinem Gesicht. Und dann spürte sie seine Härte weicher werden.

Er unterdrückte ein Fluchen, legte sich wieder neben Clara und verschränkte die Arme hinter dem Kopf. Sein Gesicht war dunkelrot.

»Franz, was ist denn?«, fragte sie vorsichtig. »Habe ich etwas falsch gemacht?«

Er antwortete nicht gleich und fasste mit einer Hand unter die Decke, befühlte dort seine Männlichkeit und verzog schmerzvoll das Gesicht.

»Was du falsch gemacht hast?« Seine Stimme klang kalt.

Mit einem Ruck schlug er die Decke zurück, stand auf, hob sein Hemd und präsentierte ihr seine nackte Vorderseite. Die Oberschenkel, die Lenden und sein Glied leuchteten feuerrot gegen seine sonst helle Haut, verbrüht vom heißen Tee.

Er ließ das Hemd fallen, wandte sich ab, stapfte aus dem Zimmer und knallte die Verbindungstür hinter sich zu.

Clara hätte zerknirscht sein sollen, sich entschuldigen und wenigstens ein bisschen schämen können. Aber wenn sie ehrlich war, empfand sie nur eins: Erleichterung.

Sie wickelte sich in ihre neue, fremde Bettdecke ein, rollte sich zusammen wie ein Kind und versuchte zu schlafen.

***

Als Clara die Augen wieder aufschlug, fielen bereits Streifen hellen Tageslichts unter den Vorhängen hindurch ins Zimmer. Sie war von einem Klopfen aufgewacht.

»Herein!«, rief sie, setzte sich auf und bemerkte erst jetzt, dass sie noch immer die zerfetzten Reste ihres Brautkleides am Leib trug. Ihr Busen lag frei, und schnell zog sie die Decke hoch bis ans Kinn.

»Guten Morgen, Frau Casper«, sagte eines der jungen Mädchen und machte einen Knicks, bevor sie zu den Fenstern eilte und die Vorhänge öffnete.

Clara kniff die Augen gegen die plötzliche Helligkeit zusammen.

Der Blick des Mädchens fiel auf die teuren Fetzen am Boden, und sie wurde abwechselnd bleich und rot, als sie sie wortlos einsammelte. An der Tür machte sie erneut einen Knicks.

»Das Frühstück ist im kleinen Salon serviert«, sagte sie hastig.

»Entschuldige«, sagte Clara, »wie ist noch gleich dein Name?«

»Marie«, sagte das Mädchen.

Clara fragte sich, ob Adele als junges Mädchen ebenso durch hochherrschaftliche Räume gehuscht war.

»Danke, Marie«, sagte Clara und schenkte ihr ein warmes Lächeln.

Als die Tür sich hinter ihr geschlossen hatte, streckte Clara sich ein wenig, um wach zu werden. Sie hatte trotz Franz' unrühmlichem Abgang gestern erstaunlich fest geschlafen. Aber jetzt fühlte sie sich erneut ungeschützt und beklommen.

Sie wickelte sich in die Decke, stand auf und öffnete eine der Türen ihres Wandschranks.

Ihre gesamte Kleidung war bereits fein säuberlich einsortiert worden. Viel war es allerdings nicht; ihre paar Blusen, Röcke und Mieder verloren sich fast in den Weiten dieses Kleiderschranks. In einer Berliner Mietwohnung würde man einen solchen Schrank wohl eher ein Zimmer nennen. Und damit sie dieses Zimmer füllte, stellte Franz ihr ein vertraglich geregeltes Budget zur Verfügung. Sie würde sich wohl wirklich etwas besser ausstaffieren müssen.

Als Clara etwas später den kleinen Salon betrat, waren ihre beiden Familien dort bereits versammelt und sie wurde freudig begrüßt.

Clara sah Netty die Neugierde an der Nasenspitze an; sie hätte sicher zu gern gewusst, was genau in der letzten Nacht zwischen Ehemann und Eheweib passiert war. Aber natürlich konnte sie ihr am Frühstückstisch davon nichts erzählen, und sie wusste auch nicht, ob es Franz gegenüber fein gewesen wäre, sein Missgeschick auszuplaudern.

»Wie geht es dir, Kind? Hast du gut geschlafen?«, fragte Adele. Auch sie forschte in ihrem Gesicht. Vermutlich wollten alle im Zimmer dasselbe wissen.

»Sie hat geschlafen wie ein Kind«, sagte Franz und grinste in die Runde.

Seine Fröhlichkeit klang aufgesetzt, und Clara bemerkte etwas beschämt die Doppelbödigkeit seiner Bemerkung.

Nach dem Frühstück wurde gleich schon zum Aufbruch geblasen. Heinrich Casper ließ anspannen, alle liefen durcheinander und Clara hatte Mühe, die Tränen zurückzuhalten. Sie hätte ihre Familie gern noch ein paar Tage um sich gehabt. Aber die Winterfelds konnten das Teehaus nicht länger als einen Tag allein der Obhut von Olga und einer Ladenhilfe überlassen, es war einfach zu viel zu tun. Mit Wehmut dachte Clara an Olga.

Sicher hätte sie viel darum gegeben, bei der Trauung und der Feier dabei sein zu dürfen. Aber das stand ihr nun einmal nicht zu. Wenn Clara das nächste Mal nach Berlin fuhr, würde sie ihr etwas Schönes kaufen. Einen Hut vielleicht, oder eine Brosche.

Clara verabschiedete sich vor dem Haus von ihrer Familie und versprach, sehr bald zu Besuch zu kommen.

Als die Kutsche davonfuhr, fühlte sie erneut diese beklemmende, den Atem raubende Angst heranrollen. Sie war jetzt ganz allein hier draußen. Mit dem Staub und den Brennöfen, mit Bediensteten, deren Namen sie kaum kannte, und mit den beiden Caspers, dem alten und dem jungen. Sie holte tief und langsam Luft. Es ist einfach ein Abenteuer, sagte sie sich. Ein Abenteuer fern der Heimat. Das hast du doch immer gewollt. Also. Du schaffst das schon. Mach dir erstmal eine Tasse Tee.

Clara drehte sich um und kehrte ins Haus zurück.

8

Rötliche Hitze umschloss Clara wie eine Faust, sofort brach ihr der Schweiß aus allen Poren und sie rang unwillkürlich nach Atem.

»Beeindruckend, nicht wahr!« Franz drehte sich in dem schummerigen, gemauerten Gang zu ihr um und strahlte sie an. »Komm, wir gehen tiefer hinein.« Er streckte Clara eine Hand entgegen.

Seit Wochen schon drängte er darauf, ihr das Fabrikgelände zu zeigen, um ihr, wie er sagte, einen Eindruck seiner ganzen Großartigkeit zu vermitteln. Irgendwie hatte es sich bisher nie ergeben, aber wenn sie nicht langsam ein wenig mehr Interesse zeigte, wäre Franz wohl verständlicherweise enttäuscht.

Sie hatten am heutigen Vormittag bereits die Berge von buntem Steinmehl, Sand und Tonerde besichtigt, die Zimmerei für die Modeln und das Draisinen-System, das sich über das gesamte Gelände zog. Und jetzt waren eben die neuen Ringöfen dran. Clara hatte nur nicht damit gerechnet, dass sie für eine Besichtigung tatsächlich *in* den Ofen hineinmussten.

Drei rußgeschwärzte, schweißnasse Gesichter trieben ihr von der Biegung des Ganges her im Schummerlicht entgegen. Die Männer schoben einen eisernen Wagen vor sich her.

»Fertige Ziegel«, erklärte Franz. Auch sein Gesicht glänzte bereits vor Schweiß.

»Könnten wir …«, brachte Clara hervor. Weiter kam sie nicht. Sie hatte Durst.

»Unsere Öfen haben zwanzig Kammern, und in jeder kann ein eigenes Feuer unterhalten werden, das Rohlinge brennt. Schau!« Er fasste nach einem Haken, der an der Wand hing, und öffnete eine Klappe in der Wand.

Vulkanhitze schlug Clara entgegen.

»Sieh doch!«, forderte Franz sie erneut auf.

Sie ging vorsichtig etwas näher an die Klappe heran. Im Innern der Kammer waren die Ziegel versetzt bis unter die Decke gestapelt und leuchteten gespenstisch in der Glut.

»Wenn der Brennvorgang beendet ist, lassen wir das Feuer kontrolliert ausgehen und die nächste Kammer wird mit Brennstoff versorgt. So wandert in zehn Tagen das Feuer einmal um das ganze Oval.« Franz schloss die Tür wieder. »Durch eine sehr raffinierte Belüftung heizen die gebrannten Ziegel die Zuluft für das nächste Feuer auf und kühlen dabei ab. Zwei Fliegen, eine Klappe.« Er schaute Clara an, als erwarte er persönlich ein Lob für diese Raffinesse.

Sie konnte nur benommen nicken, doch das genügte Franz und der nächste Redeschwall ergoss sich über sie.

»Die heißen Abgase beim Brennvorgang wiederum lassen die Rohlinge in der nächsten Kammer trocknen und heizen sie vor. Dritte Fliege, selbe Klappe!«

Franz war wirklich Feuer und Flamme. Er zog Clara weiter mit sich um die Krümmung des Ovals. »Und hier auf der anderen Seite des Ofens, gegenüber den derzeit beheizten Kammern, befinden sich die jeweils unbeheizten und damit kältesten Kammern. Merkst du? Hier ist es viel kühler.«

Clara fand nicht, dass es hier merklich kühler war. Sie war noch immer in einem Ofen! Franz legte eine Hand an die Mauer und bedeutete Clara, es ihm gleichzutun. Die Wand war tatsächlich so weit abgekühlt, dass man sie anfassen konnte, ohne sich zu verbrennen.

»Hier werden die ausgekühlten Ziegel entnommen und verladen, und die Kammern werden mit frischen Ziegeln befüllt.« Franz stand da, die Hände triumphierend in die Hüften gestemmt, das Hemd klebte ihm nass am Leib. »Und du fragst dich jetzt bestimmt, wie wir die Kammern beheizen, nicht wahr?«

Clara hätte gern verneint. Schweiß rann ihr in den Nacken und in ihrem Kopf breitete sich ein Gefühl von Leere aus.

»Geheizt wird von oben, durch senkrechte Schächte in der Decke, mit Kohlenstaub. Der brennt besonders heiß. Unser Brennmeister ist ein sehr erfahrener Mann! Wir ... Clara?«

Die letzten Sätze hatte Clara wie aus einem anderen Raum vernommen, fern und schwer verständlich.

»Ich brauche frische Luft«, brachte sie mühsam hervor. Ihr Herz schlug zu schnell. »Bring mich hier raus!«

»Aber natürlich, mein Herz!«

Clara war froh, als sie wieder festen, von der Sommersonne gebackenen Boden unter den Füßen hatte und eine sanfte Brise auf den erhitzten Wangen verspürte. Franz kletterte auf eine kleine Dampfdraisine und half Clara auf den Sitz hinter ihm. Dann brachte er das rauchende, stinkende Gefährt in Gang, und langsam fühlte Clara sich wieder normal, abgesehen von dem immensen Durst, den sie verspürte.

Ein paar Minuten fuhren sie schweigend, und Clara war froh, dass Franz ihr keine Vorträge mehr hielt.

Aber er schien dennoch ein wenig verstimmt und sie fragte sich, ob er sich über sie ärgerte – oder vielleicht doch über sich selbst.

»Es tut mir leid«, sagte Franz schließlich. Er klang ehrlich zerknirscht. »Ich hatte einfach nicht bedacht, dass solche Hitze für das zarte Geschlecht …«

»Ist schon gut, Franz. Es ist ja gar nichts passiert. Habe ich denn nun alles gesehen?«

»Fast«, erwiderte Franz. »Du kennst den neuen Verladehafen noch nicht.«

»Also, dann auf zum Verladehafen«, sagte Clara ergeben.

Sofort war Franz wieder obenauf. Wenigstens wäre ein Hafen kein Glutofen, aus dem man nach ein paar Minuten halb gegart hinausstolperte.

Die Draisine trug sie über einen Teil des Geländes, wo die fertigen Ziegel auf hölzerne Paletten gestapelt auf den Abtransport warteten, vorbei an stählernen Verladekränen bis zu einem langgestreckten Verladebecken. Ein eiserner Kahn lag dort, beladen mit Unmengen an Ziegeln. Das Gewicht drückte den Kahn tief ins Wasser, und als er ablegte und in den Kanal Richtung Berlin einschwenkte, fragte Clara sich, ob solche Kähne jemals sanken. Der Wasserspiegel schien kaum eine Armeslänge unter der Reling zu liegen.

Beim Anblick des Wassers bemerkte sie erneut, was für einen Durst sie hatte.

Sie wischte sich mit dem Ärmel über die immer noch schweißnasse Stirn und roch den Gestank des Ringofens in ihrem Kleid: Feuer und Ruß. Vermutlich rochen Menschen einfach nach der Arbeit, die sie verrichteten. Bauern nach Stall und Ziegelbrenner nach Feuer und Wäscherinnen nach Soda und Seife. Und ihre eigene Familie roch nach Tee.

Noch mehrere Wochen nach dem Umzug in die Casper'sche Villa hatte Clara den Duft in ihrer Kleidung wahrgenommen, und jedes Mal hatte es ihr einen Stich versetzt. Sie wünschte, sie könnte sich jetzt einfach auf einen der Ziegelstapel im Kahn setzen und mit ihm nach Berlin fahren.

Wie es wohl bei Akenos Arbeit roch? Duftete der frische, noch unverarbeitete Tee ebenso verführerisch wie die getrockneten, gewalkten Blätter? Sie ließ den Blick über die Bäume schweifen, die den Kanal säumten. Sie sollte lieber nicht zu viel über Akeno nachdenken. Das war jetzt vorbei.

»Nehmen diese Kähne eigentlich auch Passagiere mit?«, fragte Clara.

»Ein Ziegelkahn!?« Franz riss in gespieltem Entsetzen die Augen auf.

»Ja, wir könnten einen Ausflug machen! Nach Berlin, ganz spontan.«

Franz lachte auf. »Eine wildromantische Idee, mein Herz. Aber ich fürchte, das wird doch etwas unbequem. Er ist ja auch schon fast um die Kurve. Und wir würden nur ins Gerede kommen.«

Clara stieg von der Draisine und umfasste Franz' Hand mit beiden Händen. »Ach, komm schon, wo bleibt denn dein Abenteuergeist, Franz? Wir laufen hinterher und springen einfach auf. Wie früher, ja?«

Franz schwieg einen Moment und Clara sah, wie sein Kiefer mahlte. Er hatte sich verändert seit ihren Kindertagen. Er war ernster geworden. Man könnte fast sagen: wütender.

Lag es daran, dass er sich darauf vorbereitete, eines Tages die Verantwortung für das Geschäft zu übernehmen? Es war eine wirklich große Verantwortung, und vielleicht machte ihm das insgeheim Angst.

Oder lag es am Ende doch an ihr? An ihrer Ehe?

Seit der Hochzeitsnacht hatten sie noch einige Male versucht, sie zu vollziehen, doch sie waren nie wirklich weitergekommen als beim ersten Mal.

Clara störte es nicht. Sie hatten, wenn es nach ihr ging, alle Zeit der Welt.

Doch Franz schien es zunehmend zu ärgern.

Er stieß die Luft durch die Nase aus und starrte dem Kahn hinterher. Als er endlich um die Kanalbiegung und damit außer Sicht fuhr, seufzte er beinahe erleichtert. »Wunderschön, oder?«, sagte er.

Es klang gezwungen. Liebte er die Ziegelei mit ihrem Staub, dem Ton und Sand, den Öfen und dem vielen Eisen wirklich so sehr? Oder machte er sich selbst etwas vor, um niemanden zu enttäuschen? In dem Fall konnte er Clara fast leidtun, denn dann erging es ihm wie ihr selbst. Sie hatte auch geheiratet, um anderen zu Gefallen zu sein. Und es war durchaus nicht so, dass es besser wurde mit der Zeit, wie alle ihr versprochen hatten. Im Gegenteil. Manchmal war es das Heimweh, manchmal auch Fernweh. Und beides wurde von Woche zu Woche intensiver.

»Das alles hier, die ganze Anlage, das hat schon eine gewisse Wucht«, sagte Clara. Aber schön, dachte sie, finden wir es wohl beide nicht. Und ein majestätisches Segelschiff, das mit Tee beladen ist, riecht auch mit Sicherheit besser als ein mit Steinen beladener Eisenkahn. Clara atmete tief und langsam, um nicht in Tränen auszubrechen. Sie vermisste den Alltagstrubel zu Hause, die belanglosen Gespräche mit den Gästen. Sie vermisste ihre Eltern, Olga und sogar August, diesen angeberischen und im Grunde seines Herzens doch so romantischen Schürzenjäger. Ob er wohl mit dieser Susanna von und zu irgendwas noch einmal anzubändeln gewagt hatte? Ob er sie wirklich gemocht hatte? Clara vermisste das Tassenspülen, Tischabwischen, Kohlenschleppen. Und Netty vermisste sie am allermeisten.

»Lass uns zurück zum Haus fahren, ja?«, bat sie leise und stieg wieder auf die Draisine.

Clara sah Heinz Grafs klapprigen Pritschenwagen schon von weitem vor der Casper'schen Villa stehen. Das wäre eigentlich die Gelegenheit, ihn um etwas zu bitten. Sie hoffte nur, dass er sich dann nicht wieder selbst zum Tee einlud. Als sie die Villa erreichten, trat er gerade aus der Tür und tippte sich an die Mütze.

»Frau Casper, ich habe soeben ein Päckchen aus Berlin für Sie im Haus abgegeben.«

Aus Berlin? Claras Stimmung hob sich sofort.

»Vielen Dank!«, sagte sie. »Ich hätte auch einen Auftrag für Sie, wenn Sie ein paar Stunden entbehren können«, sagte sie.

»Aber immer. Worum geht es denn?«

»Ich möchte eine Mischtrommel für Mörtel ausliefern lassen. Nach Berlin zu meinen Eltern.«

»Sicher, das ließe sich schon machen«, sagte Heinz Graf gedehnt und sah Franz fragend an.

Der zeigte ein nachsichtiges Lächeln und klopfte ihm kameradschaftlich auf die Schulter. »Meine Frau hat amüsante Flausen im Kopf. Sie will Tee darin mischen.«

Heinz Graf lachte, als wäre das das Verrückteste, was er seit mindestens einem Jahr gehört hatte, und Franz fiel mit ein. Er blieb noch zu einem Schwätzchen stehen, und Clara nutzte die Gelegenheit, um ins Haus zu verschwinden und einer weiteren Unterhaltung zu entgehen. Vor allem hatte sie das dringende Bedürfnis, einen ganzen Eimer Wasser zu trinken, sich den Staub und den Gestank vom Leib zu waschen und frische Kleidung anzuziehen.

Erst danach sah sie nach dem Paket, das im Wintergarten für sie bereitlag. Es war von Netty, Clara erkannte es gleich an der steilen, verschnörkelten Schrift, mit der ihre neue

Adresse auf das Papier geschrieben war. Es hieß jetzt Casper und Zempernick, und nicht mehr Winterfeld und Berlin. Und es sah immer noch falsch aus. Hoffentlich würde sie sich irgendwann daran gewöhnen.

Als sie das Paket anhob, verströmte es gleich den unverkennbaren Duft nach Tee, und Clara sog ihn beinahe gierig in sich auf.

»Ach, Schwesterchen«, sagte sie leise. Als ob Netty gewusst hatte, dass das Heimweh sie gerade heute besonders plagte.

Sie trug das Paket direkt in die Küche im Souterrain des Hauses. Sie hatte sich dort von Johanne, der Haushälterin, einen Tisch freiräumen lassen, an dem sie ungestört ihre Teeproben durchführen konnte. Franz sah es zwar nicht gern, wenn sie allzu viel Zeit hier unten beim Personal verbrachte, aber damit würde er leben müssen. Dafür hatte sie schließlich den Vertrag unterschrieben.

Clara löste die Paketschnur. Eine kleine Spanholzkiste kam zum Vorschein, und darin sechs Papiertüten mit Tee. Hannes Stargard hatte die Namen der Tees darauf geschrieben und dazu den Kilopreis, zu dem er ihn den Winterfelds anbot. Netty hatte eine Notiz dazugelegt:

Liebste Schwester,

Hilfe! Kannst du mir bitte schnell schreiben, was du zu den Preisen und Qualitäten zu sagen hast? Einer der Tees ist nur für dich. Du merkst dann schon, welcher.

Danke, Netty

Clara verspürte eine leise Enttäuschung. Warum so knapp und geschäftsmäßig?

Nun ja, kein Grund, sich zu ärgern. Vielleicht hatte Netty einfach keine Zeit für einen richtigen Brief gefunden. Was vermutlich bedeutete, dass es zu Hause wieder einmal drunter und drüber ging.

Aber warum bat Netty sie um eine Verkostung? Eigentlich war es Vater, der dafür zuständig war. Außerdem hatte *er* ihr versprochen, sie mit frischen Teemustern aus Hamburg zu versorgen. Claras Enttäuschung wich der Sorge. War Vater nicht in der Lage, ihr zu schreiben oder Entscheidungen zu treffen? Oder waren sie sich zu Hause einfach nur uneins bei den Bestellungen und Clara sollte das Zünglein an der Waage sein?

Sie runzelte die Stirn und öffnete eine nach der anderen die Tüten, prüfte Blattbeschaffenheit, Farbe und Duft. Auf den ersten Blick sah alles gut aus.

Erst bei der letzten Tüte stutzte Clara. Sie war mit einem Namen beschriftet, der ihr fremd und zugleich vertraut vorkam. *Gyokuro, Kagoshima.* Das zweite Wort kannte sie. Es war der Name der Präfektur, in der Akeno lebte. Und sie hatte in ihrem blauen Buch über Reisen nach Japan darüber gelesen. Und das erste Wort? Das musste der Name des Teegartens sein. Sie öffnete die Tüte und schüttete sich eine kleine Menge des Tees in die Hand. Das Blatt war satt dunkelgrün und erinnerte mit seinem Glanz fast ein wenig an Baumnadeln. Der Duft war würzig und betörend.

»Japan«, hauchte Clara ehrfurchtsvoll.

Hannes Stargard hatte trotz Wilhelms Absage an den grünen Tee offenbar ein weiteres Muster geschickt.

Sie musste lächeln. So leicht gab der junge Mann nicht auf. Gut so.

In der Tüte steckte neben dem Tee auch eine einfache Visit-Karte ohne Adresse und Porträt. Die Handschrift darauf war breit und satt. Akenos Schrift!

Sehr verehrte Clara Winterfeld,

ich habe lange nichts von Ihnen gehört und hoffe, Sie befinden sich wohl. Ich bin heute in einer dringenden Angelegenheit auf dem Sprung nach London, aber ich möchte Ihnen doch zwischen Tür und Angel noch eine Probe unseres besten Tees übersenden, einen Gyokuro, was auf Deutsch in etwa ›edler Tautropfen‹ bedeutet und zugleich auch der Name unseres Teegartens ist. Er fällt in dieser Saison ganz wunderbar aus, wie Sie feststellen werden. Er verträgt leicht drei Aufgüsse. Ich wünschte, ich könnte Ihnen Japans Wunder persönlich zeigen.

Bald mehr!
Hochachtungsvoll, Akeno-san

Clara starrte die Karte an, ihre Finger zitterten.

»Akeno-san«, flüsterte sie. Sie liebte es, diesen Namen auszusprechen.

»Ach, hier steckst du!«

Clara fuhr herum, als Franz, ebenfalls frisch eingekleidet, die Küche betrat. Möglichst beiläufig steckte sie die Karte zurück in die Tüte und schlug die Öffnung zwei Mal um.

»Was tust du denn schon wieder hier unten?«

»Netty bittet mich dringend um eine Teeverkostung. Sie haben wohl Probleme, sich zu entscheiden.«

»So, der Tee also«, sagte Franz ein wenig missmutig, drehte sich um und wollte gehen, als ihm noch etwas einfiel. »Denk aber an unsere kleine Besprechung heute. Ich bin dann im Wintergarten.«

Clara atmete auf, als er weg war, froh, dass er diesmal keine Diskussion vom Zaun gebrochen hatte. Sie hatte einfach nicht die Nerven für eine weitere Auseinandersetzung darüber, was sich für sie schickte oder mit ihren Repräsentationsaufgaben kollidierte und was nicht. Sie wollte einfach nur heißes Wasser und eine frische Tasse.

»Gyokuro«, sagte sie leise. Und dann noch einmal: »Akeno-san.« Sie hätte es gern noch viele Male gesagt. »Danke, Akeno-san.«

»Clara!«

Sie zuckte zusammen. Schnell stellte sie die leere Tasse zurück auf den Tisch. Zwei Aufgüsse hatte sie schon getrunken.

»Entschuldige, Franz. Was gibt es denn?«

Eigentlich wollte sie noch einen weiteren Aufguss machen, um zu probieren, wie der Tee sich entwickelte. In der Küche herrschte mittlerweile reger Betrieb, das Personal war mit der Zubereitung des Mittagessens beschäftigt.

Franz betrachtete die Reihe der weißen Porzellantassen auf dem Tisch vor Clara. Vor jeder Tasse lag eine Tüte mit dem entsprechenden Tee.

»Sommerfest«, sagte er schlicht. »Wintergarten. Wir wollten darüber sprechen.«

»Ach, ja. Was ist damit?«, fragte Clara.

Es war wichtig, dass sie gleiche Tassen für eine Verkostung verwendete. Wenn sie für jeden Tee dieselben Voraussetzungen schuf, bis hin zur exakten Wassermenge und der Farbe des Porzellans, konnte sie die Geschmacksnoten und die Qualität besser vergleichen.

»Listen, Aufgaben, Menü, Einladungen. Herrgott, Clara. Du musst lernen, dich darum zu kümmern.«

Sie hatte dennoch eine andere Tasse für den Gyokuro ausgewählt. Es war ein besonderer Tee. Er war ohnehin mit keinem der anderen vergleichbar.

»Clara! Hörst du mir überhaupt zu?«

»Das Fest, ja. Das … wie … wann sollte es nochmal stattfinden?«

Franz zog die Brauen hoch. »Darüber haben wir doch bereits gesprochen. Hast du auch wieder einmal nur halb zugehört? Es ist am dritten Samstag im Juli. Du hast also nur noch knapp zwei Wochen Zeit für die Vorbereitungen. Und du hast noch nicht einmal angefangen!«

»Du hast recht. Entschuldige.« Sie schob ihren Stuhl zurück, stand auf und wusste nicht, was sie als Nächstes tun sollte. Sollte sie jetzt sofort mit den Vorbereitungen beginnen? Wie?

In Berlin würde sie erst einmal zum Fleischer und zu Frucht-Schweiger gehen und einige Spezialitäten vorbestellen. Olga und sie würden backen, was das Zeug hielt, Netty würde sich mit der Ausstaffierung des Salons beschäftigen, und Adele würde sich um die Einladungen und ein unterhaltsames Programm kümmern.

Aber hier kannte sie niemanden. Wen konnte sie um Hilfe bitten, wer wurde eingeladen, welche Art Menü wurde erwartet?

Franz seufzte. »Gibt es denn jetzt irgendein Problem?«

Sie schaute auf den Steinboden. Ein paar Teekrümel lagen unter dem Stuhl, auf dem sie gesessen hatte. »Es ist immer noch alles so anders hier. Ich weiß einfach nicht, wie ich anfangen soll.«

Franz sah sie erst fassungslos an und fing dann an zu lachen.

Clara verschränkte die Arme vor der Brust. »Was ist daran komisch?«

Franz schüttelte amüsiert den Kopf. »Nun komm, mein Herz. Ich erkläre es dir.« Er setzte sich an den Tisch. »Also, du bist wirklich niedlich. Kannst du dich denn gar nicht daran gewöhnen, dass du Personal hast? Erfahrene Leute, denen du Aufgaben übertragen kannst.«

Clara blieb stehen und starrte ihre Teetassen an. Sie fühlte sich einfach nicht wie eine Hausherrin. Vielleicht lag es daran. Zu Hause wusste sie, was zu tun war und wie, und sie scheute keine Arbeit. Aber hier kam sie sich manchmal vor wie ein Ackergaul unter lauter Dressurpferden. Dabei war doch eigentlich sie die Großstädterin.

»Du sollst doch keine Torten backen, keine Servietten falten, keine Blumen arrangieren. Alles, was du tun musst, ist, die nötigen Anweisungen zu geben.« Franz zuckte mit den Achseln. »Und wenn du unsicher bist, sprich dich doch bitte mit Johanne ab. Es muss ja nur nach außen so aussehen, als hättest du hier den Hut auf. Johanne weiß, was zu tun ist, sie macht das jedes Jahr. So weit verstanden?«

»Natürlich.« Sie löste die Arme.

»Fein.« Franz stand auf und war im Begriff zu gehen, als ihm noch etwas einfiel. »Ach, und Clara – bitte keine ausgiebigen Teeverkostungen mehr hier unten. Es macht einfach keinen guten Eindruck vor dem Personal.«

Er wartete auf eine Antwort, doch Clara würde sich hüten, ihm etwas zu versprechen, was sie nicht halten wollte.

Stattdessen sagte sie: »Ich müsste dann am besten gleich morgen mal nach Berlin.«

Sie würde Akeno schreiben und ihm endlich sagen, dass sie keine Winterfeld mehr war, sondern eine Casper. Und sie würde einen ganzen, wunderbaren Tag lang mit Netty verbringen.

Franz sah sie fragend an.

Clara lächelte. »Wenn wir ein Fest geben, muss ich doch standesgemäß eingekleidet sein. Als deine Frau. Oder nicht? Ich will mit Netty einkaufen gehen.«

»Hm. Da ist was dran. Ich sage Bescheid, dass du morgen in aller Frühe aufbrichst.« Er drückte Clara noch einen Kuss auf den Scheitel und tätschelte ihren Arm. »Wir machen schon noch eine echte Casper aus dir, keine Sorge.«

Endlich ging Franz. Das Lächeln in Claras Gesicht blieb noch ein bisschen länger. Es fühlte sich an wie festgenagelt. Sie sammelte die Tassen ein, um sie zu spülen. Maries mitleidiger Blick erinnerte sie daran, dass das in diesem Haus nicht ihre Aufgabe war. Sie stellte die Tassen wieder hin.

Die Teeproben packte sie zusammen und nahm sie mit nach oben in ihr Zimmer. Sie wollte eine Tasche für ein oder zwei Nächte in Berlin packen.

Sie würde irgendein Kleid kaufen und kleine Geschenke für Olga und ihre Familie, dann würden sie wie früher zusammen am Familientisch sitzen und vielleicht Blini essen, so wie Olgas Mutter sie zubereitet hatte. Oder vielleicht auch Kartoffelsalat und Bouletten.

Durch die Vorfreude wurde Claras Kopf mit einem Mal ganz leicht und hell. Vielleicht lag es auch an dem neuen Tee. Clara seufzte. Sie hatte für sich allein ein ganzes Tütchen voll Gyokuro aus Kagoshima. Von Akeno-san.

Bis zum Mittag lief sie summend durchs Haus, verfolgt

von Franz, der sich von ihrer guten Laune zwar nicht gerade anstecken ließ, sie aber offenbar höchst anziehend fand. Nachmittags ging sie gemeinsam mit ihm zur Streuobstwiese, um die ersten Kirschen zu pflücken. Da wurde er fast ein wenig sentimental.

»Erinnerst du dich?«

»Woran?«, fragte Clara und reckte sich zu einem höher hängenden Zweig hinauf, um an ein paar besonders dunkelrote Kirschen zu gelangen. Als er nichts sagte, wandte sie sich zu ihm um.

Er grinste frech, hieb ihr aufs Hinterteil und rief: »Hab dich! Du bist dran!« Damit machte er kehrt und rannte weg wie ein kleiner Junge, der etwas ausgefressen hat.

»Na, warte«, sagte Clara lachend, raffte die Röcke und jagte ihm hinterher.

Als Kind war sie schneller gewesen als er, was ihn natürlich gekränkt hatte. Darum hatte sie immer so getan, als sei sie ein wenig langsamer als er.

Sollte sie ihn auch diesmal laufen lassen? Oder sollte sie ihm zeigen, dass er noch immer nicht gegen sie gewinnen konnte?

»Du kriegst mich nicht!«, rief Franz. Er war stehengeblieben, hatte sich umgedreht und hielt sich, bereits ziemlich schwer atmend, am Stamm eines Kirschbaums fest.

Clara verspürte einen Anflug von Ärger. Er konnte ja jetzt schon nicht mehr. Warum also sollte sie Franz gewinnen lassen? Er war schließlich kein Kind mehr, er würde eine kleine Niederlage schon ertragen müssen.

Sie fasste die Röcke fester und lief schneller. Sie bemerkte die Schwerfälligkeit von Franz' Schritten, seine Hüften wirkten seltsam steif. Es sah aus, als sei er seit Jahren nicht mehr gerannt, und vermutlich stimmte das sogar.

Sie hingegen war es gewohnt, tagein, tagaus die Treppen im Teehaus auf und ab zu laufen. Mit einer gewissen Genugtuung bemerkte sie, dass sie Franz noch immer weit überlegen war, wenn es ums Rennen ging.

Sie schloss zu ihm auf, streckte die Hand aus, packte ihn am Kragen und rief: »Hab dich!«

Unvermittelt blieb Franz stehen und drehte sich um. Er fasste sie um die Taille, ließ sich ins Gras fallen und riss sie mit, sodass sie auf ihm zu liegen kam, das Gesicht nur Zentimeter von seinem entfernt.

»Hab dich«, sagte er grinsend.

Dann reckte er den Kopf vor und zwang ihr einen langen, nassen Kuss auf.

»Franz!«, schimpfte sie. Sie richtete sich auf und musste den Drang unterdrücken, sich den Mund abzuwischen. Es würde ihn beleidigen. »Mein Kleid wird ja ganz dreckig.«

Beinahe hätte Clara über sich selbst gelacht. Was für ein alberner Protest. Als ob ihr das jemals etwas ausgemacht hatte. Sie erhob sich, strich geschäftig ihren Rock glatt und klemmte sich eine gelöste Haarsträhne hinters Ohr. Sie konnte ihm ja schlecht sagen, dass er sie gefälligst nicht küssen sollte.

Franz stand ebenfalls auf und zuckte die Achseln. »Ich hab dich natürlich absichtlich gewinnen lassen.« Dann fasste er sie an beiden Oberarmen, zog sie dicht zu sich heran, im Begriff, sie erneut zu küssen.

Er musste ihren Widerstand gespürt haben, auch wenn sie versuchte, sich nichts anmerken zu lassen. Er hielt inne, sah ihr mit plötzlichem Ernst in die Augen, und mit einem Mal wusste Clara, dass es heute so weit sein würde. Er würde sie nicht länger davonkommen lassen.

Er ließ sie los und räusperte sich. »Du bringst jetzt besser die Kirschen in die Küche«, sagte er, wandte sich ab und ging mit energischen Schritten zurück Richtung Haus.

Clara nahm den Korb und tat, wie ihr geheißen. Johanne sollte ihr einen Kuchen backen, den sie morgen früh mit nach Berlin nehmen konnte. Nach Hause, zu ihrer Familie.

Die späteren Nachmittagsstunden verbrachte Clara in ihrem blauen Buch lesend auf einem kleinen Stück Wiese am Kanal, weit weg von den Ziegelöfen und dem Lärm des Verladehafens. Sie versuchte, sich auf die Beschreibungen der Landschaft und Bräuche Japans zu konzentrieren und sich in die Ferne zu träumen. Doch gelang es ihr heute nicht recht. Sie musste an den Brief denken, den sie heute noch schreiben wollte. Sie musste es Akeno endlich sagen. Und immer wieder tauchte Franz' Gesicht vor ihr auf, die Entschlossenheit darin und die Gewissheit der kommenden Nacht.

Als sie gegen Abend zurück in die Villa kam, duftete das ganze Haus nach frischem Kuchen. Warum konnte das Leben hier nicht sein wie der Duft dieses Kuchens, so sonnig und froh? Lag es an ihr? An Franz? An diesem Ort?

Nach dem Abendessen suchte Clara nach Dingen, die sie im Haus tun oder erledigen konnte. Doch anders als in Berlin gab es hier nichts mehr zu tun für sie. Nichts aufzuräumen, nichts sauberzumachen, keine Probleme zu lösen. So blieb ihr nur übrig, sich auf ihr Zimmer zurückziehen, endlich den überfälligen Brief zu schreiben und auf Franz zu warten.

Sie achtete darauf, die Tür möglichst leise zu schließen, blieb einen Moment im Raum stehen und lauschte. Nebenan rumorte Franz. Vielleicht hatte er sie nicht gehört.

Sie setzte sich an den Waschtisch, löste die Haare und begann mit der allabendlichen, mühevollen Arbeit, sie Strähne für Strähne auszukämmen.

Zu Hause hatte Netty das oft für sie gemacht, und plötzlich packte das Heimweh sie mit ganzer Gewalt.

Bevor sie sich sammeln konnte, drang ein tiefer Schluchzer aus ihrer Kehle und sie begann zu weinen.

Franz musste an der Verbindungstür gelauscht haben, denn im selben Moment sprang sie auf. Er eilte mit Riesenschritten auf sie zu und nahm sie in die Arme.

»Schhh, schhhh«, machte er. »Ich bin ja hier. Dein Franz ist ja hier.« Er strich ihr mit fahrigen Bewegungen über das offene Haar. »Wo ist denn bloß das fröhliche Mädchen, das ich geheiratet habe?« Er hielt sie auf Armlänge von sich weg und forschte in ihrem Gesicht. »Woran fehlt es dir denn?«

Clara riss sich zusammen, trocknete ihre Tränen und sagte, so ruhig sie konnte: »Es ist sicher nur etwas Heimweh, Franz. Das geht schon vorbei.«

Er nickte und zog sie auf die Füße. »Ich mache, dass es vorbeigeht«, sagte er heiser. »Du wirst sehen.«

Clara schluckte und hielt den Atem an. Jetzt also war der Moment gekommen.

Jedes Gefühl, jeder Gedanke zog sich tief in ihr Inneres zurück. Sie wollte keine Ehefrau sein. Viel lieber wäre sie eine leere Hülle, eine Puppe aus Porzellan wie die aus dem Fenster des Fotografen.

Und wie eine Puppe zog Franz sie aus. Er führte sie zum Bett, legte sich auf sie, drang in sie ein, es schmerzte kurz und heftig, und danach, als er sich in ihr bewegte, langsam erst und dann immer heftiger, brannte es wie Feuer.

Clara presste die Lippen fest zusammen und schloss die Augen. Sie würde nicht zulassen, dass deswegen wieder Tränen flossen. Es war eine Notwendigkeit und sie würde sie hinnehmen. Darüber hinaus fühlte sie nichts, und das war gut so.

Als Franz fertig war, stand er auf und sah auf sie herunter. Clara drehte den Kopf zum Fenster und starrte auf die dunklen, spiegelnden Scheiben.

»Ich hab dir wehgetan«, stellte Franz fest.

Clara antwortete nicht.

»Tja«, sagte Franz etwas unbeholfen. »Da ist wie beim Spielen. Manchmal tut sich einer weh. Und beim ersten Mal …«

Clara schluckte. »Ich weiß, Franz.«

»Du nimmst es mir nicht übel, ja? Bis morgen ist alles wieder gut.«

Clara nickte. »Ja, alles ist gut, Franz.« Wenn er doch nur endlich gehen würde. Sie sah ihn an und rang sich ein Lächeln ab. »Ich bin jetzt sehr müde.«

Franz räusperte sich. »Nun gut. Ich bin nebenan, falls du etwas brauchst.«

»Danke, das ist gut zu wissen.«

»Dann also … gute Nacht.«

»Gute Nacht, Franz.«

Clara schloss die Augen und wartete, bis sie das Schließen der Verbindungstür hörte.

Dann erst gestattete sie sich, sich auf die Seite zu legen und sich so eng zusammenzurollen, wie sie konnte. Nicht weinen, dachte sie ein ums andere Mal. Nicht weinen.

Als Clara am Morgen erwachte, saß in ihrem Unterleib noch immer, wenn auch schwächer jetzt, dieser brennende Schmerz.

Sie hoffte, es würde nicht jedes Mal so sein. Und dass sie es nicht allzu oft über sich ergehen lassen musste. Aber letztlich spielte das bisschen Brennen keine Rolle, nicht wahr?

Denn heute würde sie nach Berlin fahren. Nach Hause!

Sie schlug die Decke zurück, schwang die Beine aus dem Bett und erschrak. Ihr Laken und ihre Schenkel waren mit klebrigem, halb geronnenem Blut verschmiert.

Sie hatte gewusst, dass es beim ersten Mal blutete. Aber nicht, dass es so stark bluten würde. Ob das seine Richtigkeit hatte? Clara stand auf, legte sich ein Laken um die Schultern und ging etwas unsicher auf den Beinen zum Waschtisch.

Es klopfte kurz an der Verbindungstür. Ohne ihre Antwort abzuwarten, trat Franz ein. Immerhin war das Klopfen ein Fortschritt. Er warf einen raschen Blick auf Clara und das besudelte Bett und räusperte sich.

Dann hielt er ihr einen bereits entfalteten Brief hin.

Eine steile Falte, die Clara noch nie zuvor bemerkt hatte, stand zwischen seinen Augenbrauen.

»Wenn du nach Berlin fährst, solltest du dich vielleicht auch nach etwas Schwarzem umsehen«, sagte er.

Claras Herz setzte einen Schlag aus. Sie griff nach dem Brief, wollte ihn lesen, war aber nicht in der Lage, den Inhalt zu erfassen.

»Ich verstehe nicht …«, sagte sie.

»Otto Stargard«, sagte Franz.

Clara trat ein paar Schritte rückwärts, setzte sich wieder auf das Bett. Was bedeutete das?

»Die Beisetzung ist bereits am kommenden Wochenende. Ich denke, es wird erwartet, dass wir erscheinen.«

Otto Stargard? Aber wie konnte denn das sein?

Er hatte nicht gut ausgesehen bei ihrer letzten Begegnung, und ja, er war alt. Es war ganz natürlich, dass er irgendwann sterben würde. Und sie hatte ihn ja auch immer nur zwei oder drei Mal im Jahr gesehen. Dennoch, der Gedanke, dass er plötzlich nicht mehr da war, war verstörend. Und man konnte rein gar nichts dagegen tun. Die Welt stand still.

Clara musste an Mutter denken. Für sie selbst war es einfach nur traurig, dass Otto Stargard nicht mehr lebte. Aber für Adele musste es ein Schock sein, ein schwerwiegender Verlust.

»Franz!« Clara sprang wieder vom Bett auf. »Ich muss nach Hause!«

Sie wollte am besten gleich los. Sie brauchte kein Frühstück, die Kutsche konnte sie direkt in die Invalidenstraße bringen, sie konnte auch dort etwas essen.

Franz hielt sie an den Armen fest. »Clara, warte!«

»Was ist?!«, fauchte sie ihn an. »Ich …«

»Ja, ich weiß, du musst nach Berlin. Aber meinst du nicht, du solltest dich erst einmal waschen und anziehen?«

Clara sah an sich runter, und ihre Knie wurden mit einem Mal ganz weich. Sie wäre gestürzt, hätte Franz ihr nicht geholfen, sich wieder aufs Bett zu setzen.

»Ich lasse Marie oder Rosa kommen, um dir zu helfen«, sagte er.

In der Zimmertür drehte er sich nochmal um. »Mein Beileid, Clara. Ich weiß, er hat deiner Familie viel bedeutet. Ich hoffe nur, die schlimme Nachricht fügt euch beiden keinen Schaden zu.«

Sie verstand seine Worte erst, als er die Tür hinter sich geschlossen hatte. Beinahe hätte sie gelacht. Glaubte er etwa wirklich, dass sie jetzt schon guter Hoffnung war? Das konnte doch gar nicht sein.

9

Seit Clara und Franz in Berlin eingetroffen waren, um von hier aus mit der gesamten Familie nach Hamburg zur Beisetzung zu fahren, hatte es keine ruhige Minute gegeben. Salon und Laden waren gut besucht wie eh und je, und Olga und Clara hatten sich endlich darum gekümmert, im Lager einen Platz für die neue Tee-Mischtrommel freizumachen und bei Frucht-Schweiger neue Zutaten einzukaufen. Clara hatte die Arbeit genossen, doch sie bedauerte es, noch immer kein Geschenk für Olga gekauft zu haben. Dafür war unter diesen Umständen einfach keine Zeit geblieben.

Nach all der Geschäftigkeit kam Clara die Ruhe vor dem Hamburger Bahnhof bedrückend vor. Eigentlich hätte es hier nur so wimmeln sollen von Sechserbussen, Pferdebahnen und Kutschen, die in alle Richtungen unterwegs waren. Immerhin war Berlin eine Metropole mit breiten Boulevards und glitzernden Lichtern, und der Bahnhof war einer der wichtigen Verkehrsknotenpunkte. Doch die Straße vor dem Gebäude war aufgerissen, es wurde wieder einmal gebaut. Und bei einem solchen Wetter war die Stadt ohnehin trostlos und leer. Die wenigen Menschen, die unterwegs waren, hatten die Hüte tief herabgezogen, die Überröcke bis zum letzten Knopf geschlossen und die Kragen gegen den unaufhörlichen Regen aufgestellt. Da es seit Tagen regnete, hatte Franz es sich nicht nehmen lassen, drei neue, große

Klappregenschirme zu kaufen. Netty und August teilten sich einen, Franz und Clara den zweiten, und den dritten hatten Wilhelm und Adele genommen.

Mutter war bleich und still gewesen die letzten Tage. Sie hatte wie gewohnt gearbeitet und sich ihre Trauer nicht anmerken lassen. Aber Clara kannte sie. Sie fühlte sich elend seit Otto Stargards Tod.

Ja, und dann Vater. Clara wusste sich so recht keinen Reim auf ihn zu machen. Zu manchen Stunden schien er das blühende Leben zu sein. Dann wieder war er nur noch ein Schatten seiner selbst, unkonzentriert, vergesslich, abwesend. Und heute war solch ein Tag des Abwesendseins. Konnte er Adele da überhaupt noch eine Stütze sein? Oder war es doch mehr sie, die ihn stützen musste?

Trotz der Schirme mussten sie sich beim Überqueren des weitläufigen Bahnhofsvorplatzes beeilen, um nicht von unten her nass zu werden und sich vielleicht noch zu verkühlen. Mitten im Sommer.

Das Bahnhofsgebäude mit seinen zwei eckigen Türmen und den beiden großen Rundbogentoren erinnerte Clara an eine alte Burg.

»Vor kurzem sind noch Lokomotiven durch diese Tore gefahren«, erklärte August. »Sie wurden auf einer großen Drehscheibe direkt vor dem Bahnhof umgesetzt. Das war ein Spektakel, sag ich euch!«

Nur ein paar Hundert Meter weiter befand sich Augusts Kaserne mit dem Exerzierplatz. Er lebte mehr oder weniger dort und kannte sich aus.

»Jetzt haben sie die Verbindungsbahn und die Drehscheibe abgerissen und erweitern die Straße«, sagte er.

»Und was machen sie mit den Zügen?«, fragte Franz. Er

war die gute Laune selbst, trotz des traurigen Anlasses, der sie zusammengeführt hatte. Sicher tat es ihm gut, einmal aus dem Ziegeleibetrieb herauszukommen. Seit der Hochzeit hatten sie jeden einzelnen Tag in Zempernick verbracht. Der Gedanke war vielleicht unpassend, aber Clara zumindest war heilfroh um diese kleine Reise.

August zuckte die Achseln. »Wer weiß. Irgendwie kriegen sie die Züge wohl noch immer auf die Gleise.«

Die Bahnhofshalle war überraschend hell, trotz des trüben Wetters. Man blickte von hier aus direkt auf die Gleise, über denen sich ein imposantes Dach aus Eisenträgern und Bleiglas wölbte. Links und rechts des Eingangs lagen die Billet-Schalter. Auf Gleis 1 fuhr soeben ein Zug ein, spie Dampf und warf eine Ladung Reisender aus.

Ein zweiter Zug fuhr auf Gleis 4 ein, doch die Türen blieben geschlossen. Dies war ihr Zug, der für die Fahrt Richtung Hamburg bereitgestellt wurde.

August trat an einen der Billet-Schalter und kaufte mit großspurigem Gebaren ihre Fahrkarten. Er tat wieder einmal so, als wäre es sein eigenes Geld, das er da ausgab, und Clara verkniff sich eine bissige Bemerkung. Ob August überhaupt wusste, dass das Geld letztlich von den Caspers kam? Ohne sie hätten sie weder das Lager auffüllen, das WC-Fallrohr verkleiden, die Küchen mit neuen Fliesen versehen lassen oder die neuen Mischtrommeln anschaffen können. Es hätte keine neuen Seidentapeten im Salon gegeben und keine neue Ausstattung für den Herrn Offiziersanwärter. Manchmal wünschte Clara sich von August einfach ein bisschen mehr Realitätssinn.

Sie liefen an der Lokomotive auf Gleis 4 vorbei durch Dampfschwaden und den Gestank nach heißem Öl.

Franz schnupperte begeistert. »Ach, herrlich!«, sagte er. »Die Wunder der modernen Technik.«

Die Türen wurden geöffnet, Menschen schoben Koffer und Reisetaschen in die Waggons, kletterten selbst hinterher, reichten Kinder hinauf und halfen den Damen, die achtsam ihre Röcke rafften.

Ein Schaffner in Uniform geleitete ihre kleine Gruppe zu einem leeren Abteil, und kaum saßen sie alle auf den steifen, von vielen Hinterteilen blankpolierten Holzbänken, fauchte der Zug auch schon und ruckte an.

Die Fahrt von Berlin nach Hamburg verbrachte Adele im Bemühen, die nun doch noch aufsteigenden Tränen zurückzuhalten. Clara und Netty hüteten sich, ihr Mitgefühl zu zeigen. Sie wussten, dass Mutter dann nicht mehr hätte an sich halten können, was nicht nur für Adele, sondern vor allem für die Männer eine erhebliche Peinlichkeit bedeutet hätte.

Als sie in Hamburg aus dem Zug stiegen, regnete es auch dort in Strömen. Sie ließen sich vom Bahnhof direkt zum Friedhof fahren und kamen dennoch zu spät.

Möglichst leise schlüpften sie in die Kapelle und setzten sich in eine der hinteren Bänke. Verstohlen wandten sich einige Köpfe zu ihnen herum.

Clara zog die feuchten Handschuhe von den Fingern und versuchte, den Worten des Pastors zu folgen. Ihr Blick schweifte am schlichten Mauerwerk der Kirche entlang zu den Fenstern, zum Altarraum und über die Reihen der Gäste. Sicher zweihundert Menschen waren hier versammelt. Das war bei einer wichtigen Handelspersönlichkeit wie Otto Stargard natürlich auch zu erwarten gewesen. Clara betrachtete die reich verzierten Hüte der Damen und die Frisuren der Herren. Sie ertappte sich dabei, dass sie Glatzen zählte, als ihr Blick auf einen glänzend schwarzen Haarknoten fiel. Clara hielt die Luft an. Akeno war hier.

Sofort stieg ihr die Hitze ins Gesicht, und ihr Herz begann wild zu pochen. Sie hatte nicht damit gerechnet, ihn hier zu sehen. Was war aus seiner dringenden Angelegenheit in London geworden? War er zurückgekehrt, als er von Otto Stargards Tod erfahren hatte? Immerhin schien er doch eng mit den Stargards verbunden zu sein.

Clara richtete den Blick auf die Handschuhe zwischen ihren Fingern und ließ ihn dort ruhen. Es wäre ihr unangenehm gewesen, wenn ihre Familie bemerkte, wie sie Akenos Hinterkopf anstarrte. Sie musste mit ihm sprechen, dringend. Auch wenn sie sich davor fürchtete.

Während der Beisetzung kroch ihr die Nässe endlich doch noch durch die Schuhe und die Röcke herauf, und sie begann zu frösteln. Sie und Netty standen untergehakt hinter Franz und August am Grab.

Clara hatte Akeno aus dem Blick verloren, und sie wusste nicht, ob sie froh darüber war oder nicht.

Ihre Eltern standen auf der gegenüberliegenden Seite des Grabes. Mutter wirkte sehr blass und etwas unsicher auf den Beinen, und Vater starrte ausdruckslos vor sich hin. Clara nahm sich vor, in ihrer Nähe zu bleiben, sobald die Trauergemeinde sich wieder in Bewegung setzte.

Nachdem sie alle ihr Schäufelchen Erde auf Otto Stargards prächtigen Sarg geworfen hatten, entdeckte Clara ihre Mutter ein Stück des Weges voraus. Sie war schon beinahe am Friedhofsausgang und stand mit Hannes Stargard zusammen. Die beiden schienen in ein intensives Gespräch vertieft zu sein.

Dann sah Hannes sich suchend um, winkte jemanden heran, und einen Moment später trat Akeno zu den beiden, verbeugte sich auf seine eigentümliche Weise und wurde in das Gespräch einbezogen.

Als Claras Vater ebenfalls hinzutrat, endete das Gespräch auffällig abrupt, wie sie fand.

»Es geht los«, sagte Franz neben ihr und bot ihr den Arm.

Clara nickte. Die Trauergemeinde machte sich auf den Weg ins Stadthaus der Stargards.

Vor ihnen ragten vier blau getünchte Stockwerke mit großen, in weißen Marmor gefassten Fenstern auf; es handelte sich um ein Eckhaus mit Erkern und einem Türmchen auf dem Dach. Clara erinnerte es an ein sehr großes Stück Buttercremetorte.

Mutter trat neben sie. »In diesem Haus hat alles angefangen«, sagte sie wehmütig. »Hier war ich als junge Frau in Stellung.« Sie drückte sich ein zerknülltes Taschentuch an den Mund. Zumindest hatte sie wieder ein wenig Farbe angenommen.

»Ich werde klingeln«, sagte Franz.

»Ist das nötig?«, wollte Clara wissen.

Die Haustür stand offen. Sicher erwartete man, dass sie einfach hineingingen, wie die anderen Trauergäste, die zahlreich in ihren Kutschen vorfuhren.

»Nötig ist es nicht. Aber dennoch.« Franz stieg die zwei Stufen hinauf und drückte entschlossen auf den Klingelknopf. Aus dem Innern des Hauses ertönte ein lautes Schrillen. »Ha, ich wusste es!«, rief er und drehte sich triumphierend zu August um.

Der zog anerkennend die Brauen hoch. »In der Tat. Elektrisch«, bemerkte er.

Ein Bediensteter kam an die Tür und bedeutete ihnen wortlos, einzutreten.

Im Foyer und im angrenzenden Salon waren bereits etliche Gäste versammelt und der Raum summte vor Gesprächen. Eine Freitreppe führte zu einer Galerie hinauf, von der vermutlich die Flure in die beiden Flügel des Hauses und in die oberen Stockwerke abgingen.

Es war kaum zu begreifen, dass dieses Haus Eigentum der Stargards war. Die Villa der Caspers in Zempernick wirkte geradezu bescheiden dagegen. Ganz zu schweigen vom Zuhause der Winterfelds. Sie waren lediglich Mieter in einem – immerhin neu gebauten – Vorderhaus mit Beletage und modernen Wasserklosetts. Das Haus der Stargards stand im Stadtteil Blankenese, wo die Reichen wohnten. Das Invalidenviertel in Berlin befand sich zwar nahe dem Bahnhof im Zentrum der Stadt. Doch von der Invalidenstraße zogen sich auch viele kleinere Straßen bis zum Scheunenviertel hinunter, und dort lebten sehr einfache Menschen. Wer aus der besseren Gesellschaft sich ein wenig verwegen fühlen und Exotisches genießen wollte, der besuchte das Teehaus Winterfeld und fühlte sich dort ganz am Puls der neuen Zeit. Aber wenn Clara ehrlich war: Ihre Familie zählte keineswegs zur besseren Gesellschaft. Die Winterfelds bedienten diese lediglich.

Bei diesem Gedanken fühlte sie sich für einen Moment befangen. Sie konnte sich an diese Art des gehobenen Lebens mit seinen unausgesprochenen Regeln und dem zur Schau gestellten Wohlstand nicht gewöhnen. Genauso wie in Zempernick hatte sie hier bei den Stargards das Gefühl, einfach nicht recht ins Bild zu passen.

Netty hingegen schien sich sofort wie zu Hause zu fühlen. Hannes begrüßte die Familie, dann hängte Netty sich bei ihm ein und verlangte, dass er ihr das ganze Haus vorführte, wozu er sich gern überreden ließ.

Jemand kam und nahm sich ihres Gepäcks an, und Adele drängte Wilhelm, sich nach der Reise erst einmal auszuruhen und frisch zu machen.

August entdeckte einen Bediensteten, der mit einem Tablett mit Getränken herumging, und folgte ihm. Franz schloss sich mit Begeisterung an. Vielleicht hätte Franz besser ihren Bruder heiraten sollen, dachte Clara. Sie war allein im Foyer zurückgeblieben.

Sie wanderte ein wenig ziellos zwischen den Gästen umher, den Blick immer wachsam, und besichtigte die Räume.

Akeno entdeckte sie an der rückwärtigen Seite eines großen Speisezimmers. Abrupt blieb sie stehen. Er stand mit dem Rücken zu ihr und blickte zu einem großformatigen Ölporträt hinauf, das dort an der Wand hing. Der alte Stargard lächelte milde von der Leinwand zu ihnen herab, was über seine Autorität jedoch nicht hinwegtäuschen konnte.

Claras Befangenheit nahm mit einem Mal noch zu.

Sie sollte Akeno begrüßen, sich für den Tee bedanken. Und ihm sagen, dass sie nichts auf der Welt lieber täte, als sich von ihm die Wunder Japans zeigen zu lassen – wenn sie nicht verheiratet wäre.

Sie atmete tief durch. Franz würde vermutlich den Rest des Tages damit verbringen, gemeinsam mit August dem Cognac oder einem anderen alkoholischen Getränk zuzusprechen, und Netty hatte ebenfalls dafür gesorgt, dass sie gut unterhalten wurde. Warum also sollte sie allein zwischen lauter Fremden herumstehen wie bestellt und nicht abgeholt? Wovor hatte sie eigentlich Angst? Akeno würde entweder mit ihr reden wollen oder nicht. Und herausfinden konnte sie es nur, indem sie es ausprobierte.

Sie fasste sich ein Herz und trat auf ihn zu.

Er drehte sich um, als hätte er ihr Kommen erwartet, und verbeugte sich tief vor ihr.

»Ich bin glücklich, dass ich Sie vor meiner Abreise noch einmal sehen darf«, sagte er.

»Akeno-san«, sagte Clara, lächelte und reichte ihm eine behandschuhte Hand.

Ihre Blicke begegneten sich, und es fühlte sich an, als hätte jemand elektrisches Licht angeschaltet. Plötzlich wurde alles hell.

»Ich freue mich auch sehr«, sagte sie. »So habe ich Gelegenheit, mich für den Tee zu bedanken, den Sie mir schicken ließen.«

»Ich hoffe, er hat Ihnen gefallen?«

Clara seufzte. »Nein, das kann ich eigentlich nicht sagen. Ich fand ihn vielmehr ganz erstaunlich!«

Herr Akeno lächelte. »Erlauben Sie mir, dass ich Ihnen vor meiner Abreise ein weiteres Teemuster überlasse?« Er wies auf eine Sitzgruppe nahe dem Kamin und sie setzten sich unter Otto Stargards gütigem Blick.

»Dann werden Sie also nicht mehr lange in Europa sein?«

»Ich fürchte, die *Suez* verlässt den Hafen noch heute Nacht.«

»Wie schade«, sagte Clara. Es gab noch so viel Unausgesprochenes zwischen ihnen. »Hatten Sie denn Erfolg mit Ihrer Handlungsreise?«

»Nein, eigentlich nicht.«

»Aber … wie ist das zu erklären?« Clara konnte sich nicht vorstellen, dass alle Teehändler in diesem Teil der Welt so verstockt waren wie ihr Vater.

»Ich fürchte, Herr Stargard und ich haben einen schlechten Zeitpunkt für unsere Kampagne gewählt. Die Briten lassen überall verbreiten, dass grüner Tee ungesund sei. Er schwäche die Nerven, sei in größeren Mengen gar giftig. Dabei ist er in Wirklichkeit sehr gesundheitsfördernd.«

»Aber warum sollten die Briten denn solche Unwahrheiten verbreiten?«

Akeno schlug die Beine übereinander und lehnte sich in den Sessel zurück. »In diesem Teil der Welt sind die Briten die ausgewiesenen Experten für Tee. Und sie haben einen Markt zu verteidigen. Sie haben kein Interesse, dass wir daran Anteil nehmen.«

»Sie haben also gar keine Beziehungen knüpfen können, keinerlei Handelsverträge?«

»Außer Ihnen und dem jungen Herrn Stargard glaubt, so fürchte ich, hierzulande noch niemand an unseren Tee.«

»Das tut mir aufrichtig leid«, sagte Clara.

»Aber Sie können ja nichts dafür.«

»Hatten Sie denn wenigstens eine interessante Zeit?«

Herr Akeno sah sich in dem sicherlich drei Meter hohen Zimmer um, betrachtete die Stuckverzierungen an der Decke, den Kristalllüster und das glänzende Parkett. Für einen Moment legte er die Hand flach an die weiße Marmorverkleidung des Kamins neben sich.

»Ich habe eine Menge Chancen verpasst«, sagte er. Seine Stimme klang plötzlich belegt.

»Sicher werden Sie noch …«

»Ich meine nicht die Handelsbeziehungen.« Sein Blick wurde eindringlich. »Ich meine Sie, Frau Casper. Wie man allenthalben hört, haben Sie eine sehr gute Partie gemacht.«

Clara schoss das Blut ins Gesicht. Natürlich, ihre Heirat hatte sich herumgesprochen. Wie hatte sie glauben können, dass es anders sei. Sie senkte den Blick.

»Warum haben Sie es mir nicht gesagt?«, fragte Akeno leise.

»Ich habe es nicht gewagt«, flüsterte Clara. »Ich habe befürchtet, dass … ach!« Sie fühlte Wut in sich aufsteigen und sah Akeno fest in die Augen. »Ich musste es tun, für meine Familie.«

»Und lieben Sie Ihren Gatten?«

»Nein. Kein bisschen. Es war eine bloße Zweckheirat.«

Akeno sah sie forschend an. Dann nickte er. »Eine verpasste Chance. Es tut mir sehr leid.«

Er sagte nicht, was genau ihm leidtat, aber das musste er auch nicht. Einen Moment schwiegen sie.

Dann sagte Akeno: »Sehen Sie die beiden Leuchter dort?« Er deutete auf zwei silberne Kandelaber auf dem Kaminsims.

Clara nickte.

»Ich wusste lange nicht, woran es liegt, dass ich … nun, es ist schwer zu erklären.«

Herr Akeno warf ihr einen entschuldigenden Blick zu und Clara hatte das Gefühl, was er zu sagen im Begriff war, musste ihm wichtig sein.

»Versuchen Sie es«, sagte sie sanft.

»Ist Ihnen schon einmal aufgefallen, dass diese Leuchter exakt symmetrisch angeordnet sind?« Er machte eine Handbewegung, die den ganzen Raum umfasste. »Alles hier ist sehr prachtvoll, sehr …« Erneut suchte er nach den richtigen Worten. »Sehr fertig. Es ist poliert, es strahlt. Es ist geordnet. Geordnete Verhältnisse, verstehen Sie?«

Clara war sich nicht sicher, was Herr Akeno ihr damit sagen wollte. »Gefällt es Ihnen denn nicht?«

»Es ist sehr perfekt. Aber auch abweisend.«

Clara wusste noch immer nicht, warum er das Thema auf

die Einrichtung des Hauses lenkte. Spielte er auf etwas Bestimmtes an? Oder versuchte er einfach, nach vorne zu schauen, statt im Bedauern zu verharren? Sie dachte daran, wie sie sich gefühlt hatte, als sie das Haus betreten hatte. Als gehöre sie nicht hierher. Aber vielleicht lag es gar nicht an ihr, sondern an der Umgebung. Sie fühlte sich in diesen Räumen tatsächlich eher eingeschüchtert als eingeladen.

»Es ist vor allem ein Ort, der den gesellschaftlichen Status des Besitzers anzeigt«, stellte sie fest.

Akeno nickte. »Sehen Sie das Porträt dort oben?« Er wies auf den alten Herrn Stargard in Öl. »Er beobachtet uns. Wie ein alter Despot auf seinem Thron. Dass auch ja niemand fehltritt.« Akeno stieß einen missmutigen Laut aus.

Fast musste Clara lachen. »Otto Stargard war alles Mögliche, aber sicher kein Despot.«

Herr Akeno wirkte bestürzt. »Entschuldigung. Sie haben natürlich recht.«

»Aber gibt es denn in Japan keine Pracht wie hier?«

»Doch, wir haben natürlich auch prunkvolle Gebäude. Aber selbst dort lebt man normalerweise weniger … erstarrt.«

Clara runzelte die Stirn. »Erstarrt?«

»Sehen Sie, die Sessel, die Leuchter, die Bilder, die Vorhänge an den Fenstern. Diese Symmetrie lässt alles erstarren. Nichts will mehr bewegt werden. Alles soll genau dort bleiben, wo es ist. Eine sehr strenge Art von Ordnung. Sehr leblos.«

»Aber welche andere Art von Ordnung könnte es denn geben? Das Gegenteil wäre ja Unordnung.«

»Nicht unbedingt. Sehen Sie, wenn es in einem Raum etwas Unvollkommenes oder Unfertiges gibt, dann zeigt das, dass wir in steter Veränderung leben, im Werden und Vergehen, *das* ist die Ordnung, an die ich glaube. Die Ordnung des Zeitlichen.« Er lächelte sie ein wenig wehmütig an. »Wie beim Kirschblütenfest. Nur wenige Tage dauert es, bis die weiße und rosafarbene Pracht der Kirschbäume verblüht. Wir feiern die Schönheit, die in ihrer Vergänglichkeit liegt.«

»Das erscheint mir ein wenig traurig«, sagte Clara. »Immer daran denken zu müssen, dass das Schöne vergehen muss.«

»Aber in der Ordnung der Veränderung liegt immer auch ein bisschen Hoffnung, finden Sie nicht? Bevor die Kirschen blühen und die Straßen mit ihrer Pracht erfüllen, sind die Zweige kahl und tot. Und dann, mit einem Mal, diese Schönheit und Fülle.«

Clara nickte. Sie verstand, was er meinte.

»Wie würden Sie denn diese Leuchter aufstellen?«, fragte sie.

»Immer ein wenig außerhalb des Zentrums.« Akeno stand auf. »Sehen Sie?« Er rückte den linken Kandelaber ein wenig mehr zur Mitte des Kaminsimses, und den rechten rückte er weiter nach außen. »So etwa.«

Clara sah sich schnell um und unterdrückte ein Lachen. Der livrierte Bedienstete, der bei der Tür stand und über das Wohlergehen der Gäste wachte, versuchte erfolglos, sein Entsetzen über den Eingriff in die Ordnung zu verbergen.

Herr Akeno betrachtete sein Werk und blies unzufrieden die Wangen auf. »Merkwürdig. Es funktioniert nicht in einem deutschen Salon. Hier sieht es tatsächlich einfach nur falsch und unordentlich aus.«

»Wir sind eben zu perfekt«, sagte Clara herausfordernd.

Herr Akeno sah sie an, lächelte und sagte: »Zumindest sind Sie es.«

Sie schlug die Augen nieder und dachte an das Bild des Mädchens im Schaufenster des Fotografen und an den zerbrochenen und wieder geklebten Puppenkopf.

»Sie haben recht, sich über mich lustig zu machen, Herr Akeno. Aber ich glaube, ich weiß, was Sie meinen. Für uns ist vielleicht immer nur ein festgehaltener, eingefrorener Moment perfekt. Wie eine Fotografie.«

»Ich mache mich nicht über Sie lustig«, sagte Herr Akeno. »Ich glaubte schon bei unserer ersten Begegnung etwas in Ihnen zu sehen, das erst noch im Werden ist. Es ist noch nicht erblüht, noch nicht ganz greifbar. In Ihnen schlummert etwas, das ...« Er hielt inne.

Clara wusste nicht, wo sie hinschauen sollte. Sie fühlte sich ertappt, als hätte er ein dunkles Geheimnis erraten.

»Verzeihung, ich beleidige Sie«, sagte Akeno schnell.

Sie schüttelte den Kopf. Bisher hatte Clara sich nie die Frage gestellt, warum sie etwas als schön empfand und etwas anderes nicht.

Der Bedienstete an der Tür sah immer wieder zu ihnen herüber, und Clara begann sich unwohl zu fühlen unter seiner Beobachtung. »Vertreten wir uns ein wenig die Beine«, sagte sie.

Sie verließen das Speisezimmer, und als sie sich noch einmal umsah, war der Bedienstete gerade dabei, die beiden Kandelaber an ihren Platz zurückzustellen.

Sie schlenderten weiter durch einen kleinen Saal, in dem man mehrere Tische für die Gäste aufgestellt hatte, und von dort aus weiter zu einer recht ansehnlichen Bibliothek.

»Auf dem Grundbesitz der Caspers gibt es eine Menge moderner Ziegelöfen«, sagte Clara. »Es ist ein bisschen, wie ich mir die Hölle vorstelle, mit all dem Feuer und Ruß.« Sie hielt inne und erwiderte Herrn Akenos aufmerksamen

Blick. »Es gibt dort auch eine alte Obstbaumwiese. Mirabellen, Zwetschgen. Und Kirschen natürlich. Im Frühling sieht das Gras unter den Bäumen aus, als hätte es geschneit. Die Blüten wehen über das Gelände und vermischen sich mit dem Ziegelstaub, und der Duft der Blüten mischt sich mit dem Geruch nach Feuer. Mein … Mann findet, man müsse die alten Bäume endlich abschlagen, um Platz für einen weiteren Brennofen zu schaffen. Aber ich erlaube es ihm nicht.« Clara lächelte Herrn Akeno etwas unsicher an. Sie redete wirres Zeug, warum hörte er sich das überhaupt an? »Ich weiß nicht genau, warum ich möchte, dass die Bäume bleiben. Vielleicht einfach deshalb, weil sie in ihrer alten, nutzlosen Knorrigkeit schön sind?«

Akeno erwiderte ihr Lächeln. »Sie sind sicher fast ebenso schön wie seine mächtige Beschützerin.«

Clara blieb stehen.

Herr Akenos Augen schienen unergründlich, und doch sprach ihr Blick offen aus, was sie ebenfalls fühlte. Was nicht sein durfte.

Ein Gong ertönte. »Der Tee, die Herrschaften«, erklang es gleich darauf durch die Zimmerfluchten.

Erleichtert folgte Clara der Aufforderung.

Akeno wurde von Hannes an einen anderen Tisch gesetzt als die Caspers und die Winterfelds, und Clara sah nur noch seinen Rücken. Gespräche flogen hin und her, und es gab Sahne und eine Menge Zucker in dem überaus starken Tee, der serviert wurde.

Rechts neben ihr saß Franz und unterhielt sich lautstark und quer über den Tisch mit August über weibliche und männliche Tugenden.

Akeno drehte sich um und warf ihr einen kurzen, belustigten Blick zu, und Clara stieg vor Verlegenheit das Blut ins Gesicht.

Sie trat Franz unter dem Tisch gegen den Knöchel. »Du bist sehr laut«, zischte sie ihm zu.

Franz verzog das Gesicht, mäßigte sich für ein paar Minuten, verfiel aber alsbald wieder in sein lautes Gehabe.

Claras Blick wanderte immer wieder hinüber zu Akenos Tisch. Sein Gebaren war ruhig, die Bewegungen gemessen. Er wirkte auf Clara insgesamt sehr gelassen und würdevoll. Und viel zu anziehend.

Bei der zweiten Tasse Tee tippte Hannes Stargard ihm auf die Schulter und gab ihm ein Zeichen, ihm zu folgen. In der Tür zum nächsten Raum entdeckte Clara ihre Mutter, die dort offensichtlich auf die beiden wartete. Sie war so nervös, dass Clara es auf mehrere Meter Entfernung erkennen konnte.

Eine Weile standen die drei beisammen, wie vorhin schon auf dem Friedhof, und dann überreichte Adele Akeno ein verschnürtes Päckchen. Er nahm es an und verbeugte sich.

Als hätte er gewusst, dass sie ihn beobachtete, schaute er sich nach Clara um. Ihre Blicke trafen sich, hielten einander fest.

Er nickte ihr gemessen zu, dann drehte er sich um und eilte davon. Einfach so, ohne ein Wort des Abschieds.

Clara sprang von ihrem Stuhl auf, als wäre etwas Ungeheuerliches vorgefallen, und schritt eilig auf Adele zu. »Was hast du ihm da gegeben, Mutter? Warum ist er so plötzlich fort?«

Adele wurde ganz weiß und ihre Hände zitterten. »Das hat nichts mit dir zu tun, Kind«, sagte sie leise. »Sprich bitte nicht so laut.«

Hannes Stargard beobachtete angestrengt einen Wandbehang, während Adele sich an Clara vorbeischob und sich wieder an die Seite ihres Mannes setzte.

»Herr Stargard!« Clara spürte Wut in sich aufsteigen. »Könnten Sie mich freundlicherweise aufklären und mir sagen, was hier soeben vor sich gegangen ist? Wohin ist Herr Akeno so plötzlich verschwunden?«

Hannes seufzte und wandte sich ihr zu. »Sein Schiff läuft eine Flut eher aus als geplant.«

»Und was war das für ein Päckchen?«

Hannes hob die Brauen. »Ich bin mir nicht sicher, dass es Sie etwas angeht, aber wenn Sie es denn durchaus wissen müssen: Mir wurde von meinem Großvater vor seinem Tod aufgetragen, Ihre Mutter zu unterstützen, einen Kontakt nach Japan aufzubauen. Falls sie das möchte. Was hiermit geschehen ist. Mehr weiß ich darüber auch nicht.« Er räusperte sich. »Sie erlauben?« Damit begab auch er sich zurück zu seinem Tisch.

Clara hätte am liebsten mit dem Fuß aufgestampft, so wütend war sie. Wilhelm saß etwas eingesunken neben Adele und hatte von der Szene offenbar überhaupt nichts mitbekommen. Netty himmelte Hannes Stargard an, und Franz und August schwadronierten inzwischen für alle hörbar über die bevorstehende Vereinigung des Deutschen Reichs unter irgendeinem langweiligen Kaiser. In diesem überaus enthusiastischen Zustand war es Franz zum Glück ohnehin egal, was seine Frau tat oder nicht tat.

Clara drehte sich um und ging.

Das Foyer war verlassen und Claras Wut fiel zu einer tiefen Enttäuschung zusammen. Dann war es das also. Er war einfach so gegangen. Sie würde ihn nicht wiedersehen. Und sie würde auch nicht erfahren, was ihre Mutter ihm gegeben hatte und warum.

Sie wollte kehrtmachen, als ein Bediensteter mit der Sackkarre einen Überseekoffer so groß wie ein Schrank aus einem der Seitengänge ins Foyer bugsierte. Er stellte ihn ab und wartete.

Gleich darauf kam Akeno mit finsterem Blick die Freitreppe herunter, eine lederne Reisetasche in der einen Hand, Adeles Päckchen in der anderen.

»Sie wären also einfach abgereist«, sagte Clara.

Er deutete mit dem Kopf eine Verbeugung an. »Leider muss ich früher aufbrechen als geplant. Ich bleibe Ihnen den versprochenen Tee schuldig, fürchte ich. Er ist bereits an Bord der *Suez*, und es bleibt keine Zeit, ihn vor dem Auslaufen noch zu holen.« Akeno öffnete den Überseekoffer, der sich in zwei Hälften teilte und dabei eine Reihe Schubladen freigab. – Er legte das Päckchen, das Adele ihm gegeben hatte, in eine der Schubladen und schloss den Koffer wieder. »Jetzt kann er zum Schiff gebracht werden«, sagte er zu dem Bediensteten.

Clara beobachtete, wie der Koffer abtransportiert wurde. Sie musste schnell sein, wenn sie ihn und seinen geheimnisvollen Inhalt nicht aus den Augen verlieren wollte. Kurzentschlossen hakte sie sich bei Akeno unter. »Ich werde Sie einfach zu Ihrem Schiff begleiten, dann können Sie mir den Tee dort geben.«

Akenos Gesicht erhellte sich. »Eine gute Idee! Nur, was wird Ihr Mann dazu sagen? Ihre Familie?«

Clara lächelte. »Wenn Sie mir unterwegs etwas aus Ihrer Heimat und von Ihren Reisen erzählen, habe ich nach diesem kleinen Abenteuer gleich ein paar neue Geschichten, die ich den Gästen im Teesalon erzählen kann. Meine Familie wird das zu schätzen wissen. Die Gäste wollen stets gut unterhalten sein.«

»Dennoch sollten wir die Einwilligung Ihres Mannes ...«

»Oh, der ist beschäftigt. Er merkt gar nicht, wenn ich kurz weg bin.« Sie sah Akeno bittend an.

Er zögerte, jedoch nur einen Moment, dann neigte er den Kopf. »Dann also sehr gern.«

Das Wetter erlaubte keine Fahrt mit dem offenen Wagen, und Clara war froh darüber. Es war aufregend, in dem engen Raum der geschlossenen Kutsche mit Herrn Akeno allein zu sein. Seine Gestalt neben ihr war schlank und kraftvoll und sie hätte sich gern an ihn gelehnt.

»Akeno-san, darf ich Sie etwas fragen?«, sagte sie leise.

»Was immer Sie wollen.«

»Wie haben Sie eigentlich so gut Deutsch gelernt?«

»Ich habe es schon als Kind gelernt. In dem Dorf, in dem ich aufgewachsen bin, gab es eine Lehrerin, die dem verwaisten Sohn eines Deutschen Unterricht erteilte. Sie war so etwas wie seine Erzieherin, aber er wohnte auch bei ihr und sie zog ihn wie einen Sohn auf. Die anderen Kinder waren ebenfalls eingeladen, am Unterricht teilzunehmen. Aber ich war der Einzige, der die Gelegenheit ergriffen hat. Und jetzt leistet mir das gute Dienste.«

Als die Kutsche über ein Schlagloch hüpfte, griff Clara erschrocken nach Herrn Akenos Arm. Sie spürte, wie seine Muskeln sich anspannten, und etwas Neues durchrieselte sie, ein warmes, sicheres Gefühl, das sie bisher in der Nähe eines Mannes noch nie empfunden hatte.

»Ist das nicht ungewöhnlich, dass ein deutsches Kind und seine Lehrerin in einem Dorf in Japan leben?«, fragte sie. »Ich dachte, Japan war abgeschottet von der Welt?«

»Ja, sehr ungewöhnlich sogar. Besonders damals. Dennoch, es hieß, das Schiff des Vaters sei gesunken. Der Junge und seine Erzieherin wurden gerettet und im Binnenland gegen gutes Geld bei einer Gastfamilie untergebracht. Sie sind gewissermaßen bei uns gestrandet.« Akeno machte ein Gesicht, als ob er an diese Geschichte selbst nicht ganz glaubte.

»Hat denn niemand die beiden vermisst?«

»Nicht dass ich wüsste. Aber sie haben bei uns gelebt. Und als wir beide schon erwachsen waren, kam mit dem neuen Kaiser endlich die Öffnung Japans, und der internationale Handel gewinnt immer mehr an Schwung. So habe ich meine Chance ergriffen, die Welt zu sehen.« Er blickte Clara an und legte seine Hand auf ihre, die noch immer an seinem Arm lag. »Auch wenn ich keinen Tee verkaufen konnte, hat meine Reise sich gelohnt. Ich habe Sie gefunden.«

Clara senkte den Blick. »Nicht«, sagte sie mit schwacher Stimme. »Bitte.«

Sofort zog Herr Akeno seine Hand zurück und sie ließ seinen Arm los. Für eine Weile schwiegen sie.

Wie hatte Clara nur einwilligen können, ohne Liebe zu heiraten? Bevor sie auch nur eine Ahnung davon hatte, was Liebe war. Sie tat einen tiefen, zitternden Atemzug.

»Akeno-san«, setzte sie erneut an. Sie spürte die Wärme seines Körpers neben ihrem.

»Clara Winterfeld«, sagte er.

»Ich ...«

»Ich weiß. Aber für mich sind Sie immer noch Clara Winterfeld.«

»Wissen Sie, was in dem Päckchen ist, das meine Mutter Ihnen gegeben hat?«

»Nein.«

»Wissen Sie, für wen es ist?«

»Es ist für den Deutschen in meinem Dorf. Sein Name ist Ernst.«

Die Kutsche hielt an, und Clara fühlte sich wie vor den Kopf geschlagen. Was hatte ihre Mutter mit einem deutschen Jungen aus Japan zu tun? Wie konnte denn das alles zusammenhängen?

Akeno reichte Clara den Arm und wies auf das Schiff, das vor ihnen an der Hafenmole vertäut lag.

»Die *Suez*«, erklärte er.

Der hölzerne Bug des Schiffes wölbte sich vor Clara empor. Schwarz und rot lackiert und mit Seepocken und Algen besetzt, schaukelte es leicht in der Dünung.

Hafenarbeiter schleppten in langen Reihen und unter gebrüllten, zur Eile drängenden Befehlen Säcke und Kisten an Bord.

»Wie weit ist es bis nach Japan?«, fragte Clara.

»Seit wir den Suez-Kanal haben, ist es nicht mehr ganz so weit. Die Entfernung beträgt jetzt nur noch elftausend Seemeilen. Wenn alles gut geht, brauchen wir achtzig bis neunzig Tage.«

Drei ganze Monate auf See. Clara hatte Schwierigkeiten, sich vorzustellen, wie das sein mochte. Aber es erschien ihr auf jeden Fall höchst abenteuerlich.

»Warum wird Tee eigentlich nicht im Allgemeinen mit der Eisenbahn transportiert? Geht es über den Landweg nicht viel schneller?«

»Durch Russland und China kommen Sie mit der Bahn in ein paar Wochen, das stimmt, und sogar Indien hat jüngst eine eigene Bahnlinie für den Teetransport aus Darjeeling angelegt. Aber im internationalen Verkehr wären die Kosten und Zölle über Land doch erheblich.«

»Verstehe«, sagte Clara und betrachtete ehrfürchtig die drei Masten des Schiffes.

»Wollen wir?«, fragte Herr Akeno. »Das Schiff läuft bald aus.«

Sie nickte, nahm seine Hand und ließ sich die Passagierbrücke hinaufführen.

Sobald sie einen Fuß an Bord setzte, wurde Clara von einer heftigen Wehmut erfasst. Ein Schluchzen entrang sich ihrer Kehle und eine einzelne Träne löste sich aus ihrem Augenwinkel. Es musste so erhaben sein, auf einem Schiff wie diesem über die Meere der Welt zu segeln. So oft hatte sie in ihren Büchern davon gelesen. Und jetzt stand sie wirklich und wahrhaftig auf den Planken eines richtigen Schiffes. Wo mochte es überall schon gewesen sein?

»Hier entlang.«

Clara folgte Herrn Akeno zum Heck des Schiffes, wo die Kajüten lagen, und verrenkte sich den Hals, um zu sehen, wohin in der Zwischenzeit der Schrankkoffer gebracht wurde. Zwei Männer trugen ihn durch eine Tür in dahinterliegende Dunkelheit.

»Was ist mit Ihrem Gepäck? Brauchen Sie das denn gar nicht?«

»Mein Reisegepäck wurde gestern schon in meine Kajüte gebracht. In dem Koffer sind nur eine Menge Warenproben aus Europa. Vielleicht habe ich mit denen in meiner Heimat mehr Erfolg.«

Sie stiegen ein paar Stufen hinab und Herr Akeno öffnete eine schmale Tür. Der Raum dahinter war niedrig, die hölzernen Wände waren dunkel, das Licht schummerig. Clara erkannte einen Wandschrank, einen Alkoven mit dicken Federbetten und einen an den Boden gedübelten Tisch. Sie war entzückt von der Geborgenheit dieses winzigen Raumes.

Das Beste waren die beiden Bullaugen über dem Tisch, die auf das Hafenbecken hinausblickten.

»Es ist nicht gerade komfortabel«, sagte Akeno, »für eine Dame.«

»Ich finde es großartig!«, rief Clara aus. »Ich wünschte, ich könnte ...« Sie brach ab. Besser, sie sprach es gar nicht erst aus.

Akeno lächelte. Er öffnete den Wandschrank und entnahm ihm eine kleine, runde Holzdose. »Dies ist der Tee, den ich von allen am liebsten trinke. Er stammt ebenfalls aus dem heimischen Garten.« Er hielt Clara die Dose mit beiden Händen und geneigtem Kopf entgegen, als sei sie eine Opfergabe. »Es ist ein Matcha. Das heißt, die Teeblätter sind fein gemahlen. Brühen Sie ihn nicht auf, sondern schlagen Sie ihn mit einem kleinen Besen ins nicht mehr kochende Wasser.«

Clara zögerte, die Dose anzunehmen. »Sie haben sich den Tee für Ihre Heimreise aufgespart, nicht wahr?«

»Ja. Aber jetzt möchte ich ihn lieber Ihnen geben. Damit Sie an mich denken.«

Clara nahm die Dose und ihre Hände verharrten in der Berührung. »Ich würde ohnehin an Sie denken, Herr Akeno.«

Er schluckte. »Nur Akeno, bitte. Ich bin ein einfacher Mann. Akeno ist mein einziger Name.«

»Danke, Akeno«, sagte sie.

Sie entzog ihm ihre Hände und drückte die Dose an ihre Brust. Gleich würde er sagen, dass es Zeit für sie war, das Schiff zu verlassen. Sie würde diesen wundervollen, dunklen, leicht schwankenden, nach Holz, Salz und Tee duftenden Raum verlassen und von Bord gehen.

Und jetzt, da er zum Greifen nah war, erschien es ihr noch

viel schwerer, den Traum vom Reisen loszulassen und zurückzukehren. Zurück zu Franz und seinen Ziegelöfen.

»Danke, Clara Winterfeld«, sagte Akeno.

»Versprechen Sie, mir immer zu schreiben«, sagte sie.

»Ich verspreche es.«

Clara nickte, doch sie brachte es nicht über sich, sich umzudrehen und so zu signalisieren, dass sie vom Schiff begleitet werden wollte.

Hinter ihr klopfte es an die Tür der Kajüte.

»Ja, bitte«, rief Akeno.

Clara trat zur Seite, als die Tür geöffnet wurde. Ein junger Mann in Matrosenkleidung stand vor ihnen. Er trug keine Schuhe.

»Was gibt es denn?«

Akeno schob sich vor Clara und versperrte mit seinem Körper dem Matrosen den neugierigen Blick auf sie.

»Ähm … Kapitän Seeborg wünscht Sie zu sehen.«

»Ist es dringend?«

»Ich soll sagen, er braucht Sie für die Übersetzung eines Telegramms. Das muss noch vor dem Ablegen rausgehen.«

Akeno wandte sich Clara zu, nahm ihre Hände. »Warten Sie einen kleinen Moment hier auf mich? Ich verspreche, ich bin gleich zurück.«

»Natürlich«, sagte sie. »Gehen Sie nur.«

Clara wartete nicht lange. Sobald Akenos Schritte und die des Matrosen hinter der Tür verschwunden waren, öffnete sie sie vorsichtig und schlüpfte in den Gang hinaus.

Als sie an Deck kam, erkannte sie, dass es bereits dämmerte. Aber der Regen hatte aufgehört und der Himmel erstrahlte in einem klaren, dunklen Blau. Sie sollte jetzt am besten eine Kutsche nehmen und zurück zum Stadthaus der

Stargards fahren. Sicher machte man sich bereits Sorgen um sie. Aber darum war sie nicht hergekommen, und sie wollte nicht unverrichteter Dinge wieder gehen. Ohne Abschied erst recht nicht.

Die *Suez* wurde nach wie vor mit Waren beladen, doch der Strom der Arbeiter hatte jetzt deutlich nachgelassen. Clara hatte das dringende Gefühl, dass sie sich beeilen musste, wenn sie fündig werden wollte, bevor das Schiff ablegte.

Sie wartete eine Lücke zwischen zwei Arbeitern ab, dann eilte sie an der Ladeluke vorbei zu der Tür, hinter der Akenos Koffer verschwunden war. Sie war nicht verschlossen. Clara sah sich um. Die Luft war rein.

Der Raum war klein und bis unter die Decke gut gefüllt mit Truhen und Koffern. Eine Öllampe hing an einem Nagel von einem Balken, spendete etwas Licht und verbreitete ihren beißenden Gestank. Offenbar war man hier noch nicht fertig mit Beladen, sonst wäre die Lampe gelöscht worden. Clara beeilte sich, die Kisten und Koffer durchzugehen. Ein Zittern unter den Füßen und ein Schwanken in der Magengrube trieb sie zusätzlich zur Eile an. Bewegte sich das Schiff etwa? Nein. Es waren keine Rufe zu hören, keine Befehle. Keine Bewegung zu spüren. Sicher hatten sie nur den Hilfsmotor für das Manövrieren im Hafen in Gang gesetzt. Wie lange würde es jetzt noch dauern, bis die Maschine genügend Dampfdruck aufbaute? Clara beeilte sich und fand Akenos Koffer in eine Ecke des Raumes gedrückt. Sie hatte ihn!

In dem Moment kam einer der Hafenarbeiter mit einer Sackkarre und bugsierte rückwärts und lautstark fluchend einen weiteren Koffer durch die Tür. Clara duckte sich hinter einen Stapel Kisten.

Der Mann schob den Koffer an den letzten freien Platz. »War's das?«, rief er zur offenen Tür hinaus.

»War alles!«

»Na, endlich!«

Der Mann löschte die Lampe, schob die Sackkarre zur Tür hinaus und warf sie hinter sich zu. Es war stockfinster.

Mit rasendem Herzen tastete Clara sich an den Koffern entlang zur Tür. Sie fand den eisernen Griff und drückte erst, zog dann. Die Tür war von außen verschlossen.

Und das Schiff setzte sich in Bewegung.

10

Clara lauschte, spürte der Bewegung nach. Das Herz pochte ihr bis zum Hals. Sie liefen wirklich aus, und sie saß fest in diesem stickigen Raum voller Kisten und Koffer. Clara atmete ein paar Mal langsam ein und wieder aus. Erst einmal sollte sie sich beruhigen. Und dann nachdenken. Sie würde schon einen Ausweg finden.

Ein letzter Rest Tageslicht fiel durch eine winzige Luke herein und ihre Augen gewöhnten sich langsam an die Dunkelheit. Sie fand die Lampe, die an dem Balken hing, und zum Glück lag auf dem kleinen Sims der Wandvertäfelung direkt darunter ein Päckchen Zündhölzer. Wenigstens hatte sie Licht, bis man sie hier fand.

Und wenn in den nächsten drei Monaten niemand einen Grund hatte, diesen Raum zu betreten?

Beinahe hätte sie gelacht. Nun, sie würde wohl recht bald verdursten. Einmal hatten sie eine tote, ganz vertrocknete Maus im Teelager gefunden, hinter einer der Kisten. Wenn selbst eine kleine Maus einen großen Raum voller Tee über Wochen mit Gestank verpesten konnte … der Verwesungsgeruch würde wohl dazu führen, dass doch einmal jemand nachschauen kam.

Mit einem Ruck stand Clara auf. Sie sollte aufhören, solchen Gedanken nachzugehen. Das war vollkommener Unsinn, sie würde sich natürlich bemerkbar machen können und sehr bald schon wieder bei ihrer Familie sein.

Und darum würde sie jetzt ganz ruhig und überlegt vorgehen und erledigen, was sie zu erledigen hatte. Sie wandte sich Akenos Überseekoffer zu. Er hatte ihn nicht abgeschlossen im Foyer der Stargards.

Sie wuchtete die beiden Seesäcke beiseite, die vor dem Koffer lagen, ließ die metallenen Schließen aufschnappen und öffnete die Flügel des Koffers.

Wie Akeno gesagt hatte, schien er vor allem Warenproben zu enthalten. Sie öffnete die Schublade, in welche er Mutters Päckchen gelegt hatte. Sie sah es nicht und fragte sich, ob sie sich geirrt haben könnte. Sie öffnete die Schachtel, die zuvorderst lag, und fand einige in Seidenpapier geschlagene Flacons mit italienischem Parfum. Sofort nahm sie die intensiv betörenden Düfte nach Bergamotte und Jasmin wahr. In einer anderen Schachtel fand sie Rollen von unterschiedlichen Bändern aus Spitze. Aber kein Päckchen. In einer zweiten Schublade waren Hutnadeln, in anderen Manschettenknöpfe, Broschen, Damenhandschuhe. Anscheinend machte man sich in Japan etwas aus europäischer Mode. Aber auch hier kein Päckchen. Hatte Akeno das Päckchen geholt und zum Kapitän gebracht, als man ihn gerufen hatte? Zuletzt öffnete sie noch einmal die erste Schublade und hob die Schachteln heraus.

Mutters Päckchen steckte ganz hinten an der Seite. Deswegen hatte sie es in ihrem Eifer nicht gleich gesehen.

Vorsichtig zog Clara es heraus und schloss die Schublade wieder. Es war mit reichlich Paketband verschnürt, als wollte Mutter sichergehen, dass alles an seinem Platz blieb. Clara fand es überraschend schwer, und als sie es schüttelte, bewegte sich etwas darin.

Auf dem Packpapier stand in Mutters steiler Handschrift: *An Ernst, Teegarten Gyokuro in der Präfektur Kagoshima,*

Japan. Auszuhändigen ausschließlich persönlich durch Herrn Akeno.

Clara setzte sich auf eine Kiste und überlegte. Es war also, wie Akeno es ihr gesagt hatte, das Päckchen war für seinen deutschen Kameraden aus Kindertagen.

Aber wer war dieser Mann? Der Name sagte Clara überhaupt nichts, ihre Mutter hatte nie zuvor einen Ernst erwähnt, und sie wusste auch von keinerlei Beziehungen ihrer Familie nach Japan. Warum machte sie aus der Sache ein solches Geheimnis?

Clara wollte die Paketschnur am liebsten zusammen mit dem Packpapier von dem Päckchen reißen. Aber dann hätte sie keine Möglichkeit mehr gehabt, ihre Tat zu vertuschen.

Andererseits würde sie natürlich ohnehin Ärger bekommen, wenn man sie hier fand. Sicherlich wären ihre Eltern und Franz erleichtert, wenn sie wieder auftauchte, auch wenn sie ihr mit vollem Recht einige Vorhaltungen machen würden. Aber der Kapitän wäre ganz sicher nicht erfreut.

Und was war mit Akeno? Was würde er von ihr denken, wenn er herausfand, dass sie offenbar nur an Bord gekommen war, um in seinen Sachen zu stöbern? Clara stieg allein bei dem Gedanken die Schamesröte ins Gesicht.

Aber nun war es auch schon einerlei, nicht wahr? Der Schaden ließ sich nicht mehr vermeiden. Clara holte sich die Lampe ein wenig näher heran und setzte sich auf eine Kiste. Sie legte das Päckchen auf ihren Schoß und machte sich an den zahlreichen Knoten zu schaffen. Wenn sie vorsichtig war, würde am Ende vielleicht niemand merken, was sie getan hatte.

Als sie eine gefühlte Ewigkeit später alle Schnüre gelöst hatte, schlug sie vorsichtig und mit klopfendem Herzen das Papier auseinander.

Eine von Wilhelms bunt bedruckten, metallenen Zigarrenkisten kam zum Vorschein.

Clara öffnete den Deckel. Obenauf lagen mehrere zusammengefaltete Blätter; vermutlich ein Brief.

Sie beachtete ihn zunächst nicht weiter, weil das, was darunterlag, ihre ganze Aufmerksamkeit auf sich zog: Die Kiste war bis an den Rand voll silberner Münzen zu fünf Thalern. Clara ließ ihre Hand über das glatte, kühle Metall gleiten. Das mussten insgesamt sicher tausend Thaler oder sogar noch mehr sein. In jedem Fall war es weit mehr, als ihre Familie in einem Jahr für Essen, Kleidung und Wohnung ausgab. Wenn man von Augusts Mehrbedarf absah. Für dieses Geld bekäme man bei ihnen im Laden zweihundertfünfzig oder dreihundert Kilogramm Tee – und im Einkauf sogar das Doppelte. Sechshundert Kilo also? Das wären rund dreißig Kisten Tee aus Hamburg. Clara schüttelte ungläubig den Kopf. Woher hatte Adele so viel Geld?

Clara fiel der Fehlbetrag in der Geschäftskasse wieder ein. Fünfhundert Thaler waren es gewesen. Konnte das wirklich sein? Würde ihre Mutter die eigene Familie bestehlen? Und woher kam dann das restliche Geld? Clara dachte an das, was sie heimlich ihren Brautpreis nannte – jenes anscheinend überaus großzügige, aber doch etwas schale Geschenk der Caspers an die Winterfelds, das zum Kredit würde, sollte Clara Franz je hintergehen. Clara hatte aus Franz, Heinrich oder ihren Eltern nicht herausbringen können, wie hoch genau der Betrag am Ende gewesen war. Sie hatte aber auch nicht besonders dringlich danach gefragt. Wäre die Summe zu niedrig gewesen, hätte sie sich schlecht gefühlt – und wäre sie zu hoch gewesen, ebenso. Besser, sie wusste gar nicht, welchen Wert die Caspers ihrer Person beimaßen. Sie schob das seltsame Gefühl, verkauft worden zu sein, lieber beiseite, wenn es sich vorsichtig zu Wort melden wollte.

Clara stellte die Kiste auf den Boden und entfaltete den Brief, der auf dem Geld gelegen hatte.

Lieber Ernst,

Sie kennen mich nicht und müssen sich wundern, dass ich Sie so vertraulich anspreche, doch anders ist es meinem Herzen nicht möglich.
Ich will nicht behaupten, dass ich Sie kenne. Doch obwohl ich Sie lange zu vergessen gesucht habe, erinnere ich mich an Sie.

Claras Herz schlug schneller. Mit zitternden Fingern las sie weiter.

Es war im Mai, als ich Sie in die Arme einer fremden Frau legen musste – Dorothea war ihr Name –, nur wenig älter als ich mit meinen sechzehn Jahren. Sie nahm Sie mit sich, weit fort ins Unbekannte.

Clara wusste nicht, ob es das Schiff war, das schwankte, oder sie selbst. Ihr war schwindelig.

Um zu verstehen, warum ich Sie weggeben musste, genügt es wohl, wenn ich Ihnen sage, dass mir passierte, was nicht wenigen von uns Dienstmädchen passiert, wenn sie jung und unerfahren sind. Sie sind umgeben von bessergestellten Herren, die Gefallen an jungen Mädchen finden und ihnen falsche Hoffnungen machen.

Übelkeit zog Claras Magen zusammen. Ihre Mutter war ein gefallenes Mädchen. Entehrt und schwanger geworden, als sie noch nicht einmal richtig erwachsen gewesen war. Und sie hatte ihr erstgeborenes Kind weggeben müssen. Wie entsetzlich musste das gewesen sein!

Mit einem Mal verstand Clara die tiefe Traurigkeit, die ihre Mutter von Zeit zu Zeit umgab. Meist im Frühjahr, wenn die ganze Welt zum Leben erwachte, wurde Mutter still und zog sich in sich selbst zurück. Die Zeit, in der sie ihren Erstgeborenen hatte weggeben müssen.

Ich weiß nicht, was man Ihnen über Ihre Herkunft erzählt hat, und möglicherweise sage ich Ihnen nichts Neues, wenn ich offenbare: Sie stammen aus dem Hause Stargard in Hamburg, aber nicht als Sohn des Hauses, sondern einer einfachen Hausangestellten und eines entfernten Verwandten der Stargards.

Ohne Unterstützung des Familienoberhaupts, Otto Stargard, wäre vermutlich nicht Ihr leiblicher Vater, sondern ich, Ihre Mutter, des Hauses verwiesen worden, ledig und mittellos.

Otto Stargard jedoch hat die Verpflichtung empfunden, das Verbrechen, das unter seinem Dach stattfand, so weit als möglich gutzumachen.

Er, den ich zeitlebens als Wohltäter und Freund kenne, hat sich meiner angenommen. Und als Sie geboren wurden, hat er alles so arrangiert, dass ich ein neues Leben beginnen konnte. Otto Stargard suchte und fand für Sie eine Erzieherin und einen Ort, an dem Sie in Frieden aufwachsen konnten – und für mich eine Möglichkeit, einen ehrlichen Mann kennenzulernen und ein

Leben zu beginnen, von dem eine einfache Hausangestellte nur träumen kann.

Dorothea war also die Erzieherin und Lehrerin ihres älteren Bruders. War sie vielleicht auch Akenos Deutschlehrerin gewesen? Einen Moment lang wünschte Clara, sie hätte das Päckchen nicht geöffnet, nicht davon erfahren. Doch nun musste sie natürlich wissen, wie die Geschichte ausgehen würde.

Ich nehme an, dass Otto Stargard Ihnen ein Begriff sein muss, da er Ihr Leben in Japan über all die Jahre hinweg finanziell möglich gemacht hat. Ich vermute auch, Sie haben von Herrn Akeno gehört, dass unser Wohltäter leider von uns gegangen ist. Ein schrecklicher Verlust. Er wird sehr fehlen.
Mit Otto Stargards Unterstützung konnten mein Mann und ich ein eigenes Teehaus in Berlin aufbauen. Es trägt den Namen meines Mannes: Teehaus Winterfeld.

Lieber Ernst, Sie haben hier im schönen Berlin einen Bruder, zwei Schwestern und eine Mutter, die in all den Jahren nicht vergessen konnte, dass sie Sie weggegeben hat, um selbst ein besseres Leben zu führen.

Clara hielt inne. Ihre Mutter quälten Schuldgefühle, und das sicher mit gutem Grund. Auf der anderen Seite trug sie für das, was ihr geschehen war, keine Verantwortung, oder nicht? Sie war ja fast noch ein Kind gewesen.

Offenbar hatte Mutter nie zuvor versucht, zu ihrem erstgeborenen Sohn Kontakt aufzunehmen. Doch warum tat sie es dann jetzt? Und warum schickte sie ihm jetzt eine Kiste bis an den Rand voll mit Geld, welches sie selbst so dringend benötigten?

Es gab Tage, an denen ich mir nichts sehnlicher wünschte, als Sie wenigstens ein Mal noch sehen zu dürfen.
Doch ich hatte Otto Stargard versprechen müssen, niemals nach Ihnen zu fragen und zu forschen und mein neues Leben anzunehmen, als sei ich eben erst auf die Welt gekommen. Und ich habe mich an dieses Versprechen gehalten.
Erst gegen Ende seines Lebens hat Otto Stargard mir einen Hinweis gegeben, wo ich Sie finden könnte. Ich weiß, dass er Ihre Erziehung unterstützt und Ihnen einen Lebensweg geebnet hat, und ich werde ihm dafür auf immer dankbar sein.
Ebenso dankbar bin ich ihm dafür, dass er mich von meinem Versprechen entbunden hat, nicht nach Ihnen zu suchen.
Dieser Brief erreicht Sie über Herrn Akeno, einen Gast aus dem fernen Japan, der sich bereit erklärt hat, ihn für mich zu überbringen. Ich vertraue ihm auch die Summe an, die für eine Weile Ihre finanziellen Ausfälle ersetzen soll.

Ich weiß nicht, wie Sie leben, ob Sie glücklich sind, geheiratet haben, eine Familie umsorgen. Oder ob Sie Sehnsucht empfinden nach einer Heimat, die Sie nie kennengelernt haben.
Ich wäre überaus glücklich, mehr von Ihnen und Ihrem Leben zu erfahren.
In der Hoffnung, dass Sie mir nicht zürnen und das

Geld annehmen und brauchen können, verbleibe ich hochachtungsvoll,

Ihre Mutter – Adele Winterfeld

Clara ließ den Brief sinken und starrte auf die Blätter in ihrer Hand. Sie verstand – und zugleich verstand sie gar nichts mehr.

Was bedeutete es, dass sie das Geheimnis ihrer Mutter nun kannte? Was würde es für Folgen haben? Sicherlich keine, wenn sie niemandem etwas davon sagte und auch ihrer Mutter gegenüber schwieg. Aber konnte sie das tun? Oder *musste* sie es nicht vielleicht sogar tun?

Andererseits hatte Mutter das Geld ihrer eigenen Familie veruntreut, um diesem heimlichen Sohn zu gefallen und für ihre Schuld zu bezahlen. Clara spürte Zorn in sich aufsteigen. Am liebsten hätte sie den Brief fest zusammengeknüllt und in der Flamme der Öllampe verbrannt. Was sollte sie jetzt tun?

Alles wieder ordentlich einpacken, ihre Spuren verwischen und um Hilfe rufen? Oder sich selbst und ihre Mutter bloßstellen? Wie, um Himmels willen, sollte sie denn eine solch weitreichende Entscheidung treffen? Clara schloss die Augen und lehnte sich an den Koffer hinter ihr, spürte den leichten Bewegungen des Schiffes nach und kämpfte die Tränen, die in ihr aufsteigen wollten, nieder. Vor allem sollte sie nichts überstürzen und gründlich nachdenken.

Irgendwo am Rande ihrer Aufmerksamkeit bemerkte Clara, dass die Tür geöffnet wurde. Doch erst, als jemand eine Laterne hob und ihr direkt ins Gesicht leuchtete, wurde ihr klar, dass man sie gefunden hatte.

Schnell richtete sie sich auf. Die Öllampe, die sie im Gepäckraum gefunden hatte, war längst verloschen und Clara verspürte brennenden Durst.

Wie lange hatte sie hier im Dunkeln gesessen? Hatte sie etwa geschlafen?

Die Blätter des Briefes waren von ihren Knien zu Boden gerutscht und lagen verstreut vor ihren Füßen. Die Kiste mit dem Geld stand offen vor ihr auf dem Boden, wo sie sie abgestellt hatte.

»Clara Winterfeld, was tun Sie hier? Geht es Ihnen nicht gut?«

Im Gegenlicht konnte sie nicht erkennen, wer sie ansprach, aber sie erkannte die dunkle, ruhige Stimme. Die Lampe wurde abgestellt, Hände umfassten ihre Schultern.

»Akeno?«, fragte sie benommen.

Als Clara sich seines besorgten Blickes so dicht vor ihr gewahr wurde, als sie in seine Augen schaute, seine Hände an ihren Schultern spürte, löste ein großer Knoten aus Traurigkeit sich in ihrer Brust. Tränen drängten unter ihren Augenlidern hervor und ein lautes Schluchzen entrang sich ihrer Brust. Akeno zog sie wortlos an sich, legte die Arme um sie und hielt sie fest. Sie ließ es zu und legte ihr Gesicht an seine warme Brust.

Als die Tränen endlich versiegten, fühlte sie Akenos starken, ruhigen Herzschlag an ihrer Wange.

Sie löste sich von ihm und er forschte in ihrem Gesicht.

»Was ist passiert?«, fragte er schlicht.

Clara wollte ihm alles erzählen. Doch sie zögerte. Wie konnte sie Akeno erklären, dass sie seinen Koffer geöffnet und das Päckchen für Ernst herausgenommen hatte? Er musste es ja längst bemerkt haben. Warum stellte er keine Fragen, warum war er nicht wütend?

Akeno ging in die Knie und sammelte die Blätter des Briefes auf, schob sie zusammen, schloss die Kiste mit den Münzen und reichte ihr beides.

Sie faltete die Blätter sorgfältig zusammen. »Ich hätte nicht an Ihre Sachen gehen dürfen«, sagte sie schließlich. »Und es stand mir auch nicht zu, das Päckchen zu öffnen, das meine Mutter Ihnen anvertraut hat. Ich …« Am liebsten hätte sie Akeno den Brief einfach zu lesen gegeben, damit er verstand. Aber das würde den Vertrauensbruch gegenüber ihrer Mutter noch verschlimmern.

Die zweitbeste Möglichkeit war, den Brief und die Kiste mit dem Geld einfach zu behalten. Aber auch das ging nicht ohne Erklärung.

Sie legte also den Brief wieder obenauf in die Zigarrenkiste, verschloss sie und reichte sie Akeno. »Bitte überbringen Sie sie Ernst, so wie meine Mutter es wollte.«

Akeno nahm die Kiste, verbeugte sich und legte sie zurück in die Schublade in seinem Koffer.

Noch immer fragte er nichts, zeigte keinerlei Empörung oder Neugier.

»Woher wussten Sie …?«, setzte Clara an, verstummte dann.

»Dass Sie im Gepäckraum sind?«

Clara nickte.

»Ich wusste es nicht. Ich habe nach Ihnen gesucht, und ich habe Licht durch den Spalt unter der Tür gesehen. Als ich endlich den Schlüssel aufgetrieben hatte, war das Licht bereits verloschen. Ich habe mir große Sorgen gemacht.«

»Verstehe«, sagte Clara. Sehr lange konnte sie also nicht hier gesessen und ins Leere gestarrt haben. Das war beruhigend. Zumindest ein bisschen.

»Gehen wir«, sagte Akeno. Er öffnete die Tür ein Stück weit und spähte hinaus.

»Aber wollen Sie denn gar nicht wissen, was ich hier zu suchen hatte?«, brach es aus Clara heraus. »Ich war doch an Ihrem Koffer!«

»Das ist doch offensichtlich, oder nicht?« Akeno wandte sich zu ihr um und lächelte. »Es war schon im Haus der Stargards nicht zu übersehen, dass Sie sehr dringend wissen wollten, was in dem Päckchen ist.«

Clara schluckte und senkte den Blick.

»Ich hätte nur nicht unbedingt vermutet, dass Sie zu solch … direkten Mitteln greifen, um Ihren Wissensdurst zu stillen.«

Da war wieder dieses Lächeln. Nicht überheblich, nicht gönnerhaft oder nachsichtig, wie man es einem Kind gegenüber wäre. Es war einfach ein offenes, freundliches Lächeln.

Clara erwiderte es. »Ich bin froh, dass Sie mir nicht böse sind.«

»Sagen wir, ich bin durchaus nicht erfreut, dass Sie ungefragt an meine Sachen gehen«, sagte Akeno. Wieder warf er einen Blick zur Tür hinaus an Deck. Etwas Schelmisches war in seinem Blick, als er sich ihr wieder zuwandte. »Aber ich bin sehr erfreut, dass ich Ihre Gesellschaft nun wohl noch ein wenig länger genießen darf.«

Clara machte einen kleinen Knicks. »Danke. Das Vergnügen ist ganz auf meiner Seite.«

»Die Luft ist rein, kommen Sie. Die Matrosen müssen nicht gleich wissen, dass Sie hier sind. Aber ich muss Ihre Anwesenheit auf der *Suez* Kapitän Seeborg melden.«

Wenig später betraten Clara und Akeno die Kapitänskajüte. Es roch nach gebratenem Fisch.

Die Wände waren aus blank poliertem Holz, auf einem Tisch lagen Seekarten ausgebreitet, beschwert von nautischen Instrumenten aus Messing. Lichter von der nahen Küste schimmerten durch die Bullaugen.

Kapitän Seeborg, ein Mann mit stattlichem Bauch und gestriegeltem Bart, legte Besteck und Serviette zur Seite, als Akeno und Clara den Raum betraten. Er erhob sich von seinem Stuhl und zog die buschigen Brauen empor. »Was ist das?«, fragte er. »Ein blinder Passagier? Und ein weiblicher noch dazu?«

Clara reichte ihm die Hand. Mit einem Seitenblick auf Akeno sagte sie: »Clara Casper, guten Abend.«

»Kapitän Gottlieb Seeborg, angenehm.« Er setzte sich wieder und widmete sich seinem Abendessen, ohne Clara oder Akeno einen Stuhl anzubieten.

»Ich muss mich entschuldigen«, fuhr sie fort. »Herr Akeno war so freundlich, mir das Schiff zu zeigen. Als die Pflicht ihn rief, hat meine Neugier über die Vernunft gesiegt, und ich habe mich selbstständig gemacht, statt wie geplant von Bord zu gehen. Dabei wurde ich versehentlich in einem Raum mit Gepäck eingeschlossen. Es war nicht meine Absicht.«

Der Kapitän richtete einen strafenden Blick auf Akeno. »Sie haben die Dame nicht von Bord begleitet?«

Er senkte den Kopf. »Auch ich muss mich entschuldigen. Ich habe diese Pflicht leider versäumt. Als ich Frau Casper nicht am vereinbarten Platz wiederfand, nachdem ich von Ihnen zurückkam, habe ich natürlich gleich mit der Suche begonnen.«

»Das ist ja wirklich höchst unglücklich«, sagte der Kapitän. Seine Augenbrauen wanderten in der Mitte nach oben und für einen Moment sah er aus wie ein trauriger Hund. »Immerhin geht es erst einmal nur nach Amsterdam«, sagte er und steckte sich eine ganze, buttertriefende Kartoffel in den Mund. »Das sind nur zwei Tage«, sagte er kauend, »dann können Sie schon wieder von Bord.«

»Zwei Tage?«, hauchte Clara entsetzt.

Sie musste blass geworden sein, denn Akeno zog schnell einen Stuhl für sie heran.

Kapitän Seeborg spießte ein Stück Fisch auf. »Nun ja, immerhin keine zwei Wochen oder gar Monate, nicht wahr?«

Clara nickte. Zwei Tage waren nicht allzu lange, und sie würde sie mit Akeno auf diesem wunderbaren Teeklipper verbringen. Nur würden ihre Familie und Franz sich natürlich entsetzliche Sorgen machen, wenn sie ohne jedes Lebenszeichen so lange fortblieb.

»Kapitän Seeborg, haben wir denn nicht irgendeine Möglichkeit, Frau Caspers Familie vor dem Einlaufen in Amsterdam eine Nachricht zukommen zu lassen?«

»Eine Nachricht, die schneller wäre als wir?« Kapitän Seeborg lachte. »Kaum.«

»Dann muss ich wohl von Amsterdam aus elektrisch telegrafieren«, sagte Clara.

Akeno nickte. »Von dort geht auch ein Nachtzug direkt nach Berlin, ich habe ihn selbst schon genutzt. In drei Tagen sind Sie wieder zu Hause.«

Clara lächelte tapfer. »Danke«, sagte sie und stand auf. »Ich will Sie nicht länger bei Ihrem Abendessen belästigen, Kapitän Seeborg.«

Er nickte. »Wir haben eigentlich kein einziges freies Bett an Bord, aber Herr Akeno wird sich um eine passende Unterkunft für Sie kümmern«, sagte er und zog erneut die Brauen hoch. Offenbar überließ er Akeno zur Strafe für seine Unachtsamkeit diese Aufgabe.

Akeno verbeugte sich.

»Aber kommen Sie morgen zum Frühstück her«, fügte der Kapitän hinzu. »Ich kann ja eine hübsche Dame wohl nicht mit der Mannschaft speisen lassen.«

»Danke, sehr gern«, sagte Clara.

Akeno bot ihr den Arm. »Dann zeige ich Ihnen jetzt Ihre Kajüte.«

Als sie die Treppe hinunterstiegen und Akeno im Begriff war, eine Tür zu öffnen, stutzte Clara. »Aber das ist doch Ihre eigene Kajüte.«

»Ich werde umziehen.«

»Aber …«

Akeno deutete eine Verbeugung an. »Bitte. Es macht keine Umstände, wirklich.«

Clara folgte ihm etwas zögerlich. Die Kajüte hatte ihr schon vorhin gefallen. Und jetzt durfte sie hier zwei ganze Tage und Nächte verbringen, in dieser wundervollen Geborgenheit aus dunklem Holz. Verdient hatte sie das sicherlich nicht.

Akeno öffnete den Wandschrank und nahm eine Decke und ein paar andere Dinge heraus, die er brauchte.

»Wo werden Sie schlafen?«, fragte Clara.

»Mannschaftsquartiere. Es ist sicher irgendwo noch eine Hängematte frei.«

Clara nickte und dachte an die Zigarrenkiste in seinem Koffer, an das viele Geld und den Brief darin. Sie würde mit Akeno darüber reden müssen. Sie *wollte* es. Damit er sie verstand. Vielleicht war er sogar der Einzige, mit dem sie jemals darüber reden würde. Und anschließend wäre er weit, weit weg, unerreichbar für sie und die Ihren. Und was er wusste, würde das Leben der Winterfelds nicht betreffen. Oder doch? Immerhin kannte er Claras Halbbruder, und vielleicht sogar gut.

»Gute Nacht, schlafen Sie wohl«, sagte Akeno und verbeugte sich.

Er wollte gehen, doch sie hielt ihn am Arm zurück.

»Warten Sie! Ich ... wenn es möglich ist.« Sie spürte, wie sie errötete. »Ich schulde Ihnen eine Erklärung. Bitte, setzen Sie sich doch einen Moment.«

Akeno verbeugte sich erneut, wirkte jedoch plötzlich befangen, als er sich auf die Bettkante setzte. Clara blieb stehen.

»Möchten Sie gar nicht wissen, was in dem Brief von meiner Mutter stand?«, fragte sie.

»Ob ich es wissen möchte?« Akenos Befangenheit war fast mit Händen zu greifen. »Ich denke nicht, dass mir das zusteht.«

»Natürlich steht es Ihnen nicht zu. Mir stand es ebenso wenig zu. Und es stand mir nicht zu, Ihren Koffer zu öffnen.« Clara zog sich den einzigen Stuhl im Raum heran und setze sich Akeno gegenüber. Sie wollte ihm ins Gesicht sehen, wenn sie mit ihm sprach.

»Aber ... ich musste es einfach wissen, verstehen Sie? Sind Sie denn gar nicht neugierig?«

Akeno zögerte etwas zu lange. »Nein«, sagte er dann. Es klang nicht wirklich überzeugend.

»Wie gut kennen Sie Ernst?«

»Er ist wie ein älterer Bruder für mich.«

»Und wie ist er so? Als Mensch?«

»Er ist ein guter Arbeiter. Klug und freundlich. Und sehr stark. Er hat mich oft beschützt, als wir Kinder waren. Wenn ...« Akeno räusperte sich. »Aber das interessiert Sie sicher nicht.«

»Es interessiert mich sogar sehr«, sagte Clara.

»Nun, ich habe mir Essen und Unterkunft von Kindesbeinen an als Pflücker verdient. Ernst hätte nicht pflücken müssen, aber er war dennoch oft zusammen mit den Frauen und uns anderen Kindern zwischen den Teebäumen. Er hat sich meiner angenommen. Wie ich hatte er keine Eltern. Aber er hatte eine Erzieherin, bei der er gewohnt hat, in einem kleinen Haus nahe dem Haupthaus. Fräulein Dorothea, ich habe Ihnen von ihr erzählt. Sie hat großen Wert darauf gelegt, dass Ernst nicht nur in der deutschen Sprache, sondern auch in deutschen Sitten und Gebräuchen unterrichtet wurde. Ich war ein gern gesehener Gast bei ihr, und ich habe sehr davon profitiert. Ernst und Fräulein Dorothea wurden finanziell von einer Familie aus Hamburg unterstützt, den Stargards.«

Clara nickte ein wenig ungeduldig. Das wusste sie bereits. »Aber haben Sie sich nie gefragt, warum? Oder warum die beiden nicht nach Europa zurückgekehrt sind, wenn sie doch das Geld für die Passage hatten?«

»Ich … nein, eigentlich nicht. Eigentlich wäre es an Ernst gewesen, nach Europa zu gehen. Durch seine Herkunft war er prädestiniert dafür, Handelsvertreter für unseren Teegarten zu werden. Und das Geld aus Deutschland hat ihm durchaus zu einem gewissen Status verholfen. Aber er hat ausdrücklich verzichtet und mich für die Aufgabe vorgeschlagen. Eine einzigartige Gelegenheit für mich.«

»Und Sie haben keine Ahnung, warum er so großmütig verzichtet hat?«

Akeno schüttelte den Kopf. »Als Junge hat er sehr oft davon gesprochen, Japan zu verlassen. Aber seit Fräulein Dorothea vor einigen Jahren gestorben ist, hat er nie wieder davon gesprochen. Er schien mir in der Zeit nach ihrem Tod vor allem wütend zu sein.«

»Wie lebt er denn? Was macht er?«

»Er ist glücklich, denke ich. Er spricht davon, eines Tages ein kleines Teehaus zu eröffnen.«

»Ein Teehaus? Was für ein unglaublicher Zufall!«

Oder wohl doch kein Zufall. Es waren ja die Stargards, die das Geschick der Winterfelds bestimmt hatten, ebenso wie das von Ernst. Und er war inmitten eines Teegartens aufgewachsen.

»Er hat nur ein kleines Teehaus für die ländliche Bevölkerung bei uns im Sinn, denke ich. Nicht so etwas Großes wie Ihr Geschäft.« Akeno zögerte. »Warum wollen Sie das eigentlich alles so genau wissen?«

»Wissen Sie, in welchem Verhältnis Ernst zu meiner Mutter steht? Warum sie sich bemüßigt sieht, ihm zu schreiben?«

»Das weiß ich nicht, nein.«

Clara schaute Akeno in die Augen. »Ernst ist mein Halbbruder.« Sie schluckte, als erneut Tränen in ihr aufstiegen. »Das ist es, worum es in dem Brief an ihn geht. Meine Mutter offenbart ihm seinen familiären Hintergrund. Warum er auf der Welt ist und wie es dazu kam, dass er in Japan aufwuchs, ohne seine Eltern.«

Akeno schwieg dazu, und sein Gesicht gab nicht preis, ob es ihn überraschte, freute oder entsetzte, was Clara ihm sagte.

Vielleicht sollte sie es dabei bewenden lassen, möglicherweise war ihm dieses Gespräch hochgradig unangenehm und er war nur zu höflich, es sich anmerken zu lassen. Sie seufzte. Nein, sie hatte nun einmal angefangen. Sie musste es zu Ende bringen.

»Jetzt, da sein Wohltäter Otto Stargard gestorben ist«, fuhr sie fort, »sieht meine Mutter sich wohl in der Pflicht, ihren verlorenen Sohn an seiner statt zu unterstützen.«

Akeno schwieg weiterhin, aber jetzt konnte Clara sehen, wie es in ihm arbeitete. Mit einem Mal schien er sich zu entspannen, seine Haltung und sein Gesicht wurden weicher, und er sagte: »Wie sind Sie denn darauf gekommen, diesem Brief so beharrlich nachzugehen?«

»Wegen Mutter. Sie hat sich sehr eigenartig verhalten in den letzten Monaten. Seit dem Tag, an dem Sie uns in Berlin besucht haben, um genau zu sein. Ich denke, an diesem Tag muss sie von Otto Stargard erfahren haben, wo Ernst lebt. Danach hat Geld in unserer Kasse gefehlt. Ihr Verhalten und ihre Stimmungen waren so … schwankend. So verdächtig. Ich *musste* ihrem Tun einfach nachgehen, verstehen Sie? Ich habe mir schreckliche Sorgen um sie gemacht. Otto Stargards Rücktritt und dann sein Tod, das hat sie aus der Bahn geworfen. Und ich war mir sicher, in dem Päckchen, das sie Ihnen mitgegeben hat, würde ich Antworten auf meine Fragen finden. Ich weiß natürlich, dass es nicht richtig ist. Ich …« Clara hielt inne.

»Und was haben Sie nun vor, da Sie um Ihren Bruder wissen?«

Clara seufzte. »Wenn ich das nur wüsste! Sie ahnen gar nicht, wie kompliziert das alles ist. Was soll ich meiner Mutter sagen? Was soll ich meinem …« Sie biss sich auf die Zunge. Fast hätte sie Franz erwähnt. Doch er hatte hier nichts zu suchen.

Akeno streckte einen Arm aus, nahm ihre Hand und drückte sie ermutigend. »Sie könnten Ihren Bruder in der Familie willkommen heißen. Wie wäre es damit?«

Clara blinzelte die Tränen weg und sah Akeno in die Augen. »Verzeihen Sie mir?«

»Es gibt nichts zu verzeihen, Clara Winterfeld.« Akeno stand auf. »Gute Nacht. Schlafen Sie wohl.«

Als er gegangen war, setzte Clara sich statt seiner auf die Bettkante. Sie war hart und noch warm, dort, wo er gesessen hatte. Sie würde am liebsten auf diesem Schiff bleiben und mit Akeno bis ins ferne Japan reisen. Dann müsste sie weder ihrer Mutter noch Franz gegenübertreten. Sie dachte an all die Konsequenzen, die ihre Entdeckung haben würde.

Wenn sie Mutter damit konfrontierte, musste sie ihr gegenüber eingestehen, dass sie den Brief an Ernst gelesen hatte. Und Clara konnte ihr ja schlecht Vorhaltungen machen, nachdem sie selbst einen Vertrauensbruch begangen hatte.

Andererseits, ihrer Familie einen Sohn vorzuenthalten und Geld zu entwenden, das war wohl ein größerer Vertrauensbruch, als heimlich einen Brief zu lesen. Mutter hatte Clara mehr als genug Anlass gegeben, misstrauisch zu werden und sich Sorgen zu machen. Und hatte sie den Brief denn nicht allein aus Sorge gelesen?

Franz allerdings würde sie wohl kaum mehr in die Augen schauen können, wenn sie zurückkehrte. Nicht, nachdem sie nun zweifelsfrei wusste, wie sie für Akeno empfand. Selbst wenn es nur eine Schwärmerei war, eine vorübergehende Faszination. Akeno stand für Abenteuer, für die weite Welt. Das war ihr natürlich klar. Mehr war es nicht, konnte es gar nicht sein. Trotzdem war dieses Gefühl um ein Vielfaches stärker als alles, was sie je für Franz empfunden hatte.

Clara ließ sich in die Kissen sinken, schloss die Augen. Sie brannten vom Weinen. Doch das leichte Schaukeln des Schiffes und die Gerüche von Holz, Salz, Tang und – ganz leicht – von Tee beruhigten sie. Sie befand sich hier in einem kleinen Raum zwischen allen möglichen Welten. Überall könnte dieses Schiff sie erneut zur Welt bringen, je nachdem, wo sie von Bord gehen würde. Sie hatte hier alles, was sie brauchte und jemals brauchen würde. Warum also konnte sie nicht einfach hierbleiben, geborgen in diesem dunklen, warmen, glucksenden, schaukelnden Schiff?

Unwillig gab sie den Gedanken auf. Niemand durfte etwas von ihren Fluchtgedanken und noch weniger von ihren zärtlichen Gefühlen für Akeno erfahren.

Clara hatte eine Verpflichtung gegenüber Franz, und viel mehr noch hatte sie eine Verpflichtung ihrer Familie und dem Teehaus gegenüber. Sie würde in Amsterdam von Bord gehen und nach Hause fahren und niemals ein Wort über das verlieren, was sie hier erfahren und erlebt hatte. Am besten, sie dachte nicht einmal mehr darüber nach.

Clara schloss die Augen und konzentrierte sich auf die knarrenden Geräusche des Schiffes.

11

Sie erwachte von einem Klopfen. Das Zimmer schien zu schwanken und die Decke über ihrem Kopf war dunkel und viel zu nah.

»Clara?«

Sie schreckte hoch. »Ja, ich bin wach!«, rief sie durch die Tür.

»Das Frühstück beim Kapitän. Darf ich Sie in einer halben Stunde abholen?«

Clara blickte an sich hinab. Sie hatte in ihrer Kleidung geschlafen und fühlte sich entsprechend zerknittert.

»Sehr gern!«, rief sie.

Sie fuhr sich mit den Händen über die Haare. Sie waren kaum mehr als ein wüstes Nest, und sie hatte keinen Kamm und auch sonst nichts dabei. Wie sollte sie in einer halben Stunde vorzeigbar sein?

»Akeno!?«

»Ja.«

»Wo gibt es hier wohl etwas Wasser zum Waschen?«

Einen Moment blieb es still.

»Entschuldigen Sie meine Nachlässigkeit. Süßwasser verwenden wir auf Seereisen vor allem zum Trinken. Ich lasse Ihnen etwas bringen.«

»Und ... es ist vermutlich vergeblich, aber lässt sich an Bord vielleicht auch ein Kamm finden?« Clara sah sich um. Einen Spiegel schien es in der Kajüte jedenfalls nicht zu geben.

»Einen Kamm finden Sie im Schrank.«

»Oh! Vielen Dank!«

»In einer halben Stunde also.«

Akenos Schritte verklangen.

Clara merkte, wie hungrig sie war. Sie hatte gestern nicht zu Abend gegessen. Niemand hatte daran gedacht, nicht einmal sie selbst.

Akenos Kleidung im Schrank war säuberlich gefaltet und der Anmutung nach nicht europäisch. Die Stoffe kamen ihr fließender und weicher vor, als es hierzulande für Männer üblich war, und die Farben waren bunter. Kurz überlegte Clara, ob sie überhaupt noch ›hierzulande‹ oder womöglich schon in niederländischen Gewässern waren.

Sie strich über einen weichen, grünen Stoff. Vielleicht freute Akeno sich darauf, wieder seine heimische Tracht zu tragen, nach Monaten in Hosen und Jacken. Vielleicht hatte er seine europäische Kleidung schon weggepackt und dieses Stück voller Vorfreude nach vorn geholt. Clara war versucht, es aus dem Schrank zu nehmen und es genauer zu betrachten, ließ es dann aber bleiben. Sie hatte genug in fremder Leute Sachen gewühlt.

Den Kamm fand sie in einer Papierschachtel. Er war sauber, aus einfachem Holz, hatte fein geschnittene Zinken und stellte einen perfekten Halbkreis dar. Man konnte ihn wie einen kleinen Fächer oder Teller halten. Das dunkelgelbe Holz schimmerte zart in dem Morgenlicht, das durch die Fenster fiel. War das Eiche? Gab es diesen Baum in Japan überhaupt? Nein, das Holz war zu fein strukturiert für Eiche. Es fühlte sich feiner und glatter an.

Sie lächelte, während sie behutsam einen Knoten auskämmte. Es war schon seltsam, dieses Werkzeug erfüllte einen ganz einfachen Zweck, und Clara hatte sich ihr Leben lang schon morgens die widerborstigen Haare gekämmt. Aber so sehr genossen wie heute hatte sie es noch nie. Was doch eine kleine Abwechslung, eine kleine Fremdheit vom Alltäglichen für Freude erzeugen konnte.

Ein Matrose brachte Clara einen Krug und eine Schüssel zum Waschen, und als es erneut an der Tür klopfte, war Clara so bereit, wie sie es unter diesen Umständen eben sein konnte.

»Guten Morgen. Setzen Sie sich.«

Clara dankte und kam der Aufforderung nach.

»Na los, Sie auch«, sagte der Kapitän zu Akeno. Er wirkte weit besser gelaunt als am gestrigen Abend.

Auf dem Tisch dampfte eine große Schüssel Rührei, und dazu gab es Brot, Butter und eingelegtes Gemüse.

Der Kapitän häufte ihr umstandslos eine große Portion auf den Teller.

»Noch einmal ein richtiges Willkommen auf der *Suez*. Die Lady ist achtundsiebzig Meter lang, zehn Komma acht Meter breit. Knapp fünf Meter Tiefgang, dreißig Mann Besatzung. Ein Hilfsmotor, dampfbetrieben. Höchstgeschwindigkeit elf Knoten. Das entspricht etwa zwanzig Kilometern die Stunde auf einer staubigen Straße.«

Sosehr Schiffe sie faszinierten, sie war nicht recht bei der Sache. Sie fragte sich, ob sie den Berg Eier und Gemüse auf ihrem Teller aufessen musste.

Kapitän Seeborg schenkte ihr einen Becher sehr dunklen Tee ein und fügte ungefragt Kandis und Sahne hinzu.

»Bitte. Greifen Sie zu«, sagte er.

Clara nickte und nahm einen Schluck Tee. Er war so stark, dass er ohne Sahne und Zucker kaum zu genießen gewesen wäre.

»Wir haben drei Masten, geteilte Marssegel an Fock und Großmast, einfaches Segel am Kreuzmast, drei Royalsegel, ein Skysegel«, fuhr der Kapitän unbeirrt fort. »Insgesamt sind es einunddreißig Segel, fünfzehn Rahsegel, vier Vorsegel, fünf Stagsegel und je sechs Lee- und Besansegel. Alles zusammen gute 2.200 Quadratmeter Segelfläche.«

Akeno warf Clara einen entschuldigenden Blick zu.

»Faszinierend«, sagte Clara. Sie beschloss, in die Konversation einzusteigen, damit der Kapitän nicht ohne Unterlass Zahlen herunterbetete. »Aber entschuldigen Sie die direkte Frage, sind die neuen Dampfschiffe nicht inzwischen schneller und ökonomischer als die alten Klipper?«

»Ha! Mädchen! Wenn wir unter vollen Segeln siebzehn Knoten machen? Da sollen diese hässlichen Dampfpötte erstmal mitkommen!«

Nur dass Dampfschiffe auch ohne Wind fuhren. Aber das sagte sie jetzt lieber nicht laut.

»Ja, unsere Lady ist alt. Kiellegung war im Jahr 1827, Stapellauf drei Jahre später. Sie hat schon ein paar Jährchen auf den Rippen. Aber sie ist immer noch schnell wie der Wind.«

»Was für Waren transportieren Sie eigentlich, wenn Sie von hier nach Asien segeln?«

Der Kapitän winkte ab. »Ach, alles Mögliche. Diesmal haben wir Hüte, Stoffe, Tapeten, Möbel, Uhren. Solche Sachen. Die Japaner sind neuerdings ganz verrückt nach europäischem Flair, müssen Sie wissen. Unterwegs nehmen wir, je nach Hafen, die unterschiedlichsten Gebrauchswaren und haltbaren Lebensmittel auf. Wir haben eine sehr abwechslungsreiche Diät hier an Bord«, sagte er und schlug sich stolz auf den dicken Bauch. »Sollte man gar nicht meinen bei einer Seereise, nicht wahr?«

Normalerweise hätte Clara solche Details in sich aufgesogen wie ein Schwamm. Doch ihre Gedanken und Blicke schweiften immer wieder zu Akeno, der neben ihr saß und schwieg, während der Kapitän redete. Mehrmals trafen sich ihre Blicke, und Clara gewann den Eindruck, er sehnte das Ende dieses Frühstücks ebenso herbei wie sie.

Als sie endlich entlassen waren, standen sie eine Weile gemeinsam an der Reling und hielten die Nasen in den Wind. Sie schwiegen, aber es fühlte sich nicht beklemmend an, sondern friedvoll. Clara hätte noch ewig so stehenbleiben und aufs Wasser blicken wollen, Schulter an Schulter mit diesem Mann, dessen Nähe sie ebenso beruhigte wie aufregte.

»Haben Sie schon eine Entscheidung getroffen?«, fragte Akeno schließlich.

»Was meinen Sie?«

»Bezüglich Ihres Bruders. Werden Sie ihn in die Familie aufnehmen?«

Clara hatte die letzten zehn Minuten nicht an dieses Problem gedacht. Jetzt musste sie sich der Frage also doch stellen. Sie musste eine Entscheidung treffen.

»Wenn Sie meinem Bruder das Päckchen übergeben, wird er erfahren, dass er Teil der Familie Winterfeld ist. Aber ich werde meiner Mutter gegenüber darüber kein Wort verlieren. Es geht mich nichts an. Ich hätte nicht nachforschen dürfen.«

»Sie wollen, dass alle ihr Gesicht wahren können.«

Clara nickte. »Aber ich bin mir nicht sicher. Sie haben gesagt, ich solle Ernst in der Familie willkommen heißen. Aber wie kann ich das, ohne Einverständnis meiner Mutter? Und was würde Vater dazu sagen?«

»Ihrem Vater und Ihrer Mutter müssen Sie ja nichts davon erzählen.« Akeno schaute eine Weile in die Ferne und fuhr dann fort. »Ich glaube, das würde ihn glücklich machen. Ich weiß, wie sehr man sich nach einer Familie sehnen kann, wenn man keine hat.« Er wandte sich ihr zu. »Und ich glaube, Sie selbst hätten wohl auch sehr gern einen Bruder in Japan.«

Clara seufzte. »Ja, wirklich. Ich glaube, das würde mir sehr gefallen.«

Akeno nickte zufrieden und schaute erneut aufs Meer hinaus. Clara betrachtete sein Profil. Der Wind zupfte an seinen Haaren und am Kragen, und ein Medaillon an einer einfachen Kette rutschte daraus hervor.

Es war aus schwarzem Metall, das, eingelassen mit Gold und Silber, einen fein verästelten, blühenden Zweig zeigte. Waren das etwa Kirschblüten?

Der Wind drehte das Medaillon und zeigte ihr die Rückseite, auf der japanische Schriftzeichen zu sehen waren.

Akeno wandte den Kopf und sah sie mit einem warmen Lächeln an. Doch als er ihren Blick auf das Medaillon bemerkte, verdüsterte sich sein Gesicht. Schnell ließ er es wieder in seinem Kragen verschwinden.

»Der Wind frischt auf«, sagte er. »Gehen wir rein.«

12

Clara saß an dem kleinen Tisch in Akenos Kajüte und tunkte die Feder in das Tintenfass, das sie, zusammen mit einigen Bogen Papier und einem Umschlag, von Kapitän Seeborg erhalten hatte. Sie hielt inne. Bereits die Anrede bereitete ihr Kopfzerbrechen. Sollte sie ihren Halbbruder vertraulich anreden oder distanziert höflich?

»Wie soll ich bloß anfangen?«, fragte sie laut und wandte sich um.

Akeno saß hinter ihr auf der Bettkante und hob die Hände, wie um zu sagen, das sei ihre Sache.

Am besten war es, sie dachte gar nicht so viel darüber nach und folgte einfach dem Fluss der Gedanken. Kurz entschlossen setzte sie die Feder aufs Papier.

Lieber Ernst,

Sie wundern sich sicher, dass Sie gleich zwei Briefe von Ihrer verschollenen Familie bekommen. Ich bin Ihre Halbschwester Clara, und dass ich durch den Brief unserer Mutter von Ihrer Existenz erfahren habe, davon weiß unsere arme Mutter wiederum nichts. Zu meiner Schande muss ich sagen, ich habe ihren Brief heimlich gelesen.
Sie können sich denken, dass es mich erschüttert hat, von Ihnen zu erfahren. Dennoch möchte ich Ihnen

sagen, dass es mich glücklich und froh macht, einen Bruder im fernen Japan zu haben – einem Ort, an den ich mich schon seit meiner Kindheit träume. Fortan wird dieser Wunsch in mir noch heißer brennen.
Ich wünschte, ich könnte mit Akeno, den ich hier in Deutschland als Handlungsreisenden kennenlernen durfte, zu Ihnen reisen.
Ich schreibe Ihnen aber noch aus einem anderen Grund. Unsere Mutter lässt Ihnen mit ihrem Brief eine erhebliche Summe Geldes zukommen.
Sie sollen wissen, dass dieses Geld ohne das Wissen und die Zustimmung der Familie genommen wurde. Und Sie sollen wissen, dass meine Mutter Sie unmöglich dieser Familie offenbaren kann. Unsere Reputation, unser Geschäft und unsere Lebensgrundlage stehen, wie Sie sich denken können, auf dem Spiel.
Ich möchte Sie darum sehr herzlich bitten, meine Mutter in keiner Weise bloßzustellen und ihre Verletzlichkeit nicht auszunutzen. Sie leidet bereits sehr.
Falls Sie also weitere Unterstützung, in welcher Form auch immer, benötigen, bitte ich Sie: Ersuchen Sie nicht meine Mutter darum, sondern mich.

Ich hoffe, dass wir uns eines Tages kennenlernen können, und wünsche Ihnen einstweilen alles Gute.
Vielleicht hilft Ihnen das Geld, das meine Mutter übersendet, Ihr Teehaus aufzubauen? Akeno hat mir erzählt, dass Sie diesen Wunsch hegen.

Clara berichtete noch ein wenig von ihrem Alltag in Berlin, und als sie den Brief beendet hatte, schraubte sie das Tintenfass zu, steckte den Brief in den Umschlag, verschloss ihn mit Gummi arabicum und drehte sich um, um ihn Akeno zu reichen. »Würden Sie ihn zusammen mit dem Päckchen meiner Mutter überreichen?«, bat sie ihn.

Akeno verbeugte sich. »Mit Vergnügen.« Er legte den Brief zu seinen anderen Habseligkeiten in den Wandschrank.

Dann strich er über eine der verschiedenen Dosen, die er dort aufbewahrte, und sagte: »Mir ist gerade etwas eingefallen. Möchten Sie vielleicht Tee trinken? Ich meine, richtig?«

Claras Herz machte einen kleinen Satz bei dieser Frage. »Sie meinen …?«

Er wandte sich ihr zu. »Erinnern Sie sich an den Tee bei den Stargards?«

»Ein recht kräftiger Assam, ja.«

»Ich konnte kaum einen Schluck davon trinken.«

»Ich mag Assam auch nicht besonders«, sagte Clara, »aber von minderer Qualität war er an sich nicht.«

»Das meine ich nicht. Nur trinke ich meinen Tee für gewöhnlich mit großer Aufmerksamkeit und in Stille. Nicht, während um einen herum zweihundert Menschen durcheinanderreden. Und ich schulde Ihnen noch eine Teezeremonie, nicht wahr?«

Clara zögerte. Sie wusste, die Zeremonie war sehr formell und man konnte dabei eine Menge falsch machen, und das wäre ihr außerordentlich unangenehm.

»Natürlich haben wir hier nicht alles zur Verfügung, was zu einer vollständigen Zeremonie dazugehört«, sagte Akeno. »Aber ich könnte Ihnen das, was fehlt, mit Worten ausmalen.«

Clara war mit einem Mal so aufgeregt wie vor ihrem ersten Auftritt als Serviererin im elterlichen Teehaus. »Das würde ich sehr gern erleben«, sagte sie.

»Ich bin gleich zurück!«, rief Akeno beinahe überschwänglich. »Ich sorge nur eben für heißes Wasser!«

Damit war er zur Tür hinaus und Clara wartete mit klopfendem Herzen auf seine Rückkehr.

Einige Zeit später kam er mit einem dampfenden Kessel zurück. Zu Claras Verwunderung stellte er ihn mitten auf den Fußboden.

Dann nahm er zwei schlichte, mit Leinen bezogene Kissen aus dem Schrank und legte sie sorgfältig ebenfalls auf den Boden. Eine breite, flache Kiste mit einem bemalten Deckel an zwei eisernen Scharnieren kam neben den Wasserkessel.

»Bitte, nehmen Sie Platz«, sagte er und wies auf das Kissen, das Clara am nächsten lag.

Auch über die japanischen Sitzgewohnheiten hatte sie natürlich gelesen, und sie tat, als sei es für sie das Normalste von der Welt, sich auf ihre eigenen Fersen zu setzen und mit den Knien am Boden abzustützen. Es kam ihr beinahe ungehörig vor und war aufregend, so auf dem Boden zu sitzen. Aber es war auch ungewohnt, und Clara fragte sich, wann ihre Beine zu protestieren beginnen würden.

Akeno setzte sich ihr gegenüber und verbeugte sich. Ein Medaillon rutschte dabei aus dem Kragen seines Gewandes. »In Japan ist die ganze Kultur durchdrungen von Tee und seiner Eleganz«, sagte er. »Ich glaube, unsere lange Isolation hat dazu beigetragen. Unsere Bauern haben gelernt, Blumen zu stecken, und die einfachsten Arbeiter entbieten Fels und Wasser ihren Gruß.« Er schloss kurz die Augen. »Der Teeraum ist erfüllt von großer Poesie. Zugleich ist er aber auch eine Stätte der Leere, schmucklos mit Ausnahme der wenigen Dinge, die gebraucht werden, um dem Genuss des Tees zu dienen.«

Akeno sah so vollkommen und würdevoll aus, wie er dort vor ihr saß in seinem weiten Gewand, und Clara war sich schmerzlich bewusst, dass sie selbst vermutlich einen recht ungelenken Eindruck machte in ihrem sperrigen Kleid.

»Wir haben im Haus der Stargards über Symmetrie geredet, wissen Sie noch?«

Clara nickte und lächelte. Sie würde nie den entsetzten Ausdruck des livrierten Dieners vergessen, als Akeno die Dekoration in Unordnung gebracht hatte.

»Wie Sie wissen, verehren wir das Unvollkommene, das Werdende und Vergehende. Der Teeraum ist für uns wie eine Weihestätte für das Unsymmetrische.« Akeno beugte sich leicht zu Clara hinüber, zog eine lockere Haarsträhne aus ihrer notdürftig gebundenen Frisur hervor und folgte ihr an ihrer Wange entlang bis zum Ende. Ein Zittern lief durch Claras Körper. Sie war aufs Äußerste angespannt und voller Erwartung, ohne zu wissen, worauf.

»Darum wird in der Zeremonie mit Vorsatz etwas unvollkommen gelassen. Damit es im Spiel der Fantasie vollendet werde.«

Clara schluckte trocken.

»Anfangs war der Teeraum kein eigenes Haus, sondern nur ein Teil des Empfangszimmers«, fuhr Akeno fort.

Er öffnete die Kiste zwischen ihnen und entnahm ihr eine größere und zwei kleinere Schalen mit schwarzglänzender Glasur, eine Schöpfkelle und einen Schlagbesen aus Bambus, einen eisernen Kessel, hölzerne Döschen und mehrere blütenweiße Tücher aus Leinen.

»Bei einer Teegesellschaft wurde der Raum durch einen Vorhang abgetrennt. Man nannte ihn dann Kakoi, zu Deutsch vielleicht ›Klause‹. Diese Kajüte hier ist jetzt also unsere Klause«, sagte er und lächelte.

»Doch dort sind wir nicht von Anfang an. Stellen wir uns vor, Sie wandeln zunächst durch den Garten, während ich als Gastgeber die Zeremonie vorbereite.« Er wischte die Schalen sorgfältig mit einem Tuch aus und platzierte sie sorgfältig vor sich und Clara auf der Kiste. Daneben legte er gefaltete Tücher.

Dann schlug er ein anderes, grober gewebtes Tuch auseinander, in dem ein kleiner Bambuslöffel, gebogen wie ein Ski, lag. Clara hatte solch einen Löffel zuhause bereits einmal gesehen, am Tag von Akenos Besuch. Sie sah ihm in die Augen, senkte dann mit klopfendem Herzen den Blick und betrachtete seine Hände, die sich in exakten Bewegungen den Vorbereitungen widmeten. Während Akeno mit der Kelle Wasser aus dem Kessel in die größere Schale schöpfte, um es abzukühlen, sprach er weiter: »Nun wandeln Sie einen vielfach gewundenen Gartenpfad entlang auf dem Weg zum Teeraum. Sie entledigen sich dabei Ihres Alltags und all Ihrer Sorgen. Sie laufen vorbei an einer Gruppe Sommerbäume, ein Streifen Meer glitzert in der Ferne, ein blasser Abendmond steht über Ihnen. Und vor Ihnen: eine einsame Hütte im schwindenden Licht. Nun stellen Sie sich vor, Sie sind im Gemütszustand einer eben erst erwachenden Seele. Noch irren Sie in den schattigen Träumen der Vergangenheit umher, doch es dürstet Sie nach Freiheit, die jenseits dieses alten Lebens liegt. Es dürstet Sie nach …« Seine Stimme zitterte einen Moment. Er hielt inne, schloss die Augen und setzte neu an.

»Auf Ihrem Weg kommen Sie an einem Wasserbecken vorbei, reinigen Hände und Mund. Am Teehaus angekommen beugen Sie sich tief hinab, um durch eine niedrige Schiebetür in den Raum zu schlüpfen.« Er öffnete die Augen, bedachte Clara mit einem eindringlichen Blick. »Dies wird allen Gästen auferlegt, ob hoch oder niedrig gestellt, denn im Teeraum sind alle gleich und alle sollen in Demut kommen. Sie verbeugen sich vor den Blumen, die in einer Wandnische stehen, und setzen sich auf das Kissen. Und dann erst, wenn Stille herrscht, betrete ich den Raum. Nur das Summen des siedenden Wassers im eisernen Kessel ist jetzt noch zu hören, und der Kessel singt schön, denn auf seinem Boden habe ich zuvor einige Eisenstücke angeordnet, sodass sie eine Melodie erzeugen, ein Echo des fernen Wasserfalls, oder auch ein Widerhall des Meeres, das gegen die Felsen brandet. Vielleicht auch wie ein Regenguss, der im Bambuswald hinter den Hügeln niedergeht.« Akeno sprach jetzt sehr leise, fast flüsternd. »Es klingt wie der Wind in den höchsten Kiefern. Kannst du es hören, Clara?«

Clara war unfähig, einen Ton hervorzubringen. War Akeno in seiner Heimat ein Dichter?

Er hielt kurz inne und fuhr dann fort: »Selbst bei Tage ist das Licht im Teeraum gedämpft, denn das weit herabreichende, schräge Dach lässt nur wenige Sonnenstrahlen herein. Doch der Garten hüllt sich jetzt bereits in Dunkel, nur da und dort hat man kleine Laternen auf die Steine gestellt. Die Farben im Teeraum sind ruhig, unaufdringlich. Die Ausgeglichenheit des Alters liegt über allem. Ein bisschen ist es wirklich wie hier, in dieser bescheidenen Kajüte.«

»Ich mag diese Bescheidenheit sehr«, hauchte Clara. Akeno nickte und legte einen Finger an die Lippen, damit sie schwieg und lauschte. »Hörst du die Wellen des Meeres, die gegen die alten Planken schlagen?«, flüsterte er. »Sind sie im Dunkeln nicht viel deutlicher zu hören als bei Tag?«

Clara nickte.

»Und sind wir nicht selbst wie die Wellen, Clara? Wir

rütteln an unseren kleinen Leben und vergessen dabei, dass wir doch eigentlich das Meer sind, unergründlich und eins.«

Aus seinem Gürtel zog Akeno jetzt ein violettes Seidentuch und faltete es zusammen. Damit wischte er über die Teedose und den Bambuslöffel. Dann legte er den Löffel auf die Dose, ergriff die Schöpfkelle und gab das abgekühlte Wasser aus der größeren Schale in eine der kleineren Teeschalen. Mit einem hölzernen Schlagbesen führte er darin einige reinigende Kreisbewegungen aus. Das Wasser goss er dann in die zweite Teeschale.

Und dann, endlich, nahm Akeno mit dem schmalen Löffel etwas Pulvertee aus der Dose und gab ihn in die Schale. Er lächelte. »Wenn ich jetzt kleine, japanische Reiskuchen hätte, würde ich dich bitten, dich zu bedienen. Sie sind von einer neutralen Süße, die das Aroma des Tees sehr deutlich hervortreten lässt.«

Er schöpfte erneut heißes Wasser über den Besen in die Schale, und dann begann er den Tee zu schlagen, bis eine dickflüssige, hellgrüne Flüssigkeit entstanden war, auf der sich ein wenig Schaum drehte.

Den fertigen Tee reichte er Clara mit beiden Händen und einer leichten Verbeugung, indem er die Schale ein wenig drehte und sie dann vor sie hinstellte.

Er sah sie auffordernd an, und sie hob die Schale und trank einen Schluck. Der Geschmack war üppig, komplex und vielschichtig, dabei doch sanft und beinahe frei von Bitterstoffen.

»Du darfst beim Trinken ruhig einen kleinen Ton hören lassen«, erklärte Akeno. »Das hebt ebenfalls die Aromen.«

Clara fragte sich, ob sie den Tee tatsächlich schlürfen sollte. Hatte er das gemeint? Aber das wäre ihr höchst unfein vorgekommen und sie brachte es nicht über sich. Sie hatte lange genug üben müssen, um bei Tisch nicht zu schlürfen, und sie glaubte nicht, dass sie es wieder verlernen wollte.

Außerdem hatte er vorhin erklärt, dass man einen Tee nur schweigend richtig genießen konnte, und so wollte sie es halten: still und ganz auf die Aromen und Empfindungen konzentriert.

Für einen Moment vergaß Clara alles um sich herum und sogar Akeno, der ihr gegenübersaß und sie beobachtete. Der Tee in ihrer Schale wurde zu einem jadegrünen Meer, und sie tauchte in seine Tiefe, bis an den Grund, wo von den Wellenbewegungen an der Oberfläche nichts mehr zu spüren war und vollkommene Stille und Frieden herrschten.

Als sie ausgetrunken hatte, stellte sie die Schale schweigend vor sich hin.

Mit großer Sorgfalt reinigte Akeno seine Werkzeuge und legte sie wieder an ihren Platz in der Kiste.

Er hatte seine Erklärungen eingestellt, wirkte sehr ernst jetzt. Er schaute sie nicht an, und Clara wagte noch immer nicht zu sprechen, um sich für dieses Erlebnis zu bedanken.

Als er die Kiste geschlossen hatte und sie blank und schweigend zwischen ihnen stand und Akeno mit gesenktem Kopf und den Händen auf den Knien vor ihr saß wie einer, der ein Urteil erwartete, sagte sie schließlich mit zitternder Stimme: »Akeno.«

Sie selbst hörte die übergroße Sehnsucht darin – die Sehnsucht nach seinem Garten mit den gewundenen Pfaden, nach dem Meer, dem Bambuswald und den Kiefern, die im Wind rauschten.

Er senkte den Kopf noch etwas mehr, erstarrte.

»Akeno«, flüsterte sie erneut.

Mit einer plötzlich heftigen Bewegung schob er die Kiste zwischen ihnen zur Seite, sodass sie unter den Tisch rutschte und gegen die Bordwand schlug.

Clara zuckte zusammen und er hob den Kopf, mit einem Ausdruck im Gesicht, den Clara nicht kannte und doch sofort verstand.

Mit einer Bewegung war er bei ihr, zog sie in seine Arme, ihre Hände fanden, was sie instinktiv suchten, wühlten sich durch Schichten von Stoff, und heiße und kalte Schauer fuhren durch Claras Leib. Ein verzweifeltes Stöhnen entrang sich ihrer Kehle, ein Schluchzen fast, und Akeno hob sie hoch und legte sie auf seine Bettstatt.

Was dann geschah, war verboten. Und doch würde Clara es geschehen lassen. Sie wusste nur, sie war noch nie so in Flammen gewesen, noch nie so aufgelöst und so lebendig zugleich. Sie fühlte die Hitze seiner Haut, seine Hände, seinen Mund. Sie schmeckte ihn, spürte ihn, und als eine alles überstrahlende Explosion in ihrem Unterleib ihr einen Schrei entlockte, fühlte sie, wie er in sie drang und mit jedem Stoß ihre Lust noch vergrößerte.

Endlich sank er über ihr zusammen. Sein Körper lag schwer auf ihr und sie wünschte, es würde für immer so bleiben.

Als er nach einer Ewigkeit, die niemals enden sollte, schließlich doch aufstand, wischte er sich mit beiden Händen über das Gesicht und drehte sich von Clara weg.

Verzweiflung überkam sie in demselben Moment.

Was hatte sie getan!? Würde er sie jetzt verachten?

Schweigend standen sie auf, ordneten ihre zerwühlte Kleidung, und Clara kämpfte gegen die Tränen.

Akeno trat hinter sie, fasste sie an den Schultern, legte schützend einen Unterarm um ihre Brust. Sie lehnte sich an ihn, schloss die Augen und schluckte die Traurigkeit hinunter.

»Komm mit mir, Clara«, flüsterte er dicht an ihrem Ohr. »Komm mit mir nach Hause.«

Eine warme Welle durchflutete Clara, ein Glücksgefühl, und beinahe hätte sie Ja gesagt, ohne Vorbehalt.

Stattdessen riss sie sich los von ihm, brachte so viel Abstand zwischen sich und Akeno, wie es in der engen Kajüte möglich war. »Ich kann nicht«, flüsterte sie. »Ich bin meiner Familie verpflichtet.«

Das Entsetzen, das jetzt in Akenos Gesicht trat, brachte Clara fast um den Verstand. »Was haben wir getan!«, rief er aus. »Was habe ich dir angetan!« Erst jetzt schien er sich dessen ganz bewusst zu werden. Er raufte sich die Haare und starrte sie fassungslos an.

Sie stürzte auf ihn zu, wollte sich in seine Arme werfen, doch seine Arme umfingen sie nicht, sondern hingen kraftlos an den Seiten hinab.

»Akeno, bitte verzeih mir, bitte stoß mich nicht weg!«, schluchzte sie.

Er machte sich von ihr los, drängte an ihr vorbei und riss die Kajütentür auf.

Clara hörte, wie sich seine Schritte entfernten.

Die nächsten achtundzwanzig Stunden verbrachte Clara allein in Akenos kleinem Reich. Eins ums andere Mal öffnete sie die Kiste mit dem Teegerät und betrachtete es, wagte aber nicht, etwas davon in die Hand zu nehmen ohne Akenos Erlaubnis.

Sie schaute auf das bleigraue Wasser der Nordsee, erhaschte gelegentlich einen im Dunst liegenden Küstenabschnitt. Der Himmel war schwer, das Wetter drückend.

Zum vielleicht hundertsten Mal stand sie von ihrem Platz am Fenster auf, schritt zur Tür, legte die Hand auf die Klinke, entschlossen, hinauszugehen und Akeno zu finden. Weit konnte er ja nicht gegangen sein, sie befanden sich auf einem Schiff. Wieder hielt sie im letzten Moment inne und ließ die Hand sinken.

Was könnte sie ihm schon sagen, was tun, ohne die Situation noch schlimmer zu machen? Sie konnten einfach nicht zusammen sein, und jede Annäherung würde sie das nur umso schmerzhafter spüren lassen. Sie war verheiratet, sie musste nach Hause. Um ihrer Familie und um des Teehauses willen.

Selbst wenn sie eine alleinstehende Frau und ohne jegliche Pflichten wäre – wäre sie denn wirklich bereit, mit einem fremden Mann bis ans andere Ende der Welt zu ziehen? Drei Monate mit ihm auf diesem Schiff zuzubringen?

Ja, sie wollte, sie musste es tun, um ihrer Seele willen!

Clara legte die Hand erneut an die Klinke. Sie würden durch den neuen Kanal fahren, der dem Schiff seinen Namen gegeben hatte – *Suez*. Und irgendwann, nach Monaten, in denen sie sich kaum waschen konnte, das fremdländische Essen nicht vertrug, unter Seekrankheit litt und sich nach festem Land unter den Füßen sehnte, nach Heimat und Behaglichkeit, würde sie in Japan an Land gehen.

Dort wäre alles fremd, mit anderen Menschen, anderen Sitten, anderen Blumen und Bäumen. Und ohne ihre Familie. Netty und Olga würden ihr unendlich fehlen, von deren Kochkünsten ganz zu schweigen. Sogar August würde sie vermissen, dazu all die kleinen, belanglosen Gespräche in Laden und Salon.

Und Franz? Würde sie ihren Mann vermissen?

Sie konnte es sich nicht vorstellen. In diesem Moment empfand sie nichts als Wut für ihn. Warum hatte er sie zu dieser Heirat drängen müssen? Warum nur hatte sie auf ihn gehört? Sie hätte seinem Drängen nur noch ein wenig länger standhalten müssen. Bis sie Akeno wiedergesehen hätte. Dann hätte es keinen Zweifel mehr gegeben. Sie wäre frei gewesen. Frei, zu lieben. So hatte Franz es doch gesagt. Frei zu lieben, wen *sie* lieben wollte.

Aber würde sie denn wirklich gehen, die Heimat verlassen? Vielleicht für immer?

In Japan gab es niemanden, der sie kannte und liebte. Außer vielleicht diesen einen Mann. Und den würde sie nach drei Monaten auf See möglicherweise bereits viel zu gut kennen, um ihr Leben ganz seiner Führung anzuvertrauen. Clara senkte den Kopf, die Hand noch immer an der Klinke.

War das ein Geräusch gewesen auf der anderen Seite der Tür? Sie legte das Ohr gegen das dunkle Holz und lauschte, hörte aber nur das Rauschen des Blutes in ihren eigenen Ohren.

Clara hielt die Luft an. Ihr Herz schlug zu laut. Doch da! Hörte sie nicht ein Atmen dort draußen? Spürte sie nicht die Andeutung einer Bewegung der Klinke unter ihrer Hand? Sie nahm einen langen, zitternden Atemzug.

Einen Moment regte sich gar nichts. Und dann: Schritte, leise, achtsame Schritte wie von jemandem, der nicht gehört werden wollte.

Sie entfernten sich.

Clara wollte die Tür aufreißen und Akeno hinterherrufen: *Bleib, bitte bleib! Nimm mich mit dir!*

Doch sie tat es nicht.

Sie hatte nicht den Mut und den Willen dazu, ihr Leben

hinter sich zu lassen und all diese Risiken einzugehen. Einem flüchtigen Gefühl der Leidenschaft wegen, deren Reiz vielleicht am Ende nur in Akenos Andersartigkeit bestehen mochte. Woher sollte sie wissen, dass er und sie füreinander bestimmt waren? Woher sollte sie wissen …? Sie schüttelte unwillig den Kopf, ließ die Klinke los und schritt zurück zum Fenster.

Aber sie wusste es doch nun einmal! Akeno war der Mann, mit dem sie das Leben leben wollte. Koste es, was es wolle!

Sie stürzte zurück zur Tür, riss sie auf.

»Akeno?!«

Der Gang war dunkel, eng und leer.

Sie starrte auf die hölzerne Treppe an dessen Ende, die nach oben an Deck führte. War er Sekunden zuvor noch hier gewesen? Hatte sie ihre Chance verpasst?

Sie konnte ihm folgen. Ihn suchen. Clara setzte einen Fuß vor die Tür. Zögerte.

Wenn wirklich er es gewesen war, der eben noch vor ihrer Tür gestanden und ebenso gelauscht hatte wie sie, dann hatte er entschieden, nicht hereinzukommen. Er war wieder gegangen.

Der Gedanke schmerzte – aber hatte er von Anfang an vielleicht nur genau das von ihr gewollt, was er bekommen hatte?

Nein, dann wäre er nicht so entsetzt gewesen über das Geschehene, nicht so verzweifelt. Er liebte sie. Er wollte sie. Und er wusste, dass er sie niemals haben konnte. Und genau darum war er wieder gegangen. Er hatte das einzig Richtige getan.

Clara biss sich auf die Hand und unterdrückte einen Leidenslaut, als ihr mit aller Deutlichkeit klar wurde, was der größte Fehler in ihrem Leben gewesen war. Nein, nicht das Zusammensein mit Akeno, der Fehltritt, der Verrat, sondern ihre Ehe mit Franz. Sie hatte ihn geheiratet, obwohl sie Akeno bereits kannte und die Anziehung bereits bei ihrer ersten Begegnung im Kaminzimmer des Teesalons so überdeutlich verspürt hatte. Sie hätte es da schon wissen können. Wissen müssen!

Warum war sie nur so dumm gewesen, Franz' Drängen nachzugeben, dem Drängen ihrer Familie?!

Clara ließ den Kopf hängen und schloss möglichst leise die Tür. Tränen tropften auf ihr Kleid.

Und noch dümmer war, dass sie diesen bürgerlichen Ehevertrag unterschrieben hatte. Sie hatte gedacht, dadurch mehr Kontrolle zu bekommen, mehr Freiheit. Aber wegen dieses dummen Vertrags konnte Franz nun die Familie und das Teehaus zerstören, wenn er es wollte.

Clara lachte freudlos. Wenn er je erfuhr, was an Bord dieses Schiffes geschehen war, dann *würde* er es wollen. Wenn er je den wahren Zustand ihres Herzens erkannte, wenn sie auch nur eine Ahnung durchscheinen ließ, dass sie lieber bei einem anderen Mann wäre als bei ihm – dann würde der fordernde Junge in ihm erwachen, der Trotzkopf, den sie aus Kindertagen kannte. Er würde um sich schlagen und keine Ruhe geben, bis er bekam, was er wollte. Und wenn er es nicht haben konnte, dann würde er es lieber zerstören, als dass ein anderer es bekam.

Jetzt musste sie die Rechnung für ihre Dummheit bezahlen.

Sie warf sich aufs Bett und vergrub ihren Kopf unter den Kissen. Sie würde diese Kajüte nicht verlassen, um Akeno zu suchen. Ihr Verhältnis hatte hier begonnen, und hier würde es enden.

Sie wünschte nur, sie wären bereits in Amsterdam. Und sie hoffte inständig, Akeno würde nicht kommen, um sich von ihr zu verabschieden.

Als nach einer unendlich erscheinenden Zeit des Wartens endlich der Hafen in Sicht kam, überlegte Clara, ob sie noch das Recht besaß, die Teedose, die Akeno ihr geschenkt hatte, zu behalten.

Sie nahm sie vom Tisch, spürte ihre Glätte und drückte sie an sich. Es war vielleicht ungehörig, aber sie würde sie behalten. Als Andenken und als Mahnung.

War es nicht seltsam? Dieser Raum würde der einzige auf dieser Welt bleiben, in dem Akeno und sie einander wirklich begegnet waren. Ein Ort, an dem ihre Wege sich mehr als nur gekreuzt hatten.

Im Hafen von Amsterdam lagen zahlreiche Schiffe, die Mole war beinahe übermäßig belebt. Im Hintergrund erhob sich ein Prachtbau mit einem Turm in der Mitte. Das musste der Damrak-Palast sein. Clara hatte einmal in einer Illustrierten einen alten Stich davon gesehen. Schmale, hohe Häuschen schmiegten sich an den Palast und spiegelten sich gemeinsam mit ihm im Wasser des Hafenbeckens. Hier würde sie also von Bord gehen.

Kapitän Seeborg nahm sich Zeit, Clara vom Schiff und in einer Kutsche zum Bahnhof zu begleiten, um sie sicher auf dem Heimweg zu wissen. Er bemühte sich auf seine etwas polternde Art redlich um Konversation, und Clara nahm es ihm nicht übel, als er auf ihr Schweigen hin endlich verstummte und sich darauf beschränkte, ihr Schutz und Hilfe zu sein.

Immer wieder reckte sie den Hals, um die *Suez* noch einmal zu sehen, voller Hoffnung, Akeno an Deck zu erblicken und ein Winken von ihm zu erhaschen, einen letzten sehnsüchtigen Blick. Vielleicht würde er sie in der Menge entdecken, das Schiff verlassen und ihrer Kutsche hinterhereilen, damit sie anhielt, damit Clara blieb und mit ihm kam. Oder um einen allerletzten Kuss auf ihre Lippen zu drücken.

Doch er kam nicht.

Vor dem Bahnhofsgebäude angekommen, bot Kapitän Seeborg ihr den Arm und geleitete sie zum Gleis. Als der Zug einfuhr und zischend und fauchend zum Stehen kam, riss Clara sich zusammen. Sie wollte sich zumindest höflich verabschieden.

»Kapitän«, sagte sie und rang sich ein Lächeln ab. »Ich war Ihnen sicher keine angenehme Gesellschaft, aber ich möchte mich sehr herzlich bedanken. Mein Mann wird die Überfahrt und die Bahnfahrkarte natürlich erstatten, ich …«

Kapitän Seeborg hob die Hand. »Keine Umstände, Mädchen. Sie schulden mir nichts.« Er zögerte einen Moment. »Auch keine Erklärung. Aber … entschuldigen Sie die Direktheit eines alten Seemanns und lassen Sie mich Ihnen etwas mit auf den Weg geben.«

Clara verstummte und nickte.

»Sie sind unglücklich, und Herr Akeno ist es offensichtlich auch. Aber Sie beide handeln standfest und mutig und tun das Richtige.« Er lächelte. »Sie werden darüber hinwegkommen, glauben Sie mir. Seeleute verlieben sich häufig, wissen Sie.« Er zwinkerte ihr aufmunternd zu.

Clara nickte und versuchte, das warmherzige Lächeln des Kapitäns zu erwidern. »Danke«, sagte sie mit belegter Stimme. »Für alles.«

Dann stieg sie in den Zug.

13

Lange Alleen und im Sonnenlicht funkelnde Kanäle zogen am Fenster ihres Zugabteils vorbei. Goldgelbe Felder und vereinzelte Windmühlen huschten durch ihr Blickfeld. Clara nahm das alles nur verschwommen wahr. Ihre Augen waren verschleiert von Tränen, die immer dann erneut aufstiegen, wenn sie gerade glaubte, sie endlich besiegt zu haben.

Das Ruckeln und Rattern des Zuges und ihre Erschöpfung ließen sie für eine Weile in einen unruhigen Schlaf fallen. Sie schreckte hoch, als an irgendeinem Bahnhof zwischen Amsterdam und Berlin die Abteiltür aufgerissen wurde und eine junge, wohlgenährte Frau und ihr kleiner Sohn hereinkamen.

»Pardon, zijn er nog plaatsen beschikbaar?«

Clara richtete sich auf. »Entschuldigung, was sagten Sie?«

Während der Junge sich auf der Bank gegenüber bereits breitmachte, deutete die Frau auf den Platz und blickte Clara fragend an.

»Oh, natürlich! Bitte!«

Clara schaute starr aus dem Fenster, während die Frau ihren Koffer auf die Gepäckablage schob, es sich bequem machte und ein Proviantpaket auszupacken begann.

Es roch intensiv nach Würsten und Eiern, und Clara merkte, dass sie Hunger hatte. Doch seit dem Ereignis, an das sie nicht einmal zu denken wagte, hatte ihr Magen sich verschlossen. Schon der Geruch von Essen bereitete ihr Übelkeit.

Der Junge hüpfte unruhig auf seinem Sitz auf und ab und plapperte auf seine Mutter ein. Die ignorierte ihn weitgehend und streckte Clara ein Stück Papier entgegen, auf dem ein paar glänzende Würste lagen. »Will je?«

Clara schüttelte den Kopf. »Vielen Dank, aber nein.«

Die Frau zuckte die Achseln, reichte ihrem Sohn das Papier und sie machten sich schweigend über die Würste her. Dass sie jetzt nicht mehr allein im Abteil war, machte es leider überhaupt nicht einfacher, die Tränen im Zaum zu halten.

Was Clara mit Akeno erlebt hatte, hatte sie vielleicht für immer verändert und für die Ehe mit Franz untauglich gemacht. Ihre geistige Übereinkunft, wenn sie miteinander redeten, seine Kultiviertheit und Höflichkeit. Seine Leidenschaft. Zärtlichkeit.

Dass Claras Ehe von Anfang an unglücklich war, wurde ihr erst dadurch deutlich. Und durch den Schmerz, den es ihr bereitete, dass sie Vernunft hatten walten lassen und auf Abstand gegangen waren. Sie hätte schweigen und mit Akeno gehen können. Niemand hätte erfahren, wo sie war.

Aber sie musste an Mutter denken, und an das Teehaus. Sie konnte sie nicht im Stich lassen, erst recht nicht ohne Worte. Ihre Familie hätte sich zu Tode geängstigt um sie. Und wenn sie Franz verließ, würde Mutter das Geld, das sie jetzt an Ernst schickte, zurückgeben müssen. Das wäre der Ruin für die Winterfelds, und Clara würde mit dieser Schuld leben müssen.

Sie zuckte zusammen, als sie eine Berührung am Arm spürte. Es war der Junge, der vor ihr stand und sie aus großen Augen ansah.

»Waarom huil je? Voel je pijn?«

Er streichelte ganz sacht ihren Unterarm, als sei sie ein zartes Tierchen, und die naive Herzlichkeit der Geste zog Clara die Kehle noch enger zusammen. Ein Schluchzen brach sich Bahn, sie konnte nicht mehr an sich halten.

Sofort sprang die Mutter des Jungen auf, setzte sich neben sie und legte mit festem Griff einen Arm um ihre Schultern. »Nou, nou. Het komt alles goed.«

Clara lehnte sich an die Fremde und ließ den Tränen freien Lauf.

Ein Schaffner öffnete die Abteiltür.

»Niet nu!«, blaffte die Frau ihn an. Er zog den Kopf zurück wie eine erschreckte Schildkröte und schloss die Tür sogleich wieder.

Als Clara sich ausgeweint hatte, verspürte sie endlich Hunger. Ihr Magen knurrte laut, und als die Frau ihr erneut das Papier mit den Würsten reichte, griff sie dankbar zu.

»Mijn naam is Annike Bakker. En dit is mijn zoon Jeroen.«

Clara ergriff die dargebotene Hand. »Sehr angenehm. Ich heiße Clara Win…, Clara Casper.«

Frau Bakker und ihr Sohn fuhren ebenfalls bis Berlin, und Clara stellte fest, dass man sich auf Deutsch und Niederländisch beinahe schon verständigen konnte. Die beiden besuchten wohl eine Tante des Jungen, wenn sie es recht verstanden hatte.

Clara erzählte, dass sie versehentlich auf einem Schiff verblieben war, als es in Hamburg ablegte, weshalb sie mit einigen Tagen Verspätung in Berlin eintreffen würde. Sie erklärte ihre Tränen mit der schrecklichen Sorge, was ihre Familie wohl denken mochte. Natürlich hätte sie von Amsterdam aus telegrafiert, aber keine Zeit gehabt, auf eine

Antwort zu warten, da die Abfahrt des Zuges nach Berlin unmittelbar bevorstand.

Die Stunden verflogen, schnell waren sie beim Du, und Clara hatte keine Zeit mehr zum Grübeln, weil sie sich ganz auf das Gespräch mit Annike konzentrierte.

Dann kam der Schaffner und vermeldete ihnen die baldige Ankunft in Berlin.

»Oh, jetzt schon?«, sagte Clara überrascht.

Da sie kein eigenes Gepäck hatte, half sie Annike mit ihrem Koffer.

Sie sah ihre Familie schon auf dem Bahnsteig, als der Zug zischend zum Stehen kam. Sie stieg aus und verabschiedete sich von Annike und Jeroen. »Vielen Dank, und leben Sie wohl! Und kommen Sie uns im Teehaus besuchen!«

»Pas goed op jezelf, lieve Clara. Vaarwel.«

Clara sah den beiden nach, wie sie winkend und rufend auf eine blonde Dame in einem gestreiften Kleid zuliefen. So musste sie ihrer eigenen Familie nicht gleich entgegenblicken.

»Leb wohl, Akeno«, flüsterte sie. Dann straffte sie den Rücken.

Franz entdeckte sie zuerst und eilte mit Siebenmeilenschritten auf sie zu, sein Gesicht eine Mischung aus Zorn und Sorge.

Hinter ihm kamen Adele und Wilhelm. Es erschreckte Clara, wie alt und gebrechlich ihre Eltern mit einem Mal wirkten.

Als Franz sie erreichte, packte er sie grob am Arm. »Clara, Herrgott …!« Ihm schienen weitere Worte zu fehlen, und mit einem Mal zog er sie in seine Arme und drückte sie an sich, dass ihr die Luft wegblieb. »Wir haben uns solche Sorgen um dich gemacht. Wie konntest du nur!?«

Wilhelm und Adele erreichten sie, und Franz gab Clara frei, damit ihre Mutter sie in die Arme schließen konnte. »Kind, was ist passiert? Wieso warst du in Amsterdam? Wir sind tausend Tode gestorben!« Adele sah bleich und mitgenommen aus.

Ihr Vater machte einen noch schlechteren Eindruck. Er wirkte abwesend, blickte an Clara vorbei in die Ferne oder auf seine Füße, und sie fragte sich, ob er sie überhaupt erkannte. Oder war er so wütend und enttäuscht, dass er sie nicht einmal richtig ansehen konnte?

»Vater?«, fragte sie vorsichtig. »Verzeihst du mir?«

Er sah ihr kurz in die Augen, nickte, brummelte etwas in seinen Bart und schaute dann wieder weg.

»Dein Vater hat einen schlechten Tag«, flüsterte Adele. »Aber das wird schon wieder.« Sie tätschelte ihren Arm.

Clara nickte.

»Gut«, sagte Franz. »Da du nun in Sicherheit bist, erwarte ich natürlich eine Erklärung. Was um alles in der Welt ist in dich gefahren?«

»Es war keine Absicht, Franz. Bitte, könnten wir erst nach Hause fahren? Ich bin erschöpft und hätte jetzt wirklich gern eine große, heiße Tasse Tee. Und dann erzähle ich euch alles.«

»Natürlich, Kind. Komm.« Adele wandte sich Richtung Bahnhofshalle. »Nun kommt schon! Seht ihr nicht, dass Clara sich ausruhen muss?« Adele nahm Clara am Arm und zog sie mit sich Richtung Haupteingang, vor dem ein paar Kutschen auf Fahrgäste warteten.

Franz stapfte hinterdrein, und Clara konnte schon am Klang seiner Schritte hören, dass er vor allem eines war: wütend. Sie drehte sich um, um sich zu vergewissern, dass auch ihr Vater folgte.

Er schien verwirrt, als wüsste er weder, wo er war, noch, warum er hier war. Irgendetwas stimmte nicht mit ihm.

Clara durchströmte tiefe Erleichterung, als sie endlich durch die Ladentür das Teehaus betraten. Netty, die hinter dem Tresen stand, kam auf sie zu, begrüßte sie überschwänglich und schloss sie in die Arme.

Dann lief Clara die Treppe zum Salon hinauf. Oben angekommen wurde sie auch von Olga fest umarmt. Es tat gut, zu spüren, dass sie vermisst worden war.

»Kind! Kind!«, brachte Olga immer wieder nur hervor. Zwischendurch schnäuzte sie sich, dann gingen sie alle nach oben in die Wohnung und Olga lief in die Küche, um einen Tee zu bereiten.

Adele brachte Wilhelm derweil in sein Zimmer und schloss die Tür hinter ihm.

»Die Aufregung«, sagte sie. »Er braucht jetzt sicher etwas Ruhe, genau wie du, Clara. Dann kommt er bestimmt wieder ganz zu sich.«

Clara nickte, aber sie fühlte sich dennoch schuldig am Zustand ihres Vaters.

»Gehen wir in die Stube«, sagte Adele.

Franz hatte seit dem Bahnhof kein einziges Wort mehr mit Clara oder überhaupt mit jemandem gesprochen. Er war offenbar mehr als nur verstimmt. Clara konnte es daran sehen, dass seine Kiefermuskeln ständig in Bewegung waren. Sein Gesicht hatte eine ungesund rote Farbe angenommen.

Als Olga endlich in die Stube kam und der ersehnte Tee ausgeschenkt wurde, platzte es aus ihm heraus:

»Und, wäre meine Frau *jetzt* wohl bereit, ihrem Mann zu

erklären, welcher Teufel sie geritten hat? Wie erklärst du mir dieses Abenteuer? Wie kommst du auf ein Schiff nach Amsterdam? Kannst du dir vorstellen, was für Sorgen wir uns gemacht haben? Kannst du dir vorstellen, wie die Leute reden? Dein ungebührliches Verhalten, deine Aufmüpfigkeit schon in Hamburg bei Tisch! Du schadest meinem Ruf, und das erlaube ich nicht!«

Clara wusste vor lauter Fragen und Vorwürfen gar nicht, womit sie beginnen sollte. Sie schalt sich selbst, weil sie die Zeit auf dem Schiff und im Zug nicht genutzt hatte, sich ein paar Erklärungen zurechtzulegen, die sie in einem halbwegs guten Licht erscheinen ließen. Sie war einfach zu sehr mit sich beschäftigt gewesen, um daran zu denken.

»Na, nun ist aber gut«, schimpfte Olga. »Vielleicht lässt du deine Frau erst erklären, was passiert ist, Bengel!«

Clara zuckte zusammen. Das war nicht gut. Olga sollte wissen, wie weit sie mit Franz gehen konnte und wo die Grenze war.

Franz stand betont langsam auf. »Ich lass mir von einer alten Vettel wie dir nicht sagen, wie ich mit meiner Frau zu reden habe.«

Olga schnaubte und setzte zu einer Erwiderung an, doch Adele legte ihr eine Hand auf den Arm. »Lass, Olga. Geh bitte und kümmere dich um den Salon.«

Nachdem Olga energisch die Tür hinter sich geschlossen hatte, wusste Clara, dass sie nun nicht länger ausweichen konnte. Sie würde am besten einfach erzählen, was geschehen war. Nur eben nicht alles.

Sie nahm die Hände ihrer Mutter. »Es tut mir wirklich sehr, sehr leid, dass ihr solche Ängste um mich ausstehen musstet.« Sie wandte sich Franz zu. »Ich verstehe, dass du wütend bist, Franz. Bitte, verzeih. Es war keine Absicht. Ich war wütend auf dich, und ich wollte mich davon ablenken. Also hat Herr Akeno mir auf meine Bitte hin das Handelsschiff gezeigt, mit dem er nach Japan reisen sollte. Er hätte mich auch vollkommen rechtzeitig von Bord gebracht. Doch dann wurde er zu einer dringlichen Pflicht gerufen, und ich Dummkopf ...« Clara atmete durch. »Ich wollte die paar Minuten nutzen, die er fort war, und mich ein wenig umsehen.« Sie senkte den Kopf. »Dabei bin ich in einen Gepäckraum geraten, und jemand hat just in dem Moment die Tür hinter mir verriegelt. Niemand hatte mich bemerkt.«

Adele warf vor Entsetzen die Hände in die Luft. Franz starrte sie nach wie vor verbissen an.

»Als endlich jemand mein Rufen hörte, waren wir schon seit Stunden unterwegs. Mir blieb nichts übrig, als den nächsten Hafen abzuwarten. Der Kapitän des Schiffes – Kapitän Seeborg – war so freundlich, mir eine Kajüte zur Verfügung zu stellen. Es hat mir an nichts gefehlt, sogar für Waschwasser und einen Kamm hat man gesorgt. Ich war in Sicherheit. Nur die Sorge um euch hat mir die Tage zur Hölle gemacht.«

Franz schnaubte verächtlich. »Du verlässt eine Trauergesellschaft und deinen Mann ohne ein Wort, um dich in neugierigen, einer Frau von Stand vollkommen unangemessenen Vergnügungen zu ergehen. Denkst du dabei auch nur einen Moment an meine Reputation?«

Die Reue, die Clara in ihre Worte gelegt hatte, war aufrichtig, doch jetzt stieg auch in ihr Wut auf. »Deine Reputation?«, platzte es aus ihr heraus. Beinahe hätte sie gelacht. »Hast du daran auch gedacht, als du dich zusammen mit meinem lieben Bruder betrunken hast und ihr euch lauthals schlüpfrige Dinge über ganze Tische hinweg zugebrüllt habt? Auf einer Trauerfeier für den wichtigsten Geschäftspartner meiner Eltern, wohlgemerkt. Machst du dir da auch Gedanken, wie das auf die sogenannten Leute wirken könnte?«

»Ich denke, das reicht jetzt«, sagte Franz gefährlich leise.

Clara bewegte sich auf dünnem Eis, doch die Wut war stärker als ihr Wunsch nach Frieden. »Das reicht? Was ist nur aus dir geworden, Franz Casper? Hast du dir überhaupt Sorgen um mich gemacht, oder ging es dir die ganze Zeit nur um dich selbst? Geht man so mit seiner Frau um, frage ich dich?«

»Du schweigst jetzt besser.«

»Ich schweige, wenn ich es will.«

Franz stand mit einem Ruck von seinem Stuhl auf, sodass er krachend nach hinten umfiel. »Tust du das?« Er packte Clara am Arm und zog sie hoch. »So oder so. Wir fahren jetzt.«

»Clara! Franz! Ich bitte euch!«, rief Adele und rang die Hände.

Aber darauf konnte Clara jetzt keine Rücksicht nehmen. »Fahr doch allein!«, sagte sie kalt und riss ihren Arm los. Sie suchte den Blick ihrer Mutter und hoffte auf Unterstützung.

Adele sah sie bekümmert an und sagte ruhig: »Komm zur Vernunft, Kind. Dein Platz ist bei deinem Mann.«

»Aber …«

»Kein Aber mehr«, sagte Adele. »Hör auf deinen Mann.«

Clara ließ die Schultern hängen. Alle Wut war plötzlich verflogen und sie fühlte sich einfach nur kraftlos und entsetzlich allein. Wäre sie doch mit Akeno gegangen.

Schweigend folgte sie Franz das Treppenhaus hinunter und durch die Hofdurchfahrt auf die Straße, wo Franz' Wagen auf sie wartete. Franz schob sie auf die Sitzbank.

Die Ladentür ging auf und Netty kam heraus. »Clara! Bleibst du nicht?«, rief sie ihr nach.

Clara schüttelte den Kopf. »Nein, tut mir leid.«

»Ich besuch dich bald«, rief Netty. »Du musst mir alles erzählen!«

Franz ließ anfahren, bevor Clara antworten konnte. Sie nahm sich vor, während der anderthalbstündigen Fahrt hinaus nach Zempernick kein einziges Wort mit ihm zu reden.

Vermutlich hatte sie Franz als Ehemann wirklich zu sehr gedemütigt. Sie würde aufpassen müssen, wenn sie … ja, was eigentlich? Welches ›Wenn‹ sollte denn jetzt wohl eintreten können? Dass sie sich mit ihrer Mutter über Ernst aussprach? Dass sie doch noch davonlief, nach Japan, in Akenos Arme? Beides war lachhaft. Doch was erwartete sie nun? Was würde die Zukunft ihr bringen?

Wenn sie ehrlich zu sich selbst war, dann war es wohl dies: Sie lebte mit einem wütenden Ehemann fern ihrer Familie, und er würde, zumindest in der nächsten Zeit, mit Argusaugen über sie wachen.

Sie musste also aufpassen, wenn sie Akeno schrieb. Aber würde sie das überhaupt tun? Hatte er nicht sehr deutlich gemacht, dass er keinen Kontakt mehr wünschte? Der Gedanke saß wie ein heißer Schmerz in ihrer Kehle. Er hatte sich von ihr abgewandt.

Doch so einfach würde sie ihn nicht davonkommen lassen. Wenn sie auch sonst nichts wusste, dies wusste sie mit einem Mal gewiss: Sie würde Akenos grünen Tee nach Berlin holen. Sie würde Tee aus Akenos Garten in den Verkauf bringen. Einen Gyokuro aus Kagoshima. Wenn das der einzige Weg war, mit Akeno in Kontakt zu bleiben, dann würde sie ihn nutzen. Und wenn sie heute noch an ihn schrieb und der Brief über Land ging, würde er noch lange vor Akeno in

Japan ankommen und bereits auf ihn warten, wenn er dort eintraf. Sie musste nachfragen, wie lange die Post nach Japan unterwegs war.

Sie fuhren vor der Casper'schen Villa vor, der Wagen blieb stehen.

»Du wäschst dich am besten erst mal und wartest dann im Schlafzimmer auf mich.« Ohne sie eines Blickes zu würdigen, stieg er aus und ging Richtung Haus.

Clara blieb sitzen. Eine ohrenbetäubende Stille legte sich auf ihre Ohren.

14

Clara rang nach Atem, als sie den alten Obsthain erreichte. Sie ließ sich ins Gras fallen, das noch nass war vom Tau, und hielt sich die schmerzende Seite. In der ersten Dämmerung war sie nach einer weiteren unruhigen Nacht neben dem, wie es schien, zornig schnarchenden Franz erwacht. Seither hatte es sie gedrängt, zu rennen, so schnell sie nur konnte.

Clara blickte in den wolkenlosen, noch morgendlich blassblauen Himmel über ihr. Seltsam, diese perfekte Stille dort oben. Und in ihrem Innern war nichts als Aufruhr, seit sie vor drei Wochen von ihrem Abenteuer zurückgekehrt war.

Sie dachte daran, wie rücksichtslos und fordernd Franz sie anfasste, Nacht für Nacht. Und sie dachte an Akenos Berührungen, die ihr inzwischen fern erschienen wie ein Traumnebel. Manchmal wusste Clara nicht zu sagen, ob das alles wirklich geschehen war oder ob es nur eine Wunschvorstellung, eine Fantasie gewesen war.

Clara blinzelte die aufsteigenden Tränen weg und setzte sich auf. Die Nässe des Grases durchdrang ihr Kleid und sie begann zu frösteln. Es war immer noch Sommer, und der Tag würde Wärme bringen. Um sie herum pulsierte der Hain vor Düften und Farben: üppiges Grün überall und das leuchtende Rot, Blau und Gelb der ersten Zwetschgen und der letzten Mirabellen. Diese Bäume waren weit davon entfernt, altersschwach zu sein, wie Franz behauptet hatte. Er suchte nur einen Grund, den Hain zu fällen und durch Ziegelöfen zu ersetzen. Aber zumindest in diesem Jahr würde Johanne noch kiloweise Zwetschgenmus kochen. Sie würden Pfannkuchen damit füllen, Kuchen backen … und am liebsten würde Clara in die Bäume hinauflangen und essen, bis sie nicht mehr konnte.

Aber ihr Magen verweigerte sich noch immer. Eine leichte Übelkeit begleitete sie durch die Tage, und sie zwang lediglich ein paar Bissen herunter, wenn sie zu Tisch saßen, damit Franz und sein Vater Heinrich keine lästigen Fragen stellten.

Als die Sonne über dem Horizont aufstieg, wurde es Zeit, zurückzugehen und die letzten Vorbereitungen für das verspätete Sommerfest im Auge zu behalten, das heute stattfinden sollte. Heinz Graf würde dafür verantwortlich sein, Tische und Bänke aus dem Schuppen hier herauszuschaffen, und Johanne würde mit ihr noch einmal die Menüfolge und die Getränke durchgehen wollen. Es gab viel zu tun heute, und Clara war froh darum. Je mehr sie zu tun hatte, desto weniger Zeit hatte sie, vergeblich auf Post zu warten.

Am frühen Nachmittag stand Clara erneut am Rand des Hains, nahe dem Kanal, und ließ den Blick über die Gäste schweifen, die unter den Bäumen spazierten, sich unterhielten und die Wespen von ihrem Kuchen scheuchten. Immer wieder wandte sie den Kopf Richtung Haus, in der Hoffnung, endlich ihre Familie zu entdecken. Wo blieben sie nur? Warum kamen sie so spät? Die Mittagszeit war jetzt schon deutlich überschritten.

Seit ihrer Rückkehr aus Amsterdam hatte Clara ihre Familie nicht gesehen. Heute hätte sie eigentlich schon mit dem Neunuhrzug eintreffen sollen, aber die Kutsche, die sie am Bahnhof einsammeln sollte, war ohne sie zurückgekommen.

Clara setzte ihr bestes Teesalon-Lächeln auf und wandte sich wieder den Gästen zu. Worüber sie wohl redeten, all die Plenskes, Lenbachs, Weendenicks, die Gäste aus Berlin und die Nachbarn aus Zempernick, die Verwandten und Bekannten und überaus wichtigen Geschäftsleute? Clara hatte sich pflichtbewusst dem einen oder andern Grüppchen zugesellt und die Rolle der Gastgeberin gespielt. Sie konnte das gut, sie hatte es ein Leben lang getan. Aber sie war nicht bei der Sache, vergaß die Namen, die Geschäfte der Gäste und wer mit wem wie verbunden war oder erst noch bekannt gemacht werden wollte. Sie beobachtete, wie die Männer sich mit Taschentüchern den Schweiß aus den Kragen wischten, die Frauen sich Luft zufächelten und verstohlen ein wenig die Röcke hoben, um vielleicht einen Luftzug abzubekommen. Sie sah die geröteten Gesichter, die nassen Flecken unter den Armen. Warum tat man sich das überhaupt an, in dieser Spätsommerhitze und umschwirrt von Wespen Konversation zu betreiben? Die Luft stand und trug die Gesprächsfetzen nur dumpf zu ihr herüber, und Clara kämpfte mit jeder Stunde, die verging, mehr mit ihrem flauen Magen.

Sie hielt es nicht länger aus, hier zu stehen und zu warten. Wenn ihre Familie mit dem Elfuhrzug gefahren war, dann würden sie jeden Moment eintreffen. Sie wandte sich ab und ging durch den Garten Richtung Villa. Vielleicht konnte sie sie gleich vor der Tür abpassen.

Clara eilte durchs Haus zum Haupteingang und trat in den Rosengarten, um sich für einen Moment auf die Bank neben dem schmiedeeisernen Tor zu setzen.

In dem Moment kam Heinz Grafs Pritschenwagen um

die Biegung der Straße und holperte über das Kopfsteinpflaster auf die Villa zu. Neben ihm auf der Fahrerbank saß eine himmelblau gekleidete Frau, auf dem Kopf ein Strohhut. Sie winkte wie wild mit einer weiß behandschuhten Hand, und da erst erkannte Clara ihre Schwester. Ihr Herz machte vor Freude einen Satz. Sie sprang auf und winkte zurück und hielt Ausschau nach ihrer Familie, die sicher auf der Ladefläche sitzen musste. Doch sie konnte aus dieser Perspektive hinter den beiden Gestalten auf der Fahrerbank niemanden erkennen.

Heinz Graf fuhr einen großzügigen Bogen vor dem Haus, wendete und hielt an. Die Ladefläche seines Wagens war leer.

»Guten Tag, Madame Casper«, sagte er und zog mit übertrieben großer Geste den Hut vor ihr. »Sie sehen wie immer strahlend aus.« Er zwinkerte ihr zu. »Wenn auch vielleicht ein wenig mager in der letzten Zeit?«

Clara ignorierte die Unverschämtheit. »Danke, dass Sie mir meine Schwester bringen.«

Heinz Graf reichte Netty die Hand und half ihr vom Wagen, dann sprang er selbst lässig herunter, hängte die Daumen hinter den Hosenbund und grinste sie beide abwechselnd an.

Netty sah furchtbar aus, die Haut fahl, die Augen aufgerissen wie in stummem Entsetzen.

Clara wartete, dass Heinz Graf sich endlich entfernte, wohin auch immer er sich entfernen mochte, wenn man ihn nur lange genug ignorierte. Sie wollte Netty nicht umarmen, sie nicht fragen, was geschehen war, solange er hier stand und Maulaffen feilhielt.

»Danke«, sagte sie daher noch einmal.

Heinz Grafs Mundwinkel fielen herunter, er tippte sich an die Mütze und stieg wieder auf die Fahrerbank, wobei er einen langen Hals machte, um vielleicht ein paar der illustren Gäste auf dem Gelände der Caspers zu erspähen.

»Warten Sie bitte noch einen Moment«, sagte Netty zu ihm. Sie wandte sich zu Clara um. »Wo ist Franz?«, fragte sie. Ihre Stimme zitterte. »Vielleicht kann er es noch verhindern!« Netty schluchzte mit einem Mal auf.

Clara konnte jetzt nicht mehr an sich halten. »Netty, um Himmels willen, was ist denn geschehen?!« Angst schnürte ihr die Kehle zu. Sie fasste Netty an den Schultern und schüttelte sie ein wenig. »Was denn verhindern?«

Netty nahm einen tiefen Atemzug. »Es ist August. Er will sich duellieren.«

Fast hätte Clara gelacht. »Unsinn. Mit wem sollte er sich wohl …« Dann fiel es ihr wieder ein.

Herr von und zu Hausen hatte dieser Mann geheißen, der um die Ehre seiner schönen Tochter Susanna zu kämpfen gedachte. Clara hatte ihn im Teeladen in seine Schranken gewiesen. »Aber August ist doch fast schon Offizier«, sagte sie tonlos. »Er wird sich doch jetzt nicht strafbar machen. Was hat er denn …?«

Netty ging ein paar Schritte und ließ sich erschöpft auf die Bank neben dem Tor fallen.

Clara setzte sich neben sie.

Mit einem Seitenblick auf Heinz Graf flüsterte Netty: »Er hat Susanna von und zu Hausen geschwängert.«

»Was?«, hauchte Clara. Als sie begriffen hatte, was das bedeutete, sprang sie sogleich wieder auf. »Wann soll die Sache stattfinden? Ich muss sofort nach Berlin!«

Netty hielt sie am Arm fest, damit sie sich wieder setzte. »Psst!«, machte sie und flüsterte. »Im Morgengrauen. Auf der Brücke hinter dem Dom. Aber, Clara … wir brauchen Franz in dieser Sache. Da geht es um eine Männersache, da haben wir Frauen nichts zu sagen. Nicht einmal wir Schwestern.«

Clara nickte, natürlich hatte Netty recht. »Aber was ist mit Vater? Schreitet er denn nicht ein?«

Netty schüttelte den Kopf so heftig, dass eine Träne aus ihrem Augenwinkel flog. »Vater ist nicht mehr der, der er war. Er ist nur noch selten ganz bei sich.«

Claras Herz machte einen weiteren Satz. Sie versuchte normalerweise, nicht daran zu denken. Dass Netty es aussprach, machte es umso wirklicher, und Clara konnte sich nicht mehr damit beruhigen, dass vielleicht alles gar nicht so schlimm war und sicher wieder vergehen würde.

»Manchmal macht er seine Witze und ist ganz Vater. Aber meistens ist er jetzt still und verbringt die Zeit allein in seinem Zimmer.«

Clara nickte. »Ich hole Franz. Er soll August ins Gewissen reden. Sicher kann er ihn überzeugen. Du fährst direkt mit ihm zurück. Ich komme nach, sobald ich die Gäste losgeworden bin.«

Netty nickte und versuchte, nicht mehr zu weinen. Clara drückte kurz ihre Hände, lief durch das Haus zurück Richtung Obsthain und machte sich auf die Suche nach Franz.

Das Herz sprang ihr fast zum Hals heraus. Hatte August wirklich eine junge Frau geschwängert? Welches Mädchen würde so dumm sein? Welcher Mann so ehrlos?

Clara schüttelte den Kopf. Sie selbst war ja so dumm gewesen, sich auf einen Mann einzulassen. Und Akeno war so ehrlos gewesen. Aber um sie und Akeno ging es jetzt nicht. Es ging um ihren Bruder. Und natürlich war es möglich. Absolut. Erst recht bei jemandem wie August, diesem fürchterlichen Prahlhans!

Sie entdeckte Franz bei einem der Ringöfen mit zwei anderen, wichtig aussehenden Männern. Er hatte wieder einmal jemanden gefunden, dem er sein Lieblingsspielzeug erklären konnte.

»Franz!«, rief sie schon von weitem.

Er stand mit dem Rücken zu ihr, hörte sie offenbar nicht und gestikulierte ausladend.

»Franz!«

Einer der Männer tippte Franz am Arm an, wies auf Clara. Als Franz sich endlich zu ihr umdrehte, raffte sie den Rock und rannte los.

Er kam ihr eilig entgegen. »Was ist denn, mein Herz?«, fragte er. »Warum das jungenhafte Gerenne?«

Er legte eine Hand an ihre erhitzte Wange, und kurz zuckte Clara zurück. Es war dieselbe Geste, mit der er sich ihr Nacht für Nacht näherte und die Erfüllung ihrer ehelichen Pflicht einforderte.

»Du musst mit Heinz Graf und Netty nach Berlin fahren und ein Unglück verhindern! Jetzt gleich!«

Franz lachte. »Nach Berlin? Liebes, das Fest …«

»Es geht um Leben und Tod, Franz!«

Endlich hatte sie seine Aufmerksamkeit und sie begann, ihm die Situation zu erklären. Es kümmerte Clara nicht, dass seine beiden Geschäftsfreunde vermutlich jedes ihrer Worte registrierten und weitergeben würden, sodass bald ganz Berlin über die Angelegenheit reden würde. Das waren kleinliche Sorgen, und sie hatte jetzt keine Zeit für so etwas. Doch Franz schien es zu stören, er fasste sie am Arm und zog sie ein paar Schritte weiter. Während er ihr zuhörte, runzelte er die Stirn, nickte gelegentlich und warf den Geschäftsfreunden entschuldigende Blicke zu.

»Ich weiß von Susanna«, sagte er schließlich und fasste

sich mit Daumen und Zeigefinger an die Nasenwurzel. »Dein Bruder liebt sie aufrichtig.«

Clara starrte Franz an wie vor den Kopf gestoßen. Franz wusste davon? Wieso wusste sie nichts davon?

»Ich bin mir sicher, er ist gewillt, sie zu heiraten, wenn …« Er räusperte sich. »Falls es überhaupt stimmt, was ihr Vater behauptet.«

»Einen Augenblick. Du meinst, diese Schwangerschaft könnte vorgetäuscht sein? Aber warum?«

Franz lächelte schief. »Entweder das. Oder sie ist durchaus schwanger, aber eben nicht von August.«

Weder der eine noch der andere Gedanke wäre Clara in den Sinn gekommen. »Aber warum?«, fragte sie erneut.

»Herzchen, es ist doch keine Seltenheit, dass eine Frau über eine tatsächliche oder vermeintliche Leibesfrucht das erzählt, was ihr am Ende am nützlichsten ist. Viele Männer werden so aufs Glatteis geführt.«

»Ach so?« Irgendetwas störte Clara an dieser Erklärung, aber sie hatte jetzt keine Zeit, darüber nachzudenken. Was auch immer am Ende der Wahrheit entsprechen mochte, zuerst einmal musste das drohende Unglück verhindert werden.

»Und fährst du?«, fragte sie.

»Ich sollte wohl. Aber schaffst du das hier denn allein mit den Gästen? So ganz ohne mich?«

»Sicher. Und dein Vater ist ja auch noch da als Vertreter des Geschäfts. Und Johanne schmeißt den Laden doch sowieso allein. Ich werde nur gebraucht, damit ich herumstehe und nett lächele.«

»Nun ja, so würde ich es nicht ausdrücken. Aber du hast recht, ich kann es mir wohl erlauben zu fehlen. Komm.«

Nachdem Franz Netty begrüßt hatte, nahm er Claras kalte Hand und drückte einen Kuss auf ihre Fingerknöchel. »Ich erledige das und komme dann ganz schnell wieder zu dir zurück.«

Clara schüttelte den Kopf und sagte zu Netty: »Ich lasse mich später zu euch in die Stadt fahren, wenn die Gäste gegangen sind.« An Franz gewandt fügte sie hinzu: »Ich könnte die Ungewissheit nicht ertragen!«

Franz setzte zu einem Einwand an, nickte dann aber. »Nun gut, mein Herz. Diesmal behalte ich dich aber im Auge. Nicht, dass du mir wieder verloren gehst.«

Clara nickte und umarmte die beiden kurz. Dann stiegen Franz und Netty auf die Ladefläche, und Heinz Graf blieb nichts übrig, als sichtbar enttäuscht allein auf den Kutschbock zu klettern und loszufahren.

Er schlug einen weiten Bogen vor dem Haus, fuhr die Straße hinunter und verschwand kurz darauf hinter der nächsten Biegung.

Die Übelkeit, mit der Clara den ganzen Tag schon kämpfte, war mit einem Mal wie weggeblasen. Sie hatte Hunger. Und sie würde jetzt in die Küche gehen und essen. Sie brauchte die Kraft, wenn sie den Rest dieses Festes durchstehen wollte, ohne vor Sorge krank zu werden.

Am späteren Abend, die Sonne war erst hinter den Obsthain und bald darauf am Horizont verschwunden, stieg Clara endlich in einen Einspänner und ließ sich nach Berlin fahren.

Clara lehnte sich in das mit grünem Samt bezogene Polster der Kabine zurück und schloss die Augen. Das Trappeln der Hufe und das Rütteln der Räder versetzten sie in einen Dämmerzustand, in dem Bilder in ihrer Vorstellung auftauchten und wieder vergingen: Dampf, der von einer Teeschale aufsteigt. Akenos Gesicht dahinter, seine Augen. Seine schönen Hände, die die Schale halten. Plötzlich kippte das Bild zur Seite, Akeno fiel aus ihrem Blickfeld, und einen Moment hatte Clara das Gefühl, selbst in einen Abgrund zu stürzen, der sich in den Tiefen der See unter ihr auftat. Dann sah sie die *Suez* in rauer See. Turmhohe Wellen, dichter Nebel, wenig Licht. Ging es Akeno gut? War er in Gefahr? Dann August und Herr von und zu Hausen im grauen Morgennebel auf der breiten Brücke hinter dem Dom. Das Straßenpflaster glänzt schwärzlich nass. Sie halten ihre Feuerwaffen mit der Mündung nach oben dicht vor ihre Gesichter, warten auf das Zeichen. Kurz scheint die Kuppel des Doms im Nebel auf, schwarz und drohend wie ein riesiges Tier, das hockt und lauert. Die Männer senken die Waffen. Mündungsfeuer, ein doppelter Knall.

Clara schreckte hoch. Die Kutsche stand und sie wusste nicht, ob sie den Knall wirklich gehört hatte oder ob er nur in ihrem Kopf gewesen war.

Der Kutscher öffnete die Tür. Sie standen vor dem Teehaus Winterfeld.

»Wir sind da, gnädige Frau. Soll ich warten?«

Clara suchte Geld für den Kutscher aus ihrer Tasche. »Suchen Sie sich bitte eine Bleibe. Wir fahren morgen gemeinsam mit meinem Mann zurück.«

»Wie Sie wünschen.«

Clara stieg aus. Der Anblick des Schaufensters, des Schildes mit der Aufschrift ›Teehaus Winterfeld‹ darüber, der Fenster im ersten und zweiten Geschoss, die zum Salon und zu ihrer Wohnung gehörten – das alles gab ihr ein warmes, leichtes und geborgenes Gefühl. Zu Hause. Endlich zu Hause.

Im zweiten Stock, hinter den Fenstern der Stube, brannte Licht. Eine Gestalt – der Statur nach ihr Bruder August – lief dahinter auf und ab. Clara durchströmte eine tiefe Erleichterung. Er war hier, sie hatten ihn bisher also aufhalten können. Sie stimmte mit ihrem Bruder oft nicht überein, er war eitel, ein wenig großspurig und sie teilten keinerlei Interessen. Aber er war dennoch ihr Bruder und im Herzen ein gutartiger Mensch. Und sie liebte ihn.

Sie hoffte nur inständig, dass er nicht getan hatte, was man ihm vorwarf. Und wenn doch, dann hoffte sie, dass er nicht so dumm war, dafür seine Karriere als Offizier oder gar sein Leben aufs Spiel zu setzen.

Clara trat in die Hofdurchfahrt, suchte nach ihrem Schlüssel für die Seitentür, drehte ihn im Schloss und eilte die Treppen hinauf.

In der Stube war es warm, zu warm für Claras Geschmack. Hier waren sie also wieder einmal versammelt – ihre Eltern, ihre Geschwister und ihr Mann. Blicke wandten sich ihr zu, stummes Nicken begrüßte sie. Nur August stand mit dem Rücken zur Tür und blickte durchs Fenster hinaus, die Arme in die Seiten gestemmt, den Kopf gesenkt.

Franz beugte sich zu Clara und flüsterte so laut, dass alle es hören konnten: »Damit du auf dem Laufenden bist – August trägt keine Schuld am Zustand seiner Susanna.«

Clara nickte und ging auf August zu.

»So ist es, Schwesterchen«, sagte ihr Bruder, ohne sich umzudrehen. Er klang enttäuscht.

»Gut! Dann hat sie also gelogen!«, rief Franz in gespielter Begeisterung. »Und dafür willst du jetzt den Kopf hinhalten?«

Clara zwang August, sie anzusehen, indem sie sich zwischen ihn und das Fenster stellte.

»August«, sagte sie. »Bitte nicht.«

Sein Gesicht war hart und verschlossen, eine steile Falte zeichnete sich zwischen den Augenbrauen ab. Dann wurden seine Züge etwas weicher. »Ich danke dir für deine Sorge. Aber ich kann jetzt nicht mehr zurück«, sagte er. »Selbst wenn ich wollte. Ich habe die Herausforderung angenommen. Du kannst das vielleicht nicht verstehen, aber sich dem jetzt nicht zu stellen, das würde mich aller Ehre berauben.« Er drehte sich zu den anderen um. »Der einzige Weg, wie ich meine Unschuld beweisen kann, ist, das Duell zu gewinnen. Es ist ein Gottesurteil.«

Adele war kreidebleich. Sie schwieg. Netty presste die Lippen zusammen. Das tat sie immer, wenn sie sich eine zornige Entgegnung verbiss. Nur Wilhelm wirkte bei alldem ganz würdig und konzentriert. Vielleicht beobachtete er die Entwicklung erst einmal, um am Ende sein Machtwort zu sprechen. Clara hoffte darauf.

Franz lachte. »Seit wann bist du fromm, August?«

»Franz, glaubst du, ich hätte all dieses Schlachten gegen die Franzosen überlebt, wenn Gott nicht auf unserer Seite gewesen wäre?«

Franz zuckte mit den Achseln. »Bisher hast du für die Kirche ja nicht viel übriggehabt.«

»Du redest, als wären Gott und Kirche ein und dasselbe.«

»Wie auch immer, August. Wie auch immer«, warf Wilhelm ein. Er wirkte ganz und gar wach. »Ob um der Ehre, um Gottes Segen willen oder wegen einer Frau, Duelle sind nicht legal, und das nicht erst seit gestern. Auch wenn du dabei vielleicht nicht zu Tode kommst, dein Offizierspatent kannst du dann auf jeden Fall an den Nagel hängen. So oder so, du kannst nur verlieren. Nicht wahr, Adele?«

Adele nickte nur, offenbar nicht in der Lage, zu sprechen.

»Aber was, denkt ihr, soll ich denn jetzt tun? Wenn ich kneife, nimmt mich von den Offizieren auch keiner mehr ernst. Und …« August hielt inne.

»Und?«, fragte Clara sanft und legte ihm eine Hand auf den Arm.

»Ach, egal. Also, welchen Ausweg gibt es für mich? Könnt ihr mir das sagen?«

»Hast du daran gedacht, um Susannas Hand zu bitten?«, fragte Netty.

»Sie trägt das Kind eines anderen Mannes unter dem Herzen, Herrgott noch mal!«, fuhr August auf. Schmerz zeichnete sein Gesicht.

»Liebst du sie denn?«, fragte Clara. »Ich meine, liebst du sie wirklich?«

August richtete sich auf und sah Clara in die Augen. »Ich hätte nicht gedacht, dass diese Worte jemals über meine Lippen kommen würden. Aber ja, ich liebe sie. Mehr, als ich mich je zu lieben für fähig gehalten hätte.«

»Und … wenn du dann dieses Kind einfach mit heiratest und es als deines annimmst?«, fragte Clara weiter.

Netty und Adele holten überrascht Luft.

»Warum nicht?«, fragte Clara in die Runde. »Es ist doch naheliegend. Ich bin sicher, ich bin nicht die Erste, die auf diese Idee kommt.«

Clara beobachtete die Reaktion ihrer Mutter. Sie musste wissen, wovon Clara sprach, und es dauerte nur einen Moment, bis ihr Widerstand brach. Zustimmung zeichnete sich auch in den anderen Gesichtern ab, und damit hatte sie am allerwenigsten gerechnet. Clara empfand in diesem Moment großen Stolz auf ihre Familie. Sie dachten pragmatisch, wenn es darauf ankam. Immer schon. Und diese Lösung wäre nicht nur praktisch, sie wäre auch im Sinne der Liebe. Und war es nicht das, worauf es am Ende ankam?

Sie dachte an Akeno, schob den Gedanken aber sofort beiseite. Nein. Heute ging es nicht um sie. Es ging um das Leben und das Glück ihres Bruders.

»Was sagst du dazu?«, wollte sie von August wissen.

»Liebt sie dich denn auch?«, mischte sich Netty ein. »Habt ihr überhaupt miteinander gesprochen, seit … dieser ungeheuerlichen Anschuldigung?«

»Ich weiß es nicht. Zu beiden Fragen. Nein, wir haben nicht gesprochen. Ich …« August, Claras starker, großer Bruder, ließ den Kopf hängen wie ein Junge, der auf seine Strafe wartet. »Ich weiß es nicht.«

»August«, sagte sie. »Statt zu diesem dummen Duell zu gehen, gehst du heute Abend noch zu Susanna und ihr sprecht euch aus. Und dann sehen wir weiter. Alle zusammen. In Ordnung?«

Franz stand auf. »Und ich komme mit dir.«

August lachte. »Als Aufpasser, damit ich auch wirklich hingehe?«

Franz zuckte die Achseln. »Wenn du es so möchtest.«

August trat auf Franz zu und legte ihm kameradschaftlich eine Hand auf die Schulter. »Nun gut. Wenn ihr so sehr darauf besteht.«

»Und du sagst dieses dumme Duell ab. Versprochen?«, fragte Netty.

August zögerte nur einen winzigen Moment. Dann nickte er. »Versprochen. Ich lasse ausrichten, dass die Satisfaktion bis auf weiteres verschoben werden muss. Aber mehr *kann* ich euch jetzt nicht versprechen.«

Ein großes Seufzen ging durch den Raum.

Und dann machten Franz und August sich unter vielen guten Wünschen und Umarmungen auf den Weg, um mit der schönen Susanna zu sprechen.

Als sie fort waren, tranken Clara, Netty und ihre Eltern noch einen kleinen Likör auf die vorerst überstandene Aufregung, dann verabschiedeten Netty und Wilhelm sich zu Bett.

Auch Adele hielt die Hand vor den Mund und gähnte. »Ich gehe auch schlafen, Kind. Danke, dass ihr zwei so schnell gekommen seid. Ohne Franz und dich … wer weiß, ob wir das geschafft hätten.« Sie stand auf, im Begriff zu gehen.

»Mutter, warte!«

Clara wusste selbst nicht, was sie sagen wollte. Sie wusste nur, dass sie so lange schon nicht mehr allein miteinander gewesen waren und dass es eigentlich doch so viel zu sagen gab. Sie schaute auf ihre Hände und schwieg.

Adele kam zu ihr und hob ihr Kinn. »Hast du etwas auf dem Herzen, Kind?«

Clara sah ihrer Mutter in die Augen. Natürlich wusste sie, was sie sagen wollte. Sagen *sollte*. Seit ihrer Rückkehr dachte sie darüber nach, und wer wusste schon, wann sich wieder eine solche Gelegenheit ergab.

»Nein«, sagte sie entschlossen. »Eigentlich bist du diejenige, die etwas auf dem Herzen hat. Oder jemanden. Soweit ich weiß, ist sein Name Ernst.«

Adele wich zurück und verfehlte beinahe den Stuhl, als sie sich setzte.

Clara hatte nicht vorgehabt, es so hart klingen zu lassen. Sie hatte nicht einmal geplant, ihre Mutter zu konfrontieren. Vermutlich war sie einfach zu überspannt, um noch diplomatisch zu sein.

Adele atmete schwer, schien einer Ohnmacht nahe.

Sofort tat es Clara leid, auf welche Weise sie das Thema angesprochen hatte.

Dennoch blieb sie sitzen und entschuldigte sich auch nicht. Die Sache lag nun offen auf dem Tisch, und dort gehörte sie vermutlich am Ende auch hin. Nun mussten sie da eben durch, alle beide.

»Ich weiß, dass du Geld genommen hast. Erst die fünfhundert aus der Kasse, nachdem du erfahren hast, dass dein Sohn in Japan lebt. Und dann noch einmal, als das Geld von den Caspers kam.« Clara lächelte bitter. »Ist es nicht fast ein bisschen so, als hättest du mich an Franz verkauft, um dich selbst bei Ernst freikaufen zu können?«

Adele schnappte erneut nach Luft und wurde, wenn das überhaupt möglich war, noch bleicher.

Jetzt, da Clara erst einmal angefangen hatte, konnte sie nicht mehr aufhören.

»Ich weiß, dass du als Mädchen in Stellung bei den Stargards warst und was dir dort passiert ist. Ich weiß, dass man dir Ernst weggenommen hat, damit du …«

Adele hob die Hand und Clara hielt inne.

»Aber … wie?«, fragte Adele tonlos. »Wie konntest du davon erfahren?«

»Der Brief, Mutter. Ich bin nur deshalb an Bord der *Suez* gegangen, um herauszufinden, was du Herrn Akeno mitgegeben hast. Ich habe geahnt, dass es etwas mit dem zu tun haben musste, was Otto Stargard dir vor seinem Tod gegeben hat.«

»Du hast mich ausspioniert?«

Clara verspürte einen Anflug von Scham. Aber sie schüttelte das Gefühl ab. Sie hatte das für sich bereits geklärt. Sie hatte vielleicht kein Recht gehabt, zu tun, was sie getan hatte. Aber Grund genug hatte es in jedem Fall gegeben.

»Ich habe mir große Sorgen um dich und das Teehaus gemacht, Mutter. Und …« Clara stand auf und griff nach den Händen ihrer Mutter. Sie waren eisig. »Ich möchte es verstehen, Mutter. Warum konntest du nicht mit uns darüber reden? Warum musstest du uns bestehlen?«

Adele starrte Clara mit aufgerissenen Augen an, wie ein Tier, dachte Clara, das man in die Ecke getrieben hat. Sie ging vor Adele in die Hocke wie vor einem Kind, das man beruhigen musste, und hielt weiter ihre Hände.

»Mutter, bitte. Erkläre es mir.«

Adele nickte. Dann löste sie ihre Hände aus denen von Clara, richtete sich auf, griff in ihren Rocksaum und zog ein Etui aus grünem, festem Stoff daraus hervor.

»Ich habe mir eine Tasche hier eingenäht, um es immer bei mir zu haben«, erklärte sie.

Sie öffnete das Etui und zum Vorschein kam jenes rätselhafte Stück Karton, das Otto Stargard Adele übergeben hatten, an demselben Tag, als Clara und Akeno sich im Teehaus das erste Mal begegnet waren.

Adeles Hände zitterten, als sie Clara den vergilbten, etwas fleckigen Karton überreichte.

Es handelte sich um eine Fotografie. Sie musste bereits recht alt sein, der Karton war noch mit Silberjodid beschichtet, wie bei den alten Daguerreotypien.

Auf den ersten Blick erkannte Clara nicht allzu viel, die dunklen Partien des Bildes spiegelten im Licht.

Clara stand auf, ging näher zur Lampe und drehte das Bild, bis sie einen günstigen Winkel fand.

Sie erkannte Hügel, über denen Nebel hing, eine Gruppe von jungen Menschen inmitten von … ja, das waren eindeutig Teepflanzen mit ihren schlanken, schön geschwungenen Blättern, die ein wenig an Lorbeer erinnerten. Die jungen Menschen waren Pflücker. Sie trugen geflochtene Hüte und Körbe und ihre Augen waren wie die von Akeno schmal.

Zwischen den dunklen Haarschöpfen stach ein leuchtend heller Schopf hervor. Der Junge hatte seinen Blick aus wasserhellen Augen dem Betrachter zugewandt und lachte über das ganze Gesicht.

»Das ist Ernst. Mein erstgeborener Sohn«, sagte Adele. »Er lebt in Japan, in der Präfektur …«

»Kagoshima«, vollendete Clara den Satz. »Akeno und Ernst sind miteinander aufgewachsen. Er hat es mir erzählt, als ich auf der *Suez* war.«

Plötzlich war Adele hellwach. »Du weißt also noch mehr über ihn? Was hat Herr Akeno dir noch alles erzählt?«

Clara überlegte, schüttelte dann aber den Kopf. »Zuerst du. Ich finde, du bist mir eine Erklärung schuldig.«

Adele zog ihr Taschentuch aus dem Ärmel und schnäuzte sich. Dann atmete sie durch. »Nun gut. Ich vermute, damit hast du recht. Zuvor aber: kein Wort zu deinem Vater oder den Geschwistern. Das musst du mir versprechen.«

Clara nickte. »Ich verspreche es.« Sie hoffte nur, dieses Versprechen nicht brechen zu müssen.

»Also gut.« Adele sammelte sich und begann. »Otto Stargard hat mir versichert, damals, dass es meinem Jungen gut ergehen und es ihm an nichts fehlen würde. Er würde ein besseres Leben haben, als ich es ihm als gefallenes Mädchen jemals hätte bieten können. Also war ich einverstanden, und ich habe Ernst zu vergessen versucht. Es war sehr schwer, besonders am Anfang. Aber als ich Wilhelm kennenlernte, habe ich mir noch mehr Mühe mit dem Vergessen gegeben. Ich wusste, das Leben würde mir nicht noch einmal eine solche Gelegenheit zuspielen. Aber es gab Tage, besonders um Ernsts Geburtstag herum, da fiel es mir sehr schwer, mein Geheimnis zu wahren. Ich habe Otto Stargard mehr als einmal inständig gebeten, mir zu sagen, wo er lebt. Doch alles, was er mir je gesagt hat, war: Es geht ihm gut. Es ist für ihn gesorgt.« Adele schluckte. »Im Frühjahr, als er das letzte Mal bei uns war, da muss er gespürt haben, dass seine Zeit kommt«, sagte sie. »Bei seinem letzten Besuch hat er mir das Bild gegeben. Nur dieses Bild. Ich habe ihn angefleht, mir ein Land, einen Ort zu nennen, eine Anschrift, damit ich Ernst schreiben konnte. Aber er blieb standhaft.«

»Aber warum *wolltest* du ihm denn auf einmal unbedingt schreiben? Wenn du es all die Jahre nicht gewollt hast?«

»Oh, glaub mir, Kind, ich *habe* es gewollt. Aber stell dir vor, es wäre durch irgendeinen unglücklichen Zufall herausgekommen, dass ich einen vorehelichen Sohn habe. Das hätte unseren gesellschaftlichen Status zunichte gemacht. Wir, das Teehaus, das alles hätte es nie gegeben. Ich hätte verstoßen werden können, das Teehaus geschlossen, die Familie zerrüttet. Damit hätte ich meinen anderen drei Kindern die Zukunft genommen.«

»Aber warum dann *jetzt* das Risiko?« Clara musste lachen. »Ich meine, es ist ja tatsächlich – durch einen dummen Zufall, wenn du so willst – herausgekommen.«

»Na, dass du mir nachspionierst, ist wohl kein Zufall.«

»Das nicht. Aber dass es überhaupt so weit gekommen ist, liegt an vielen kleinen zufälligen Beobachtungen, die meinen Verdacht erregt haben.«

»Das mag stimmen … nun, jedenfalls, als ich dieses Bild

von ihm gesehen habe«, sie wies auf die Daguerreotypie, die Clara noch immer in den Händen hielt, »da hat sich etwas verändert. Es war, als würde ich zum ersten Mal begreifen, dass dieses Kind wirklich existiert. Ich habe mich so sehr geschämt, dass ich ihn im Stich gelassen habe. Ich …« Adele hielt inne. »Ich wusste nicht, wie ich es ertragen sollte, wenn ich nicht wenigstens versuchte, mich zu erklären und etwas wiedergutzumachen. Ich fühlte, ich bin Ernst ebenso verpflichtet wie meinen anderen Kindern.«

Clara nickte. Plötzlich fiel ein großer Teil der Anspannung von ihr ab. Sie setzte sich in einen Sessel, betrachtete erneut das Bild.

Ernst sah glücklich aus, ohne jeden Zweifel. Und sie fand, er ähnelte ihrer beider Mutter sehr. Ob auf dem Bild wohl auch Akeno zu sehen war? War er einer dieser jugendlichen Pflücker, die sich im Morgennebel zwischen den Teepflanzen auf die Suche nach den besten Blattspitzen machten?

Die Gesichter der jungen Frauen und Männer lagen zum Teil im Schatten ihrer Hüte. Sie war sich nicht sicher. Vielleicht war Akeno links im Bild zu sehen, zwischen zwei jüngeren Kindern. Die Statur erinnerte an ihn, das Lächeln. Wie seltsam, dass ihrer beider Geheimisse, ihr eigenes und das ihrer Mutter, vielleicht in demselben alten Bild vereint waren.

»Ich verstehe es, Mutter«, sagte sie leise.

Wie sehr wünschte sie sich, sie könnte in dieses Bild einfach hineinwandern und Akeno und ihren Halbbruder in die Arme schließen!

Sie ließ es in den Schoß sinken, und als Adele die Hand danach ausstreckte, gab sie es ihr zurück.

»Was ich aber noch nicht verstehe: Warum hast du das

Geld für Ernst genommen, wenn Otto Stargard dir nicht gesagt hat, wohin du es schicken kannst?«

»Ich war fest entschlossen, herauszufinden, was ich wissen musste. Und nach und nach haben sich genug Mosaiksteinchen für mich zu einem Bild zusammengesetzt. Die Fotografie hat mir verraten, dass es nicht Indien sein konnte. Also dachte ich zuerst an China. Doch dann waren da Hannes Stargards offenbar intensive Beziehungen nach Japan. Ich habe von Netty ein paar Details erfahren, ein paar von Otto Stargard selbst.« Sie senkte den Blick. »Ich habe Ottos Tod ausgenutzt, um ihn zu hintergehen. Er hat so viel für uns getan, Clara. So vieles auch für Ernst. Und er hat uns alle immer nur zu schützen versucht.«

»Aber es war letztlich nicht an ihm, zu entscheiden, richtig?«

Adele seufzte. »Richtig. Es war nicht an ihm. Es war an mir. Und ich habe entschieden, dass Ernst meine Hilfe bekommen sollte, wenn Otto Stargards Hilfe unweigerlich eines Tages versiegen würde.«

»Du musstest deine eigene Entscheidung treffen. Wenigstens einmal im Leben.« Claras Stimme bebte vor plötzlich aufwallendem Zorn. »Das heißt, du wusstest genau, was es bedeutet, wenn man nicht selbst entscheiden darf! Denn du hast es am eigenen Leib erfahren, dein Leben lang. *Du* hast nicht entschieden, Mutter zu werden. *Du* hast nicht entschieden, dein Kind zu verlassen. *Du* hast nicht aus Liebe geheiratet. *Du* …« Clara hielt inne. »Warum hast du dann *mir* eine Entscheidung aufgenötigt, die ich nicht wollte?«

Adele senkte den Blick. »Du sprichst von Franz?«

Clara verschränkte die Arme, wartete ab.

»Ich wollte, dass du es von Anfang an leichter hast als ich.«

»Nun, wenn du es genau wissen willst, Franz ist kein guter Ehemann. Und er ist mir zuwider. Und …« Clara biss sich auf die Zunge. Fast hätte sie gesagt, dass sie einen anderen liebte. Aber sie würde sich hüten. Sie würde Franz nichts, aber auch gar nichts in die Hand geben, das es ihm ermöglichte, dem Teehaus zu schaden.

Adele schossen die Tränen in die Augen. »Es tut mir leid, Kind. Das wollte ich nicht.«

Clara atmete ein paar Mal durch, wartete, dass der Zorn verrauchte. »Es ist nicht mehr zu ändern«, sagte sie dann. »Und wenn ich ihn verlasse, musst du das Geld, das du genommen hast, an die Caspers zurückzahlen. Also lass uns jetzt besser über die Zukunft nachdenken. Wie steht es um Vater? Wie um das Teehaus?«

Adele hob ihr Taschentuch und drückte es sich auf die Augen.

»So schlimm?«

Adele nickte, schüttelte den Kopf, nickte erneut.

»Dein Vater verliert sich. *Ich* verliere ihn. Deine Geschwister geben sich Mühe, aber August und Netty sind für den geschäftlichen Teil nicht wirklich zu gebrauchen. Netty versteht nichts von Zahlen, August nichts von Tee. Und beide wollen auch nicht wirklich, sie sind nicht mit dem Herzen dabei. Netty hat ihren Hannes. Ich fürchte, es zieht sie nach Hamburg, sie wird nicht bei uns bleiben. Ich gönne es ihr, aber … Und August, na ja, du kennst ihn. Und ich allein schaffe es nicht. Es ist einfach zu viel und zu kompliziert ohne deinen Vater.« Sie griff nach Claras Hand. »Und ohne dich.« Sie schüttelte bekümmert den Kopf. »Ich habe wirklich gleich mehrere Fehler gemacht, als ich dich in die Ehe gedrängt habe, nicht wahr?«

Clara bejahte das nicht, denn ihre Mutter tat ihr leid.

Aber sie konnte es auch nicht verleugnen, denn sie hatte nun einmal recht.

»Ich fürchte, das Teehaus wird einfach aufhören zu existieren. Und dieser Tag ist nicht mehr allzu fern.«

Einen Moment schwiegen sie beide. Dieser letzte Gedanke erschreckte Clara mehr als alles andere, was sie bisher erfahren hatte.

Wenn das Teehaus nicht mehr existierte, war dann nicht alles umsonst gewesen? Ihr Verzicht, ihre Ehe, der Schmerz, den sie Akeno und sich selbst zugefügt hatte?

»Sobald ich Netty in Sicherheit weiß und August sein Auskommen findet, ist es vielleicht wirklich das Beste, dein Vater und ich ziehen zu dir und Franz nach Zempernick. Dann bist du nicht so allein mit ihm. Und vielleicht ist ja auch für Olga dort noch ein Platz? Was meinst du? Könntest du dir das vorstellen?«

Dass Clara in Zempernick Olga und ihre Eltern um sich haben könnte, trieb ihr vor Sehnsucht fast die Tränen in die Augen. Sie dachte daran, wie es als Kind gewesen war, ohne Pflichten, ohne Sorgen, und alles ging irgendwie immer nur bergauf. Aber sie war jetzt kein Kind mehr. Und ihre Eltern waren nicht mehr stark und allwissend. Und nein, sie war absolut nicht bereit, das Teehaus einfach so aufzugeben.

»Mutter, wir finden eine Lösung. Ich helfe dir mit dem Geschäft«, sagte sie.

Als Adele sie ansah, dachte Clara: Siehst du, jetzt bist plötzlich du das Kind, und ich muss dir sagen, dass alles gut wird.

»Es wird alles gut, Mutter.«

»Aber was ist mit Franz? Lässt er dich denn gehen?«

Clara senkte den Kopf. »Im Moment nicht, nein. Er will

mich im Auge behalten, damit ich ihm nicht wieder weglaufe.« Clara hob den Kopf und lächelte. »Aber er kann nichts dagegen sagen, dass meine Mutter mich besuchen kommt. Einmal die Woche? Und dann arbeiten wir alles durch, was liegengeblieben ist.«

»Ach, Kind …« Adele drückte Claras Hände.

Clara atmete tief durch. Sie spürte, wie dieser große Knoten aus Heimweh und Zorn in ihrer Brust weicher wurde und sich zu lösen begann. Eine große Erleichterung durchströmte sie. »Eine Sache noch, Mutter«, sagte sie.

»Welche, Kind?«

»Ich werde mich an der Korrespondenz mit Ernst beteiligen. Wir etablieren mit Hannes' und seiner Hilfe bei uns den Handel mit grünem Tee. So helfen wir uns selbst – und du kannst etwas für Ernst tun, ohne den Rest der Familie bestehlen zu müssen.«

Adeles Gesicht blieb ausdruckslos. »Aber dein Vater …«

»Vater bekommt davon doch gar nichts mehr mit, nicht wahr? Und wir brauchen etwas Besonderes, wenn unser Geschäft weiter bestehen soll.«

Adele nickte. Langsam gewann sie wieder etwas Farbe, und endlich trat auch ein entschlossenes Funkeln in ihre Augen, wie Clara es von ihrer Mutter kannte. »Und du bist dir auch ganz sicher mit diesem japanischen Tee?«

Clara dachte an Akeno und was er wohl dazu sagen würde. Seit ihrer Begegnung auf dem Schiff wartete sie vergeblich auf Nachricht von ihm.

Entweder er schwieg in voller Absicht, oder er fand keine Gelegenheit, einen Brief abzuschicken. Immerhin müsste er dafür an Land gehen. Würde er sich über eine Fortsetzung ihrer Beziehung freuen – oder würde er sich von ihr bedrängt fühlen? Sie wusste es nicht und das bereitete ihr

Unbehagen. Aber darauf konnte sie jetzt keine Rücksicht nehmen.

Clara nahm Adeles Hand zwischen ihre Hände und drückte sie. »Ja, Mutter. Ich bin mir sicher.«

15

Clara trieb aus dem Tiefschlaf an die Oberfläche und verharrte kurz vor dem Wachwerden. Sie wollte wieder im Dunkel versinken. Bloß nichts denken. Unruhig drehte sie sich auf die andere Seite. Eine Tür wurde zugeschlagen. Schleifende Geräusche erklangen vor ihrem alten Schlafzimmer, das sie mit Netty teilte. Schnaufen erklang, dann ein unterdrückter Fluch.

Mit einem Mal war Clara hellwach. Sie schlug die Augen auf und lauschte in die Dunkelheit. Eine weitere Tür am Ende des Gangs öffnete sich. Das Schlafzimmer der Eltern. Ein unterdrückter Schrei. Das war Mutter!

Clara fuhr hoch. Netty saß bereits aufrecht im Bett neben ihr und sah sie mit schreckgeweiteten Augen an. Sie sah gespenstisch aus im Licht das Mondes, das zwischen den Vorhängen hindurch auf ihr Bett fiel.

»Um Himmels willen«, rief Adele. »Um Himmels willen!«

Claras Herz schlug viel zu schnell, kurz wurde ihr schwarz vor Augen. Ihr war eisig kalt und sie war unfähig, sich zu bewegen.

Netty sprang als Erste aus dem Bett, warf sich ein Tuch über und entzündete mit zitternden Fingern eine Lampe.

In der Wohnung waren Schritte, schlagende Türen, Rufe zu hören.

»Wir brauchen Wasser und ein sauberes Tuch. Olga!«

Das war Franz.

Netty riss die Zimmertür auf. Helles Licht fiel aus dem Flur herein. »Olga schläft unten«, rief sie. »Was ist passiert?«

»Lauf, Netty! Sag Olga, sie soll einen Arzt holen. Schussverletzung. Schnell!«

Netty schlug die Hände vor den Mund und lief los.

Clara jedoch saß noch immer im Bett, unfähig, sich zu bewegen. Schussverletzung. August?

Zorn stieg in ihr auf. Dieser Dummkopf. Dieser riesengroße, unendlich aufgeblasene Dummkopf! Ihre Finger krampften sich um die Bettdecke.

Aber wenn Olga einen Arzt rufen sollte, dann lebte er noch. Beruhige dich, Clara. Er ist nicht tot.

Endlich löste sich ihre Starre. Sie schlug die Decke zurück und lief auf bloßen Füßen ins Elternzimmer.

Dort saß Wilhelm auf seinem Stuhl, den Blick starr aufs Fenster gerichtet.

Von August sah Clara zunächst nur die Beine; Adele verstellte ihr die Sicht. Seine Füße steckten noch in den Schuhen, und seltsamerweise konnte Clara nur denken, wie staubig die Sohlen waren und dass man damit nicht im Bett liegen sollte.

Adele jammerte jetzt nicht mehr, sondern war gespenstisch still und bewegte sich unendlich langsam und vorsichtig. Als sie August ein Kissen unter den Kopf schob, erkannte Clara, warum.

Sein Gesicht war voller Blut, doch wie viel von seinem Gesicht überhaupt noch übrig war, vermochte sie nicht zu erkennen. Kurz sah sie Zähne, die durch die aufgerissene Wange blitzten, und Augusts Augen, die wie im Wahnsinn weit aufgerissen waren. Seine Haare klebten an rohem Fleisch.

»Es ist sicher nicht so schlimm, wie es aussieht«, sagte Adele. Sie klang merkwürdig gefasst, beinahe teilnahmslos.

Clara nickte. »Es ist nur das viele Blut«, erwiderte sie. Sie wusste nicht, ob sie sich selbst, Adele oder August mit diesen Worten zu beruhigen versuchte. In jedem Fall gelang es nicht. Ihre Stimme zitterte zu sehr.

Clara verließ das Zimmer rückwärts, dann wandte sie sich um und rannte in die Küche. Sie setzte Wasser auf, stellte eine Schüssel bereit, holte saubere Tücher aus dem Wäscheschrank. Sie hatte keine Nase gesehen in Augusts Gesicht.

Der Arzt kam eine halbe Stunde später. Da hatten die Frauen Augusts Gesicht bereits mit größter Vorsicht gereinigt, und er hatte aus Adeles Vorräten genügend Laudanum bekommen, um dem Schmerz für einige Stunden zu entfliehen.

Seine Augen waren geschlossen, und Clara war froh darum, dass er nicht sehen musste, wie er angesehen wurde – voller Grauen. Was dort in den Kissen vor ihnen lag, war kein menschliches Gesicht mehr, nicht mehr das Gesicht ihres Bruders. Es war nur mehr eine nasenlose Fratze.

Der Arzt nähte den Riss in der Wange, stillte die Blutung, säuberte die Wundränder, legte Salben und Kompressen auf.

Die Frauen standen um ihn herum, warteten.

Als er fertig war, wusch er sich in der Küche die Hände und trocknete sie an einem sauberen Tuch. Olga schenkte für sie alle einen ordentlichen Klaren ein und sie setzten sich um den Küchentisch.

Kaum saßen sie, sprang Adele wieder auf. »Ich hole Wilhelm.«

Clara legte ihr eine Hand auf den Arm und schüttelte den Kopf. Wilhelm hatte die ganze Zeit über schweigend auf seinem Stuhl bei August gesessen. Vielleicht war er geistig nicht anwesend, das vermochte Clara nicht zu sagen, aber ihr Gefühl sagte ihr, dass er Wache hielt am Bett seines Sohnes. »Lass ihn dort. August braucht ihn jetzt.«

Adele hielt inne, dann nickte sie.

Clara wandte sich an den Arzt. »Was können Sie uns sagen, Herr Doktor?«

Der Arzt hob die weißen Brauen und sein Schnapsglas, trank und schüttelte sich ein wenig. Olga schenkte sich selbst und dem Doktor wortlos nach.

»Nun«, hob er an, »in den nächsten vierundzwanzig bis achtundvierzig Stunden werden wir wissen, ob es eine Infektion gibt.« Er wandte sich an Adele. »Falls ja, drohen Sepsis und Tod. Falls nicht, wird Ihr Sohn überleben, Frau Winterfeld.«

»Bleibt er entstellt?« Clara wunderte sich, wie nüchtern es klang, als sie das fragte. Sie horchte in sich hinein und fand dort keine Emotion. Nur Leere.

»Ich lasse ihn heute noch abholen, ich nehme ihn zur Operation mit in die Charité. Wir tun unser Möglichstes. Wenn die Wunden gut verheilen, kann er sich anschließend eine Wachsnase anpassen lassen. Es sieht recht überzeugend aus, und in Berlin haben wir dank des Krieges derzeit ein paar geübte Künstler für derlei Prothesen.«

Clara dachte an die Fratze, die das Gesicht ihres Bruders gewesen war. War es das, was August auf den Schlachtfeldern gesehen hatte? Jeden Tag? Sie spürte in sich hinein, doch sie fühlte noch immer nichts. Sie sah in die Runde. Adele nickte, knetete ihr Taschentuch und verkniff sich die Tränen. Olgas sonst so freundliches Gesicht wirkte hart wie Stein. Netty war blass, aber gefasst. Mechanisch nahm Clara Adeles Hand und drückte sie.

In diesem Moment kam Franz herein. Seine sonst ordentlich frisierten Blondhaare standen nach allen Seiten vom Kopf ab, sein Gesicht war weiß und rot gefleckt. Wortlos setzte er sich, zog die Schnapsflasche zu sich herüber und trank direkt daraus. Er fuhr sich nervös durchs Haar, sah niemanden an. Sein Hemd war blutig. Augusts Blut.

Die Leere in Clara wich einem Gift, das in ihr aufstieg wie schwarzes Hochwasser. Da war er wieder, der Zorn. Er quoll aus ihr heraus und schwappte über den Tisch zu ihrem Ehemann.

»Eine Erklärung, Franz«, sagte sie kalt.

Franz räusperte sich und deutete eine Kopfbewegung in Richtung des Arztes an. Franz konnte nicht offen darüber reden, solange er da war, Clara wusste das. Und sie genoss die Angst, die sich jetzt in seinem Gesicht zeigte.

Der Arzt straffte die Schultern. »Richtig, richtig. Das ist der eine Punkt, auf den wir noch zu sprechen kommen müssen. Eine Schussverletzung, offensichtlich. Wie kam es dazu?«

Clara könnte Franz und August verraten. Jetzt. Hier. Sie könnte die beiden anzeigen. Der Arzt müsste dann die Polizei hinzuziehen. Vielleicht würde man Franz wegen Unterstützung einer Straftat belangen. Oder war es nur eine Ordnungswidrigkeit, sich bis auf den Tod mit Waffen zu beschießen? Beinahe hätte Clara gelacht. So oder so, in ein Duell verwickelt gewesen zu sein würde Franz' Ruf beschädigen, und es gab nichts, was er mehr fürchtete.

Franz räusperte sich. »Nun, Herr Winterfeld ist offensichtlich Soldat.«

»Aber wir sind hier nicht auf dem Schlachtfeld, die Franzosen sind weit weg. Und in der Nacht wird für gewöhnlich auch nicht exerziert.«

»Ein Unfall«, sagte Franz. »Beim Reinigen des Gewehrs.«

»Und Sie waren dabei, wenn ich das richtig verstanden habe? Sie haben ihn hierhergebracht?«

»Ja.«

»Es wäre besser gewesen, gleich mit ihm ins Krankenhaus zu kommen.«

Aber dort hätte man vielleicht die Polizei hinzugezogen, dachte Clara, und deren Fragen wolltest du wohl nicht beantworten, mein Lieber.

»Ein Mann mit derart schweren Verletzungen gehört nicht ins häusliche Krankenbett, das sollten Sie wohl wissen.«

Franz verzichtete darauf, sein Verhalten zu erklären, und der Arzt hatte sicher seine Vermutungen.

»Nun, sollte Herrn Winterfeld ein seelisches Problem plagen … auch dafür gibt es heutzutage gute Ärzte.«

Clara stutzte. Dachte der Arzt, August hätte sich das Leben zu nehmen versucht? Na, da kannte er ihn aber schlecht. Niemand war so voller Lebenseifer wie August. August, der Starke, der Unbesiegbare. Oder hatte der Krieg ihn mehr verändert, als sie alle wahrhaben wollten?

Stille kehrte ein, die Blicke blieben gesenkt, in sich gekehrt, die Hände verschränkt.

»Nun gut«, sagte der Arzt schließlich gedehnt.

Er notierte sich etwas in ein Büchlein, klappte es energisch zu und stand auf. »Ich habe Ihrem Sohn eine Spritze gegeben, damit er schläft. Ich lasse zwei Männer mit einer Trage kommen. Wenn er aufwacht, ist er bereits operiert.«

Nachdem der Arzt gegangen und August abgeholt worden war, saß Clara noch immer am Küchentisch. Es war früh am Morgen und dämmerte bereits. Laden und Salon würden heute geschlossen bleiben. Olga und Adele wuschen geschäftig die blutigen Tücher und Laken. Wilhelm hatte sich mit schleppenden Schritten in sein Arbeitszimmer zurückgezogen und tat dort wer weiß etwas. Und Netty putzte wie von Sinnen im Laden herum.

Selbst Franz tat ganz und gar geschäftig. Er kam jetzt schon zum zweiten oder dritten Mal in die Küche und drängte zum Aufbruch, er wollte endlich zurück nach Zempernick.

Clara sah ihn an, wie er da in der Küchentür stand. Olga hatte ihm ein sauberes Hemd gegeben, und sicher hatte er sich auch gewaschen und gekämmt. Doch sein Haarschopf war schon wieder zerwühlt, und er hatte noch immer rote Flecken an Gesicht und Hals. Auch er war ganz offensichtlich mitgenommen von dem, was in der Nacht geschehen war. Sicher war es nicht leicht gewesen, August mit seiner schweren Verletzung hierherzuschaffen, allein und mitten in der Nacht.

Und vielleicht hatte er mit Nachdruck und aufrichtig versucht, ihren Bruder vor seiner eigenen Dummheit zu beschützen. Aber vielleicht auch nicht. Und darum würde Clara ihn nicht einfach so von Haken lassen.

Sie strich sich mit beiden Händen das wüste Haar aus dem Gesicht und hinter die Ohren. »Du hast noch immer nicht erzählt, was eigentlich passiert ist«, sagte sie.

Franz' Gesicht nahm einen gequälten Ausdruck an. »Clara, ich bin unglaublich müde nach dieser Nacht. Können wir das nicht zu Hause …?«

»Nein, Franz.« Sie sah ihn streng an. »Denn ich werde natürlich nicht mitkommen. Meine Familie braucht mich jetzt.«

Franz trat in die Küche und schloss mit Nachdruck die Tür. Clara zuckte zusammen.

»Deine Familie?!«, fuhr Franz auf. Dann riss er sich zusammen, sprach leiser weiter. »August ist im Krankenhaus, er fällt niemandem zur Last. Alle andern überleben auch ohne deine Hilfe. Wer dich jetzt braucht, ist dein Ehemann! Ahnst du eigentlich, wie schwer es war, das ... mitanzusehen?« Seine Stimme überschlug sich, und Clara sah wieder einmal den kleinen Jungen in ihm.

Sie streckte die Hand nach ihm aus. »Ich kann es ja auch nicht wissen, wenn du es nicht erzählen willst, oder?«, sagte sie sanft. »Komm her. Setz dich. Bitte.«

Franz schloss die Augen. »Nun gut.«

Etwas umständlich rückte er sich einen Stuhl zurecht. Clara setzte frisches Teewasser auf und bereitete für Franz ein leichtes Frühstück zu.

Während sie sich um sein leibliches Wohl kümmerte, begann er stockend zu erzählen, wie er und August Susanna von und zu Hausen aufgesucht hatten, um mit ihr über das zu sprechen, was für ihren Vater der Anlass für eine Herausforderung gewesen war.

»Sie hat es ihm ins Gesicht gesagt, Clara, mit einem Hochmut«, er schüttelte fassungslos den Kopf, »es ist beinahe nicht zu fassen für einen Menschen mit ein wenig Stolz und Ehre im Leib.«

»Und was genau hat sie ihm denn gesagt?«, fragte Clara geduldig.

»Sie hat sich rundheraus geweigert, August vor ihrem Vater zu entlasten. Und heiraten will sie ihn auch nicht.«

»Und was ist mit der Behauptung, dass sie ein Kind erwartet?«

Franz nickte. »Sie erwartet ein Kind. Doch nicht von deinem Bruder. August hat also nicht gelogen.«

Clara goss den Tee auf und stellte die Kanne auf den

Tisch. »Aber warum wollte sie ihn denn dann nicht entlasten? Ich verstehe das nicht.«

Erneut brauste Franz auf. »Weil dieser andere Mann, von dem sie ein Kind erwartet, vielleicht noch weniger als August der Vater sein darf?«

»Und hat sie euch gesagt, wer es ist?«

Franz schüttelte den Kopf. »Ich kann mir nur vorstellen, dass …« Er räusperte sich. »Nun, entschuldige, aber ich finde es unaussprechlich. Nur so viel: Susanna hat einen Onkel. Und das Kind könnte die eine oder andere Adelskrankheit haben, die entsteht, wenn zu wenig frisches Blut in die Nachfolge fließt. Wenn du verstehst, was ich meine.«

Clara wurde heiß und kalt, und sie war froh, dass Franz es nicht aussprach. Es war ungeheuerlich. Aber wenn es stimmte, dann verstand sie, warum Susanna ihren Vater lieber in dem Glauben ließ, August habe sich etwas zuschulden kommen lassen, als ihm die Wahrheit zu sagen.

»Und was ist dann passiert?«

Franz zuckte die Achseln. »August hat es versucht, Clara. Er hat es wirklich versucht. Er hat ihr seine aufrichtige Liebe gestanden, ist vor ihr auf die Knie gegangen und hat ihr die Ehe angeboten. Und sei es nur, um sie zu schützen. Voller Großmut, dein Bruder. Mehr noch als ich.«

Clara schenkte Tee ein und setzte sich wieder.

»Aber diese Susanna«, fuhr Franz fort, »die ist eine Schlange. Ganz verführerische Unschuld nach außen, aber nach innen durch und durch gewieft. Er war Wachs in ihrer Hand. Ich habe deinen Bruder noch nie so weich, so verletzlich gesehen. Wirklich, es war anrührend. Und ganz und gar furchtbar.« Franz griff nach Claras Arm und sah sie eindringlich an. »Sie hat ihn zerstört! Vor meinen Augen, Clara. Ihr Frauen, ihr ahnt gar nicht, wie verletzlich ein

Mann in seinem Innersten ist. Wie abhängig von der Liebe der Frau.«

Franz' Augen waren rotgerändert, und Clara senkte voller Unbehagen den Blick. »Und dann?«, fragte sie leise.

Franz schwieg einen Moment und sammelte sich. Dann fuhr er fort: »Ich wusste nicht, dass er seine Waffe mitgebracht hatte. Das musst du mir glauben, Clara. Er hat sie gut verborgen gehalten. Er …« Franz atmete langsam ein und wieder aus. »Wir sind dann gegangen. Er wirkte schwach. Zerstört. Vor dem Schloss Monbijou, wir waren kaum aus dem Haus, da ist es passiert.«

Wieder eine Pause. Clara wusste, sie durfte Franz jetzt nicht drängen, wenn sie alles hören wollte. Die Offenheit, mit der er sprach, war selten und fragil und sie wollte sie nicht gefährden.

Franz schloss die Augen. Sein Adamsapfel sprang auf und ab. »Er hat sich nur ein wenig zurückfallen lassen. Ich hatte ihn wirklich nur für Sekunden nicht im Blick.« Wieder schluckte Franz hart. »Er hat nichts gesagt. Und als ich mich zu ihm umdrehte, um zu sehen, wo er blieb, da war er schon im Begriff zu schießen.« Franz atmete schwer, rang mit den Tränen. »Er hielt die Waffe so gegen seinen eigenen Kopf.« Franz presste den Zeigefinger gegen seine Schläfe. »Ich bin zu ihm, so schnell ich konnte.«

Wieder Schweigen, und Clara hielt es nicht mehr aus. »Weiter, Franz, bitte!«

Er nickte. »In dem Moment, als er abdrückte, habe ich ihn zu Boden gerissen, und so ging der Schuss nicht *in* den Kopf, sondern …« Franz schloss die Augen. »Aber das hast du ja gesehen.«

Clara sank in sich zusammen. Sie wusste nicht, was sie sagen sollte. Der Arzt hatte also richtig vermutet.

»Weißt du, irgendwie verstehe ich es sogar«, sagte Franz nach einer Weile. »Es ist ja eine hochromantische Tat.«

Clara hob ihre Tasse, nahm einen großen Schluck Tee, der wohltuend ihre schmerzende Kehle hinabrann. »Eher wohl eine höchst selbstsüchtige Tat«, sagte sie heiser.

Wieder ergriff der Zorn von ihr Besitz, doch er richtete sich jetzt nicht mehr gegen Franz, sondern gegen ihren Bruder. Schon immer war er rücksichtslos gewesen. Aber dies hier, das ging zu weit. Hatte er bei alldem auch nur einen Moment an seine Familie gedacht?

Clara stand auf, nahm die Kanne vom Tisch und goss den frisch aufgebrühten Tee direkt in den Spülstein.

»Was tust du denn da?!«, fuhr Franz auf.

»Ich habe keine Lust mehr, hier rumzusitzen und Tee mit dir zu trinken«, sagte sie. »Oder mit sonst wem.«

Sie wischte sich die Hände an der Schürze ab, löste die Schleife und hängte sie an den Haken an der Tür zur Vorratskammer. »Ich rede noch kurz mit Mutter. Und dann lass uns endlich nach Hause fahren. Es muss ja schon bald auf acht Uhr zugehen.«

Franz und Clara verließen das Haus durch den Seiteneingang und traten durch die Hofdurchfahrt auf die Straße, um einen Laufburschen nach dem Kutscher schicken zu lassen.

Sie standen vor dem Schaufenster des Teehauses Winterfeld. Eine kleine Schiefertafel hing in der Tür, Clara selbst hatte mit krakeligen Buchstaben daraufgeschrieben: *Heute geschlossen.*

Im Geiste wischte Clara das ›l‹ in dem Wort weg. *Heute geschossen.* Ob es stimmte, was Franz gesagt hatte? Dass Augusts Motiv für seine Tat hochromantisch war? Liebte er diese Susanna wirklich so verzweifelt, dass er lieber starb, als ihre Zurückweisung zu ertragen? War diese Susanna nicht ein bisschen dumm, mit einem Kind im Leib das rettende Angebot eines ehrbaren Mannes abzulehnen?

Nun, dumm war sie vielleicht. Aber sie folgte immerhin ihrem Herzen. Vielleicht war sie damit am Ende klüger, als Clara es gewesen war. Und irgendwie konnte sie es sich einfach nicht vorstellen, August als Romantiker. Susannas Zurückweisung mochte der Tropfen gewesen sein, der irgendein schreckliches Fass zum Überlaufen gebracht hatte, mehr aber sicherlich nicht.

Nur, was war es denn, was sich in diesem Fass zusammengebraut hatte? Clara dachte an den Krieg, an die zur Schau gestellte Stärke und Überlegenheit, an den vielen Alkohol, die Frauengeschichten, an Augusts Verachtung für alles, was er nicht beherrschen konnte. Was verbirgst du vor uns, August? Was quält dich so sehr?

Clara nahm im Laden eine Bewegung wahr. Netty kam die Treppe herunter, ein Tuch um die Haare gebunden, einen Wischeimer in der Hand. Sie ging mitten im Laden auf alle viere und begann, mit einer Bürste die Dielen zu schrubben.

»Ich komme gleich wieder«, sagte Clara zu Franz.

Er warf einen Blick auf Netty und nickte. »Aber nicht trödeln«, sagte er. »Die Kutsche kommt jeden Moment.«

Clara ging zurück zur Seitentür und trat in den Laden. »Netty.«

Sie hob den Kopf, ihr Gesicht war gerötet, die Augen verweint, ihre Züge wirkten seltsam eingefallen. Vielleicht, weil die gewohnte Fröhlichkeit darin fehlte.

Als Netty Clara mit Hut und Handschuhen in der Seitentür stehen sah, veränderte sich ihr Gesicht abermals. Es sah plötzlich so klein aus, ganz kindlich.

»Bleibst du etwa nicht?«, fragte sie kleinlaut. Sie stand auf und wischte sich die Hände an der Schürze ab.

Clara trat auf sie zu, nahm ihr Gesicht in beide Hände und drückte ihrer kleinen Schwester einen Kuss auf die Stirn. »Ich brauche etwas Zeit für mich. Und Mutter sagt, ihr schafft das hier auch ohne mich.«

»Aber was ist mit August?«

»Er wird ja bestens versorgt. Ich kann hier nichts für ihn tun.«

Netty nickte, aber Clara sah ihr die Enttäuschung an. Sie überlegte, ob sie erzählen sollte, was Franz ihr anvertraut hatte. Aber sie brachte es nicht über sich. Es war gut, dass er es nicht vor der ganzen Familie erzählt hatte. Es war auch so schon schwer genug zu ertragen.

»Ihr schafft das hier auch ohne mich«, sagte Clara noch einmal und hatte dabei das Gefühl, die Menschen, die ihr am meisten bedeuteten, im Stich zu lassen und zu betrügen.

Sie waren noch gar nicht losgefahren, und schon zog das Heimweh ihren Magen wieder zu einem kleinen, harten Knoten zusammen.

Trotzdem konnte sie nicht bleiben. Sie konnte nicht zusehen, wie ihr Zuhause verfiel. Das, wonach sie solche Sehnsucht hatte, das gab es bereits nicht mehr, ob sie nun blieb oder ging.

»Ganz bestimmt, ihr schafft das«, bekräftigte sie.

Wieder überkam sie diese große Leere, diese Gefühllosigkeit.

Netty kämpfte mit den Tränen, nickte aber. »Natürlich.«

»Und ihr kommt mich besuchen, ja?« Clara setzte ein Lächeln auf, das sie nicht empfand. »Ich werde sonst trübselig, ganz allein mit dem Franz da draußen.«

Netty nickte. »Natürlich.«

Clara wollte sich abwenden, doch Netty legte ihr eine Hand auf den Arm. »Wie geht es euch denn überhaupt, Clara? Wir konnten ja überhaupt noch nicht miteinander reden.«

Clara wusste einen Moment lang nicht, wovon Netty sprach. »Uns?«

»Ich meine, wie geht es dir – mit ihm? Bist du nicht glücklich?«

Clara wollte irgendeine leichte, fröhliche Antwort geben. Aber die Worte blieben ihr im Halse stecken. Sie schüttelte den Kopf. »Nein, Netty. Ich bin nicht glücklich«, presste sie hervor.

Netty sah sie erschrocken an. Dann drückte sie sie an sich. »Ich wusste nicht, dass es so schlimm um dich steht.«

Clara rang um Atem. »Es ist einfach nur … ich liebe ihn nun einmal nicht. Ich kann es nicht. Weil. Ich …«

»Du liebst einen andern, richtig?«, sagte Netty leise.

Clara hielt die Luft an. Plötzlich fühlte sie sich steif wie ein Stock. Sie löste sich von Netty. »Ich? Wieso?«

»Ich habe es gleich beim ersten Mal gesehen. Und dann in Hamburg. Und dann warst du verschwunden, und er hat dir den Tee geschickt mit der versteckten Nachricht.«

Clara wusste darauf nichts zu sagen.

»Es tut mir leid, dass ich dir nicht geholfen habe, als alle dich so sehr zum Heiraten gedrängt haben. Ich dachte, dass du verliebt bist, ist nicht so wichtig. Ich dachte …«

Franz bollerte von außen gegen die Schaufensterscheibe und winkte hektisch, dass Clara herauskommen sollte. Die Kutsche war vorgefahren.

Clara trocknete hastig ihre Tränen. »Es ist schon gut, Netty. Selbst wenn du recht hättest, was hätte es denn geändert? Denkst du, wir hätten je zueinander finden können?«

Netty zuckte die Achseln. »Wer weiß das schon?«

Clara hätte Netty gern von Ernst erzählt, von den Importplänen, die sie mit Mutter geschmiedet hatte. Sie kam sich mit einem Mal vor, als müsste sie platzen von all den Geheimnissen, die sie zu hüten hatte. Und wenn sie jetzt nicht ging, dann würde sie es nicht mehr aushalten. Sie würde alles erzählen, und es wäre ihr egal, wer es hörte. Es wäre ihr sogar egal, wenn Franz sie verstieß und das Teehaus ruinierte. Es war ja jetzt ohnehin schon ruiniert, nicht wahr?

Doch sie hatte nicht das Recht dazu. Und genau darum musste sie jetzt gehen. Sofort. »Besucht mich!«, wiederholte sie.

Sie drückte Netty noch einmal kurz an sich. Dann beeilte sie sich, fortzukommen.

16

Clara stützte die Ellenbogen auf die Schreibplatte ihres kleinen Damensekretärs und legte den Kopf in die Hände. Sie starrte auf den angefangenen Brief an ihren neuen, halben Bruder Ernst.

Wenn sie aus dem Fenster Richtung Kanal blickte, sah sie erste herbstliche Farben in den Bäumen. Seit Wochen hatte sie Ernst bereits schreiben wollen, und sie hatte Mutter versprochen, dass ihr Plan aufgehen würde.

Doch dann hatte sie es immer wieder vor sich hergeschoben und hin und her überlegt, ob sie diesen Brief an Ernst und Akeno gemeinsam richten sollte. Heute früh hatte sie sich endgültig dagegen entschieden. Sosehr es auch schmerzte, er schrieb ihr nicht. Und sie würde sich ihm nicht aufdrängen.

Normalerweise schrieb Clara sehr ordentlich, aber diesmal hatte sie gleich mehrere dicke Tintenkleckse produziert. So konnte sie das unmöglich abschicken. Und überhaupt war sie sich nicht sicher, ob sie mit dem Brief erreichen würde, was sie im Sinne hatte. Sie hoffte natürlich auf eine Reihe erstklassiger japanischer Tees, die Ernst für sie zusammenstellen sollte. Den Handel konnten sie wie gewohnt über das Teekontor abwickeln, doch sie brauchte einen Kundschafter vor Ort, der sich auskannte und die beste Ware für sie fand. Sie wollte Ernst um seine Mitarbeit bitten, gegen Bezahlung natürlich, um das Teehaus Winterfeld nicht nur zu erhalten, sondern es auf eine neue Stufe zu heben. Im Grunde stand Clara kurz davor, eine direkte Handelsbeziehung nach Japan aufzubauen.

Eigentlich war der Gedanke vollkommen verrückt. Noch vor einem halben Jahr hätte sie sich so etwas niemals zugetraut oder es überhaupt nur für möglich gehalten. Sie hatte allen Grund, stolz und glücklich sein.

Aber so recht wollte es nicht gelingen. Und der Brief gefiel ihr auch nicht. Ihre Worte sollten Ernst erfreuen und für das Familiengeschäft begeistern, dabei empfand sie selbst keinerlei Regung, wenn sie sie las. Wie sollte sie damit jemanden am andern Ende der Welt überzeugen?

Akenos Schweigen, Augusts Tat, ihre Heirat. Das letzte halbe Jahr hatte zu viel verändert und Clara fühlte immer öfter diese innere Leere. Sie war sich selbst mit einem Mal fremd, und eine kleine Stimme in ihrem Hinterkopf flüsterte ihr fortwährend zu: warum das Teehaus retten? Niemandem bedeutet es etwas. Außer dir, und dir bedeutet es nur etwas wegen der Menschen, die du liebst. Der Tee ist dir doch im Grunde herzlich egal, sei doch ehrlich.

Clara lehnte sich zurück, nahm den Brief und knüllte ihn langsam zu einem festen, kleinen Ball zusammen. Sie würde noch einmal von vorn beginnen.

Rosa klopfte, trat ein. »Das Mittagessen wird soeben angerichtet, gnädige Frau.«

»Ich komme gleich«, sagte sie abwesend. Sie hatte es aufgegeben, den Mädchen dieses lächerliche ›gnädige Frau‹ abzugewöhnen. So war es nun einmal im Hause Casper.

Sie musste an August denken und die Diagnose, die er nach zwei Operationen und einer neuen Nase aus Wachs bekommen hatte: Melancholie.

Das war eine Krankheit, so hatte man ihr erklärt, die man noch kaum verstand und die manchmal, mit der richtigen Mischung von frischer Luft, Bewegung, Ruhe und Anregung, ganz von selbst ausheilte.

Manchmal jedoch führte sie trotz aller Bemühungen unaufhaltsam zu Siechtum und Tod. Man wusste noch nicht, welchen Weg es mit August letztlich nehmen würde.

Clara stand auf, trat ans Fenster und hielt nach dem Glitzern des Wassers im Kanal Ausschau. Sie fragte sich, wie es eigentlich um sie selbst stand. Vielleicht lag nicht nur das Lügen, sondern auch die Melancholie in der Familie? Manchmal wollte sie wie August nur noch im Bett liegen und die graue Wolke anstarren, die fortwährend über ihrem Kopf zu hängen schien. Obwohl sie auch das nicht wirklich wollte. Sie wollte eigentlich gar nichts mehr. Und wenn selbst jemand wie ihr starker, lauter, vor Leben strotzender Bruder August der Melancholie anheimfallen konnte, warum dann nicht auch sie? Sie hatten sich nie sehr nahegestanden, August und sie, und Clara hätte ihn im Leben nicht für zerbrechlich gehalten. Wenn also jemand wie August, ein Kriegsheld, ein Mann ohne Selbstzweifel und dafür mit umso stärkeren Idealen, durch eine unglückliche Liebe so einfach zerstört werden konnte – war sie selbst dann nicht ebenso in Gefahr wie er?

Clara wandte sich vom Fenster ab, schloss kurz und fest die Fäuste um ihre Daumen. Nein, sie würde sich nicht unterkriegen lassen. Das war beschlossene Sache!

Sie ließ sich auf den Stuhl vor ihrem Schreibtisch fallen und nahm ein frisches, weißes Blatt zur Hand. Wie sollte sie anfangen? Wie *konnte* sie überhaupt anfangen?

Sie lehnte sich zurück und unterdrückte den Impuls, das Papier samt Tintenfässchen einfach vom Tisch zu fegen.

Dann beugte sie sich vor, nahm den Federhalter und begann zu schreiben.

Lieber Akeno,

mich plagt ein Heimweh, das ich weder zu erklären noch zu unterdrücken vermag. Ein Heimweh, wie mir schmerzlich bewusst wird, nach einem Zuhause, das es für mich nicht mehr gibt.
Zu viel hat sich verändert. Nicht nur zu Hause, sondern auch in mir selbst. Ich bin nicht mehr die, die ich war, bevor ich dir begegnet bin und Franz geheiratet habe. Mein Leben ist nicht mehr unbeschwert und wird es vielleicht auch nie wieder sein.
Ich weiß nicht, soll ich, darf ich dir überhaupt schreiben? Würde es dein Herz erwärmen, wenn in der Heimat meine Briefe auf dich warten?
Vermutlich nicht, nachdem ich von dir keine Zeile erhalte. Ich weiß, ich sollte dieses Kapitel also ein für alle Mal abschließen.
Doch Akeno, Geliebter – ich kann es nicht, ich …

»Clara!«

Franz' Ruf hallte aus dem Erdgeschoss herauf.

Clara zuckte zusammen, rollte das Papier mit ihren hastig hingeworfenen Zeilen zusammen und steckte es rasch in ihren Ärmel. Feste Schritte kamen die Treppe herauf. Sie schloss die lederne Briefmappe und schob sie von sich. Ihr Blick fiel auf das zusammengeknüllte Blatt, den misslungenen Brief an Ernst. Er enthielt nichts Verfängliches, falls Franz auf die Idee kommen sollte, nachzusehen.

»Clara!« Franz riss die Zimmertür auf und polterte herein. Sein Gesicht war hochrot. »Wieso kommst du nicht zum Essen? Und, viel wichtiger, wieso bekommst du Post aus Ägypten?« Seine Stimme überschlug sich fast. Er hielt einen Umschlag in die Höhe.

Clara drehte sich möglichst gelassen zu ihm um. »Ägypten? Ich weiß es nicht. Vielleicht geschäftliche Korrespondenz?«

»Unsinn. Seit wann wächst in Ägypten Tee? Also?«

»Ich habe keine Ahnung, Franz. Wer ist denn der Absender?«

Franz stach mit dem Finger auf den Umschlag, als wollte er ein Loch hineinbohren. »Das ist dieser feine Herr Akeno, der es zulässt, dass eine Frau allein auf einem Schiff herumirrt.«

Clara wurde heiß und kalt. »Vielleicht … wegen der japanischen Teemuster, um die ich ihn gebeten habe?« Sie hoffte, dass Franz das Zittern in ihrer Stimme nicht bemerkte.

»Wir werden sehen.« Franz riss ohne weitere Umstände den Umschlag auf. In seinem Blick war etwas Wildes, und Clara wagte nicht wegzusehen oder die Augen zu schließen.

Sie betete nicht oft, aber dies war ein geeigneter Moment. *Lieber Gott, bitte …* doch worum konnte sie jetzt noch bitten? Vermutlich am besten um Vergebung.

Franz entfaltete das einzelne Blatt, das in dem Umschlag war, überflog die Zeilen und warf den Brief dann vor Clara auf den Sekretär. »Lies!«

Clara nahm den Brief mit zitternden Händen. Sie überflog Akenos gemessene, ruhige Handschrift, war jedoch unfähig, die Bedeutung der Worte aufzunehmen. Sie musste sich zusammenreißen, blinzelte und konzentrierte sich.

Hochverehrte Frau Casper,

verzeihen Sie, dass ich mich so unverfroren direkt an Sie wende, doch der Gedanke an unser Missverständnis lässt mir während der langen Seereise keine Ruhe. So habe ich also die Möglichkeit genutzt, in Kairo einen Brief an Sie aufzugeben.
Wir stehen kurz vor der Durchquerung des neuen Kanals, dessen Name unser schönes Schiff ziert, wir nehmen hier Ware auf und bereiten uns auf den nächsten Reiseabschnitt vor, und ich will mein allergrößtes Bedauern zum Ausdruck bringen, dass ich Ihnen nicht den Respekt zuteilwerden ließ, der Ihnen zusteht, und meine Hoffnung, dass der unglückliche Vorfall nicht zwischen uns stehen möge.
Ich wäre sehr glücklich, wenn wir in Verbindung bleiben könnten und ich Ihnen aus meiner Heimat wie vereinbart einige neue Teemuster schicken dürfte.
Bitte lassen Sie mich wissen, ob Sie an dieser wichtigen Zusammenarbeit im Sinne des Handels und der guten Beziehungen zwischen unseren Nationen noch interessiert sind.

Ergebenst, Akeno-san

Clara ließ den Brief sinken.

»Ach, wie erfreulich«, sagte sie und erlaubte sich ein kleines, nicht allzu überschwängliches Lächeln.

Akeno hatte ihr alles gesagt, was es zu sagen gab, ohne sich selbst oder sie auch nur mit einer Silbe zu verraten. Natürlich, er war ja kein Narr.

»Nun?«, fragte Franz. Er klang nach wie vor höchst gereizt.

Sie sah ihm in die Augen. »Was möchtest du denn gern wissen, lieber Franz? Du hast den Brief doch gelesen.«

»Was ist das für ein Missverständnis? Wovon redet der Kerl?«

Clara nickte ausgiebig, um Zeit zum Nachdenken zu gewinnen. »Nun, es ist eigentlich gar nichts von Bedeutung. Es wundert mich, ehrlich gesagt, dass Herr Akeno sich darüber überhaupt noch Gedanken macht. Es war im Grunde nur eine kleine Auseinandersetzung um ...« Sie musste an Otto Stargards Porträt denken, das in Hamburg über dem Kamin hing und das sie gemeinsam mit Akeno betrachtet hatte. »Es ging um ein Ölgemälde aus Otto Stargards Nachlass, ein Porträt. Ich hatte Hannes gebeten, es mir für Mutter zu überlassen. Es wäre solch ein schönes Andenken für sie gewesen, weißt du? Und Hannes wäre meiner Bitte auch nachgekommen. Wir haben nur leider beide nicht gewusst, dass Otto Stargard dieses Porträt vor seinem Tod bereits Herrn Akeno geschenkt hatte. Ich habe es ihm daher natürlich überlassen müssen.« Clara lächelte verlegen. Das dazu passende Erröten geschah dabei ganz von allein. »Aber ich habe mich, ehrlich gesagt, erst einmal wie eine dumme Gans um das Bild gestritten.« Claras Gesicht glühte vor Scham. »Es ist mir etwas peinlich, weißt du.«

Clara konnte sich nicht erinnern, in ihrem Leben schon einmal so elaboriert gelogen zu haben. Schlimmer, sie hatte den Verdacht, dass sie sich daran gewöhnen könnte. Sie dachte an Augusts Großspurigkeit, die seine Verletzlichkeit überdeckte, an Mutters zupackenden Optimismus, der ihre Lebenslüge verbarg ... vielleicht lag das Lügen wirklich in der Familie.

Kurz fragte Clara sich, was Netty womöglich zu verbergen hatte. Doch nein, ihre kleine Schwester war genau die, die sie war. Das hoffte Clara zumindest.

Franz schnaubte, er schien mit ihrer Antwort nicht zufrieden zu sein. »Warum schenkt ein Mann wie Otto Stargard einem Japaner ein solch wertvolles Gemälde?« Er hatte schon wieder diese hektischen Flecken am Hals und seine Lippen waren nur mehr ein dünner Strich.

Clara sah Franz irritiert an. »Was ist das denn nun wieder für eine Frage?«, entfuhr es ihr. »Du tust ja gerade so, als wüssten Japaner mit Gemälden nichts anzufangen oder hätten keinen Sinn für Schönheit.« Dabei war ja gerade das Gegenteil der Fall. Aber das würde sie ihm nicht sagen, sonst würde er noch fragen, woher sie so etwas wissen wollte.

Franz stemmte die Hände in die Seiten, eine seiner Lieblingsposen, und runzelte die Stirn wie ein strenger Lehrer. »Clara, nun mach aber mal einen Punkt. Der Japaner an sich hat keinen Kunstsinn. Der bringt nicht mehr fertig als eine Strichzeichnung aus Tusche und ein Haus aus Papier.«

Clara verkniff sich eine bissige Antwort auf diese Ungeheuerlichkeit. »Dann ist es vielleicht, weil Herr Akeno, genau wie Mutter, seit langem schon zu den Schützlingen der Stargards gehört. Du magst das nicht verstehen, aber so ist es nun einmal.«

Franz warf die Hände in die Luft. »Ja, wie auch immer, das ist mir doch ganz egal. Aber es stört mich, dass ihr euch schreibt. Das muss ein Ende haben.«

Clara legte den Brief betont nachlässig zurück auf den Sekretär, stand auf, trat ans Fenster und sah über die öde Industriefläche mit den Ziegelöfen hinweg. Erneut suchte sie das Schimmern des Kanals hinter den Bäumen. Es schien ihr Halt zu geben, Zuversicht, wann immer sie es betrachtete. Besonders freundlich fragte sie: »Aber was stört dich denn daran, Franz? Ich verstehe das nicht ganz.«

»Du weißt doch, was ich von deiner Geschäftemacherei halte, Clara. Gar nichts!«

Dort draußen fuhren die Kähne nach Berlin. Und von Berlin weiter nach Greifswald und nach Rostock. Und von dort hinaus in die Welt. Clara drehte sich zu Franz um und bemühte sich um eine sowohl aufrechte als auch gelassene Haltung. Keinesfalls sollte Franz ihr anmerken, dass sein Ärger sie gar nicht mehr treffen konnte. Denn Akeno hatte ihr verziehen. Er wollte, dass sie ihm schrieb.

Sie drehte sich um und ging auf ihren Ehemann zu. »Franz, mein Lieber. Ich bin jetzt schon ein bisschen irritiert. In unserem Ehevertrag, den du genau wie ich unterschrieben hast, ist das doch alles genau geregelt. Dort ist festgelegt, dass ich, auch als deine Frau, an den Geschäften des Teehauses aktiv beteiligt bleibe. Ich verstehe nicht, warum du dich immer wieder so unzufrieden damit zeigst.« Sie nahm Franz' Hände. »Was gefällt dir denn daran nicht, dass ich korrespondiere, Teemuster verkoste und meine Familie berate? Das läuft meinen Pflichten in diesem Haus doch in keiner Weise zuwider.« Sie hoffte, dass er es als liebevolle Geste interpretierte, als sie ihm eine Hand an die Wange legte. »Oder doch, lieber Franz? Was ist es denn, was dir daran solches Kopfzerbrechen bereitet?«

Franz forschte in ihrem Gesicht und Clara hielt seinem Blick stand. Schließlich entzog er sich ihr und unterdrückte ein Fluchen. »Ach, ich weiß es doch auch nicht! Du bist einfach immer mit einem Fuß schon aus der Tür, immer auf dem Sprung. Der Sommer ist längst zu Ende, und du kommst hier einfach nicht an.« Er umfasste ihre Schultern schmerzhaft fest. »In *unserem* Leben, Clara!«

»Du tust mir weh, Franz.«

Er ließ los und begann, unruhig im Zimmer auf und ab zu gehen. »Immer denkst du an etwas, das dir wichtiger ist, immer hast du zu tun.« Er blieb stehen und sah Clara mit einem schmerzerfüllten Ausdruck an, der ihre Schuldgefühle erneut entfachte.

»Steht mir als Ehemann nicht etwas mehr Aufmerksamkeit zu? Mehr Hingabe? Ein wenig Liebe?«

Clara senkte den Blick und ließ sich wieder auf ihren Stuhl sinken. Was Franz sagte, war nicht von der Hand zu weisen. Sie verstand seine Eifersucht sogar. Denn sie liebte ja. Sehr sogar. Nur waren es eben nicht die Ziegelei und diese Villa und auch nicht Franz, die sie liebte, und auf irgendeine Weise musste er das wohl fühlen.

»Dann vermute ich, es ist wohl zu viel verlangt«, sagte Franz leise, als sie nicht antwortete.

»Es tut mir leid, Franz. Du hast ja recht.«

Er trat auf sie zu, nahm erneut ihre Hände. »Dann wirst du dich also bessern, mein Herz?«, fragte er sanft und voller Hoffnung.

Bessern? Das hieße, sich aus dem Geschäft zurückzuziehen und sich ganz auf das Ziegelei-Leben mit Franz einzulassen. Clara war unfähig, darauf zu antworten. Sie schloss die Augen und schluckte aufsteigende Tränen runter.

Franz nickte. »Ich dachte es mir schon.« Seine Stimme wurde wieder laut. »Aber so nicht, meine Beste. Nicht mit mir! Du wirst schon sehen, was du davon hast!«

Er machte auf dem Absatz kehrt und warf die Tür hinter sich zu.

Clara blieb noch lange an ihrem Sekretär sitzen. Die Schubladen quollen über von Teemustern in kleinen Tüten, die sie sorgfältig mit ihren Anmerkungen beschriftet hatte. Sie nahm sie alle heraus und ordnete sie nach Anbaugebiet und Geschmacksrichtung.

Manche Tees hatten eine helle, andere eine goldfarbene oder tiefrote Tasse, manche waren kräftig, ohne dabei herb zu werden, manche hingegen waren rauchig und beinahe holzig. Andere wiederum kamen samtig weich oder blumig daher. Es gab Tees mit einer Muskatellnote, solche, die sehr fein und lieblich schmeckten, und schließlich diejenigen mit einer kräftigen Frische, die an einem frühen Morgen alle Sinne weckte. Es gab so viele Arten, wie man Tee beschreiben konnte, so viele Nuancen, dass Clara sich immer gefragt hatte, wie eine einzige Pflanze einen solchen Reichtum hervorbringen konnte. Und doch … all das interessierte sie jetzt weit weniger als die vielfältigen Grüntöne des japanischen Tees. Sie waren es, die sie wirklich zu fesseln vermochten.

Nachdem Clara mit dem Ordnen der Teeproben fertig war, nahm sie sich die Mappen vor, die oben auf dem Sekretär lagen, und sortierte ihre bereits geordneten Unterlagen ein weiteres Mal. Sie hatte eine Mappe für ihre Teerezepte, eine für unbezahlte und eine für bereits bezahlte Rechnungen, eine für die Monatsbilanzen, eine für Bestellungen und eine weitere für jegliche geschäftliche Korrespondenz darüber hinaus. In diese letzte Mappe legte sie Akenos Brief.

Danach gab es eigentlich nichts mehr zu tun.

Dennoch blieb sie sitzen. Sie fühlte das Papier, das sie sich vorhin hastig in den Ärmel gestopft hatte. Sie sollte es verbrennen, damit es nicht am Ende doch noch Franz in die Hände fiel.

Aber wo konnte sie das unbemerkt tun? In der Küche?

Was, wenn die Mädchen etwas ausplauderten? Im Kamin unten im Salon? Dasselbe Problem. Hier im Zimmer mit Hilfe einer Kerze oder Lampe? Franz würde es riechen und Fragen stellen. Ihr fielen die Ringöfen ein und sie lachte freudlos. Vielleicht etwas übertrieben für ein einzelnes Blatt Papier. Aber es wäre zumindest gründlich.

Oder konnte sie das Blatt vorerst hier im Zimmer verstecken, wäre es hier sicher? Sie verbrachte am Tag etwa zwei bis drei Stunden an ihrem Sekretär und ging dem nach, was sie nach wie vor als ihre Pflicht empfand und was ihr bis vor kurzem zugleich die größte Freude bereitet hatte: ihrer Arbeit. Sie führte immerhin, wenn auch inoffiziell und von Ferne, ein Geschäft. Vielleicht war sie im Moment ein wenig mutlos, lustlos. Aber jetzt, da sie wusste, dass Akeno ihr verziehen hatte, würde sie sich davon bestimmt nicht mehr unterkriegen lassen. Sie würde ihre Tätigkeit mit allem, was ihr zu Gebote stand, verteidigen. Und es war ihr gutes Recht, das zu tun.

Aber das löste nicht das akute Problem, wie sie das Papier in ihrem Ärmel loswerden konnte. Wenn sie ihre Arbeit getan hatte, verließ sie normalerweise das Zimmer zum Mittagessen. Dann kam eines der Mädchen zum Saubermachen, und Franz ging hier auch ganz selbstverständlich ein und aus.

Vielleicht ergab sich eine Gelegenheit, wenn Mutter das nächste Mal aus Berlin kam – manchmal war auch Netty dabei. Dann setzten sie sich immer nach unten zu Johanne, Rosa und Marie in die Küche und kochten Tee. Sie sprachen über das Geschäft, über Wilhelm und wie froh sie alle sein konnten, Olga bei sich zu haben. Clara war sich sicher, die Bediensteten des Hauses Casper merkten sich jedes Wort, das hier gesprochen wurde, und vielleicht trugen sie es auch weiter. Doch sollten sie ruhig. Was hatten sie schon zu verbergen – außer den Themen, über die sie ganz sicher nicht sprechen würden. Sie könnte den Brief irgendwo zwischen Tür und Angel Netty mitgeben und ihr das heilige Versprechen abnehmen, ihn ungelesen zu vernichten. Aber würde sie sich daran dann auch halten? Wie konnte sie sicher sein?

Clara schloss alle Schubladen und die Klappe des Sekretärs, drehte den Schlüssel, setzte sich auf das gemachte Bett und widerstand der Versuchung, sich in die Kissen zu schmiegen. Sie würden doch nicht wie zu Hause riechen.

Sie dachte, dass August am Ende doch nie so stark gewesen war, wie er immer vorgegeben hatte. Sie hatte die wahre Natur ihres Bruders ebenso wenig erkannt wie die ihrer Mutter. Wie gut kannte sie überhaupt irgendeinen Menschen? Wie konnte sie sich irgendeiner Sache sicher sein?

Clara stand wieder auf und nahm die Mappe mit der Geschäftskorrespondenz vom Sekretär. Noch einmal las sie Akenos Brief und versuchte zu ergründen, was genau eigentlich aus seinen Zeilen sprach.

Was bedeutete es, wenn er schrieb: *doch der Gedanke an unser Missverständnis lässt mir während der langen Seereise keine Ruhe.*

War für ihn das, was zwischen ihnen geschehen war, wirklich nur ein Missverständnis? Vielleicht gar ein Missgeschick?

Was bedeutete: *ich will mein allergrößtes Bedauern zum Ausdruck bringen, dass ich Ihnen nicht den Respekt zuteilwerden ließ, der Ihnen zusteht, und meine Hoffnung, dass der unglückliche Vorfall nicht zwischen uns stehen möge.*

Bedauerte er wirklich, was geschehen war?

Was bedeutete: *Ich wäre sehr glücklich, wenn wir in Verbindung bleiben könnten*?

Wäre er wirklich glücklich? Oder war das nur eine Floskel?

Bitte lassen Sie mich wissen, ob Sie an dieser wichtigen Zusammenarbeit im Sinne des Handels und der guten Beziehungen zwischen unseren Nationen noch interessiert sind.

Fand er die Zusammen*arbeit* wichtig? Oder ging es ihm mehr um das *Zusammen*? Wie sollte sie all das herausfinden, ohne ihn direkt zu fragen? Wieso konnte sie so offensichtlich nicht zwischen den Zeilen lesen, wenn es um andere Menschen ging?

Clara legte den Brief zurück in die Mappe, trat wieder ans Fenster und suchte erneut das Schimmern des Kanals. Wolken hatten sich vor die Sonne geschoben und sie fand es nicht. Dafür sah sie Franz, der eilig von rechts nach links über das Gelände lief. Er hob grüßend eine Hand, und kurz darauf kam Heinz Graf von links ins Bild. Die beiden sprachen kurz miteinander. Dann schlug Heinz Graf Franz kameradschaftlich auf die Schulter und lachte so laut, dass Clara es durch das geschlossene Fenster bis herauf in ihr Zimmer hörte.

Ein fester Händedruck, ein knappes Nicken, dann trennten die beiden sich wieder und gingen in entgegengesetzte Richtungen ihrer Wege.

Irrte sie sich, oder warfen sie beide dabei einen Blick zu Claras Fenstern herauf? Vorsichtshalber zog sie sich ein wenig in den Schatten des Zimmers zurück. Hatten sie vielleicht über sie geredet? Hatten sie sie gesehen? Falls ja, was mochten sie darüber denken, dass Clara sie beobachtet hatte?

Ein beklemmendes Gefühl beschlich sie, und einmal mehr

kam sie sich hier vor wie eine Gefangene. Obwohl das natürlich Unsinn war. Oder nicht?

Das Gelände der Caspers war groß und sie konnte sich frei bewegen. Sie besaß einen gewissen Status, sie konnte den Bediensteten Befehle erteilen.

Doch kommen und gehen konnte sie nicht nach Wunsch, und die Blicke, die eben gerade zu ihrem Fenster heraufgeflogen waren, gaben ihr das Gefühl, bewacht zu werden wie ein Häftling, der versuchen könnte zu entfliehen.

Selbstverständlich war das überspannt. Vermutlich empfand sie nur deshalb so, weil sie tatsächlich Fluchtgedanken hegte. Immer schon hatte sie fortgewollt, in die Ferne. Doch bevor sie Akeno kennengelernt hatte, hatte es für eine Flucht nie die Vorstellung von einem realen Ort gegeben.

Und jetzt gab es ihn, zumindest theoretisch. Und das machte die Sehnsucht nur tausend Mal schlimmer.

Clara setzte sich wieder an den Tisch, las ein letztes Mal Akenos Brief, strich zärtlich mit den Fingern über die Worte, die er geschrieben hatte. Mit klopfendem Herzen küsste sie schließlich das Papier.

Sie schloss den Sekretär wieder auf, öffnete ihre Briefmappe und steckte den Brief samt Umschlag hinter die neuen, unbenutzten Umschläge. Er gehörte nicht zur geschäftlichen Korrespondenz. Es war ein Liebesbrief. Es hatte einfach einer zu sein!

In diesem Moment bemerkte sie, dass sie eine Aufgabe unerledigt gelassen hatte, seit Franz vorhin ins Zimmer gekommen war: Sie musste immer noch den geschäftlichen Brief an Ernst schreiben.

Aber auch jetzt würde sie damit nicht weiterkommen. Sie konnte einfach keinen klaren Gedanken mehr fassen.

Sie nahm ein neues Blatt und schrieb stattdessen:

Liebstes Schwesterherz,

ich vermisse dich und dein schlaues, blondes Köpfchen. Du fehlst mir so sehr. Kannst du mich bitte ganz bald besuchen kommen?

Deine dich liebende Clara

Sie faltete den Brief zusammen, adressierte ihn und wollte damit nach unten laufen. Doch das Rascheln in ihrem Ärmel ließ sie innehalten.

Sie zog das zusammengerollte Papier hervor und betrachtete die Zeilen an Akeno. Es war ganz warm von ihrer Haut.

Vielleicht gab es einen Ort, wo sie den Brief vorerst sicher aufbewahren konnte.

Sie öffnete ihren Schrank und suchte sich ein Kleid aus, das sie mit Sicherheit selten oder niemals tragen würde, etwas Opulentes und für ihren Geschmack viel zu Buntes. Sie tastete nach dem Ärmel, der an der Wandseite des Schrankes hing, und schob ihn dort hinein.

Dann erst lief sie nach unten, um ihre kleine Nachricht an Netty auf den Weg zu bringen. Ihre Schwester wüsste sicher Rat.

Clara hatte Glück und fand Heinz Graf bei den Wagenschuppen, wo er mit Heinrich Casper vermutlich wieder einmal über dieses und jenes und die neuesten Nachrichten.

»Nein, ganz im Ernst«, sagte Heinz Graf soeben und steckte die Daumen hinter die Hosenträger. »Sie sollten wirklich darüber nachdenken, mit Ihrem Unternehmen an die Börse zu gehen. Ich besitze einige Anteilsscheine bei Heinrich Quistorp. Großer Mann, großer Bauunternehmer.

Und das Beste ist, mit den Scheinen nimmt man schon im ersten Monat an der Tombola teil. Bis zu einhunderttausend kann man da gewinnen. Das sind wirklich hochfeine Capital-Anlagen, Herr Casper.«

Heinrich Casper zog die Mundwinkel runter, sagte aber nichts; vielleicht, weil in diesem Moment Clara hinzutrat.

»Guten Tag, Heinz. Fahren Sie heute noch in die Stadt?«

»Sicher, sicher«, sagte er.

Sie hielt ihm den Brief hin. »Der ist für meine Schwester, und es ist eilig. Würden Sie ihn für mich mitnehmen und direkt abgeben?«

»Bedaure«, sagte Heinz und schaute Clara abschätzig von Kopf bis Fuß an. »Keine Zeit dafür.«

Heinrich Casper stieß ein bellendes Lachen aus, das in ein Husten überging. »Kein Wunder, dass Laufburschen heutzutage so schwer zu bekommen sind«, stieß er schließlich hervor. »Wenn man sie zu Verrichtungen eines Botendienstes braucht, sind sie bereits mit ihren Börsen-Operationen beschäftigt.«

Heinz Graf ließ sich nicht beeindrucken. »Tut mir sehr leid, Herr Casper, aber auch wir kleinen Leute wollen es einmal zu etwas bringen, genau wie Sie. Und ich als Aktienbesitzer …«

Heinrich Casper lachte laut auf, woraufhin Heinz Graf etwas säuerlich den Mund verzog und schwieg.

»Nun, könnten Sie den Brief dann für mich nach Zempernick aufs Postamt mitnehmen?«, fragte Clara.

»Nein, bedaure sehr. Ich empfehle mich.« Heinz Graf ließ die Hosenträger schnalzen, drehte sich um und ging gemessenen Schrittes davon.

Clara sah ihm sprachlos nach. Bisher hatte er noch jeden Brief der Caspers mitgenommen.

»Dem sind wohl die Kurse zu Kopf gestiegen!«, polterte Heinrich Casper. Er klopfte Clara tröstend auf den Rücken. »Komm, Clara, ich lasse anspannen.« Er nahm ihre Hand, legte sie in seine Ellenbeuge und ging mit ihr zurück zum Haus. »Deinen Brief kriegen wir heute schon noch nach Berlin. Wär ja gelacht.«

17

Clara erwachte mit einer bleiernen Schwere. Allein die Augen zu öffnen, kostete sie äußerste Kraftanstrengung. Ein flaues Gefühl stieg ihr vom Magen in den Hals auf. So schlimm wie heute war es noch nie gewesen. Clara stöhnte, drehte sich auf die Seite. Sie brauchte frische Luft. Als sie sich aufsetzte, wurde die Übelkeit schlagartig schlimmer. Sie stemmte sich hoch und schaffte es eben noch, zur Waschschüssel auf der Kommode zu laufen, um sich zu übergeben.

Franz trat wie jeden Morgen ganz selbstverständlich nur halb angekleidet ins Zimmer. »Guten Morgen. Oh, là, là, was ist denn das?«

Clara wischte sich den Mund mit einem Handtuch ab und richtete sich auf. »Tut mir leid. Mir geht es nicht gut. Könntest du bitte die Fenster …?«

»Hm«, machte Franz und hob eine Augenbraue. Er zog die Vorhänge beiseite und öffnete zwei Fensterflügel.

Clara stützte sich auf der Fensterbank ab und atmete ein paar Mal die herbstliche Morgenluft ein und wieder aus, während sie mit dem Blick wie immer das Glitzern des Kanals suchte. Er war noch da. Natürlich war er noch da. Und die frische Luft half tatsächlich ein wenig.

»Ich schicke nach Rosa, um das Malheur zu beseitigen«, sagte Franz. »Und du legst dich besser wieder hin.«

Clara hätte sich in diesem Moment gern an ihn gelehnt, ein bisschen von seiner Stärke in sich aufgesogen.

Doch er machte keine Anstalten, ihr näher als nötig zu kommen, und verließ das Zimmer heute ohne den üblichen Morgenkuss.

Kurz darauf kam Rosa, trug die Schüssel aus dem Raum und kehrte mit einer Tasse würzig duftendem Kräutertee und einer Scheibe trockenem Brot zurück.

»Johanne sagt, das ist in diesem Fall das beste Frühstück. Sie sollen es jeden Morgen sehr langsam und noch flach im Bett liegend einnehmen und sich erst aufrichten, wenn die Übelkeit nachlässt.«

Clara fragte nicht nach, was Johanne mit ›in diesem Fall‹ meinte. Vielleicht ging etwas um, und die Dienerschaft hatte es bereits hinter sich. Es war ihr auch egal, solange sie nur dieses flaue Gefühl loswurde. Sie nahm dankbar den Teller entgegen und begann, an dem Brot zu knabbern.

»Rosa, ist Post für mich gekommen?«

»Leider wieder nicht, gnädige Frau.«

»Hm«, machte Clara. »Wie schade.«

Tag für Tag hoffte sie auf weitere Briefe, doch außer in Kairo schien Akeno wohl keine Möglichkeit gefunden zu haben, ihr zu schreiben.

»Wenn sonst etwas ist …«, sagte Rosa. Sie machte einen Knicks und ging.

Clara rechnete nach. Vor sechs Wochen hatte sie endlich den Brief an Ernst geschrieben mit der Bitte um ausgesuchte Teeproben, wenn möglich aus verschiedenen Gärten. Sie hatte Akeno grüßen lassen, ganz unverfänglich, und ihn bitten lassen, ihr doch wieder zu schreiben.

Und mittlerweile hätte sie durchaus Antwort erhalten können. Er müsste doch längst zurück in Japan sein, oder nicht? Plötzlich überfiel sie jähe Sorge, dass ihm etwas zugestoßen sein könnte. Die See war gefährlich.

Wenn er aber wohlbehalten zu Hause angekommen war, warum schrieb er dann nicht? Ihr Kopf fühlte sich an, als sei er mit Watte gefüllt.

Vielleicht ließen Ernst und Akeno sich auch einfach nur Zeit, bis sie die besten Tees für sie gefunden hatten. Oder aber sie hatten es sich anders überlegt.

Aber zumindest Akeno hatte ihr doch klar zu verstehen gegeben, dass er Korrespondenz mit ihr wünschte. Und wenn er seine Meinung nun wieder geändert hatte?

Das Brot und der bittere Tee halfen ein wenig gegen die Übelkeit, doch Clara fühlte sich noch immer schwach und zittrig und blieb, gefangen in ihren fruchtlosen Grübeleien, liegen. Franz ließ sich nicht noch einmal bei ihr blicken.

Am späten Vormittag klopfte es, und als Clara müde »herein« sagte, steckte Netty ihren blonden Schopf durch die Tür. Sie trug einen Hut mit weichen, schwingenden Federn und sah sehr großstädtisch aus.

Sofort war Clara hellwach, als ob mit ihrer Schwester auch die Kraft zu ihr zurückkehrte. Sie setzte sich auf und streckte die Arme aus.

»Netty!«, rief sie. »Endlich! Ich dachte schon, du hättest mich vergessen!«

Netty schloss die Tür hinter sich, eilte auf Clara zu und umarmte sie fest.

»Was ist das für ein Hut?«

Netty ließ Clara los und drehte sich für sie einmal im Kreis. »Aus Hamburg, von Hannes. So etwas ist jetzt absolut schick.«

»Wirklich!«, sagte Clara anerkennend.

Netty beugte sich herunter und drückte Clara noch einmal an sich. »Ich hab dich so vermisst«, sagte sie. »Ich musste einfach endlich kommen. Obwohl die Arbeit es eigentlich nicht zulässt.«

»Ich hatte schon Sorge. Du hast auf dich warten lassen. Ist denn so viel zu tun?«, fragte Clara. »Und wie geht es euch? Wie geht es August? Was gibt es Neues?«

Clara öffnete ihre Tasche und holte einige Wachspapiertütchen mit Teemustern heraus. »Ich brauche mal wieder deine Hilfe bei den Tees, die Hannes mitgebracht hat. Ich hab einfach nicht die Nase dafür. Und Vater …« Nettys Fröhlichkeit verflog. »Ach, Clara!« Ihre Augen füllten sich mit Tränen. »Es geht sehr bergab mit ihm. Er redet nicht, er ist schrecklich dünn geworden und steht gar nicht mehr auf. Und jetzt liegst du, wie ich höre, auch nur noch darnieder?«

Claras Herz zog sich zusammen, aber sie wollte jetzt keine Schwäche zeigen. Sie war ohnehin schon schwach genug, und Netty sollte sich nicht auch noch um sie sorgen müssen.

»Wer behauptet das?«, fragte sie empört. »Franz etwa?«

Wie um zu beweisen, dass es nicht stimmte, schlug sie die Decke zurück und schwang die Beine aus dem Bett. Sie nahm Nettys Hand und drückte sie.

Netty schniefte.

»Das mit Vater hat sich ja schon seit einer ganzen Weile angekündigt, nicht wahr?«, sagte Clara beklommen. »Es ist der Lauf der Dinge, dass alte Leute …«

Netty nickte heftig. »Sag's nicht. Ich weiß ja.« Sie setzte sich an Claras Fußende, ohne ihre Hand loszulassen.

»Und August?«, fragte Clara.

Netty zuckte mit den Schultern. »Sie haben ihn in eine Kurklinik an die Ostsee geschickt, wegen der Melancholie. Furchtbar elegant ist es dort angeblich.« Sie lächelte schief.

»Und furchtbar teuer. Ich fürchte, August fühlt sich dort am Ende noch viel zu wohl. Auch ohne Nase.« Sie seufzte. »Diese blöde Klinik wird uns am Ende auffressen.« Sie ließ Claras Hand los, löste die Hutnadeln und legte das gefiederte Wunderwerk neben sich. »Aber ich sitze hier und beklage mich, und du liegst krank im Bett! Wie geht es dir denn? Was hast du überhaupt?« Sie rückte ein wenig ab. »Doch hoffentlich nichts Ansteckendes!«

Clara zuckte die Achseln. »Eigentlich geht es mir schon wieder gut. Mir ist nur in letzter Zeit immer so flau. Heute früh war es so schlimm, dass ich mich übergeben musste. Aber jetzt bist du da, und mir geht es blendend!« Zum Beweis sprang sie auf, lief zum Kleiderschrank und riss die Türen auf. »Was meinst du, was soll ich heute anziehen?«

Netty trat neben sie. »Meine Güte, Clara!«, sagte sie staunend. »Damit könnte man ja ein ganzes Mädchen-Regiment einkleiden!«

»Franz fand, ich kümmere mich zu wenig um meine Garderobe. Also hat er meine Maße nehmen lassen und Johanne losgeschickt, damit sie mich vollständig ausstatten lässt. Nun? Welches Kleid?«

Netty fuhr mit der Hand an den feinen, neuen Stoffen entlang und wählte für Clara ein leicht schimmerndes, hellgrünes Kleid mit schwarzen Paspeln. »Das hier«, sagte sie. »Das passt zu dir.«

Clara nickte. »Hilfst du mir? Es hat so viele Haken und Ösen.«

Während Netty Clara beim Ankleiden half, war sie merkwürdig still und Clara spürte, dass sie etwas sagen wollte. »Was ist denn, Netty?«

»Na ja … ich frage mich nur gerade … hast du schon einmal daran gedacht, ob du …« Sie beendete den Satz nicht und konzentrierte sich stattdessen darauf, die letzten Haken in Claras Rücken zu schließen.

»Ob was?«

»Ich meine … ihr wollt doch sicher Kinder, du und Franz? Oder nicht?«

Clara wurde heiß und kalt. Daran hatte sie tatsächlich noch gar nicht gedacht. Oder hatte sie nicht daran denken wollen?

»Wann hattest du denn das letzte Mal mit deinem Frauenleiden zu tun?«

In Claras Kopf herrschte plötzlich gähnende Leere. »Ich glaube, ich weiß nicht. Es ist wohl schon eine Weile her.« Sie schwieg betroffen.

Netty hob mahnend einen Finger. »Du weißt, was morgendliche Übelkeit bedeuten kann?«

Clara nickte. Aber sie konnte nicht denken. Sie trat vor den Spiegel und sah sich an.

»Es passt zu dir«, sagte Netty.

»Findest du?«

Das Kleid stand ihr wirklich gut. Sie war bisher noch gar nicht dazu gekommen, es zu tragen.

Plötzlich kehrte die Schwäche zurück und sie musste sich beeilen, den Stuhl vor ihrem Sekretär zu erreichen, bevor ihre Beine nachgaben.

»Clara, was ist denn?!«

Sie konnte kein Kind bekommen. Nicht jetzt schon. Nicht von Franz! »Nur ein wenig schwindelig. Geht schon wieder.« Und wenn es gar nicht Franz gewesen war? Was, wenn es an Bord der *Suez* geschehen war? Die Welt um Clara zog sich zu einem engen Tunnel zusammen und ihr wurde schwarz vor Augen.

»Clara! Du bist weiß wie die Wand!« Netty packte sie an den Schultern und schüttelte sie ein wenig.

Langsam kehrte die Welt zurück und Clara atmete ein paar Mal tief durch. »Ich habe Angst, Netty«, flüsterte sie.

Netty nahm sie in den Arm. »Dummerchen. Natürlich hast du Angst. Das ist doch ganz normal!« Dann setzte sie sich wieder aufs Bett und schaute Clara prüfend an. »Aber freust du dich denn nicht auch ein wenig?«

Clara konzentrierte sich für eine Weile nur aufs Atmen. Wenn sie nicht darüber nachdachte, ob sie ein Kind erwartete, dann tat sie es auch nicht. Zumindest für den Moment. »Lass uns über was anderes reden. Du sagst, eure finanziellen Mittel werden knapp?«

Netty nickte. »Es ist vielleicht doch alles ein wenig zu viel gerade. Mit Vater und August.«

»Habt ihr mal darüber nachgedacht, das Teehaus an die Börse zu bringen? Das ist gerade ganz groß in Mode, ich habe die Männer neulich darüber reden gehört.«

Netty lachte. »Ich weiß ja nicht mal richtig, was die Börse macht. Du etwa?«

Clara schüttelte den Kopf. »Du hast recht. Ein dummer Gedanke.«

»Aber wegen des Geschäfts bin ich eigentlich ja auch gar nicht hier.« Netty wirkte plötzlich nervös, beinahe sogar feierlich. »Ich bin gekommen, weil ich dir unbedingt etwas zeigen wollte.« Sie zog ihre Tasche heran und holte einen bereits geöffneten Brief heraus, den sie Clara reichte. »Lies!« Netty strahlte über das ganze Gesicht und ihre Wangen waren von einer zarten Röte überzogen.

Clara sah auf den Absender. Aus Hamburg.

Als sie den Brief entfaltete, erkannte sie Hannes Stargards Handschrift, und noch bevor sie die ersten Zeilen lesen konnte, platzte es schon aus Netty heraus: »Das ist beinahe schon ein Heiratsantrag, Clara! Meinst du nicht? Wenn wir uns das nächste Mal sehen, wird er es tun, oder? Was denkst du?«

Clara lachte. »Nun lass mich doch erstmal lesen!«

Bilder stiegen in ihrer Erinnerung auf: Hannes und Netty an dem Tag, als der alte Stargard mit ihm und Akeno ins Teehaus gekommen war, um offiziell abzudanken; die Blicke, das helle Gelächter, Nettys gerötete Wangen. Und in Hamburg bei Stargards Beerdigung war es ebenso gewesen.

Unter Nettys ungeduldigen Blicken überflog sie den Brief. Er war offen, gefühlvoll, geheimnisfrei.

Clara unterdrückte einen Anflug von Traurigkeit. So war das also, wenn man frei war zu lieben. Sie ließ das Blatt sinken und seufzte.

»Und, was denkst du?« Netty schien es fast zu zerreißen vor Neugier. Es hätte wohl nicht viel gefehlt, und sie wäre auf und ab gehüpft wie ein kleines Mädchen.

Netty hatte recht, er würde sie ganz sicher um ihre Hand bitten. Kurz fragte sie sich, ob man ihr ihre Gefühle für Akeno auch so deutlich angesehen hatte. Netty wusste schließlich, dass sie Akeno liebte, ohne dass Clara ihr etwas davon hatte sagen müssen. Und wenn Netty es sehen konnte – konnte es dann nicht jeder andere auch sehen?

Sie nahm ihre Schwester in den Arm und drückte sie an sich. »Ich freue mich für dich«, sagte sie schlicht.

Dennoch versetzte ihr die frohe Botschaft einen Stich. Gönnte sie ihrer Schwester das Glück denn etwa nicht? Clara lächelte. »Hannes ist wirklich sehr romantisch. Natürlich werdet ihr heiraten. Und ich beneide dich um die Liebe, die ihr habt, ganz ehrlich.«

Nettys Strahlen erlosch. »Oje … Franz? Entschuldige, ich

belästige dich hier mit meinem Glück, und dich habe ich ins Unglück laufen lassen.«

Clara schüttelte den Kopf. »Netty, du kannst ja nichts dafür. Aber mit dem Unglück hast du leider recht.« Sie ließ den Kopf hängen. »Ständig ist er misstrauisch, kleinlich, eifersüchtig.«

»Hat er denn Grund dazu?«, fragte Netty sanft.

Clara stand auf, zu heftig vielleicht, denn alles drehte sich um sie. Etwas in ihr brach sich Bahn. Sie hatte es nicht kommen sehen, darum war sie machtlos dagegen: Tränen stürzten ihr aus den Augen, ein tiefer Schluchzer entrang sich ihrer Kehler und sie sackte vor Netty auf dem Boden zusammen.

Ihre Schwester hockte sich neben sie, strich ihr sanft über den Rücken. Als das Weinen weniger wurde, sagte sie: »Immer noch Herr Akeno, richtig?«

»Netty …«, flüsterte Clara. »Ich habe solche Angst, dass das Kind in mir nicht von Franz ist, sondern von ihm. Und zugleich wünsche ich mir nichts mehr als das.«

Die Zeit schien still zu stehen, während Clara mit Netty auf dem Boden saß. Ihre ausgebreiteten Röcke umgaben sie wie Seerosenblätter, und Clara erzählte, was sie getan hatte, was sie fühlte, fürchtete und erhoffte. Ihre ganze Verzweiflung, ihre Schuld und die überwältigende Sehnsucht, alles floss aus ihr heraus. Nur Adeles verlorenen Sohn ließ sie unerwähnt. Es war die Aufgabe ihrer Mutter, Netty davon zu erzählen. Als sie schließlich geendet hatte, saßen sie da, aneinandergelehnt wie zwei erschöpfte Wanderinnen, und schwiegen.

»Schreib ihm«, sagte Netty irgendwann. »Es ist falsch – aber schreib ihm genau, was du fühlst.«

Clara nickte und sie schwiegen wieder. Und als hätte es

diese ganze, ausufernde Beichte gar nicht gegeben, sagte sie schließlich: »Weißt du was? Wenn du Hannes heiratest, dann wird das Teehaus überleben.« Der Gedanke verschaffte ihr eine gewisse Erleichterung. »Die Stargards haben Geld, und unser Schicksal hängt dann nicht mehr so sehr von mir und von Franz' Wohlwollen ab.« Oder von dem, was ich tue oder nicht tue, dachte sie im Stillen. Vielleicht konnte sie irgendwann doch noch fort von hier.

»Das heißt aber nicht, dass du jetzt einfach weglaufen und zu deinem Akeno nach Japan gehen kannst!«, sagte Netty empört.

Es sollte sicher scherzhaft klingen, aber Clara fühlte sich dennoch ertappt.

Netty stand vom Boden auf, trat an den Schrank und fuhr erneut mit der Hand über die teuren Kleider. »Wir brauchen dich hier«, sagte sie. »Denn ich werde sicher nach Hamburg ziehen, wenn Hannes mich tatsächlich heiratet.«

Clara erhob sich ebenfalls und streckte die steifen Beine. »Und du würdest das wollen? So ganz weggehen?«

Sie hatte immer gedacht, Netty sei diejenige, die ihr warmes Familiennest brauchte, und dass sie es ohne Not niemals verlassen würde. Ihre Schwester hatte nicht ein Mal den Wunsch geäußert, Abenteuer in der Fremde zu erleben. Sie war doch die Häusliche von ihnen beiden.

»Ehrlich gesagt, es ist zu Hause nicht mehr dasselbe, seit du weg bist und Vater und August sich jeder auf seine Weise verabschiedet haben.«

»Aber wenn du jetzt auch noch gehst, dann wird das Teehaus keinen Bestand haben! Adele und Olga schaffen das doch gar nicht allein. Nicht, wenn sie sich auch noch um Vater und um August kümmern müssen. Nie im Leben!«

Netty nickte und senkte den Kopf. »Ich weiß, Clara. Aber

wenn es so ist, meinst du nicht, dann soll es wohl so sein? Wäre es denn wirklich so schlimm?«

Clara wollte ihre Schwester nicht anschreien, aber sie konnte nicht verhindern, dass ihre Stimme lauter wurde. »Du willst das Erbe unserer Eltern einfach so aufgeben?! Mich im Stich lassen?! Das geht so nicht, Netty!«

Netty fuhr zu ihr herum. »Und warum nicht?« Ihre Augen funkelten. »Du hast doch dein Glück bereits drangegeben, nur um das Teehaus zu retten. Und jetzt soll ich dasselbe auch noch tun? Was ist denn mit meinem Leben, meinem Glück? Soll ich das auch noch opfern?«

»Und was ist mit den Eltern und August? Und Olga? Wo sollen die alle hin? Was ist mit *mir*?«

»Ich bin sicher, alle werden gut versorgt sein. Wir beide haben schließlich genau die richtigen Ehemänner dafür. Und wenn du dich jetzt ein bisschen zusammenreißt, dann wird Hannes auch nicht für alles allein sorgen müssen.«

Clara war zu wütend, um darauf zu antworten. Erst zeigte Netty sich verständnisvoll und Clara gab ihr ihre tiefsten Gefühle preis. Und jetzt sollte Clara sich zusammenreißen?

Netty legte ihr eine Hand auf den Arm. »Clara, verzeih. Es war nicht so gemeint. Aber das Teehaus ist nicht alles, was zählt, weißt du? Es war Vaters und Mutters Traum, nicht unserer. Und es gibt doch noch mehr im Leben als das.«

Clara schluckte. Ihre Wut machte einer großen Traurigkeit Platz. Sie konnte Akeno nicht haben, und jetzt sollte ihr auch das Teehaus noch genommen werden. Was ihr dann blieb, waren Franz und dieses Leben hier.

Das konnte sie nicht hinnehmen. Sie sah Netty fest in die Augen, als sie ihren Entschluss verkündete: »Doch, Netty, für mich ist es alles. Alles, was jetzt noch zählt. Und wenn du nach Hamburg gehst, dann gehe ich zurück nach Berlin.«

»Aber Franz?«, warf Netty ein. »Er wird das sicher nicht dulden.«

Clara nickte. »Er wird versuchen, mich zu ruinieren.«

»Aber …«

»Es ist beschlossene Sache, Netty.« Clara ging zur Schlafzimmertür, drückte auf die Klinke. »Lass uns jetzt nach unten gehen und den Tee verkosten. Der Tag ist ja schon wieder halb herum.«

Als sie auf den Flur hinaustraten, standen sie unvermittelt Heinz Graf gegenüber, der sie einen Moment lang erschrocken anstarrte und dann schnell sein öliges Grinsen zeigte.

»Frau Casper, Fräulein Winterfeld. Ich wünsche einen wunderbaren guten Tag.« Er zog die Mütze und machte sich, ein Liedchen durch die Zähne pfeifend, auf den Weg nach unten.

»Was tut der denn hier oben im Wohnflügel?«, raunte Netty.

Clara zuckte die Achseln. »Vermutlich irgendeine Besprechung mit Franz. Die beiden sind in letzter Zeit ganz schön dicke miteinander.«

»Ich finde ihn unangenehm«, sagte Netty und schüttelte sich.

»Wem sagst du das.«

Aber seltsam war es doch. Warum hatte Heinz Graf direkt vor ihrer Zimmertür gestanden? So ging man doch keinen Gang entlang. Clara hatte das ungute Gefühl, dass er gelauscht haben könnte, und sie konnte nur hoffen, dass er nichts von den Dingen gehört hatte, die Franz hochgradig interessieren mussten – und die er keinesfalls wissen durfte.

Wie laut hatten sie und Netty eigentlich über das, was an Bord der *Suez* geschehen war, gesprochen? Sie waren schon an der Treppe, aber sie musste einfach sichergehen. »Wir müssen nochmal zurück. Komm.«

Netty verzog das Gesicht, folgte ihr aber.

An der Zimmertür angekommen sagte Clara: »Du gehst hinein und sprichst ein paar Sätze, ganz normal, so, wie wir vorhin miteinander geredet haben.«

»Und wozu?«

»Ich will lauschen.«

Netty sah sie zuerst verwundert an, dann verstand sie und tat, was Clara sagte.

Clara legte das Ohr gegen das Holz. Eine Erinnerung tauchte kurz in ihr auf und versank gleich wieder: ihr Ohr an der Tür von Akenos Kajüte. Sie würde wohl nie erfahren, ob sie sich seine Gegenwart auf der anderen Seite der Tür nur eingebildet hatte oder ob Akeno wirklich dagestanden und ebenso wie sie mit der Frage gerungen hatte, ob er die Türe öffnen sollte oder nicht. Es sei denn, sie fragte ihn.

Im Zimmer hinter der Tür hörte Clara Netty sprechen. Sie erkannte ihre weiche, helle Stimme. Aber Worte verstand sie keine. Sie nickte zufrieden und öffnete die Tür. »Danke, Netty, das genügt schon.«

Heinz Graf drückte sich in der Küche herum, als sie herunterkamen. Er scherzte mit Marie und Rosa, die an dem großen Tisch in der Mitte der Küche saßen und dabei waren, einen riesigen Berg Birnen zum Einkochen zu schälen und zu entkernen. Er schien sich selbst dann nicht verabschieden zu wollen, als Clara und Netty den zweiten Tisch an der Wand eindeckten, um mit der Teeprobe zu beginnen.

Clara fühlte sich beobachtet, während sie und Netty ein paar unterschiedliche Ceylon-Tees gegeneinander verkosteten, den Tee im Mund herumgehen ließen, ihn dann kalt werden ließen und erneut verkosteten.

Clara lauschte angespannt dem Kichern der Mädchen und Heinz Grafs unaufhörlicher Angeberei. Sie spürte die Blicke in ihrem Rücken wie Finger, die nach ihr tasteten, und es schauderte sie.

Netty murmelte ihr aus dem Mundwinkel zu: »Kann der nicht endlich mal gehen? Was will der denn?«

Netty hatte recht. Clara drehte sich um und richtete sich auf. »Herr Graf, ich fürchte, Sie halten die Mädchen allzu sehr von der Arbeit ab. Und die Küche ist ja auch kein Ort für einen Mann.«

Heinz Graf griff nach einer Birne und biss hinein, dass ihm der Saft übers Kinn lief. »Meinen Sie?«, nuschelte er kauend. Da war es wieder, dieses süffisante, irgendwie schmierige Grinsen. Am liebsten hätte Clara sich geschüttelt.

»Ich meine. Und mein Mann ist sicherlich derselben Meinung.«

»Sie müssen es ja wissen, er ist schließlich *Ihr* Mann«, sagte Heinz Graf.

Die Mädchen kicherten.

Was meinte er nun wieder damit? Wollte er irgendetwas andeuten …?

Heinz Graf zog die Mütze, machte vor Marie und Rosa eine übertriebene Verbeugung und schlenderte mit einem lässigen »die Damen« an Clara und Netty vorbei nach oben.

Netty blies die Backen auf und stieß die Luft aus.

Marie und Rosa starrten versonnen Richtung Treppe.

»Was ist, habt ihr nichts zu tun?«, fragte Clara ruppiger, als sie beabsichtigt hatte.

Die Mädchen senkten die Köpfe und fuhren fort, die Birnen zu verarbeiten.

Mit einem Mal kehrte diese flaue Übelkeit zurück, die Clara am Morgen ans Bett gefesselt hatte. Sie lief die Treppe hinauf und in den Hof, um sich erneut zu übergeben.

Als Netty bereits wieder abgereist war, saß Clara an ihrem Sekretär. Dem Rat ihrer Schwester folgend schrieb sie Akeno, was sie tatsächlich fühlte. Vielleicht würde sie den Brief in dieser Form niemals abschicken, so wie den andern, der immer noch versteckt im Ärmel eines Kleides in ihrem Schrank steckte. Aber sie würde sich alles vom Herzen schreiben. Sie musste einfach.

Liebster Akeno,

ich denke jeden Tag an Dich und an das, was zwischen uns geschehen ist. Ich sehne mich nach Dir und wünsche mir Tag um Tag, ich wäre im Sommer einfach mit Dir nach Japan gereist.

Sie schrieb davon, wie sie sich geliebt hatten, von seinen Händen auf ihrer Haut, seiner Männlichkeit in ihrem Schoß und ihrer großen Sehnsucht nach seinen Berührungen.

Ihre Hände zitterten, und bei jedem Geräusch im Haus hielt sie inne und lauschte, ob Schritte sich nähern mochten. Ihre Hand flog über die Seite, eilig wie die einer Gefangenen, die endlich einen Boten gefunden hatte, der einen Kassiber für sie nach draußen schmuggeln würde.

Eines Tages, Geliebter, werde ich fortlaufen, zu Dir ins ferne Japan, und für immer in Deine Arme sinken. Bitte, vergiss mich nicht. Bitte warte auf mich.

Auf immer die Deine – Clara

Der Brief war mutig. Vor allem entsprach er der Wahrheit. Und Clara beschloss, ihn abzuschicken, zusammen mit dem anderen, dem ersten Brief. Was konnte ihr schon passieren. Vielleicht würde Akeno dazu schweigen, vielleicht würde er sie auslachen. Aber das wäre auch nicht schrecklicher, als Tag für Tag ihre Gefühle vor sich selbst und vor Franz verbergen zu müssen.

Entschlossen zog sie die kleine Papierrolle aus dem Kleiderärmel im Schrank, widerstand dem Drang, sie noch einmal zu lesen, und strich sie glatt. Anschließend faltete sie beide Blätter zusammen, steckte sie in einen Umschlag und adressierte sie.

Sie würde den Brief Heinrich geben, damit er ihn zur Post brachte. Heinz Graf vertraute sie ihn besser nicht an. Man konnte bei ihm nicht wissen.

Als sie später vor dem prasselnden Kamin im Salon saß, eine Tasse Kamillentee neben sich und ihr blaues Buch auf dem Schoß, versuchte sie, sich zu beruhigen.

Heinrich hatte die Adresse auf dem Umschlag gesehen und sie einen Moment prüfend angeschaut. Dann hatte er breit gelächelt, hatte seinen jovialen Ton angeschlagen, und sie hatten erneut über Heinz Grafs seltsame Anwandlungen gelacht, weil er Claras Briefe nicht mehr annehmen wollte.

Clara glaubte, dass Franz es ihm verboten hatte, und sicher hatte Heinrich einen ähnlichen Verdacht, was er aber natürlich niemals zugeben würde. Umso dankbarer war Clara ihm, dass er ihre Briefe weiterleiten würde. Und sicher würde er Franz nichts davon sagen.

Die Tür zum Salon öffnete sich.

»Clara!« Franz klang besorgt. »Dir war schon wieder nicht gut, sagt man mir?«

Schnell hob sie das Buch und tat, als wäre sie ganz versunken in die Lektüre.

Franz trat neben sie, befühlte ihre Stirn, drückte dann einen Kuss auf ihren Scheitel. »Du sollst dich doch schonen. Auf unser Kind achten«, sagte er. Er lächelte sie versonnen an.

Vermutlich hatte Johanne ihm gesteckt, dass sie möglicherweise in anderen Umständen war.

Clara ließ das Buch sinken, bemühte sich um ein Lächeln. »Ich bin mir nicht sicher, ob es das ist, Franz. Mir ist nur wieder übel geworden, das ist alles.«

»Ich lasse den Arzt kommen, gleich morgen.« Franz runzelte die Stirn. »Ich weiß, du hörst das nicht gern, aber ich sage, es liegt an deiner ständigen Beschäftigung mit diesem Teezeugs. Das tut dir nicht wohl. Du brauchst jetzt deine ganze Kraft.«

»Ach, Franz. Das mache ich doch schon mein ganzes Leben lang.«

Er trat neben sie, nahm ihr das blaue Buch aus der Hand und blätterte ein wenig darin herum. »Aber du bist auch nicht schon dein ganzes Leben lang guter Hoffnung«, sagte er.

Und dann, so beiläufig, dass Clara im ersten Moment überhaupt nicht begriff, was geschah, warf er das Buch mit einer kleinen Bewegung aus dem Handgelenk ins Feuer.

»Ich denke, es ist besser, du liest jetzt nicht mehr so viel«, sagte er.

Clara stieß einen Schrei aus, fiel vor dem prasselnden Feuer auf die Knie und griff nach dem Schürhaken, um nach dem Buch zu angeln, das bereits von den Rändern her schwarz wurde. Sie zog es weiter zu sich heran, doch es fing bereits Feuer.

»Nein, nein, nein«, bat sie fassungslos. Dann wandte sie sich um. »Wie konntest du nur!«, schrie sie. »Es ist das Einzige, was ich von Otto Stargard noch habe. Warum bist du so gemein?!«

Franz tat zu ihr, drückte ihr einen weiteren Kuss auf den Kopf. »Geh lieber öfter an die frische Luft. Dann geht es dir auch besser.«

Ohne ein weiteres Wort verließ er den Salon, während Clara fassungslos in den Kamin starrte und zusah, wie das Buch lodernd in Flammen aufging und schließlich zu Asche zerfiel. Sie konnte nichts dagegen tun.

Erst als nichts mehr davon übrig war, ging sie langsam in ihr Zimmer zurück.

18

»Franz!« Clara winkte und lief ihrem Mann über die öde, vom Novemberregen schlammige Fläche zwischen Haus und Brennöfen hinterher. »Franz, warte!«

Er blieb stehen, verschränkte die Arme und wartete, dass Clara zu ihm aufschloss.

»Du solltest nicht so schnell laufen, in deinem Zustand«, sagte Franz, als sie ihn erreicht hatte.

Es lag keine Freundlichkeit in seiner Stimme, keine Fürsorge im Blick. Es war einfach nur eine Feststellung, eine Anweisung.

»Ich wollte nur wissen, gab es denn heute Post für mich?«

Schreib ihm, hatte Netty zu ihr gesagt. *Es ist falsch – aber schreib ihm genau, was du fühlst.*

»Keine Post«, sagte Franz. »Warum auch? Geh ins Haus, es ist kühl.« Damit drehte er sich um und marschierte weiter.

Clara blieb stehen und schluckte. Er hatte sie von Anfang an nicht unterstützt, bei gar nichts. Ihm ging es nur um seine Wünsche, und er wünschte sich nun mal eine Frau, die sich mit Geschäften gar nicht erst abgab und damit zufrieden war, allein ihm zu gehören. Und sie verbot es sich selbst, anderes von Franz zu erwarten. Sie hatte gewusst, worauf sie sich mit ihm einließ und dass sie ihn enttäuschen würde. Sie hatte es ihm sogar gesagt. Aber sie hatte nicht damit gerechnet, dass er so gemein werden würde.

Sie drehte sich um und ging langsam zurück Richtung Haus. Vielleicht hatte Franz auch einfach recht. Wer würde mit einer schwangeren, verheirateten Frau, die irgendwo auf dem Land festsaß, schon internationalen Handel betreiben? Ernst brauchte sie doch gar nicht. Ernst hatte sein Leben ohne seine Familie gemeistert. Warum sollte er jetzt offen für sie sein? Und Akeno? Er hatte es sich wohl anders überlegt. Seit seiner letzten, sorgfältig formulierten Nachricht an sie und ihrer vor Gefühlen überbordenden Antwort an ihn hatte sie nichts mehr von ihm gehört.

Ihr Bauch wurde allmählich sichtbar, bald würde sie nur noch zeltartige Kleider tragen können und sich wie ein Kuriosum vorkommen. Seit der Arzt ihr gesagt hatte, dass sie guter Hoffnung war, schienen die Tage und Wochen sich ins Unendliche zu dehnen. Sie bestanden nur noch aus Essen, Spazierengehen, Ruhen. Mehr gab es für sie nicht zu tun, zu hoffen, zu erleben. Gelegentlich kamen Adele oder Netty heraus nach Zempernick, einmal hatte Adele sogar Olga mitgebracht. Sie sprachen oft über Hannes' für Nettys Geschmack viel zu zaghafte Anbahnungsversuche. Ihre Schwester wartete noch immer auf den erlösenden Heiratsantrag, und Clara wünschte sich so sehr, dass sie nicht umsonst hoffte. Augusts lang andauernder Genesungsprozess im Sanatorium auf Usedom und Wilhelms viel zu rascher und unaufhaltsamer Verfall waren ebenfalls wiederkehrende Themen. Und je größer das Kind in Claras Leib wurde, desto stärker wurde ihr Heimweh. Sie wollte es zu Hause zur Welt bringen, bei Olga und ihrer Mutter, und nicht hier draußen in diesem viel zu großen, tristen Haus mit einem gefühlskalten Ehemann und Bediensteten, die ihr fremd blieben.

Es kostete Clara Mühe, einen Fuß vor den anderen zu setzen, und sie war zum ersten Mal, seit sie in Zempernick wohnte, froh, dass sie den Schlamm nicht selbst von ihren Stiefeln würde kratzen müssen.

Im Wintergarten ließ sie sich in einen der geflochtenen Stühle fallen, schloss die Augen und legte die Hände auf den Bauch. Wer bist du?, dachte sie. Wie wirst du wohl aussehen?

Wenn das Kind Akenos schmale Augen hatte, seine dunklen Haare, was dann? Würde Franz Verdacht schöpfen? Und wenn man dem Kind gar nicht ansah, wer sein Vater war, wenn es wie sie dunkelblaue Augen und dunkles Haar hätte? Würde sie sich dann ein Leben lang fragen, ob Akeno der Vater war? Es war natürlich auch möglich, dass es nach Franz kam, helle Haut, blond, wasserblaue Augen. Warum nur war dies der traurigste Gedanke von allen?

Vielleicht, dachte Clara, weil ich dann für immer hierbleiben müsste und alles eine festgefügte Ordnung hätte. Wenn ich ein fremdes Kind hätte, würde Franz mich wahrscheinlich fortschicken. Das wäre finanziell der Untergang des Teehauses und möglicherweise auch mein eigener. Aber ich wäre frei.

Doch hatte sie überhaupt das Recht, so eigennützig zu denken? Und stimmte das überhaupt, dass sie dann frei wäre? War es Freiheit, wenn man kein Geld mehr zum Leben hatte? Die Verantwortung für das Teehaus würden in diesem Fall Netty und Hannes übernehmen. Und damit hinge ihr eigenes Schicksal letztlich wieder vom guten Willen und der Gnade eines Mannes ab. Nein, darauf wollte sie sich nicht verlassen.

Sie musste das Geschäft aus eigener Kraft erhalten. Irgendwie. Sie musste einfach, auch wenn es sie ihre letzte Kraft kostete.

Und darum brauchte sie endlich Antwort aus Japan! Wenn schon nicht von Akeno, dann wenigstens von Ernst. Für den Moment konnte sie nur eines tun, um vielleicht doch noch von ihrem Halbbruder zu hören. Clara erhob sich aus dem Stuhl und ging nach oben, um erneut einen Brief an ihn zu schreiben.

Sie öffnete den Sekretär in ihrem Zimmer und stellte fest, dass kein Briefpapier da war. Seltsam. Hatte sie nicht vor wenigen Tagen ein paar Bögen nachgelegt?

Sie ging wieder nach unten. Vielleicht war Heinrich Casper in seinem Herrenzimmer und konnte ihr aushelfen.

Sie klopfte, erhielt jedoch keine Antwort.

Sollte sie warten, bis er zurückkehrte, Stunden später womöglich? Oder konnte sie es wagen, sich das Briefpapier selbst aus dem Zimmer zu holen? Sie wohnte schließlich in diesem Haus, war Teil der Familie.

Sie klopfte noch einmal, wartete kurz und trat ein.

»Schwiegerpapa?«, fragte sie in den Raum hinein und sah sich um.

Er war nicht da, wie erwartet.

Mit dem Gefühl, etwas Ungehöriges zu tun, öffnete sie auf der Suche nach Briefpapier die Fächer und Schubladen seines Schreibtischs. In einer Schublade fand sie eine Mappe mit weißen Blättern und zog sie hervor. Dabei fiel ihr Blick auf einen kleinen Stapel beschrifteter Umschläge. Es waren fünf an der Zahl, alle ungeöffnet und zu einem ordentlichen Päckchen geschnürt. Als Clara ihre eigene Handschrift erkannte, musste sie sich setzen. Mit zitternder Hand griff sie in die Lade und zog die Briefe heraus, löste die Schnur.

Zuoberst lag der Umschlag mit ihren beiden Briefen an Akeno. Heinrich hatte doch gesagt … warum war er hier?

Sie blätterte weiter. Das Blut rauschte ihr in den Ohren. Die anderen Umschläge waren größer als der ihre und aus festem, gelblichem Papier. Eine Briefsendung war von Ernst, drei von Akeno.

Ein Räuspern hinter ihr ließ Clara herumfahren.

Heinrich stand in der Tür.

Sie senkte den Kopf und wusste nicht, was sie sagen sollte.

Heinrich räusperte sich erneut. »Nun, das verlangt wohl eine Erklärung«, sagte er trocken.

Clara wusste nicht, ob er damit sie meinte oder sich selbst.

»Nun, ich brauchte lediglich frisches Briefpapier, und da du nicht im Hause warst …«, sagte sie. »Der Rest erklärt sich wohl von selbst.«

Sie nahm ihre Briefe samt einem Packen Briefpapier von Heinrichs Tisch und ging wortlos an ihm vorbei aus dem Zimmer.

»Clara, warte. Lass mich erklären.«

Im Flur drehte sie sich noch einmal zu ihm um und wartete ab. Es kostete sie Mühe, ihren Zorn zu unterdrücken. »Nun?«

Heinrich, der sonst immer so leutselig war, wirkte ehrlich zerknirscht. Dann straffte er sich und sah ihr in die Augen. »Nun, ich habe eine Menge Geld investiert, damit mein Sohn glücklich ist. Nach dem Tod seiner Mutter …« Er zuckte die Achseln.

«Dir ging es dabei um Franz?«, fragte Clara.

»Na ja. Natürlich nicht nur. Ich wollte auch dich schützen. Vor dir selbst. Ich wollte nicht, dass du alles kaputt machst.«

»Ich mache gar nichts kaputt«, sagte sie leise. »Ich nicht.«

Als sie endlich in ihrem Zimmer war, setzte sie sich zunächst ans Fenster, die Briefe fest in der Hand, und suchte nach dem Glitzern des Kanals hinter der Baumreihe.

Welchen sollte sie zuerst öffnen, einen von Akeno oder den von Ernst? Womit käme sie besser zurecht, mit einer Absage von Ernst oder zurückweisenden Worten von Akeno?

Sie entschloss sich für Ernsts Brief, schnitt den Umschlag vorsichtig mit dem Brieföffner auf und zog das weiche, sehr feine Papier heraus.

Liebe, ferne Schwester,

wir Du Dir denken kannst, habe ich mit großer Verwunderung, Irritation und Freude Deinen Brief und den Brief unserer Mutter aus Akenos Händen empfangen. Ich bin sehr dankbar für das Vertrauen, das Ihr mir, einem vollkommen Fremden, entgegenbringt, indem Ihr mir von meiner Herkunft erzählt.
Akeno spricht von Dir, liebe Schwester, als einer wundervollen, tief empfindenden, ebenso schönen wie klugen und vor allem liebevollen Person, die ich ebenso verehren müsse wie er selbst.
Ich selbst kann ihn nur in den höchsten Tönen preisen. Während Du die unbekannte, ferne Schwester bist, ist er mir ein vertrauter Bruder. Es war nicht immer leicht für mich in diesem Land. Als blondes, blauäugiges Kind unter lauter dunklen Geschöpfen habe ich so manche Prügel eingesteckt. Die Japaner begegnen Fremden keinesfalls mit Herzlichkeit, musst Du wissen. Dass ich dennoch hier Fuß fassen konnte, ist zu keinem geringen Anteil Akenos Verdienst. Japan ist vor allem durch ihn für mich zur Heimat geworden.

Ganz offensichtlich hat er in Dir, Deiner Familie und den Stargards gleichgeartete Menschen gefunden. Vielleicht hat er mich mit seiner Sehnsucht nach Europa ein wenig angesteckt, denn auch mich treibt es nun, diese große Reise anzutreten und meine Familie kennenzulernen.
Verstehe mich bitte nicht falsch. Ich lebe gerne und gut in Japan, arbeite hart, habe ein wenig Bildung genossen und ein eigenes Auskommen gefunden. Eines Tages möchte ich, wie Ihr, ein eigenes Teehaus führen. Sicher wird es weit bescheidener sein als das Eure in Berlin. Aber ist es nicht ein seltsamer Zufall, dass uns der Tee über eine so große Distanz verbindet?
Kurz, ich bin hier glücklich, liebe Clara, und ganz sicher bin ich nicht darauf angewiesen, dass Mutter Eure Existenz ruiniert, um die meine zu erhalten.
Ich würde es gleichwohl gern erleben, unter Menschen zu sein, die mir auch äußerlich ähneln. Und das Teehaus möchte ich ebenso gern kennenlernen wie meine Familie. Sollte ich in Eurer Mitte willkommen sein, werde ich einen Teil des Geldes, das unsere Mutter mir schicken ließ, für Reisegepäck und eine bequeme Überfahrt einsetzen und Euch die restliche Summe zurückgeben. Ich möchte mich jedoch keinesfalls aufdrängen. Bitte schreibt mir, ob ich Euch willkommen bin, und zögert andernfalls nicht, mir Selbiges zu erklären.

Eine Frage beschäftigt mich noch, bevor ich schließe: Kann ich unserer Mutter denn direkt nach Berlin schreiben, ohne die Familie in Unordnung zu bringen? Kannst Du mir einen Rat geben, werte Schwester?

Einstweilen bitte ich Dich, unserer Mutter meinen tiefen Dank auszurichten und sie zu grüßen.

Mit den allerherzlichsten Grüßen auch an Dich,
Dein nun nicht mehr ganz verschollener Bruder

– Ernst

Clara wischte sich eine Träne aus dem Augenwinkel. Wie musste es wohl sein, so aufzuwachsen? Sich immer fremd und anders zu fühlen? Angenommen, sie folgte ihrer Sehnsucht und liefe davon, nach Japan – war es wirklich das, was sie sich für ihr eigenes Kind wünschte? Es sei denn, es würde kein blondes, blauäugiges Kind werden, sondern … Clara schob den Gedanken beiseite, bevor er sich ausformen konnte.

Sie war nervös, als sie den ersten Brief von Akeno öffnete. Sie zog die Seiten aus dem Umschlag und legte sie erst einmal beiseite. Unmöglich, sich seinen Worten jetzt schon zu stellen. Sie brauchte noch ein wenig Aufschub, ein wenig mehr Mut.

Sie drehte den Umschlag in den Händen, in dem ihre beiden leidenschaftlichen Briefe an Akeno steckten. Ihr Herz pochte heftig und sie atmete tief durch. Wenn Heinrich diesen Brief geöffnet hätte … nicht auszudenken.

Erst jetzt wurde ihr klar, dass Akenos Briefe unmöglich eine Antwort auf die ihren enthalten konnten, die nie abgeschickt wurden. Sie wusste nicht, ob das gut oder schlecht war. Und solange sie nicht den Mut aufbrachte, zu lesen, was Akeno ihr schrieb, würde sie es auch nicht erfahren.

Entschlossen öffnete sie den ersten Brief. Der Duft von Tee schlug ihr entgegen, frisch und grün. Eingeschlagen in zwei beschriebene Blätter fand sie einen weiteren, kleineren Umschlag mit einer neuen Tee-Probe. Clara legte ihn beiseite und begann zu lesen:

Hochverehrte Frau Casper,

bei meiner Rückkehr nach Japan habe ich, wie versprochen, Ernst die Briefe von Ihnen und Ihrer Frau Mutter übergeben sowie das Geld, das sie schicken ließ. Ernst war mehr als erfreut und er ließ es sich nicht nehmen, Ihnen sofort zu antworten.
Natürlich hatte ich gehofft, Sie würden mir auf meinen Brief aus Kairo antworten. Vielleicht haben Sie diesen noch gar nicht erhalten? Oder aber Sie ziehen es vor, nicht zu antworten, was nach unserem Missverständnis, das mir noch immer keine Ruhe lässt, natürlich verständlich wäre.
Ich kann Sie nur erneut um Verzeihung für meine Ignoranz bitten. Oft verfluche ich mich für mein Ungeschick, denn ich möchte die Klugheit und die Schönheit Ihres Denkens nicht missen, Ihre Neugier und Ihr Verstehen. Ich möchte Ihnen noch so viel mehr über Japan erzählen und im Gegenzug alles über Sie und Ihr Leben erfahren. Der Tee, den ich mir erlaube Ihnen zu schicken, gilt bei uns als heilig, da er der Legende nach von einem Ableger des allerersten Teestrauchs in China stammt. In unserer modernen Welt gibt man vielleicht nicht mehr viel auf solche Geschichten, aber ich vermute, Sie werden die folgende doch zu schätzen wissen. Sie könnten unliebsame Kunden damit erschrecken, wenn Sie es wünschen.
Die Geschichte geht so: Ein Mann namens Bodhidharma

beschloss, Buße zu tun. Er gelobte, sieben Jahre lang nicht zu schlafen und, in einer Höhle sitzend, an die Wand zu blicken und zu meditieren.
Trotz des Schwurs schlief er eines Nachts ein. Als er am nächsten Morgen erwachte, war er so erzürnt über sein Versagen, dass er ein Messer nahm, sich die Augenlider abschnitt und sie auf die Erde warf.
Als die Augenlider den Boden berührten, schlugen sie sogleich Wurzeln und ein großer Busch begann daraus zu wachsen.
Als Bodhidharma das sah, bereitete er sich aus den Blättern einen Trank, der ihm Kraft geben sollte. Tatsächlich wirkte er so belebend, dass Bodhidharma keinen Drang mehr verspürte, sich dem Schlaf hinzugeben.
Und wie Sie sicher selbst bereits erlebt haben, schenkt der Tee den Müden tatsächlich Kraft und den geistig Matten neue Anregung.
Vielleicht wollen Sie diese Geschichte gern weitererzählen, wenn Sie in Ihrem schönen Teehaus unsern japanischen Tee einführen, was hoffentlich alsbald möglich sein wird.
Ich wünschte, ich könnte Sie bei dieser freudigen Gelegenheit wiedersehen.
Doch ich habe lange mit Ihrem Bruder über Sie und Ihre Familie gesprochen. Die nächste Handlungsreise nach Europa werde nicht ich antreten, sondern, wenn Sie und Ihre Mutter damit einverstanden sind, Ernst. Ihm steht es eher zu, Sie kennenzulernen, als es mir zusteht, Sie wiederzusehen, nach allem, was geschehen ist. Ein wenig ist mein Zurücktreten in dieser Sache auch der Furcht geschuldet, mich niemals mehr trennen zu können, wenn ich erst wieder in Ihrer Nähe bin.

Mir ist deutlich gewahr, ich darf mich mit solchen Gedanken nicht an Sie wenden. Ich sollte sie nicht einmal denken. Doch zugleich verspüre ich den dringenden Wunsch, ehrlich zu Ihnen zu sein:
Ich wünschte, ich hätte gleich bei unserer ersten Begegnung, bevor Sie sich entschlossen zu heiraten, meine Gefühle für Sie zum Ausdruck gebracht. Vielleicht hätte ich dann hoffen dürfen.
Ich sehne mich sehr nach Ihnen.

Immer der Ihre, Akeno-san

Clara ließ den Brief sinken. Kurz wurde ihr schwarz vor Augen, aber diesmal nicht wegen der Schwäche, die sie in den letzten Monaten von jeglicher Betätigung abgehalten hatte.

Schnell öffnete sie die beiden anderen Briefe, die Akeno geschrieben hatte. Sie waren nur kurz und enthielten die sehnsüchtige Bitte, ihm doch zu antworten und ihn nicht zu ignorieren. Es zerriss Clara fast das Herz, weil sie genau wusste, wie er sich fühlen musste, wenn er Tag um Tag auf Post von ihr wartete und keine bekam.

Mein Gott, wie hatte sie so lange untätig herumsitzen können, wenn es doch so viel zu tun gab!? Sie musste nach Japan telegrafieren. Falls das überhaupt möglich war. Ansonsten würde sie eben Briefe schreiben, auch wenn das alles schrecklich lange dauerte. Sie hatte sich um das Teegeschäft in Berlin zu kümmern, Vorbereitungen zu treffen! Vielleicht würde sie Akeno in absehbarer Zeit nicht wiedersehen. Aber sie würden einander schreiben. Und eines Tages …

Entschlossen stand Clara auf und reckte das Kinn.

Sie würde ab jetzt wieder geradestehen, aufrecht wie ein tatkräftiger Mensch.

Sie faltete die Briefe zusammen, steckte sie zurück in die Umschläge und legte den Stapel in ihre Briefmappe.

Jetzt würde sie sich erst einmal eine Kanne von dem neuen Tee kochen. Und dann war es Zeit zu handeln.

19

Clara stellte ihre kleine Reisetasche ab, betrat den Wintergarten und zupfte die seidenen Handschuhe zurecht, die sie in ihrem voll ausgestatteten Schrank gefunden hatte.

Franz saß mit übereinandergeschlagenen Beinen am kalten Kamin und las wie häufig um diese Zeit seine ›Vossische Zeitung‹. Er blickte nicht auf, als sie auf ihn zutrat.

»Franz, ich fahre nach Berlin.«

Langsam faltete er die Zeitung zusammen und legte sie neben sich auf den Beistelltisch.

»Ich muss in Ruhe ein paar Briefe schreiben und zu einem Postamt bringen, wo man sie auch auf den Weg bringt. Ich muss Bestellungen aufgeben, neue Tees mischen ... du weißt schon, einfach mal wieder nach dem Rechten sehen. Ich werde wohl eine Weile bleiben.«

Erst jetzt sah Franz Clara an. »Ich glaube nicht, dass du fahren kannst, mein Herz«, sagte er ruhig.

»Warum nicht?«

»Nun ...«, er seufzte übertrieben. »Die Achse des Wagens ist leider wieder kaputt.«

»Das ist doch kein Malheur, dann nehme ich eben ...«

»Und die Pferde haben sich den Magen verdorben.«

Clara ließ die Hände sinken. »Franz, bitte. Das ist doch Unsinn.«

»Willst du etwa behaupten, dass ich lüge, mein Herz?«

Etwas beunruhigte Clara an der kühlen Gelassenheit, mit der er sie das fragte.

»Was ist mit Heinz Graf? Er kann mich zur Bahn bringen. Ich muss mich möglichst bald mit dem Teekontor in Verbindung setzen, wir brauchen jetzt wenigstens einen grünen Tee, den wir regelmäßig abrufen können.«

»Heinz ist nicht da, er ...« Franz führte den Satz nicht zu Ende. Vielleicht fiel ihm so schnell keine passende Ausrede für ihn ein.

Clara wartete einen Moment, und als Franz seine Zeitung wieder aufnahm, sagte sie: »Du willst mich also nicht gehen lassen.«

Franz räusperte sich, antwortete aber nicht.

»Du willst also mit aller Macht verhindern, dass ich tun kann, was du mir vertraglich zugesichert hast?«

»Clara«, sagte Franz hinter seiner Zeitung. »Ich will gar nichts verhindern. Es ist nur so, dass du hier gerade nicht wegkommst, tut mir sehr leid.«

»So. Ist das alles, was du mir zu sagen hast?«

»Was willst du denn hören?«, fragte Franz bissig, ließ die Zeitung wieder sinken und starrte Clara an.

Clara seufzte innerlich. Sie hasste es, schon wieder mit Franz streiten zu müssen. Doch er schien es unbedingt so haben zu wollen.

»Franz!«

»Herrgott, was ist denn noch?«

»Ich brauche eine Kutsche.«

»Bedaure, Clara. Da ist leider nichts zu machen.«

Clara nickte. Er hatte recht. Da war wohl nichts mehr zu machen. Aber so leicht würde sie nicht aufgeben.

Sie machte auf dem Absatz kehrt, verließ den Salon, nahm die Reisetasche und eilte in ihr Zimmer hinauf.

Dort riss sie die Türen des Kleiderschranks auf und warf einen langen Blick auf den Inhalt, der die Ehefrau eines Industriellen schmücken sollte.

Es war an der Zeit, das alles loszuwerden, denn wenn sie erst einmal fort war, würde sie nicht mehr hierher zurückkommen. Franz konnte ihr gestohlen bleiben.

In wildem Zorn riss Clara die teuren Kleider von der Stange und warf sie auf den Boden. Sie wollte sie nicht, hatte sie nie gewollt. Und sie passten ohnehin nicht mehr richtig, jetzt, da ihr Bauch sich deutlich zu wölben begann.

Wenn sie erst in Berlin war und das Geschäft mit dem grünen Tee richtig aufbauen konnte, mochte Franz sie ruhig verstoßen. Mochte er ruhig versuchen, das Teehaus zu ruinieren. Es würde ihm nicht gelingen, denn sie hatten jetzt Hannes, Ernst und Akeno auf ihrer Seite. Drei gegen einen, das musste doch wohl zu schaffen sein!

Clara riss eine Schublade auf, um Mieder und Hemden zu den Kleidern auf den Boden zu pfeffern. Ein Gedanke flackerte in ihr auf, ein Bild, und sie hielt inne.

Kurz entschlossen häufte sie so viele Kleider über ihren Arm wie nur möglich. Der Stoffberg war derart voluminös, dass sie ihre Füße nicht mehr sehen konnte, als sie hoch erhobenen Hauptes mit ihrer Last die Treppe hinunterschritt.

Marie und Rosa tauschten verwunderte Blicke, als sie Richtung Wintergarten ging. Franz, der immer noch dort saß, würdigte sie keines Blickes. Sie trat auf die Brachfläche hinaus und wandte sich nach rechts, den Ringöfen zu, die wie riesige Weidetiere in der Landschaft lagen und zu dösen schienen.

Sie waren fast fortwährend in Betrieb, Clara musste nur herausfinden, welche Abschnitte gerade befeuert wurden und welche am Auskühlen waren.

Sie blieb stehen, legte eine Hand über die Augen und blinzelte in die tief stehende Sonne.

Auf dem Dach eines Ofens war ein Arbeiter damit beschäftigt, Kohlenstaub über eine Schütte in eine der Brennkammern zu füllen. Flammen schlugen ihm weithin sichtbar entgegen, doch das schien ihm nichts auszumachen.

Clara wartete, bis er mit seiner Arbeit fertig war, die Leiter hinabstieg und sich mit der Lore auf den Weg zum nächsten Brennofen machte. Dann erst eilte sie dorthin und schob sich, den Kleiderberg voran, mühsam die Leiter hinauf.

Auf dem Dach des Ofens blieb sie einen Moment stehen, um wieder zu Atem zu kommen. Von hier oben hatte man einen grandiosen Blick über das Gelände. Im Westen das Haus, die Havel und der alte Obsthain am Ufer. Richtung Norden waren die Werkstätten und die Arbeiterhäuser zu erkennen, von dort führten Schienen nach Süden, zu den beiden Verladehäfen an der Havel. Wie ein silbernes Band, ein glitzerndes Versprechen erschien ihr der Fluss. Und schließlich die Ringöfen. Sie bildeten das Herzstück dieses weitläufigen Reichs.

Clara musste sich nicht erst fragen, ob sie bereit war, dies alles einzutauschen gegen eine kleine Mietwohnung, ein Ladengeschäft und eine überaus unsichere Zukunft. Sie war mehr als bereit.

Das Rad, mit dem man die Ofenklappe öffnen musste, war aus geschmiedetem Eisen. Sie nahm eines der Kleider wie einen großen Topflappen und packte mit beiden Händen zu. Das Rad ließ sich drehen, und mit einiger Mühe gelang es Clara, die Klappe anzuheben.

Glühende Hitze schlug ihr entgegen und versengte ihr die Brauen, sie spürte es kaum. Sie nahm ein Kleid und stopfte es mit schnellen Bewegungen in die Höllenglut. Dann folgten die anderen Kleider, eines nach dem anderen, und sie sah zu, wie die Pracht in Flammen aufging.

Als sie fertig war, schloss sie die Klappe mit dem Fuß, da sie zum Anfassen zu heiß war. Donnernd fiel sie zu. Auf das Zudrehen des Rades musste sie wohl verzichten. Aber das war ihr egal. Schlimmstenfalls war eine Ladung Ziegel weniger gut durchgebrannt als gewöhnlich. Das würde die Ziegelei nicht in den Ruin treiben.

Clara blieb noch eine Weile auf dem Dach stehen, folgte dem Glitzern der Havel mit dem Blick. Sie kämpfte mit den Tränen. Anstatt sich besser oder stärker zu fühlen nach vollbrachter Tat, spürte sie wieder diese innere Leere, die ihr alle Kraft zum Handeln raubte.

Aber diesmal würde sie es nicht zulassen! Ihr Ziel war Berlin, und wenn sie zu Fuß zum Bahnhof gehen musste. Wie lange konnte das schon dauern? Wenn sie morgen in aller Frühe aufbrach, bevor Franz wach wurde, wäre sie sicher um die Mittagszeit dort.

Sie drehte sich um, tastete mit dem Fuß nach der ersten Leitersprosse und begann mit dem Abstieg.

Plötzlich fühlte sie eine Hand, die sich um ihren Knöchel schloss. Vor Schreck entfuhr Clara ein Schrei, und sie trat nach dem Angreifer.

»Ho, ho!«, rief der, als sei sie eine nervöse Stute, die man zur Raison bringen musste.

Dann zog er einmal mit Kraft und Clara konnte sich nicht länger halten. Sie fiel und ihre Füße fanden den Boden, während ihr Körper gegen einen anderen Körper prallte.

Vor ihr stand Heinz Graf und hielt sie grob am Arm gepackt. »Was machen Sie denn da oben? Dort haben Sie nichts zu suchen!«

»Und Sie, was haben Sie hier zu suchen?«, zischte Clara ihn an.

Sie hatte ihn noch nie aus solcher Nähe betrachtet und bemerkte fettige Schuppen in seinen Augenbrauen. Ein Schaudern durchfuhr sie und sie versuchte, sich loszureißen.

»Was machen Sie hier?«, wiederholte Heinz Graf.

»Das geht Sie nichts an! Lassen Sie mich sofort los!«

»Oh doch, es geht mich sehr wohl etwas an.« Er begann, Clara hinter sich herzuziehen. »Ihr Mann hat mich nämlich beauftragt, ein Auge auf Sie zu haben und ihm zu melden, was Sie tun.«

Clara blieb abrupt stehen und stemmte sich gegen Heinz Graf. »Wie bitte?! Das ist ja wohl ungeheuerlich!«

»Das können Sie ja gleich Ihrem Mann erzählen, ich bringe Sie zu ihm.« Er zog stärker.

Eigentlich hatte sie genau das vorgehabt: zu Franz gehen und ihn zur Rede stellen für diesen erneuten Vertrauensbruch. Er behandelte sie nicht wie seine Frau, sondern wie eine Gefangene. Doch dass Heinz Graf Zwang ausübte, veranlasste sie zu heftigstem Widerstand.

»Ich werde nicht mit Ihnen gehen, und wenn Sie mich zu tragen versuchen. Flegel!«

Sie wollte Heinz Graf auf den Fuß treten, erwischte aber sein Schienbein und spürte, wie ihre Schuhsohle an der dünnen Haut über dem Knochen hinabschabte.

Heinz Graf stieß einen Schmerzenslaut aus und fluchte, doch seinen Griff lockerte er nicht.

»Lassen Sie mich los! Sie haben kein Recht, mich anzufassen!«

»Oh doch, das habe ich. Ausdrücklich. Ich darf und soll alles Notwendige tun.« Seine Stirn glänzte vor Schweiß. Mit einem Ruck riss er Clara hinter sich her.

Doch nicht etwa Richtung Haus, sondern um den Ofen herum. Dort öffnete er die Tür und stieß Clara in die Finsternis des Ofens.

»Aber ich schleppe mich nicht mit so einer Kratzbürste ab. Nein, danke, kein Bedarf.«

Clara fiel in die Mischung aus rotem Staub und Splittern von Ziegeln und schürfte sich die Handballen auf.

»Dort bleibst du, bis dein Mann dich holen kommt!«

Heinz Graf warf die Tür zu und Clara hörte, wie er den Riegel vorschob.

Mit der Zeit gewöhnten sich ihre Augen an die Dunkelheit. Sie erkannte einen schwachen, rötlichen Schimmer in der Biegung des Gangs, sie erkannte dunklere Schwärze dort, wo die Türen zu den Brennkammern waren, und helleres Schwarz am Boden und dort, wo die Decke sich über ihr wölbte.

Clara lief auf und ab und versuchte, den heißen Wänden dabei nicht näher als nötig zu kommen. Kleider und Haare klebten ihr bald schweißnass am Körper. Sie ignorierte den Durst und kämpfte die Furcht nieder.

Anfangs ging sie ein paar Mal zu der schweren Tür, schlug dagegen und rief um Hilfe. Doch im Grunde wusste sie, dass sie hier niemand hören würde. Sie musste warten, bis jemand kam.

Der schmale Lichtstreif, der unter der Tür hindurch von draußen hereinfiel, verblasste. Der Abend dämmerte, und noch immer war Franz nicht gekommen.

Und wenn Heinz Graf ihm gar nichts gesagt hatte? Was, wenn sie hier vergessen wurde? Wie lange mochte es dauern, bis eine Mannschaft von Arbeitern die Tür öffnete, um die fertig gebrannten Ziegel zu holen? Sie wünschte, sie hätte bei Franz' Ausführungen besser aufgepasst.

Nach einer Weile waren ihre Kleider getrocknet und sie wollte einfach nur schlafen, um der Hitze zu entkommen. Sie ließ sich vor der Tür auf den Boden sinken und schloss die Augen.

Sie kam nur langsam wieder zu sich. Zuerst fühlte sie einen kühlen Luftzug, sah in den klaren Sternenhimmel über sich. Dann spürte sie Feuchtigkeit auf den ausgedörrten Lippen.

Sie lag im roten Staub, den Kopf in einem Schoß. Der Ofen ragte neben ihr auf, und daneben war Franz' besorgtes Gesicht zu sehen.

Er winkte jemanden heran, vielleicht war es Heinrich, vielleicht Heinz Graf oder jemand anderes, sie wusste es nicht. Sie schloss die Augen und spürte, wie sie aufgehoben und fortgetragen wurde. Man legte sie in ihr Bett, wusch sie mit feuchten Lappen, flößte ihr etwas zu trinken ein.

Clara hätte fragen können, wie lange sie in dem Ofen gewesen war, ob Heinz Graf bestraft werden würde, wer sie gefunden hatte und warum es so lange gedauert hatte. Aber nichts davon interessierte sie noch.

Sie wollte nur Kraft schöpfen für das Notwendige.

Also schwieg sie und ließ alles über sich ergehen: Franz' besorgte Worte und Liebkosungen, die bedeutungsschwangeren Blicke der Mädchen, die Untersuchung durch den klapperdünnen Arzt, den man eilig herbeigerufen hatte.

»Frau Casper!«, sagte er mit schwächlicher Stimme. »Können Sie mich hören?«

Natürlich konnte sie ihn hören. Aber sie hatte keine Lust, es ihm zu verraten, und starrte durch ihn hindurch. Vielleicht ging er dann einfach wieder.

»Können Sie sprechen? Wissen Sie Ihren Namen?«

Natürlich wusste sie ihren Namen. Winterfeld, das war ihr Name. Nicht Casper. Aber das würde sie ihm auch nicht verraten. Sie hätte Franz, der mit Leidensmiene am Fenster stand, fragen können, wie er einen Arzt rufen konnte, wenn es doch keine funktionierenden Fahrzeuge gab. Aber es war ihr egal. Er sollte einfach nur gehen. Sie sollten alle gehen. Sie wollte nur ein wenig mehr Kraft schöpfen. Ein wenig mehr noch.

Der Arzt wandte sich Franz zu. »Sie braucht viel Flüssigkeit, eine gut salzige Brühe, und Ruhe. Dann wird sie wieder. Ich denke, dem Kind wird es auch gut gehen, körperlich kommt sie wieder ganz auf die Beine. Nur …« Er seufzte. »Wir können jetzt noch nicht sagen, wie ihr Kopf die Sache verkraften wird.«

Er stand auf und Franz gab ihm die Hand. »Danke, Herr Doktor«, sagte er. »Ich bringe Sie hinaus.«

»Ich werde morgen gegen Abend noch einmal nach ihr sehen. Bis dahin sollte sie wieder ganz bei sich sein.«

Morgen gegen Abend wäre Clara nicht mehr hier. Aber auch das würde sie natürlich nicht verraten.

Zusammen mit dem Arzt verließ Franz das Zimmer. Als er nach kurzer Zeit wiederkam, stellte Clara sich schlafend.

Etwas später hörte sie ihn nebenan in seinem Zimmer rumoren. Sie wartete, dass er endlich zu Bett ging, doch ausgerechnet heute schien er sich damit Zeit zu lassen.

Er kam noch zwei Mal herein, stolperte gegen den Stuhl, der neben dem Bett stand, und verbreitete einen intensiven Geruch nach Alkohol im Zimmer. Gut so.

Wenn er betrunken war, würde er umso tiefer schlafen.

Es musste weit nach Mitternacht sein, als Clara es endlich wagte, aufzustehen.

Sie trank die Brühe und aß das Brot, die man ihr ans Bett gestellt hatte. Sie öffnete den Schrank, den Rosa oder Marie fein säuberlich wieder eingeräumt hatte, und wählte frische Wäsche und ein einfaches, dunkles Kleid, dem man die Reiseroute, die sie zu nehmen gedachte, nicht allzu sehr ansehen würde.

Als sie angezogen war, legte sie sich ein dickes Wolltuch um die Schultern und nahm die Reisetasche, die seit dem Morgen unberührt im Zimmer stand. Sie enthielt neben ein paar Kleidungsstücken nur ihre Briefmappe und ihre Geschäftsunterlagen. Mehr brauchte sie nicht, wenn sie erst einmal zu Hause war.

Es war finster auf dem Gelände, doch Clara war froh, dass es außer bei den Arbeiterhäusern keine Nachtbeleuchtung gab. Sie kam zwar nur langsam voran, doch zumindest konnte niemand sie sehen. Eine Stunde später erreichte sie den größeren der beiden Verladehäfen. Gestern, vom Dach des Ringofens aus, hatte sie dort einen fertig beladenen Ziegelkahn tief im Wasser liegen sehen. Wenn sie nicht alles täuschte, würde er mit dem ersten Morgenlicht auslaufen und Platz für den nächsten Kahn machen müssen.

Im Schutz der Dunkelheit packte sie die eiserne Leiter an der Seite des Kahns und kletterte an Bord. Sie tastete sich voran, suchte sich einen Platz am Bug, der möglichst weit entfernt war vom Kahnführerhäuschen.

Als sie saß, zog sie das Wolltuch fest um sich. Die Ziegelsteine in ihrem Rücken hielten noch immer Restwärme aus den Öfen und milderten die Kälte der Nacht. Morgen schon bin ich in Berlin, dachte Clara. Mit diesem Gedanken wagte sie es endlich, ein wenig zu schlafen.

Sie erwachte von den Rufen der Arbeiter, die den Kahn aus dem engen Hafenbecken manövrierten und in Richtung Berlin in die Havel einschwenken ließen.

Ihr Rücken und ihr Nacken waren steif und sie fror erbärmlich. Auf den Ziegeln hinter ihr lag erster Raureif. Sie rieb sich die Hände und beschloss, dass die Kälte ihr nichts ausmachte. Sie war unterwegs, nur darauf kam es an. Sie war unterwegs in ein Leben, das sie sich selbst auswählen würde.

Und niemand würde sie zwingen, zu Franz zurückzukehren.

Erste Sonnenstrahlen glitzerten auf der Havel, die Bäume am Ufer waren zu einem guten Teil schon kahl und reckten ihre schwarzen Klauen in den Himmel. Nur manche Bäume leuchteten noch in allen Farben des Herbstes. In der Ferne am Horizont zeichneten sich gemauerte Fabrikschlote ab. Dort war Berlin.

Es würde nicht leicht werden, mit den kranken Männern zu Hause und dem Kind, dessen Geburt im März bevorstand. Aber sie würde es schon schaffen.

Mit einem Mal durchströmte Freude Claras Brust, wie ein frischer Luftzug. Sie fühlte sich voller Energie und Tatendrang, und die Niedergeschlagenheit der letzten Zeit fiel von ihr ab.

Die Havel war nicht das Meer und ein eiserner Ziegelkahn kein majestätisches Segelschiff. Dennoch, Clara fühlte sich, als bräche sie zu einem großen Abenteuer auf.

20

Der Herbst war kalt in diesem Jahr, besonders am Morgen. Aber der Himmel war blau und die Luft frisch. Clara war auf dem Weg zum Postfuhramt. Bevor sie aus einer schattigen Gasse auf die breite, sonnenhelle Oranienburger Straße trat, blickte sie sich vorsichtig um.

Wenige Tage nach Claras Rückkehr war Franz plötzlich im Laden aufgetaucht, und Mutter hatte ihm eiskalt ins Gesicht gelogen, dass Clara auf Geschäftsreise in Hamburg sei und sie leider nicht wisse, wann sie zurückkäme. Das war vor gut zwei Wochen gewesen, und seither lebte Clara in der fortwährenden Angst, dass er ihr auf die Schliche kommen und sie zurückholen könnte. Aber das durfte nicht geschehen. Nicht jetzt. Niemals. Sie war glücklich in Berlin. Oder zumindest beinahe. Und sie wollte es bleiben.

Die Luft war rein, ihre Angst wie immer unbegründet und sie lief weiter. Sie fühlte sich ungelenk, denn ihre Schuhe waren vorne so spitz, dass sie beim Gehen die Füße leicht auswärts drehen musste.

In Zempernick war ihr schon gar nicht mehr aufgefallen, wie untauglich ihre Kleidung für eine arbeitende Frau war. Kein Wunder, dort hatte sie den lieben langen Tag nur herumgesessen.

In Berlin hingegen musste sie wieder lange Wege zurücklegen, treppauf und -ab laufen, Tabletts mit Tassen und

Kannen balancieren und Geschirr spülen. Sie würde sich baldmöglichst neu einkleiden müssen.

Clara blieb stehen, schob den Einkaufskorb von einem Arm auf den anderen und sah an der Fassade des Postfuhramtes hinauf. Die gelben und roten Klinker leuchteten wie Feuer in der Sonne. Sie stieg, wie annähernd jeden Tag, seit sie zurück in Berlin war, die Stufen hinauf und tauchte in die nach Papier und Stempelfarbe riechende Halle ein.

»Die Dame?«

»Guten Tag. Gibt es heute Post für Winterfeld? In der Invalidenstraße?«

Der Postbeamte, der einen beeindruckenden Walrossbart trug, hob einen Finger. »Ich denke …« Er drehte sich um, griff zielgenau in eines der hölzernen Postfächer hinter ihm und drehte sich im selben Schwung wieder zu Clara um. »… Ja«, vollendete er den Satz und reichte ihr einen Umschlag.

Adele Winterfeld stand darauf, in dicker, schwarzer Tuscheschrift. Der Brief kam von Ernst.

»Sonst nichts?«, fragte Clara.

»Bedaure.«

Clara nickte und versuchte, sich die Enttäuschung nicht anmerken zu lassen. »Danke. Dann würde ich gern noch etwas aufgeben.« Sie schob ihm einen Brief an Hannes und Netty in Hamburg entgegen.

Er enthielt eine Teebestellung und Grüße an ihre Schwester, die derzeit zu einem Freundschaftsbesuch in Hamburg weilte. Clara vertrat Netty so lange hinter dem Ladentisch, und sie hoffte, dass es ihr endlich gelang, ihren Hannes zu einem Heiratsantrag zu verführen. Das lange Stehen fiel Clara zunehmend schwer, ihr Bauch war jetzt schon deutlich zu sehen.

»Sehr gern, die Dame.«

Der Beamte hinter dem Schalter frankierte und stempelte den Brief, Clara bezahlte, dann schob er ihr den Brief zurück. »Kennen Sie schon unseren neuesten Mitarbeiter, der ab sofort zu jeder Tages- und Nachtzeit Ihre frankierten Briefe annimmt?«

»Wie bitte?«

Der Postbeamte nickte gewichtig. »Jawohl. Überzeugen Sie sich nur selbst. Er steht, wenn Sie hinausgehen, links ein kleines Stück die Straße hoch.« Er zwinkerte Clara zu. »Grüßen Sie ihn schön von mir.«

»Ähm … in Ordnung. Danke.«

Mit dem Brief in der Hand ging Clara ein wenig verwundert wieder nach draußen und wandte sich nach links. Erst jetzt sah sie, dass in der Artilleriestraße, nur wenige Meter vom Eingang des Postfuhramts entfernt, ein nagelneuer, kornblumenblauer Postbriefkasten stand. Stramm und eckig wie ein Soldat sah er aus, mit einem goldenen Knauf auf dem Dach und einem Adler auf der Brust. Der war gestern noch nicht hier gewesen. Oder doch? Clara lächelte, hob die Briefkastenklappe – es sah aus, als würde sich der Schnauzer des Postkastens sträuben – und wollte den Brief in das Dunkel dahinter gleiten lassen. Doch sie zögerte. Es kam ihr seltsam vor, unpersönlich und irgendwie nicht sicher. Konnte nicht jeder, der es wollte, Briefe aus dem Kasten entwenden?

Clara zog den Brief zurück und sah sich um. Sie war allein. Eine schnelle Bewegung, und ja, nicht nur ihre Hand, sondern beinahe der ganze Unterarm ließen sich durch den Briefschlitz schieben. Doch sie bekam nichts zu fassen, keinen Zipfel Papier. Clara zog den Arm wieder heraus.

Was, wenn der Kasten bis obenhin gefüllt wäre? Aber

wartete man überhaupt mit der Leerung, bis der Kasten voll war? Vermutlich nicht, dann würden die Briefe ja unter Umständen tage- oder wochenlang hier liegen bleiben.

Jedoch, irgendwo musste der Kasten eine zweite Klappe oder eine Tür haben, um die Briefe entnehmen zu können. Clara untersuchte ihn von oben bis unten, konnte den Mechanismus jedoch nicht entdecken. Vielleicht war er in dem eisernen Zierrat versteckt.

Konnte man womöglich den ganzen Kasten stehlen? Nein, sicher nicht. Er war aus Eisen und sein Sockel fest im Boden verankert.

Sie hatte also nicht den geringsten Grund, sich Sorgen zu machen. Ihr Zögern rührte vielleicht nur daher, dass sie die Erfahrung gemacht hatte, Briefe besser nicht an einen Unterhändler zu geben. Aber hier gab sie ihn ja nicht irgendeiner vertrauensunwürdigen Person, sondern einem amtlichen Postbriefkasten, der zudem einer Festung glich. Sie atmete durch. Nun gut. Sie hob den Brief und … erhaschte eine Bewegung aus dem Augenwinkel.

Sie sah sich um und erstarrte. Auf der anderen Straßenseite, in der Sonne, stand ein Kerl. Die Hände tief in den Taschen, mit Hosenträgern und Schiebermütze, die einen tiefen Schatten auf sein Gesicht warf.

In dem Moment, als Clara zu ihm hinübersah, senkte er den Kopf, wandte sich ab und marschierte davon, sodass sie nur noch einen krummen Rücken sah.

Sie hatte das Gesicht des Mannes nicht erkannt, aber … konnte das sein? Ein solcher Zufall, dass sie mitten in der großen Stadt ausgerechnet Heinz Graf über den Weg lief? Hatte er sie etwa erkannt? Oder war er ihr gar gefolgt? Würde er Franz von ihr erzählen? Claras Herz schlug bis zum Hals. Sie sah zu, wie der Mann um die Ecke verschwand. Den Brief nach Hamburg hielt sie immer noch in der Hand.

»Junge Frau, darf ich bitte?«, sagte jemand hinter ihr.

»Sicher, Verzeihung.« Clara rückte zur Seite.

Eine ältere Dame trat vor den Kasten, hob ganz selbstverständlich die Klappe, ließ ihren Brief in den Kasten gleiten und ging weiter.

Tägliche Leerung stand in geschwungenen Buchstaben auf der Breitseite des Kastens. Warum hatte Clara das vorher nicht gesehen? Nun gut, damit war zumindest eine Frage beantwortet.

Mit einem Seufzen steckte Clara ihren Brief durch den Schlitz. Das Postfuhramt wusste schon, was es tat.

Mit einem unbehaglichen Gefühl im Nacken machte Clara sich auf den Rückweg. Der Einkauf musste warten, sie wollte jetzt einfach nur nach Hause.

»Mutter?«, rief Clara die Treppe zum Salon hinauf.

Warum war niemand im Laden? Sie nahm den Besen und fegte die heruntergefallenen Teeblätter zusammen.

»Mutter?«, rief sie erneut.

»Ja! Ist Kundschaft da?«

»Du hast einen Brief!«

»Ich komme gleich, Liebes«, rief Adele.

Clara legte den Brief neben die Waage, als die Ladentüre aufging. Zwei Frauen mittleren Alters traten ein. Sie hatten einander untergehakt und waren offensichtlich Schwestern.

»Guten Tag«, begrüßte Clara die Kundinnen.

»Guten Tag. Bei Frucht-Schweiger sagt man, Sie waren wieder fleißig und haben sich etwas Neues für uns ausgedacht?«, fragte eine der beiden.

Clara nickte. »Eine Wintertee-Mischung, wärmend und

heimelig. Wir servieren ihn zunächst oben im Salon, bevor wir ihn in den Verkauf bringen.«

»Ah, Sie testen erst am lebenden Objekt«, rief die andere Schwester, und beide lachten.

»Probieren Sie ihn nur aus. Und unsere gute Seele Olga hat einen wunderbaren Earl-Grey-Kuchen dazu gebacken.«

Die beiden Damen stiegen bestens gelaunt die Treppe hinauf.

Clara wandte sich einer dritten Kundin zu, die soeben den Laden betrat. Sie kannte sie, war sich im ersten Moment aber nicht sicher, woher.

»Annike Bakker?«

Tatsächlich, es war die Frau aus dem Zug von Amsterdam nach Berlin. Sie hatte es damals vermocht, Claras Traurigkeit für ein paar Stunden zu vertreiben. Das würde sie ihr nie vergessen. »Sie sind wieder in Berlin, wie schön!«

Annike lächelte müde. »Ja, mein Sohn Jeroen und ich, wir wohnen jetzt hier. Bei meiner Schwester.«

Sie hatte seit ihrer letzten Begegnung offenbar viel Deutsch gelernt und sprach mit einem ganz bezaubernden, rollenden Akzent.

»Sie erwarten ein Kind?«, fragte sie dann ganz unverblümt, und Clara spürte, wie sie errötete.

»Ja, wie man sieht.«

»Das ist schön. Herzlichen Glückwunsch.«

Clara errötete noch mehr. »Es freut mich, dass Sie sich an meine Einladung erinnert und hierhergefunden haben.«

Annike Bakker seufzte und sah sich im Laden um. »Ja, mich auch«, sagte sie, und dann noch einmal leiser: »Mich auch.«

Trotz des kalten Wetters trug sie keinen Mantel und nur ein leichtes Kleid. Bei näherem Hinsehen machte sie einen ziemlich verfrorenen Eindruck. Außerdem hatte sie stark abgenommen.

»Oh, bitte«, sagte Clara, »gehen Sie doch nach oben und trinken Sie erst einmal einen heißen Tee. Ich komme gleich nach, und dann unterhalten wir uns, ja?«

Annike Bakker nickte und lächelte. »Das würde ich sehr gern, danke.«

Auffällig langsam stieg sie die Treppe hinauf. Ihr Lächeln, fand Clara, war zu traurig gewesen für ein freudiges Wiedersehen. Irgendetwas stimmte nicht mit Annike. Clara merkte, dass sie sich Sorgen machte um diese freundliche Frau. Sie hatte sie wohl mehr ins Herz geschlossen, als ihr bewusst gewesen war.

Clara zog an der Klingelschnur neben der Treppe und lauschte auf das Läuten oben im Salon. Die Klingel war ihre Idee gewesen, nun, da Netty nicht im Laden stand und zwei helfende Hände fehlten. Im jetzt bereits anlaufenden Wintergeschäft war manchmal keine Zeit, nach oben zu laufen und um Mithilfe im Laden bitten. Die Klingel hingegen rief jemanden herbei, der gerade abkömmlich war. Vor allem Clara machte davon Gebrauch, weil sie, viel zu oft für ihren Geschmack, das Wasserklosett benutzen musste und den Laden nicht allein lassen konnte.

Kurz darauf kam Adele die Treppe herunter, voller Tatendrang und gut gelaunt. So hatte Clara sie schon lange nicht mehr erlebt. Auch ihrer Mutter tat es gut, dass sie wieder im Haus war.

Sie drückte ihrer Mutter den Brief von Ernst in die Hand und sagte: »Kannst du hier unten vielleicht für ein halbes Stündchen übernehmen? Eine Bekannte von mir ist eben gekommen. Ich möchte gern ein paar Worte mit ihr wechseln.«

Adele nickte. »Aber wenn es oben voll wird, packst du mit an«, mahnte sie.

Clara gab ihr einen Kuss auf die Wange. »Natürlich, Mutter.«

Clara ging nach oben in die Küche, bereitete für sich und Frau Bakker eine Kanne Wintertee mit getrockneten Vanilleschoten und gestoßenem Kardamom zu und füllte einen Teller großzügig mit dem frisch gebackenen Earl-Grey-Kuchen. Vermutlich brauchte Annike Bakker eher eine richtige Mahlzeit, aber Tee und Gebäck wären zumindest ein Anfang.

»Sie haben einen wirklich schönen Salon«, sagte ihr Gast anerkennend, als Clara sich setzte.

»Danke. Mutter hat im Sommer erst neu tapezieren lassen.« Sie wies auf die glänzende, cremefarbene Tapete mit den blassgrünen Ranken, die die Wände hinaufkletterten.

»Sie haben wirklich Glück.«

»Ich weiß.« Clara lächelte. »Ich bin erst seit kurzem wieder in Berlin. Und ich bin wirklich glücklich hier. Man weiß es erst wirklich zu schätzen, wenn man es vermisst.«

»Wo waren Sie davor?«

»Bei meinem Mann, auf dem Land«, sagte Clara und winkte ab. »Aber das tut nichts zur Sache.«

Annike Bakker verstand, dass sie nicht darüber reden wollte, und hakte nicht weiter nach.

»Aber wie geht es Ihnen denn überhaupt?«, fragte Clara vorsichtig und schenkte den duftenden Tee in zwei Porzellantassen. Sie wollte nicht zu sehr mit der Tür ins Haus fallen.

Frau Bakker senkte den Blick. »Um ganz ehrlich zu sein, ich bin hier, um Sie um Hilfe zu bitten«, sagte sie leise. Sie knetete die Hände in ihrem Schoß. Sie sahen noch immer kalt und rot aus.

»Natürlich helfe ich Ihnen«, sagte Clara sofort. Sie war froh, dass Frau Bakker gleich zur Sache kam. »Was ist denn passiert?«

»Nun, mein Mann … er ist plötzlich verstorben, und die Schulden, die er hinterlassen hat, haben uns alles genommen. Mein Sohn und ich sind bei meiner Schwester untergekommen, fürs Erste. Aber sehen Sie, meine Schwester ist arm, sie wohnt in einer Kellerwohnung, nur ein Raum, keine Küche. Es ist kalt und der Schimmel schlägt meinem Sohn auf die Lunge. Ich habe versucht, Arbeit zu finden, aber ich hatte kein Glück. Vielleicht ist es mein Deutsch, der Akzent.« Sie zuckte mit den Schultern.

»Aber Sie sprechen doch ganz vorzüglich Deutsch!« Clara war ernstlich erbost. Das konnte doch kein Grund sein, einer starken, gescheiten Frau keine Arbeit zu geben.

Sie überlegte fieberhaft. Natürlich konnten sie Frau Bakker und ihren Sohn aufnehmen. Sie würden sich eben ein wenig einschränken müssen.

Aber allein der Gedanke daran, was Frau Bakker geschehen war – ohne Schuld in Armut zu fallen. Ein Mann, der Schulden hinterlässt. Ihr wurde ganz kalt bei dem Gedanken, dass auch das Teehaus immer wieder auf Messers Schneide stand. Dass auch sie am Ende Schulden haben würden, wenn Franz beschloss, von seinem Recht Gebrauch zu machen.

Sie atmete durch. Aber anders als Frau Bakker hatten sie auch Einkünfte. Gute Einkünfte und immer bessere sogar, je kälter und nasser das Wetter wurde. Sie konnten durchaus zwei weitere Personen ernähren, vorausgesetzt, Frau Bakker konnte arbeiten. Ja, es war geradezu zwingend!

Wenn Netty dauerhaft nach Hamburg zog, würden sie hier auf jeden Fall mehr helfende Hände benötigen. Die Frage war nur, ob sie Mutter zu diesem Schritt überreden konnte.

Sie griff nach Annike Bakkers Hand und drückte sie. »Mir fällt schon etwas ein, machen Sie sich keine Sorgen.« Dann sprang sie auf. »Warten Sie kurz, ja? Ich habe oben einen Wintermantel. Mir passt er nicht mehr.« Sie deutete auf ihren Bauch. »Und Sie sind so sehr geschrumpft, dass er bestimmt genau richtig ist!«

Ohne eine Antwort abzuwarten, eilte sie nach oben, riss den Schrank in ihrem und Nettys altem Zimmer auf und fischte den Mantel aus dem Schrank. Er war aus dunkelblauer Wolle, sehr fest und gut gearbeitet und mit einem fellbesetzten Kragen, den man bis über die Ohren hochschlagen konnte. Sie trug ihn seit Jahren und würde ihn vermissen. Aber brauchen würde sie ihn nicht. Und einen Mantel herzugeben war das Mindeste, was sie tun konnte. Sie hängte ihn an den Schrank und überlegte. Am besten, sie holte Frau Bakker hier herauf. Sie konnten ja schlecht mitten im Salon Modenschau machen.

»Sehen Sie? Er passt wie angegossen!«

Frau Bakker hatte alle Knöpfe geschlossen, und Clara konnte förmlich zusehen, wie sie langsam auftaute.

Frau Bakker hatte sichtlich Mühe, nicht in Tränen auszubrechen. »Ich danke Ihnen«, sagte sie und drückte Clara an sich. »Sie wissen gar nicht, wie sehr Sie mir helfen.«

Clara löste sich aus der Umarmung. »Kommen Sie, ich gebe Ihnen noch etwas zu essen mit. Olga hat bestimmt ein paar schöne Sachen für Sie.«

In der Küche der Winterfelds fanden sie Brot, Schmalz,

einen Sack Kartoffeln, eine Tüte Linsen und genug Sellerie und Lauch für eine ordentliche Suppe. Sie packte alles in ihren Einkaufskorb und sagte: »Bringen Sie mir den Korb übermorgen wieder. Bis dahin weiß ich, wie wir Ihnen helfen können.«

Frau Bakker nahm den Korb, und Clara war froh, dass sie sich nicht gegen die dargebotene Hilfe wehrte. Das machte die Sache um vieles einfacher.

Clara ging durch das Treppenhaus voran nach unten und ließ ihren Gast zur Seitentür hinaus. Vielleicht war es ganz gut, wenn Mutter sie nicht in Claras gutem Mantel und mit ihrem Einkaufskorb durch den Laden hinausspazieren sah.

In der Durchfahrt mussten sie warten, weil ein Fuhrwerk, beladen mit Hausrat, vom Hof fuhr.

»Entschuldigen Sie bitte«, rief Clara dem Paar zu, das auf dem Kutschbock saß. »Ziehen Sie gerade aus?«

Sie kannte die beiden flüchtig, sie hatten ihren Kellerverschlag neben dem der Winterfelds.

»Ja«, rief die Frau. »Uns zieht es fort. Mein Mann hat eine Lehrerstelle bekommen, in Stendal.« Stolz lag in den Worten der Frau und Clara freute sich mit ihnen.

»Das ist ja wunderbar«, sagte sie. »Ich wünsche Ihnen alles Gute!«

»Danke, Ihnen auch.«

Das Fuhrwerk setzte sich wieder in Bewegung.

»Einen Moment«, rief Clara, einer Eingebung folgend. »Ihre Wohnung, ist die noch frei?«

»Soweit ich weiß, ja«, sagte der Mann. »Fragen Sie am besten den Eigentümer.«

»Danke«, rief Clara, und sie und Frau Bakker winkten, bis das Fuhrwerk auf der Straße war und nach links abbog.

»Denken Sie, was ich denke?«, fragte Clara.

Frau Bakker zog die Schultern hoch. »Aber ich kann keine Wohnung bezahlen«, sagte sie traurig.

»Wenn Sie Arbeit hätten, könnten Sie«, sagte Clara. »Wollen Sie bei uns im Teeladen anfangen? Gleich morgen früh?« Clara wusste, dass sie vorpreschte und eigentlich erst mit Mutter und Netty darüber reden musste. Aber in diesem Moment war ihr das egal. Spätestens wenn Claras Kind zur Welt kam, würden sie jemanden brauchen, der jeden Tag im Laden arbeiten konnte. Und sie brauchten genügend Zeit, um bis dahin jemanden anzulernen. Annike Bakker kam wie gerufen.

»Aber …« Frau Bakker sah aus, als stünde sie unter Schock. »Meinen Sie das denn ernst?«

»Absolut«, sagte Clara und lachte. »Ich werde dem Hauseigentümer gleich eine Nachricht schicken. Er schuldet uns – zumindest moralisch gesehen – sowieso noch etwas für den Wasserschaden, den wir im Frühjahr im Lager hatten. Er hat sicher nichts gegen zwei alleinstehende Frauen und einen Jungen im Haus, wenn sie zum Teehaus gehören. Wir sind gute Mieter, wegen uns ist dieses Haus eine gute Adresse, wissen Sie?«

Ein Strahlen erschien auf Annike Bakkers Gesicht und sie reichte Clara die Hand. »Ich bin einverstanden«, sagte sie. »Unter einer Bedingung.«

Clara ergriff die Hand. »Und die wäre?«

»Sie sagen Annike zu mir.«

»Gern«, sagte Clara. »Und ich bin Clara. Willkommen, Annike.«

Zufrieden ging Clara durch die Seitentür zurück in den Laden. Gerade war keine Kundschaft da und ihre Mutter saß auf dem Tritt, den sie benutzten, um an die weit oben im Regal stehenden Dosen heranzukommen.

»Ich habe soeben jemanden für den Verkauf eingestellt, Mutter«, sagte Clara gut gelaunt. »Sie bekommt eine Wohnung im Haus, und wenn sie erst angelernt ist, kann sie hier unten mehr oder weniger selbstständig übernehmen.«

»Ja«, sagte Adele. »Schön.«

Sie blickte nicht einmal auf. Clara hätte nicht damit gerechnet, dass sie so gar keinen Widerspruch hören würde.

Adele hielt den entfalteten Brief, den Clara ihr vor einer halben Stunde überreicht hatte.

Das Papier zitterte in ihren Händen.

»Mutter, was ist denn?«, fragte Clara, plötzlich besorgt.

»Er kommt«, sagte sie tonlos.

»Wer?«

»Er.« Adele hob den Brief.

Claras Herz machte vor Aufregung einen Satz. »Ernst? Wann?!«

»In zwei Tagen schon.«

Clara schluckte. Ernst kam also. Sie würden ihn kennenlernen. Aber was würde Vater dazu sagen? Würde er etwas ahnen, etwas sagen? Trotz der bangen Fragen spürte sie Freude aufkommen. Sie würde ihren verschollenen Bruder kennenlernen. Und so bald schon!

»Dann müssen wir alles für ihn vorbereiten«, sagte sie. Die nächsten zwei Tage hätten sie wirklich viel zu tun. Sie mussten ja auch die Wohnung für die Bakkers bekommen.

»Aber Clara, das geht doch nicht. Wo sollen wir mit ihm denn bloß hin? Und was, wenn dein Vater Fragen stellt?«

Clara trat auf sie zu und griff nach dem Brief. »Darf ich?«

Adele nickte und Clara überflog die Zeilen. Tatsächlich, Ernst würde am zweiten Dezember um vier Uhr nachmittags in Berlin, Hamburger Bahnhof, ankommen.

Clara lehnte sich an den Tresen und überlegte laut. »Gut, dann müssen wir Augusts Zimmer aufräumen. Und ich gehe am besten jetzt gleich zum Eigentümer wegen der anderen Wohnung.«

»Andere Wohnung?«, fragte Adele. Offenbar hatte sie vorhin nicht richtig zugehört. Sie wirkte vollkommen verwirrt, und Clara musste lachen. Natürlich war sie das.

Sie umfasste die Hände ihrer Mutter und sagte: »Keine Sorge, Mutter. Vater wird keine Fragen stellen und sich über die zusätzliche Gesellschaft freuen, du wirst schon sehen. Ernst kommt als Teehändler aus Japan, gut bekannt mit Herrn Akeno, der bereits einmal bei uns war. Falls Vater das überhaupt noch weiß.« Clara überlegte. »Vielleicht könnte Annike Bakker sogar seine Frau sein?

Du weißt schon, die Niederländer und die Japaner, die sind viel enger miteinander verbandelt als die Deutschen und die Japaner. Das passt doch perfekt. Eine kleine Händlerfamilie, bei uns im Haus. Vielleicht könnten wir Ernst sogar in der anderen Wohnung unterbringen? Aber nein, das wäre vielleicht doch zu unpersönlich. Was meinst du?«

Adele blinzelte. »Ernst hat eine Frau aus Holland?«

»Nein.« Clara lachte erneut und seufzte. »Mutter, ich erkläre dir alles, ja? Aber zuerst musst du aufhören, so skeptisch dreinzuschauen.«

Adele stutzte, dann lachte auch sie. »Na schön, Liebes. Dann erkläre es mir.«

Clara fing mit der Zugfahrt an, auf der sie Annike kennengelernt hatte, erklärte, dass sie ihr etwas schuldete und warum sie heute in den Salon gekommen war, und sie endete dort, wo sie angefangen hatte: »Niemand wird in Frage stellen, dass es sich bei Ernst um einen Handelsvertreter handelt. Vielleicht sogar um einen entfernten Verwandten. Warum auch nicht? Niemand weiß und kann wissen, wer er wirklich ist. Außerdem bekommt Vater das doch gar nicht wirklich mit.«

»Und wenn doch? Er hat seine klaren Momente.«

»Mutter, selbst wenn – würde er dir nach all den Jahren deinen Fehltritt nicht vergeben? Es war ja nicht deine Schuld. Meinst du nicht, er würde sich mit dir über den verlorenen Sohn freuen?«

Adele hob zu einer Antwort an, doch dann weiteten sich ihre Augen, sie stand von ihrem Tritt auf und trat an den Tresen. »Entschuldigen Sie, wir haben wohl die Ladenglocke nicht gehört.«

»Ich habe sie auch nicht gehört«, sagt eine etwas quakende Männerstimme. »Sie ist wohl defekt.«

Clara fuhr herum. Das Herz schlug ihr bis zum Hals.

»Frau Casper«, sagte Heinz Graf, zog die Schiebermütze vom Kopf und machte einen übertriebenen Diener.

Clara schoss das Blut in den Kopf. Wie viel von ihrem Gespräch hatte er mitbekommen? Wieso hatte die Ladenglocke nicht geklingelt? Wie lange war er schon hier?

»Ich will die Damen nicht lange aufhalten. Ich soll nur von Ihrem Mann ausrichten lassen, falls ich Sie sehe, dass er kommen wird, um Sie nach Hause zu holen. Jetzt, da Sie wieder in Berlin weilen. Verreisen Sie also nicht gleich wieder.«

Ohne ein weiteres Wort und ohne Verabschiedung drehte Heinz Graf sich um und verließ den Laden.

Die Glocke schlug nicht an, weil sie heruntergefallen war.

Wann war das passiert? Warum hatte sie es nicht eher bemerkt?

Seit sie aus Zempernick fortgelaufen war, hatte Clara keine Schwäche und auch kein Unwohlsein mehr verspürt. Doch jetzt wurde ihr für einen Moment schwarz vor Augen und eine Welle von Übelkeit rollte durch ihren Magen.

21

Clara atmete tief durch, als sie und ihre Mutter aus dem Schatten der Häuser auf den Vorplatz des Hamburger Bahnhofs traten. Es kostete sie viel Willenskraft, nicht ständig nach Franz Ausschau zu halten. Jeden Moment konnte er auftauchen, um sie zu holen.

Der Himmel war, wie seit Wochen schon, von einem strahlenden, fast schon metallischen Blau, und sie hatten beschlossen, dass es ihnen gut tun würde, zu Fuß zum Bahnhof zu laufen. Adele brauchte heute noch viel dringender als Clara frische Luft und einen klaren Kopf. Die letzten beiden Tage waren sie im Haus wie kopflose Hühner umhergelaufen, hatten Geschirr fallengelassen, Bestellungen vergessen und Löcher in die Luft gestarrt.

Immerhin hatten sie es geschafft, Annike und ihren Sohn im Hinterhaus unterzubringen, und sie waren gestern bereits mit ihren wenigen Habseligkeiten eingezogen. Die Schwester war in ihrer Kellerwohnung geblieben. Annike sagte, etwas Luft zwischen ihnen täte wohl allen gut. Ein paar Wochen würden sie weitgehend ohne Möbel hausen müssen, bis sie etwas Geld verdient hatten und sich beim Trödler um die Ecke ausstatten konnten. Aber das war natürlich nur ein kleines Problem.

Dass sie vorauseilte, merkte Clara erst, als Adele zu ihr aufschloss und sich bei ihr einhakte, um mit ihr Schritt zu halten.

Clara sah ihre Mutter von der Seite an. Ihr Gesicht wirkte angespannt.

Sie hatten nur dieses eine, alte Foto von Ernst, das Otto Stargard Adele überlassen hatte: ein blonder Junge, groß im Vergleich zu den japanischen Kindern um ihn herum. Wie würde er jetzt als Erwachsener aussehen? Würde er in japanischer oder europäischer Kleidung eintreffen? Wenn er in europäischer Kleidung kam, hätte er sicher Gepäck dabei, das fremdländisch anmutete. An irgendetwas würden sie ihn schon erkennen. Oder er sie. Warum bloß hatte er in seinem Telegramm kein Erkennungsmerkmal angegeben? Das wäre doch viel einfacher gewesen.

Zur Not würden sie ebenso lange warten, bis sich nur noch ein Reisender am Gleis suchend nach Verwandtschaft umsah. Sie würden sich schon finden.

Am Bahnhof war es fast immer voll. Auch an diesem Vormittag wirkten Halle und Gleisanlagen wie ein geschäftiger Ameisenhaufen. Menschen liefen kreuz und quer, Dampfloks pfiffen und die Aufrufe der Schaffner hallten durch die Luft.

»Gleis zwei stand in dem Telegramm«, sagte Adele atemlos und griff nach Claras Arm, um sie in die richtige Richtung zu lenken.

Clara spürte die Kälte ihrer Hand noch durch den Stoff des weiten Herrenmantels, den sie sich aus dem Schrank ihres Vaters ausgeliehen hatte. Er war in den Schultern zu breit, aber wenigstens ließ er sich über dem Bauch gut schließen.

Auf dem Bahnsteig liefen die Menschen ebenso nervös hin und her, wie Clara sich fühlte. Als der Zug mit nur wenigen Minuten Verspätung einfuhr, begann ihr Herz schneller zu schlagen, und das Kind in ihr regte sich. Ob es ihre Aufregung ebenfalls spürte? Clara legte sich eine Hand auf den Bauch und sagte leise: »Heute lernst du deinen Onkel kennen.«

Mit einem Mal blieb ihre Mutter neben ihr stocksteif stehen. »Dort ist er«, hauchte sie.

Einen Moment später spürte Clara, wie Adeles Starre sich löste. Und dann lief sie los, gegen den Strom der aussteigenden Fahrgäste.

Mit den Augen suchte Clara den Bahnsteig nach der Person ab, die Adele entdeckt haben musste, aber es war einfach zu voll. Sollte sie ihrer Mutter nachlaufen? Doch dann hätte sie drängeln müssen, und in ihrem Zustand wäre ihr das unangenehm. Vielleicht war es ohnehin am besten, wenn Mutter und Ernst die ersten Momente des Wiedersehens ganz für sich allein hatten. Clara blieb stehen und trat ein wenig an die Seite, um nicht im Weg zu sein. Sie würde einfach abwarten, bis der Bahnsteig sich leerte.

Es schien eine Ewigkeit zu dauern, doch langsam lichtete sich die Menge. Am andern Ende des Gleises erkannte Clara die kleine, üppige Gestalt ihrer Mutter. Sie stand mit dem Rücken zu ihr vor einem hoch aufragenden, kräftigen Mann in europäischer Reisekleidung. Von seinem Gesicht im Schatten der Hutkrempe konnte sie nicht viel sehen. Sie stand auf und ging langsam auf die beiden zu. Zwei Jungen blieben soeben bei ihnen stehen, boten vermutlich ihre Dienste als Gepäckträger an, und Adele gab ihnen Instruktionen.

Gleich darauf hasteten die Jungen mit zwei einfachen Pappkoffern an Clara vorbei. Man sah dem Gepäck nicht an, dass es aus Japan kam. Woran hatte Adele ihren Sohn erkannt?

Langsam ging sie weiter. Adele reckte sich und umarmte

diesen Fremden, als würde sie ihn ihr Leben lang kennen. Und er legte seine Arme fest um seine Mutter.

So standen sie dort, regungslos.

Clara blieb erneut stehen, um den Moment nicht zu stören und um Zeit zu gewinnen. Bevor sie ihrem Bruder gegenübertrat, wollte sie erst den Kloß hinunterschlucken, den sie plötzlich im Hals hatte.

Wie oft mochte es vorkommen, dass eine Mutter nach einem halben Leben den verloren geglaubten Sohn wiedersah?

Als die beiden sich voneinander lösten, traf Ernsts Blick den von Clara. Sie lächelte und nickte.

Als sie die beiden erreichte, nahm Ernst dieselbe Haltung ein, die Clara von Akeno kannte. Er legte die Arme seitlich an den Körper, die Handflächen nach innen, und verbeugte sich tief.

Als er sich wieder aufrichtete, reichte sie ihm die Hand. »Clara«, sagte sie schlicht.

»Ernst«, sagte er. »Es freut mich sehr.«

Einen Moment überlegte Clara, ob sie ihn ebenfalls umarmen durfte. Natürlich schickte es sich für sie nicht, in der Öffentlichkeit einen fremden Mann zu umarmen, und …

Bevor sie den Gedanken zu Ende denken konnte, schloss Ernst sie in die Arme. »Ich bin froh und dankbar, dich kennenzulernen, Schwester.«

Tränen stahlen sich nun doch in Claras Augen. »Ich auch«, brachte sie hervor und erwiderte die Umarmung. »Willkommen zu Hause.«

Sie ging ein wenig auf Abstand, räusperte sich und betrachtete ihren Bruder. Er trug einfache Kleidung, und nichts an ihm ließ erahnen, dass er aus einem weit entfernten Land angereist war. Sein Haar war wie das von Adele honigblond, dicht und lockig, und das Gesicht war, wie die ganze Gestalt, breit und kräftig. Er sah gut aus, braungebrannt, und strahlte eine würdevolle Einfachheit aus, die Clara auch an Akeno bemerkt hatte. Sie mochte ihn auf Anhieb.

»Wollen wir gehen?«, fragte Clara, nachdem sie einige Zeit auf dem mittlerweile leeren Bahnsteig gestanden und einander angelächelt hatten.

»Richtig, wir sollten gehen!«, sagte Adele mit Nachdruck. »Zu Hause warten Tee und ein kräftiges Mittagessen.« Die Nervosität war ihrer frohgesinnten Tüchtigkeit gewichen, ihre Wangen waren rosig und sie strahlte über das ganze Gesicht.

Es tat gut, Mutter wieder glücklich zu sehen statt sorgenvoll und bedrückt, und auch Clara wurde leichter ums Herz. Zwischen Mutter und ihr ging ein Mensch, den sie heute zum ersten Mal sah und der jetzt schon zur Familie gehörte.

Ernst sah sich mit großer Begeisterung um, während sie die wenigen Straßenzüge zur Invalidenstraße und zum Teehaus zu Fuß zurücklegten. Da Adele das Gepäck vorausgeschickt hatte, gingen sie unbeschwert und genossen die Sonne.

»Diese Stadt ist für die Ewigkeit gebaut, alles aus Stein«, sagte Ernst anerkennend.

Dadurch, wie er alles betrachtete, fielen Clara die schönen Seiten von Berlin ganz besonders auf. Die prächtigen Neubauten, die bunten Geschäfte und die Schienenbahnen, die laut bimmelten, um Passanten aus ihrem Weg zu vertreiben.

»Ich bin in Nagasaki an Bord gegangen. Von Süden kommend bis dorthin sieht man fast nur Häuser aus Holz. Hier hat es den Anschein, als würde jeder in einem Steinhaus leben.«

»Das ist auch so«, sagte Adele. »Nur leider gibt es zu wenig Wohnraum für die vielen Menschen. Dabei bauen wir wirklich schon wie die Weltmeister, nicht wahr?«

Clara nickte. »Ja, die Stadt wächst wie verrückt.«

Plötzlich musste sie an Franz und die Ziegelei denken. Für einen Moment fühlte sie die ganze unter der Betriebsamkeit der Tage begrabene Traurigkeit über ihre misslungene Ehe. Sie hatte nicht nur den falschen Mann geheiratet, sie hatte auch einen guten Freund verloren. Wenn Franz kam, um sie zu holen, sollte sie dann mit ihm zurückgehen und versuchen, ihn zumindest ein wenig zu lieben und ihm eine gute Frau zu sein?

Doch dann dachte sie an die endlosen Stunden, die sie im Ringofen zugebracht hatte. Nein, sie würde nicht zurückgehen. Niemals.

»So, da wären wir«, sagte Adele.

Ernst stand wie ein Kind mit glänzenden Augen vor dem Laden, betrachtete die Fassade, die Auslage im Schaufenster, schaute zu der nun wieder fröhlich bimmelnden Ladenklingel auf, als sie eintraten, und verbeugte sich respektvoll vor Annike, die hinter dem Tresen stand und, etwas langsam noch, aber überaus freundlich, die Kundschaft bediente.

Annike lächelte und wünschte einen guten Tag. »Das Gepäck ist schon oben«, sagte sie.

»Danke, Annike«, erwiderte Clara.

Sie stiegen die Treppe in den Salon hinauf und servierten einen ersten gemeinsamen Tee im Kaminzimmer, während Olga das Mittagessen bereitete. Laden und Salon waren gut gefüllt und Clara hatte keine Zeit, länger als ein paar Minuten mit den beiden zusammenzusitzen. Zudem konnte sie das, was sie mit Ernst so dringend zu besprechen hatte, ohnehin besser ohne Mutter bereden. Adele und Ernst unterhielten sich angeregt. Sie würden Clara fürs Erste nicht vermissen.

Während sie servierte, nahm Clara alles wie durch einen Nebel wahr. Sie fühlte sich so seltsam abgetrennt vom Geschehen. Passierte das alles wirklich? Sie kochte Tee, trug Tassen und Kannen hin und her, dachte an Akeno und wollte ihren neuen Bruder so vieles fragen, was sie nicht laut fragen konnte.

Wie viel wusste er von dem, was zwischen ihr und Akeno geschehen war? Wie offen konnte sie mit ihm reden?

Adeles Nervosität kehrte zurück, als Olga sie nach oben in die Wohnung zum Mittagessen rief. Es duftete nach Kohlrouladen, und Wilhelm saß bereits in der guten Stube am Tisch und starrte auf seinen noch leeren Teller.

»Wilhelm«, sagte Adele betont leutselig, als sie eintraten. »Schau, wen ich mitbringe.«

Ernst trat ein und machte seine Verbeugung. »Guten Tag, Herr Winterfeld«, sagte er.

Wilhelm blickte kurz auf, runzelte die Stirn, sagte aber nichts.

»Dies ist Ernst, ein entfernter Verwandter, der uns besuchen kommt«, sagte sie und Clara bemerkte ein leichtes Zittern in ihrer Stimme. Das Lügen fiel ihr offenbar noch immer schwer.

»Entschuldige, er ist oft nicht mehr ganz bei sich«, flüsterte Adele Ernst zu. »Mach dir bitte nichts daraus, wenn er unhöflich ist.«

»Natürlich«, sagte Ernst.

»Bitte, setz dich doch«, sagte Clara und wies ihm den

Stuhl rechts neben Adele an. Eigentlich war dies Augusts Platz.

Als Olga aufgetragen hatte und sich ebenfalls setzte, richtete Wilhelm sich mit einem Mal auf und nahm Ernst genauer in Augenschein.

»Sie erinnern mich an jemanden«, sagte er.

Dann schwieg er wieder und dachte offensichtlich angestrengt nach. »Sie sind sicher müde von der langen Reise«, sagte er dann. »Essen Sie, und dann ruhen Sie sich aus.«

»Danke, Herr Winterfeld«, sagte Ernst. »Für Ihre Gastfreundschaft.«

Sie aßen weitgehend schweigend, und die Stille am Tisch hätte peinlich oder bedrückend sein können, wenn nicht Ernst jenes würdevollen, gemessenen Schweigens fähig gewesen wäre, das Clara von Akeno kannte. Er aß mit Ruhe und Wertschätzung und hörte zu, als sie ihm das typische Berliner Gericht erklärte.

Clara war sich nicht sicher, ob Ernst das deftige Hackfleisch und der Kohl wirklich schmeckten, denn er sagte nichts dazu. Aber er lobte den leichten, aus Kartoffeln gekochten Zitronen-Mandel-Pudding, den es zum Nachtisch gab.

Nach dem Essen zeigte Clara ihm Augusts Zimmer, das sie für ihn hergerichtet hatten. Es kam Clara ein wenig frevelhaft vor, den einen Sohn so umstandslos durch den anderen zu ersetzen, zumindest, was das Zimmer betraf, und sie fragte sich, ob auch Mutter sich damit schwertat. Doch letztlich tat es nichts zur Sache. Dies war ein Zimmer, das frei war und vorerst auch frei bleiben würde, und es war für einen Mann eingerichtet. Besseres hatten sie nicht zu bieten.

»In dem Schrank dort kannst du deine Sachen verstauen«,

erklärte sie. »Die Waschschüssel steht auf dem Tisch. Morgens macht Olga in der Küche Wasser heiß, das kannst du dir in der Kanne dort mit in dein Zimmer nehmen.«

Ernst nickte zu allem.

»Brauchst du sonst etwas?«

»Nein, vielen Dank.«

Er sah jetzt wirklich müde aus. Vermutlich wich die Anspannung langsam von ihm und die Anstrengungen der Reise holten ihn ein.

»Dann ruh dich einfach aus. Wenn du einen Wunsch hast, findest du immer eine von uns irgendwo in der Wohnung oder weiter unten im Haus.«

Obwohl Clara eigentlich tausend Fragen auf der Seele brannten, wandte sie sich zum Gehen.

»Clara, einen Moment noch.«

Ernst hob einen seiner Koffer auf das hohe Bett mit den knarzenden Federkernmatratzen, öffnete ihn, holte ein in Seidenpapier gewickeltes Päckchen hervor und hielt es Clara hin. »Dies hier soll ich dir von Akeno geben. In einer ruhigen Minute, hat er gesagt. Ich denke, er meinte damit, dass außer uns beiden niemand etwas davon wissen muss.«

Ernst lächelte und Claras Herz machte einen Satz. Sie streckte die Hände nach dem Päckchen aus. »Danke«, sagte sie. »Ich … ich gehe dann mal.«

Das Päckchen war eckig und kleiner, aber dicker als ein Buch. Was konnte darin sein? Clara hoffte mehr als alles andere auf einen neuen Brief.

Sie brachte das Päckchen in ihr und Nettys Zimmer und verstaute es unter dem Bett. Sie musste an das blaue Buch denken, das Franz so rücksichtslos den Flammen übergeben hatte. Sie hatte es immer erst dann genauer betrachtet, wenn die Tagesarbeit getan und sie allein war. Und so würde sie es auch mit diesem Geschenk halten. Es brauchte einen ruhigen Moment.

Von Ferne hörte Clara ein schwaches Klingeln. Das war die Zugglocke, vermutlich brauchte Annike ihre Hilfe im Laden, weil entweder zu viel Kundschaft da war und auf Bedienung wartete oder weil Annike die Kunden in Teefragen noch nicht wirklich beraten konnte.

Clara schloss die Zimmertür und eilte nach unten.

Es war nach Ladenschluss, als sie endlich zurückkehrte.

Sie holte das Päckchen unter der kalten Decke hervor, setzte sich damit aufs Bett und strich über das feste Papier, in das es eingeschlagen war.

Ein wenig bedauerte sie es, dass sie diesen Moment nicht mit ihrer Schwester teilen konnte. Andererseits, wer wusste schon, was in dem Päckchen war. Vielleicht war es wirklich allein für ihre Augen bestimmt.

Das Papier fühlte sich glatt an, die Paketschnur war rot gefärbt. Clara löste vorsichtig den Knoten und wickelte das Band zu einer kleinen Rolle. Man konnte es noch gebrauchen. Und wenn nicht, dann war es eben einfach nur hübsch und wert, aufbewahrt zu werden. Sie könnte es bei sich tragen. Ein roter Faden, dachte sie, wie der von Ariadne, der sie mit dem Ort ihrer Sehnsucht verband.

Clara hob das Päckchen an, schüttelte es leicht, roch daran. Es bewegte sich nichts darin, und es kam auch nicht der Hauch eines Duftes nach Tee heraus. Es roch einfach nach Papier und ein ganz kleines bisschen vielleicht nach Farbe.

Unter dem Papier kam eine Schachtel zum Vorschein, die mit rot glänzendem und mit Kirschblüten besticktem Stoff bezogen war.

Clara hob den Deckel ab und verstand nicht gleich, was sie sah. Auch das Innere der Schachtel war mit Stoff ausgeschlagen, und in diesem weichen Bett lag ein bauchiger, glänzend rot lackierter Gegenstand mit längs verlaufenden goldenen Schriftzeichen darauf. Oberhalb davon zeigte sich ein kleines, weißes, freundlich lächelndes Gesicht. Clara hob das Gebilde heraus, drehte es in den Händen. Es war eine Art Puppe, lackiert und sehr leicht. Vielleicht war sie aus Pappmaché. Auf der Rückseite war sie mit den gleichen kleinen Kirschblüten bemalt, die auch die Schachtel zierten. Ein Mütterchen mit geblümtem Kopftuch, dachte Clara.

Im Deckel der Schachtel klemmten ein paar zusammengefaltete Blätter. Der ersehnte Brief, endlich! Ungeduldig entfaltete Clara ihn.

Liebste Clara,

ich weiß, ich darf Sie so nennen, nach Ihrem letzten Brief. Und es macht mich unendlich glücklich. Ich könnte es den ganzen Tag sagen: liebste Clara, liebste Clara, liebste Clara!
Ihr Bruder und mein guter Freund Ernst, der Ihnen dieses Päckchen überreicht, zog mich vor seiner Abreise ins Vertrauen und teilte mir mit, dass Sie in Kürze Mutter werden.
Ich sende Ihnen heute darum einen Glücksbringer, wenn Sie so wollen. Und da ich weiß, dass Sie Geschichten aus aller Welt sehr lieben, will ich Ihnen erzählen, was es mit der Anzan Daruma, wie diese Figuren genannt werden, auf sich hat.

Clara sprach das fremde Wort einige Male hintereinander aus, um ihre Zunge daran zu gewöhnen. Wie betonte man die Silben? Hieß es *An*zan Da*ru*ma? Oder An*zan* Daru*ma*?

Unsere Frauen halten sie sehr in Ehren. Auch mit der fortschrittlichen Medizin, die jetzt unter Kaiser Meiji in unserem Land Einzug hält, ist die Erwartung eines Kindes noch immer auch Quelle der Angst für eine werdende Mutter. Eine Anzan Daruma sieht sie voller Liebe an und schenkt ihr Sicherheit und eine leichte Geburt.
Wenn Sie die Daruma auf die Seite legen, steht sie von allein wieder auf. Deshalb sagen wir, dass die Daruma zum einen für eine schnelle Gesundung bei Krankheiten sorgt und zum anderen – entschuldigen Sie meine Direktheit – die sich stets aufs Neue erhebende Manneskraft fördert.

Clara schnappte nach Luft. Ihr wurde heiß bei Akenos Worten und sie wusste genau, warum er ihr solche Anzüglichkeiten erzählte. Er wollte sie reizen, wollte ihre Sehnsucht wecken. Und es gelang ihm.

Unter Kaiser Meiji ist der Verkauf von Manneskraft-Darumas heute sogar gang und gäbe, und Sie können sich denken, dass das in den Straßen für viel Erheiterung sorgt. Bei manchen Leuten ist der Begriff Daruma bereits gleichbedeutend mit jener Art Käuflichkeit, die man wohl in jeder Stadt der Welt in gewissen Gassen findet.

Erneut hielt Clara inne. Der Gedanke an ihre eigene Käuflichkeit machte sie traurig. Es war eine hochanständige, moralisch sich auf der sicheren Seite wähnende Käuflichkeit gewesen, den Regeln der Vernunft und der Ehe unterworfen. Und dennoch war sie falsch. Vielleiht, dachte Clara, sollte man die Käuflichkeit auf den Straßen nicht allzu sehr verdammen.

Ihre Verbindung mit Akeno kam ihr im Vergleich zu ihrem Geschäft mit Franz rein und unschuldig vor. Sie war in keinem Moment von einem Gedanken an monetären Nutzen geprägt. Sie war einfach ihrem Gefühl gefolgt.

In welcher Form auch immer, eine Daruma steht für Wohlstand, Freude und Freiheit. Sie ist ein Symbol des Lebens, keines der ernsten Enthaltsamkeit.
Und das alles wünsche ich Ihnen von Herzen, liebste Clara, ein reiches Leben, Leichtigkeit und Freude. Und vor alledem das größte Gut – Freiheit.

Auf immer der Ihre – Akeno

Clara schloss die Augen, legte den Brief neben sich aufs Bett. Sie hielt ihre Tränen zurück und legte eine Hand auf ihren Bauch, während sie in der anderen die Daruma-Figur hielt.

Sie würde dieses Kind, das sie erwartete, beschützen. Es sollte nie wie sie in eine Situation geraten, in der es glaubte, sich verkaufen zu müssen. Wenn sie selbst schon nicht frei sein konnte, ihr Kind sollte es sein.

Clara schreckte hoch, als die Tür sich öffnete und Olga ihren hochroten Kopf ins Zimmer streckte.

»Willst du mal endlich kommen? Ich rufe und rufe. Abendessen!«

»Entschuldige, Olga. Ich komme.«

Einen Moment überlegte sie, wo sie die Daruma aufbewahren konnte. Vielleicht sollte sie über sie wachen, genau wie Akeno es vorschlug. Also stellte sie sie auf die Fensterbank und drehte ihr lächelndes Gesicht dem Bett zu. Die Schachtel legte sie daneben.

Am Tisch saßen bereits alle versammelt, und Olga trug Brot, saure Gurken und Schinken auf.

Es war eine große Runde, obwohl Netty und August fehlten. An ihrer Stelle saßen am Familientisch nun Ernst, Annike und ihr Sohn Jeroen, der im Vergleich zu der Zugfahrt von Amsterdam nach Berlin nun still und schüchtern wirkte. Clara wurde bewusst, dass er wohl einiges durchgemacht haben musste, und sie nahm sich vor, ein Auge auf ihn zu haben. Sie setzte sich auf den freien Stuhl neben Jeroen.

Wilhelm Winterfeld hatte seinen Platz am Kopfende der Tafel eingenommen und blickte mit einem heute sehr aufgeräumten Lächeln in die Runde. Es schien ihm zu gefallen, was er sah. Und hatte er nicht recht mit seiner Zufriedenheit? Wichtig war doch nicht, woher jemand kam, sondern nur, dass man zusammenhielt. Clara lächelte zurück, und Wilhelm tätschelte kurz ihre Hand.

Dann nickte er Ernst gemessen zu und sagte:

»Wie schön, dass der verlorene Sohn uns einmal wieder beehrt.«

Clara hielt die Luft an und warf einen schnellen Blick zu Adele, der alle Farbe aus dem Gesicht gewichen war.

»Was macht das Militär?«, fuhr Wilhelm fort und reichte Ernst die Schüssel mit den Kartoffeln.

»Das Militär? Das hiesige? Also … da bin ich leider überfragt.«

»Du hast den Dienst quittiert? Was ist mit deiner Laufbahn?«

»Ich … äh«, sagte Ernst und sah Clara hilfesuchend an.

»Vater, der Krieg ist vorbei«, sagte sie.

Wilhelm nickte. »Das ist gut. Sehr gut, Sohn. Hauptsache, du bist gesund und kannst bald das Geschäft übernehmen.« Die Lebendigkeit schwand aus seiner Stimme. »Ich bin nicht mehr der Alte, weißt du. Es wird Zeit, dass du übernimmst.« Wilhelms Stimme war immer leiser geworden, und am Ende rutschte er wieder in sich zusammen, starrte auf seinen Teller und zerpflückte ein Stück Brot zu winzigen Fetzen.

Adele saß noch immer stocksteif da. Sie aß kaum bei diesem Abendessen. Es herrschte eine unangenehme Stille am Tisch.

»Ernst«, sagte Clara. »Kennst du diese Puppen, die man in Japan Daruma nennt?« Sie wollte eine möglichst leichte, unverfängliche Konversation in Gang setzen.

»Sicher«, sagte er und lächelte Clara dankbar an. »Meine Ziehmutter in Japan …« – er warf einen Seitenblick auf Wilhelm, doch der reagierte nicht auf seine Worte – »sie hatte etliche dieser Figürchen in einer Nische beim Fenster stehen. Sie sollten uns angeblich gegen die Pocken schützen. Ich hab sie als Kind sehr gemocht und gern mit ihnen gespielt. Wenn man sie auf die Seite legt, stehen sie von allein wieder auf.«

»Wie ein Stehaufmännchen?«, fragte Jeroen.

»Richtig. Und wir Kinder sollten genauso schnell wieder aufstehen, wenn wir einmal krank waren.«

Clara fühlte, wie sie errötete, als sie daran dachte, was in Akenos Brief noch darüber gestanden hatte, warum die Darumas immer wieder aufstanden. Sie war froh, als das Gespräch ohne ihr Zutun zu anderen Themen überging und sie sich aufs Essen konzentrieren konnte. Ernst und Jeroen schienen sich bestens zu verstehen, und Annike lächelte, als Ernst ihr über den Tisch hinweg einen Blick zuwarf.

Waren das dieselben Blicke, die sie Akeno zugeworfen hatte, als sie unten im Salon zusammen am Tisch gesessen hatten? Annike Bakker war allein mit ihrem Sohn und sie machte eine schwere Zeit durch. Vielleicht sehnte sie sich nach einem Mann.

»Aber die Darumas werden vielleicht bald aus unseren Fenstern verschwinden«, sagte Ernst. »Jetzt, da der Kaiser in Japan gegen die Pocken impfen lässt, braucht man sie wohl nicht mehr für diesen Zweck.«

»Also, ich finde ja so eine Daruma viel besser als eine Spritze«, sagte Jeroen. Sein Deutsch klang nahezu perfekt. Er hatte schnell gelernt.

Nach dem Essen brachte Adele Wilhelm in sein Zimmer, und erst dann schien sie in der Lage zu sein, sich ein wenig zu entspannen und bei einem Likör zum Nachtisch in das leichte Geplauder einzustimmen. Sie blühte sichtlich auf, obwohl Ernst erst heute eingetroffen war. Clara fragte sich, ob sie an ihren anderen Sohn, der nur noch ein halbes Gesicht hatte, an Melancholie litt und deshalb an der Ostsee im Sanatorium weilte, überhaupt noch dachte. Doch der Gedanke war ungerecht. Sie gönnte ihrer Mutter die wenigen Momente der Leichtigkeit, die das Leben derzeit für sie bereithielt.

Clara stand auf, ging in die Küche und half Olga, das

Geschirr abzuspülen. Sie hatte keine Lust mehr auf Geplauder. Sie freute sich für ihre Mutter. Aber sie war müde und sehnte sich danach, mit Akenos Brief unter dem Kissen und mit der Kirschblüten-Daruma in den Schlaf hinüberzugleiten.

22

Clara stach der Rauch der Kohleöfen in die Nase. Das Stück Himmel über dem Hinterhof in der Invalidenstraße war von einem blässlichen Grau. Es war kalt geworden und dauerte sicher nicht mehr lange, bis der erste Schnee kam.

An der Kellertür stellte sie die leeren Kohlenschütten ab und blies sich auf die Hände. Ein vereinsamtes Huhn kam herüber und beäugte sie vorsichtig, um zu sehen, ob sie Futter dabeihätte. Die anderen Tiere waren bei der Nässe heute wohl lieber in ihrem Verschlag geblieben.

Clara sah an der Fassade des Hinterhauses hinauf zum Fenster der Salonküche. Ernst lief dort im morgendlichen Halbdunkel hin und her und bereitete alles für das Tagwerk vor. In einer Stunde würden sie Laden und Salon öffnen, dann würden wie jeden Tag die ersten Kunden aus den Pferdebahnen steigen.

Seit Ernst vor drei Wochen in ihr Leben getreten war, packte er mit an, als sei es ihm eine heilige Pflicht, und er entlastete Olga und Adele sehr. Doch sosehr sie alle Ernsts Gesellschaft genossen und so gut er seiner Mutter tat – kurz nach Weihnachten würde er wohl die Heimreise antreten. Vielleicht hatte er Heimweh. Oder er benötigte Abstand und Zeit, um eine Entscheidung zu treffen. Adele hatte ihn schon mehr als einmal gebeten, dauerhaft in Berlin zu bleiben.

Clara musste an Franz denken, und wie immer war ihr

dabei nicht wohl. Bisher hatte er sich im Teehaus noch nicht blicken lassen, um sie, wie angedroht, nach Zempernick zurückzuholen. Warum zögerte er? Plante er irgendetwas? Clara klopfte dreimal gegen die hölzerne Kellertür, damit ihr Glück weiter anhielt. Hoffentlich ließ er sie auch zu Weihnachten in Frieden. Sie wünschte sich so sehr ein schönes Fest im Kreis derer, die sie liebte.

Wie in jedem Jahr hatten sie Laden und Salon geschmückt; mit leuchtend roten Christsternen auf jedem Tisch und mit einem großen Baum neben der Treppe, behängt mit Kugeln und Engelsfiguren aus Glas, mit Strohsternen und duftenden Kerzen aus Bienenwachs.

Clara drehte den eisernen Schlüssel und stieg in den Keller hinab. Im Gang roch es nach Erde, Kohlenstaub und den Äpfeln, die sie für den Winter eingelagert hatten. Sie dachte an August, der in diesem Jahr und vielleicht nie wieder bei ihnen sein konnte. Statt mit ihm würden sie nun das Fest mit Hannes, Ernst, Annike und Jeroen feiern. Sie würden alle zusammen in die Kirche gehen, gemeinsam eine extragroße Gans verspeisen, und jeder würde eine kleine Gabe auspacken dürfen. Nein, es würde sicher kein trauriges oder trostloses Fest werden. Eher stellte sie es sich in diesem Jahr besonders laut und üppig vor, mit viel Gelächter.

Doch sie selbst fühlte sich dabei manchmal, als sei sie nur Zaungast. Die ganze Adventszeit ging es ihr schon so. Sie sah Mutter bei ihrer hausfraulichen Geschäftigkeit zu und Ernst und Annike, die beide vor lauter Lebensfreude geradewegs überzulaufen schienen.

Clara öffnete ihren Verschlag und stieß die Schaufel in den frisch gelieferten Berg Eierkohlen. Es war seltsam. Seit sie denken konnte, hatten die alltäglichen Abläufe im Teehaus ihr Leben bestimmt. Sie waren ein Teil von ihr. Und jetzt, da sie wieder daheim war, fühlte es sich an, als würde sie diesen Teil verlieren. Als sie fertig war, stellte sie die gefüllten Kohlenschütten vor die Kellertür und schloss wieder ab. Irgendetwas entglitt ihr. Aber sie verstand nicht recht, was es war.

Das Kind in Clara regte sich und erinnerte sie daran, dass sie hier bald ohnehin nicht mehr von großem Nutzen sein würde. Zum ersten Mal machte der Gedanke ihr nichts aus. Vielleicht hatte Netty recht gehabt und es gab mehr im Leben als das Geschäft.

Zurück im Vorderhaus strömte ihr bereits auf dem Treppenabsatz der Duft von Tee entgegen. Der des schwarzen Tees mischte sich mit den neuen Aromen, die sie seit dem Frühjahr anboten. Hinzugekommen waren in den letzten Wochen der Wintertee mit Vanille und Kardamom sowie ein Ceylon-Tee mit Zimt und Orangenschalen – zwei wohlig wärmende Winter-Mischungen.

Clara öffnete die Tür mit dem Ellenbogen, und Annike kam und nahm ihr die Kohlenschütten ab.

»Du sollst doch nicht mehr so schwer tragen«, sagte sie tadelnd.

Ebenso wie Ernst arbeitete sie mit Verstand und Hingabe, und während Netty noch in Hamburg weilte, hatte sie das Ladengeschäft fest im Griff. Dennoch freute Clara sich auf Nettys Rückkehr.

»Deine Haare«, sagte Annike und lächelte.

Sie hatte inzwischen zugenommen und sah gesünder aus. Sicher trug auch die Wohnung im Hinterhaus zu ihrem Wohlbefinden bei. Sie und Jeroen hatten sich schon ein wenig eingerichtet, und zu Weihnachten würden die Winterfelds beiden ein Bettgestell für die Matratzen schenken.

»Ich weiß«, sagte Clara. Ihre Haare waren wie immer um

diese Zeit noch zum Nachtzopf geflochten. Ein paar Strähnen hatten sich daraus gelöst. »Ich beeile mich.«

Annike kehrte mit den Kohlen in den Verkaufsraum zurück, fütterte mit der einen Schütte den Ofen und stellte die andere vor der Treppe zum Salon ab. Dann trat sie hinter den Tresen, um die Teeschaufeln zu ordnen.

»Clara! Wo bleibst du?«, schallte es von oben herab.

»Komme schon!«, rief Clara und stieg mit der zweiten Kohlenschütte in den Salon hinauf.

Adele stand in ihrem besten Kleid auf dem Treppenabsatz und wartete. »Wie siehst du denn wieder aus? Weißt du nicht, dass …«

»… heute Netty und Hannes kommen. Ja, weiß ich, Mutter.« Sie stellte die Schütte neben dem Kachelofen ab, öffnete die Ofenklappe, füllte Kohlen auf die brennenden Scheite und erhöhte die Luftzufuhr ein wenig, damit alles gut durchglühen konnte.

»Hannes ist …«, setzte Adele an.

»… vielleicht schon bald ein Teil der Familie, Mutter. Ich weiß.«

Adele schnappte nach Luft. »Nicht! Das bringt Unglück!«

Clara wischte sich die Hände an der Schürze ab und sah ihre Mutter an. Sie war gealtert im letzten Jahr, das war nicht zu verkennen. Aber es ging ihr gut. Sehr gut sogar. Und sie war noch immer stark und zu allem entschlossen. Ihre Familie, das Teehaus – Clara wusste, dass ihre Mutter darum kämpfen würde. Solange sie auf zwei Beinen stehen konnte, würde sie das Teehaus nicht aufgeben. Der Gedanke war beruhigend.

Sie gab ihrer Mutter einen Kuss auf die Wange. »Alles wird gut«, sagte sie. Sie ging über den Flur in die Küche, um auch dort einzuheizen.

Gegen Mittag herrschte im Laden und im Salon des Teehauses Winterfeld vorweihnachtlicher Hochbetrieb. Das Kaminzimmer hatten sie heute für das Publikum geschlossen; es war für Hannes' und Nettys Besuch reserviert. Dafür waren der große und der kleine Salon von sanftem Stimmengewirr erfüllt. Der Duft nach frisch gebrühtem Tee und Olgas Gebäck zog durch die Räume, die Wasserkessel in der Küche kochten um die Wette.

Olga trug ein Tablett mit schwankenden Tassenstapeln und Clara hielt ihr die Tür auf. Doch Olga zog ein langes Gesicht und rollte mit den Augen.

»Was ist los?«, fragte Clara.

»Hast du noch nicht gesehen? Im Salon ist eine Gesellschaft. Ein Debattierclub.«

Gesehen hatte Clara die Gäste noch nicht, aber gehört. Sie politisierten so lautstark, dass man es im ganzen Haus mitanhören musste.

»Ich habe Herren gebeten, leiser zu sein. Zweimal schon.« Olga stellte ihr Tablett ab. »Aber die hören nicht auf mich.« Sie blies die Backen auf.

»Soll ich es einmal versuchen?«, fragte Clara.

»Versuchen kannst du. Aber das sind ungehobelte Kerle, pass auf.«

»Keine Sorge.« Clara strich sich über den deutlich sichtbaren Bauch. »Auf mich werden sie wohl Rücksicht nehmen.«

Olga zuckte die Achseln. »Wenn du meinst, das nützt.«

Clara wusch sich die Hände und wechselte ihre Schürze. Frisch ausstaffiert marschierte sie energisch in den Salon.

Die Herren tranken Tee mit Cognac – Augusts Rezept. Einige rauchten und Clara sah, wie einer seine Asche auf die geblümte Porzellanuntertasse schnippte. Ungehobelt war das richtige Wort. Außerdem hatte die Gesellschaft die Tische zusammengeschoben und besetzte mittlerweile den gesamten großen Salon. Andere Gäste hatten sich längst verabschiedet, und von der summenden Gemütlichkeit, die den Raum sonst erfüllte, war nichts mehr zu spüren. Eher lag ein Gefühl von Gefahr in der Luft, eine unbestimmte Bedrohlichkeit, die Clara auf den Rauch und die lauten, alkoholgeschwängerten Stimmen schob.

Sie lief an der lärmenden Horde vorbei zu den Fenstern und riss sie trotz des kalten Wetters sperrangelweit auf. Das trug ihr zumindest die Aufmerksamkeit einiger dieser sogenannten Herren ein. Gut, denn so konnte das hier nicht zugehen, wenn Hannes und Netty eintrafen.

»Na, Mädchen, es ist kalt draußen«, sagte ein Mann, der nahe beim Fenster saß, und wedelte unbestimmt mit seiner Zigarre in ihre Richtung.

Am liebsten hätte Clara ihm die Zigarre weggenommen und sie kurzerhand aus dem Fenster geworfen.

»Mit Verlaub, meine Herren«, sagte sie laut. »Bitte rauchen Sie doch draußen und senken Sie Ihre Stimmen.«

Ohne eine Antwort abzuwarten, marschierte sie wieder Richtung Küche. Sie hielt den Kopf aufrecht, sah aber niemanden an.

Dennoch spürte sie allzu deutlich die Blicke.

Bevor sie auf den Flur treten konnte, packte einer der Herren sie am Arm.

»Wirfst du uns sonst hinaus, Schätzchen?« Mit einem Ruck riss er sie zu sich heran, sodass sie auf seinem Schoß zu sitzen kam. »Du kannst uns ja ein bisschen unterhalten, dann müssen wir nicht so viel reden. Kannst du singen?«

Clara riss sich los, kurz davor, dem Flegel die flache Hand

ins Gesicht zu schlagen. »Wie können Sie es wagen!«, zischte sie. »Sie gehen jetzt besser.«

Sie wandte sich um. »Sie alle. Eine Bierhalle passt besser zu Ihnen als ein Tee-Salon. Sie vertreiben unsere Gäste.«

»Welche Gäste?«, rief einer und umschrieb mit einer weit ausholenden Geste den Raum.

Lautstarkes Gelächter ertönte.

»Komm schon, sing für uns. Du kennst doch bestimmt ein paar schöne Gassenhauer. So ein Flittchen wie du.«

Clara reckte das Kinn. »Mein Mann ist Franz Casper.«

»Oho!«, sagte einer. »Und wie man hört, bist du ihm irgendwie abhandengekommen.« Er legte nachdenklich einen Finger an die Nase. »Ja, wie konnte das wohl passieren? Warum muss sein kleines Frauchen wohl solch grobe Kerle wie uns bedienen? Und das in ihrem Zustand?«

Wieder setzte lautes Gelächter ein, und Clara spürte, wie ihr das Blut ins Gesicht schoss.

Waren diese Leute extra hergekommen, um sie zu verhöhnen? Tränen sammelten sich in ihren Augen und sie stand steif wie ein Stock da, unfähig, sich zu verteidigen oder wenigstens wegzulaufen.

»Na, na. Nun mal langsam, Clara.«

Sie fuhr herum.

Franz stand direkt hinter ihr und sah sie unter hochgezogenen Brauen an. Darum also hatte es so lange gedauert, bis er hier aufkreuzte. Er hatte erst seine ganzen Saufkumpane zusammentrommeln müssen, um sie öffentlich zu demütigen.

Franz setzte ein Lächeln auf. »Du willst doch unsere Geschäftsfreunde nicht etwa verjagen? Wir sind hier gleich fertig. Du kannst schon einmal deine Sachen packen, wir fahren nach Hause.«

Clara war noch immer unfähig, etwas zu sagen. Ihre Beine drohten nachzugeben. Sie drehte sich um und ergriff die Flucht, bevor sie vor Franz und seinen Kumpanen womöglich zusammensackte.

Einen Moment blieb sie im Flur stehen und hielt sich an der Kommode mit der Tischwäsche fest, bis die Sternchen vor ihren Augen verschwanden. Voller Ekel lauschte sie den alkoholisierten Stimmen und dem überheblichen Gelächter aus dem Salon.

Dann wich ihr Schrecken der Wut. Einen Teufel würde sie tun und ihre Sachen packen! Kurz entschlossen raffte sie die Röcke und lief durch den Flur hinaus ins Treppenhaus.

»Ernst!?«, rief sie.

Sie würde so tun, als ob sie klein beigab, und warten, bis die Horde sich verlaufen hatte. Und wenn es dann ans Aufbrechen ging, würde sie einfach nicht mitgehen. Fertig. Franz konnte sie nicht zwingen. Oder doch?

»Ernst!«

Sie lief nach oben in die Wohnung. Dort fand sie nur ihren Vater. Er saß zusammengesunken und mit ausdrucksloser Miene in seinem Lehnstuhl hinter dem Schreibtisch. Wo steckten die Männer bloß immer, wenn man sie einmal brauchte?

Clara machte kehrt und begab sich nach unten. Vielleicht war Ernst im Lager und packte Tee aus Kisten in Dosen um.

Tatsächlich traf sie ihn in der Hofdurchfahrt. Er war gerade dabei, eine große Teekiste auf der Sackkarre ins Lager zu befördern.

»Moment«, sagte Clara. »Sind sie etwa schon da?«

Ernst nickte und wies nach draußen zur Straße.

»Oh!«, machte Clara, raffte erneut die Röcke und lief los. Der Pritschenwagen stand vor dem Haus. Der Atem der beiden Pferde stob in die Luft, und der Regen prasselte jetzt mit voller Wucht auf das glänzende Kopfsteinpflaster und die dampfenden Pferderücken. Auf der Ladefläche des Wagens standen mehrere große, hölzerne Teekisten sowie einige kleinere. Das musste der grüne Tee sein, den sie geordert hatte. Auf den Seiten der Kisten prangte der stilisierte Klipper des Hamburger Teekontors, umrahmt von zwei Teezweigen. Das Zeichen vermittelte ihr ein wohliges Gefühl. Wie Heimat. Doch sie hatte jetzt keine Zeit dafür.

Der Kutscher und sein Gehilfe packten mit an und hievten die Kisten vom Wagen, Ernst holte sie ab und brachte sie im Eiltempo in die Hofdurchfahrt. Hoffentlich wurde der Tee nicht feucht bei dem Hundewetter. Clara unterschrieb den Lieferschein.

Dann hielt hinter dem Pritschenwagen ein geschlossener Einspänner. Hannes stieg aus, öffnete einen Schirm und hielt ihn vor die geöffnete Wagentür. Nun setzte Netty ihren schmalen Fuß auf die nasse Straße und hakte sich bei Hannes ein.

Clara wäre ihrer Schwester am liebsten gleich um den Hals gefallen.

Doch etwas war an Nettys Erscheinung, das sie davon abhielt. Sie wirkte so elegant, so erhaben, und Clara kam sich mit einem Mal wie eine Magd neben ihr vor, in ihrer arbeitstauglichen, einfachen Kleidung.

Netty passte gut zu Hannes. Wirklich gut.

»Clara!« Netty ließ Hannes' Arm los und eilte auf sie zu, um ihr in die Arme zu fallen. »Ich habe dich so vermisst«, sagte sie.

»Ich dich auch, Netty!« Clara atmete durch und erwiderte die Umarmung. »Und ich bin wirklich so froh, dass ihr gerade jetzt kommt.« Sie löste sich von Netty. »Hannes«, sagte sie und wandte sich zu ihm. »Ich freue mich auch sehr, dich zu sehen.«

»Ebenso, liebe Clara, ebenso.«

»Entschuldige, wenn ich gleich mit der Tür ins Haus falle, aber ich könnte just in diesem Moment deine und Ernsts Hilfe gebrauchen.«

»Hilfe? Was ist passiert?«, fragte Netty.

Clara machte eine einladende Handbewegung, aus dem Regen ins Trockene zu treten, und ging voraus in die Hofdurchfahrt, wo die neuen Teekisten sich bereits stapelten.

»Ernst?«, sagte sie. »Kommst du mal kurz?«

Als sie alle beisammen standen, sagte Clara mit gedämpfter Stimme: »Franz ist hier.«

Netty machte ein erschrockenes Gesicht.

»Er ist oben mit einer ganzen Horde betrunkener Kumpane, und er hat es sich in den Kopf gesetzt, dass ich heute noch mit ihm nach Zempernick fahren soll.«

»Das geht aber nicht!«, rief Netty. »Ich bin doch gerade erst zurück. Und überhaupt«, sie warf Hannes einen Seitenblick zu, »du wirst ja heute dringend fürs Geschäft gebraucht. Hannes kann unmöglich auf dich verzichten.« Sie stieß Hannes in die Seite. »Nicht wahr?«

»Was? Oh, natürlich. Du kannst jetzt unmöglich die Stadt verlassen, Clara. Wir brauchen deine Expertise für den grünen Tee.« Er tauschte einen Blick mit Ernst.

»Na, dann wollen wir mal«, sagte der und ging voraus zur Seitentür und durch den Laden nach oben in den Salon. Hannes, Clara und Netty folgten ihm, und auch Annike schloss sich auf einen Wink von Ernst hin an. Clara wollte erst Einwände erheben, doch dann dachte sie, der Laden würde für einen Moment ohne sie auskommen. Die Kunden würden eben warten oder nicht.

Im Salon hatten Adele und Olga alle Hände voll zu tun, die wilde Gesellschaft im Zaum zu halten.

Die feinen Herren leerten ihre Asche in die teure Palme, die zwischen den Fenstern stand, und legten ihre dreckigen Schuhe auf den Tischdecken ab. Einer goss seinen Tee auf den Boden und füllte die Tasse mit Cognac wieder auf.

»Olga«, sagte Ernst. »Wärst du so freundlich, auf der Straße nach ein paar Schutzmännern Ausschau zu halten? Ich glaube, wir könnten hier noch ein paar gute Argumente gebrauchen.«

Olga stemmte die Hände in die Seiten. »Mit Vergnügen.«

Ernst und Hannes bauten sich links und rechts der Treppe aus dem Laden auf, die Frauen flankierten sie.

Für eine Weile sahen sie dem lärmenden Treiben lediglich zu, warteten ab.

Ihr Schweigen schien die Unruhestifter aus dem Tritt zu bringen. Der erste hielt inne, stieß einen Nachbarn an und deutete auf die Gruppe an der Treppe. Es kehrte Stille ein.

»Stimmt was nicht?«, rief Franz. Inzwischen lallte er. Sein Gesicht und sein Hals waren rotfleckig und er schwitzte. »Wir wollen noch mehr Tee!«, rief er.

»Sie hatten wohl genug Tee, Herr Casper«, sagte Hannes ruhig.

»Sie und Ihre Freunde«, fügte Ernst hinzu.

Franz brauste auf. »Dies ist das Haus meiner Schwiegereltern. Sie haben hier gar nichts zu sagen!«

»Und deine Schwiegermutter sagt, es ist genug«, sagte Adele kalt. »Ihr geht jetzt besser, Franz.«

Franz nickte langsam. »Gut. Gut, wir gehen.« Dann warf er mit Wucht seine Teetasse zu Boden. »Aber ich gehe nicht ohne meine Frau!«

Clara verschränkte die Arme über dem Bauch. »In deinem Zustand gehe ich mit dir nirgendwohin, Franz. Ich muss mich und mein Kind schützen.«

»Außerdem wird Ihre Frau hier gebraucht«, fügte Hannes hinzu. »Wir haben Geschäftliches zu besprechen.«

»Ha, seit wann bespricht man Geschäftliches mit einer Weibsperson!«, rief ein rotbärtiger Mann dazwischen.

»Seit diese Weibsperson die Geschäftsführerin ist«, sagte Clara ruhig.

Franz lachte. »Jetzt lügst du auch noch, Frau. Wo ist übrigens dein Vater? Geht's ihm nicht gut?«

Unten ging die Ladentür, und sie hörte Olgas Stimme: »Nach oben, bitte.«

Sie kam mit zwei Schutzmännern in Uniform die Treppe herauf.

»Hier gibt es ein Problem?«, fragte der ältere der beiden und schob seinen stattlichen Bauch in den Raum.

»Kein Problem, Wachtmeister«, sagte einer der Männer. Er nahm seinen Hut und stand auf. »Ich empfehle mich.«

Nach und nach folgten ihm die anderen und verließen stillschweigend den Salon.

Franz verblieb als Letzter. »So werde ich also von der Familie meiner eigenen Frau behandelt? So verweist man mich des Hauses?«

Clara trat auf ihn zu. »Franz, bitte, hör mir zu. Nur für einen Moment.«

Franz schwieg.

»Komm wieder, wenn du nüchtern bist. Bring deinen Vater mit. Und dann setzen wir uns oben in der Stube zusammen, besprechen alles und finden eine Lösung. Was hältst du davon?« Clara merkte, dass sie einen Ton anschlug, als würde sie mit einem bockigen Kind sprechen. Doch genauso gebärdete Franz sich ja auch. Er stand vor ihr mit vorgeschobener Unterlippe und zusammengezogenen Brauen. Aller Hohn war von ihm abgefallen und er sah beinahe bemitleidenswert aus in seinem Zustand.

»Ich begleite Sie und besorge Ihnen einen Wagen«, sagte Ernst. »Brauchen Sie Geld für den Fahrer?«

Franz reckte das Kinn. »Ich habe meinen eigenen Wagen«, sagte er, und Clara hätte beinahe gelacht. Ernst konnte es nicht wissen, aber er hatte Franz soeben zutiefst beleidigt.

Franz wankte auf die Treppe zu. »Ich komme wieder!«, verkündete er. Auf der ersten Treppenstufe stolperte er und Hannes fasste nach seinem Arm. Franz riss sich los und ging so würdevoll wie möglich nach unten.

Clara trat ans Fenster und sah zu, wie er schwankend aus dem Haus trat und vorn auf den Casper'schen Einspänner kletterte. Offenbar hatte er vor, selbst zu fahren.

Aber konnte man so betrunken überhaupt fahren? Clara hielt unwillkürlich die Luft an. Wenigstens waren die Pferde nicht betrunken, sie würden schon wissen, was sie taten.

Franz' heulendes »Hüaah!« drang durch die geschlossenen Fenster bis in den Salon herauf.

Die Pferde trabten los, Franz schwankte und trieb sie mit der Peitsche an. Mit erschreckendem Tempo schoss der Wagen um die nächste Ecke und Clara sah mit Schaudern, wie Franz sich in die Kurve legte. Wenn er nur nicht vom Kutschbock fiel.

Erst als Franz außer Sicht war, drehte sie sich um.

»Ist das Kaminzimmer bereit?«, fragte sie Olga.

»Alles bereit.«

Sie setzten sich um den Tisch an ihre gewohnten Plätze: Adele und Netty auf der Fensterseite, Wilhelm und Clara an den beiden Kopfseiten. Hannes saß mit dem Rücken zum

Feuer. Und an der Ecke, zwischen Hannes und Clara, saß Ernst. Es war der Platz, den beim letzten Geschäftstreffen Akeno eingenommen hatte.

Beinahe sah sie ihn vor sich in seiner gestreiften Weste, erinnerte sich an seine eleganten Bewegungen, den glänzend schwarzen Haarknoten, die dunklen Augen, deren Weiß fast ganz hinter den Lidern verborgen blieb. Diese ungewohnten und überaus anziehenden Augen.

Ernsts Hände lagen auf dem Tisch wie damals die von Akeno. Seine waren haarlos gewesen, die von Ernst waren von einem dichten, blonden Flaum bedeckt. Wer weiß, vielleicht betrachtete Annike diese Hände mit derselben Faszination, wie sie die von Akeno betrachtet hatte. Sie hatte die beiden in den letzten Wochen beobachtet, hatte gesehen, wie sie Blicke tauschten, lächelten, einander wie zufällig berührten.

Wie sehr wünschte Clara sich, nicht Ernst, sondern Akeno möge jetzt hier sitzen.

Doch sie rief sich zur Ordnung. Es war ein Segen, dass Ernst bei ihnen war. Sie warf einen kurzen Blick zu Adele. Sie lächelte jetzt wieder.

Olga kam und deckte den Tisch mit schlicht weißem Porzellan. Clara hatte sie darum gebeten, weil sie grünen Tee testen würden. Sie fand, dass grüner Tee keinen geblümten Schnickschnack vertrug, sondern nach schlichter Eleganz verlangte. Akeno würde das zu schätzen wissen.

Sie mussten Olga diesmal nicht sagen, dass sie zu den Tassen lediglich heißes Wasser bringen sollte.

Den Tee würden sie direkt bei Tisch zubereiten. Natürlich würde es keine richtige Teezeremonie werden. Dafür hatten sie keine Zeit und, so vermutete Clara, außer ihr, Ernst und vielleicht noch Hannes hätte am Tisch wohl auch niemand einen Sinn dafür. Dennoch sollte das Wasser nicht zu heiß sein, wenn sie den Tee aufgossen.

Hannes stellte seine Tasche auf den Tisch und entnahm ihr einige gewachste und beschriftete Papiertütchen.

»Wir haben von all diesen Sorten eine kleine Kiste dabei, falls Sie sie gleich hierbehalten wollen«, sagte er und reihte die Tütchen vor sich auf dem Tisch auf. »Keiner dieser Tees ist in Europa bekannt. Wir hätten zwei unterschiedliche Sorten Sencha, einen Kukicha, einen gerollten Tee, einen Matcha, einen …«

Clara hörte nur mit halbem Ohr zu. Sie schloss die Augen und dachte daran, wie Akeno auf der *Suez* den Tee zubereitet hatte. Mit welcher Hingabe und Sorgfalt. Es war ein Akt der Liebe gewesen, eine heilige Verrichtung und überhaupt nicht vergleichbar mit der mechanischen Art, wie Hannes jetzt die Tassen aneinanderreihte, Wasser eingoss und nach einem kurzen Moment des Wartens die Teesiebe einhängte.

Clara wusste, sie tat ihm unrecht, denn er liebte den grünen Tee ebenso wie sie und unternahm einiges, um ihm zum Erfolg zu verhelfen. Aber er war eben auch Geschäftsmann und Deutscher, alles musste irgendwie zackig gehen. Akenos Bewegungen strahlten im Vergleich dazu so viel mehr Ruhe aus.

Hannes fächelte sich den Dampf über den Tassen mit der Hand zu und sog ihn ein. Dann begann er, die Kostproben herumzureichen.

Clara genoss die verschiedenen Aromen von Gras, das Blumige, die süße Frische der Tees und gab die Tassen jeweils an Ernst weiter. Er wusste die Qualität des Tees besser zu beurteilen, schließlich war er damit aufgewachsen.

»Ich favorisiere natürlich den Tee aus unserem eigenen Garten«, sagte er, als er alle Sorten verkostet hatte.

In der Zwischenzeit probierten auch Wilhelm, Adele und Netty.

Es war offensichtlich, dass Netty und Adele die Tees nicht beurteilen konnten und dass Wilhelm sie rundheraus ablehnte, denn er brach bei jeder Probe in abfälliges Gelächter aus.

Aber das machte nichts, die Entscheidung würde Clara zusammen mit Ernst treffen, und niemand würde etwas einzuwenden haben.

»Was meinst du, Clara?«, fragte Ernst.

»Ich bin deiner Meinung, der Tee aus eurem Garten ist der feinste, er hat die vielfältigsten Nuancen. Aber er ist auch recht anspruchsvoll, nicht jeder wird das zu schätzen wissen. Ich würde noch den einfacheren der beiden Sencha hinzunehmen. Und diesen gerollten Tee. Der ist schön sanft und ein Hingucker in der Tasse, wenn sich die Blätter entfalten.«

Ernst nickte. »Eine überschaubare, aber repräsentative Bandbreite für den Anfang, ja.«

Hannes nickte. »Dann ist es also beschlossene Sache?«

Clara sah ihre Mutter an und die nickte. »Ihr müsst es wissen, Kinder«, sagte sie. »Ich kenne mich damit nicht aus.«

Wilhelm zog die Mundwinkel nach unten und schüttelte in tiefer Missbilligung den Kopf, sagte aber nichts. Dann verschränkte er die Arme und schlief augenblicklich ein.

Clara nickte. »Es ist beschlossene Sache. Wir nehmen je zwei Kisten.«

Hannes machte ein hochzufriedenes Gesicht, als wollte er sagen: *Seht ihr, ich habe es euch doch gesagt. Grüner Tee kommt.*

Das würde sich natürlich erst noch zeigen müssen. Clara

war sich durchaus bewusst, dass sie ein Risiko einging. Niemand konnte vorhersagen, ob die Kunden diese neue, exotische Teevariation annehmen würden. Aber sie war bereit, dieses Risiko einzugehen, schon seit sie grünen Tee zum ersten Mal gekostet hatte.

Hannes räusperte sich. »Nun, dann wäre da noch eine Sache«, sagte er und warf Netty einen Blick zu.

Clara entging nicht, wie sie auf ihre unnachahmlich entzückende Art errötete, und mit einem Mal war Clara aufgeregt. War es jetzt endlich an der Zeit?

Hannes stand auf und räusperte sich erneut, bevor er weitersprach: »Sicher fragen Sie sich schon seit geraumer Zeit, warum ich noch zögere oder ob es überhaupt je dazu kommen wird. Liebste Netty, ich ahne, dass die letzten Monate für dich manchmal quälend gewesen sein müssen. Aber ich wollte sicher sein. Ganz sicher, dass die Frau, die ich von Herzen liebe, mir nicht nur aus Vernunft zugetan ist. Denn vernünftig wäre es ja allemal, wenn ich …« Hannes zögerte. »Nein, so ist das nicht richtig. Die Vernunft kann in dieser Sache von mir aus bleiben, wo der Pfeffer wächst.«

Er schob seinen Stuhl zurück, kam um den Tisch herum und ging vor aller Augen vor Netty auf die Knie. »Liebste Netty, darf ich bei deinen Eltern um deine Hand bitten? Möchtest du mich heiraten?«

Netty hatte die Luft angehalten. Jetzt entfuhr ihr ein kleiner Freudenschrei und sie fiel Hannes umstandslos um den Hals und küsste ihn stürmisch.

Dann, als würde sie plötzlich gewahr, dass sie nicht allein waren, löste sie sich von ihm und sagte: »Ich möchte sehr gern, lieber Hannes. Ja, ich möchte deine Frau werden.«

Hannes stand auf, zog Netty auf die Füße und trat mit ihr vor Wilhelm und Adele. »Sehr geehrte Frau Winterfeld,

Herr Winterfeld. Darf ich Ihre wunderschöne, kluge und herzensgute Tochter Henriette zur Frau nehmen? Sind Sie mit dieser Verbindung unserer Familien einverstanden?«

Wilhelm brummte etwas in sich hinein und machte eine nonchalante Handbewegung, die man wohl als Zustimmung interpretieren konnte. Clara hielt die Luft an, als sie auf Adeles Antwort warteten.

Adele war weiß wie die Wand und Clara fragte sich bange, ob etwas nicht stimmte. Gab es hier etwa noch mehr Geheimnisse?

Adele ließ den angehaltenen Atem entweichen.

Dann sagte sie: »Lieber Hannes, bitte verstehen Sie mich nicht falsch …«

Netty stieß einen protestierenden Laut aus. »Mutter!«

Doch Adele hob die Hand. »Lass mich erst sprechen, Kind.« Sie wandte sich Clara zu. »Ich habe eine Tochter in die Ehe gedrängt, und sie ist zutiefst unglücklich damit. Ich habe sie gedrängt, weil ich sie sicher wissen wollte, gut versorgt. Franz Casper ist ein reicher Mann. Und …«, sie wandte sich an Hannes, »auf Sie trifft das ebenso zu.« Sie schloss kurz die Augen, bevor sie fortfuhr. »Ich wollte, dass meine Töchter konventionelle, gediegene und sorgenfreie Ehen führen. Doch der Wunsch hat sich so nicht erfüllt. Claras Platz ist hier in Berlin, und nach Augusts Missgeschick hat sie«, sie warf einen Seitenblick auf Wilhelm, der bereits wieder schlief, »ein Familienunternehmen zu führen. Das ist nicht, was ich mir für sie gewünscht habe. Aber es ist so.« Jetzt wandte sie sich wieder Netty zu. »Und bevor du dich zum Heiraten entschließt, möchte ich, genau wie dein lieber Hannes, ganz sicher wissen, dass du es wirklich willst. Möchtest du wirklich das Teehaus verlassen und mit deinem Mann nach Hamburg gehen? Möchtest du wirklich die Frau eines Großhändlers sein, mit allen gesellschaftlichen Verpflichtungen, die dazugehören?«

Netty trat zu ihrer Mutter und nahm ihre Hand. »Ist es das, was dir Sorgen macht? Dass ich für solch ein Leben nicht gemacht sein könnte, so wie Clara?« Sie lächelte Clara an und sie lächelte zurück.

»Mutter, ich dachte, du würdest mich besser kennen«, fuhr Netty fort. »Natürlich bin ich dafür gemacht. Ich möchte es. Ich freue mich darauf.«

Adele lächelte und tätschelte die Hand ihrer Tochter. »Dann ist es ja gut.« Sie wandte sich Hannes zu. »Dann bin ich einverstanden.«

Netty fiel nun auch ihrer Mutter um den Hals und es wurden allenthalben ein paar Freudentränen vergossen. Natürlich gratulierte auch Clara ihrer Schwester und Hannes.

Doch dann zog sie sich unauffällig zurück und brachte das Geschirr in die Küche.

Jetzt waren sie also wirklich auf sich gestellt, sie und ihre Mutter. Netty würde gehen, und auch Ernst würde nicht mehr lange bleiben. Er würde zumindest erst einmal zurück nach Japan gehen. Dorthin, wo Akeno war.

Sie dachte daran, wie sie ihm in dieser Küche gegenübergestanden hatte. Er hatte das Tablett mit den Tassen abgestellt und diese eigenartige Verbeugung gemacht. *Auf Wiedersehen, Clara Winterfeld,* hatte er gesagt und sie hatte ihn zurückgerufen, um sich für das abfällige Verhalten ihres Vaters zu entschuldigen. Er hatte ihr eine Dose mit dem Tee geschenkt. Ihre Hände hatten sich berührt, und seit diesem Moment hatte sie jeden einzelnen Tag an ihn gedacht.

Er hatte gesagt, sie könne den Tee ruhig mehrmals aufgießen, und jedes Mal hätte er ein neues Aroma, jedes Mal kämen andere Nuancen zum Vorschein. Und so war es auch, wenn sie an ihn dachte. Jedes Mal sah sie etwas Neues in ihm, etwas, das ihre Sehnsucht immer größer werden ließ.

Er hatte ihr zugenickt, und dann war er fort gewesen.

Wäre sie jetzt auch so glücklich wie Netty, wenn sie damals auf ihr Herz gehört hätte?

Clara setzte sich an den Tisch und schloss die Augen. Sie würde jetzt nicht weinen und Netty damit die Freude verderben.

23

Am zweiten Weihnachtstag, es war bereits später Vormittag, pochte es so heftig an der Wohnungstür, dass die Tassen im Küchenschrank schepperten.

Olga wog gerade Mehl ab, um Brot zu backen, und Clara zupfte für die Suppe das letzte Fleisch von den Knochen der Weihnachtsgans. Vor Schreck hätte sie das Tier beinahe fallen lassen.

Es hämmerte ein zweites Mal gegen die Tür. Olga und sie wechselten einen Blick.

»Das ist Franz«, sagte Clara tonlos. Angekündigt hatte er sich zwar nicht, aber sie wusste es einfach.

Beim dritten Pochen rief Olga: »Ich komme ja! Einen Moment!« Sie wischte sich die mehligen Hände an der Schürze ab und ging zur Wohnungstür.

Clara hätte sich am liebsten versteckt. Aber das würde ihr nichts nützen. Sie musste die Sache jetzt hinter sich bringen.

Sie trat in die Küchentür und sah zu, wie Franz und Heinrich schweigend hereinkamen, Olga ihre Mäntel und Hüte reichten und an Clara vorbei Richtung Stube gingen. Heinrich entbot Clara einen knappen Gruß, Franz jedoch würdigte sie keines Blickes.

Ein paar Minuten später waren die Caspers, Clara und ihre Eltern in der Stube versammelt. Man hätte eine Stecknadel fallen hören können, so still war es. Alle außer Wilhelm, der in seinem Stuhl wieder einzuschlafen schien, starrten Franz erwartungsvoll an.

»Nun, der Vertrag ist wohl eindeutig«, sagte er ohne jegliche Einleitung.

Er legte eine lederne Mappe auf den Tisch, öffnete sie und deutete auf das Blatt Papier, unter welches Clara vor nicht einmal einem Jahr viel zu leichtfertig ihre Unterschrift gesetzt hatte.

Franz räusperte sich. »Ich zitiere: Die unterzeichnende Clara Casper, geborene Winterfeld, darf das ihr zugesprochene monatliche Salär nach Belieben verwenden – auch zur Unterstützung der geschäftlichen Unternehmungen ihrer Eltern, namentlich das Teehaus Winterfeld in Berlin. Voraussetzung dafür ist, dass sie als Ehefrau dabei vollumfänglich ihren Repräsentationspflichten nachkommen kann.« Er blickte kurz auf. »Nun, Clara, da du hier bist und nicht in Zempernick, kommst du deinen Aufgaben derzeit überhaupt nicht nach, richtig?« Franz räusperte sich erneut. »Aufgehoben wird diese Regelung, falls die Eheleute sich dauerhaft trennen. Sollte ein gemeinsames Leben im Sinne der Ehe nicht mehr möglich sein, so sollen die Eheleute ihre Güter trennen. Erstens erhält der Ehemann Franz Casper den zu Beginn der Ehe der Familie Winterfeld gewährten Kredit zurück. Zweitens sind alle von den Caspers in das Teehaus investierten Summen zurückzuzahlen. Dies betrifft ausdrücklich auch die Summen, die Clara Casper in ihrer Rolle als Ehefrau investiert haben mag.« Franz hob die Stimme. »Und wir wissen beide: Die Summe ist in diesem Fall in Gänze und sofort zurückzahlbar.«

Clara ließ den Kopf hängen. Die exakten Kreditvereinbarungen waren gesondert zwischen den Familien Winterfeld und Casper geregelt worden, und Clara wusste noch immer nicht, wie hoch genau der Kredit gewesen war. Ihr Vater hatte darüber konsequent geschwiegen. Aber sie kannte die Summen, die seither aus ihrer eigenen Tasche für Waren, Renovierung und Reparaturen durchs Geschäft geflossen waren. Und sie wusste, dass sie allein dieses Geld in keinem Fall auf einen Schlag zurückzahlen konnten. Nicht, ohne das Geschäft zu verlieren.

»Franz, bitte«, sagte sie leise. »Willst du uns denn durchaus ruinieren?«

»Nun, ich halte mich in dieser Sache nicht für den zerstörerischen Part«, sagte er. »Und Vertrag ist Vertrag.«

»Heinrich«, sagte Adele. »Um der alten Freundschaft willen, gibt es denn gar keinen anderen Weg?«

Heinrich Casper kratzte sich am Kopf. »Nun, wie ich es sehe, gäbe es durchaus einen Weg.« Er wandte sich an Clara. »Mädchen, komm doch einfach nach Hause. Das ist es, was Franz doch eigentlich will. Komm nach Hause, und alles wird wieder gut. Nicht wahr, Franz?«

Franz reagierte nicht und Heinrich legte seine große, warme auf Claras eiskalte Hand. »Mädchen, ich weiß doch, dass Franz ein Hitzkopf ist, und ich weiß, du langweilst dich bei uns auf dem Land. Ich kann's dir nicht einmal verdenken. Aber meinst du nicht, wenn du erst Mutter bist, dann verfliegt die Langeweile? Wenn du eine Aufgabe hast und deiner Natur als Frau endlich gerecht werden kannst? Und ist das Landleben für ein Kind nicht ohnehin viel gesünder?«

Beinahe hätte Clara zugestimmt. Sie mochte ihren Schwiegervater inzwischen weitaus lieber als ihren Mann. Und natürlich hatte er recht. Wenn sie erst Mutter war, würde sie mehr als genug zu tun haben, auch ohne das Teegeschäft.

Sie schaute Franz an, der mit verschränkten Armen dasaß und sie kalt anstarrte.

Erneut senkte sie den Blick und entzog Heinrich ihre Hand. »Mutter?«, sagte sie leise. »Was sagst du?«

Adele kämpfte mit den Tränen. Sie schüttelte den Kopf. »Ich kann das nicht für dich entscheiden, Kind, du weißt das.«

Clara nickte, hob den Kopf und erwiderte Franz' Blick. »Franz, es tut mir leid, es dir noch einmal so deutlich sagen zu müssen. Aber es ist notwendig, damit du es verstehst. Ich liebe dich nicht, wie man einen Mann lieben sollte. Ich habe dir das schon gesagt, als du um mich angehalten hast. Aber du hast es nicht hören wollen. Kannst du das nicht akzeptieren und mich freigeben, ohne meine Familie mit in den Abgrund zu reißen?« Sie beugte sich vor. »Wir zahlen das Geld natürlich zurück. Aber gib uns bitte Zeit. Es steckt in den Waren, und die müssen wir erst an den Mann bringen. Akzeptiere doch bitte eine Ratenzahlung. Mit Zinsen, wenn es sein muss.«

»Ich weiß, dass ihr das Geld nicht auf einmal zurückzahlen könnt, und verlange es dennoch.«

»Aber warum, Franz? Warum?«

»Mein Vater sagte es bereits. Ich will, dass du zurückkommst. Als meine Frau. Ich will, dass mein Kind gut situiert und wohlerzogen aufwächst. Die Stadt ist nichts für ein Kind aus gutem Hause.«

Wilhelm richtete sich mit einem Mal in seinem Stuhl auf und stierte Franz wütend an. »Das ist Erpressung, Franz«, sagte er. »Du bist wirklich eine große Enttäuschung.« Sein Blick wurde erneut trübe und er lehnte sich wieder in seinen Stuhl zurück.

Franz schnaubte verächtlich. »Eine Enttäuschung. Das ist wohl eher meine sogenannte Frau.«

Clara hatte sich bemüht, diplomatisch und vernünftig zu sein. Doch nun regte sich Trotz in ihr. Vater hatte recht. Es *war* Erpressung. »Und wenn ich dir sage, dass ich einen anderen Mann liebe? Dass du vielleicht nicht einmal der Vater dieses Kindes bist?«

Einen Moment lang herrschte entsetztes Schweigen, und Adele machte den Eindruck, als könnte sie jeden Moment in Ohnmacht fallen.

Clara wurde übel. Was hatte sie nur getan? Sie hätte das niemals sagen dürfen.

Franz sprang so heftig von seinem Stuhl auf, dass er umfiel und auf den Boden krachte. Kurz befürchtete Clara, er würde sie schlagen.

Doch er blickte nur bebend auf sie herab. »Ich hätte nicht gedacht, dass du zu solch billigen Mitteln greifst, Clara. Ich erwarte eure Rückzahlung bis heute in acht Tagen – oder deine Rückkehr nach Zempernick. Du hast die Wahl. Trifft beides nicht ein, sehen wir uns vor Gericht.« Damit ging er steifbeinig zur Stubentür und öffnete sie. »Kommst du, Vater?«

Heinrich Casper stand kopfschüttelnd auf und warf Adele, Wilhelm und Clara noch einen entschuldigenden Blick zu. »Vertrag ist Vertrag«, sagte er bedauernd und folgte seinem Sohn, der die Wohnungstür krachend zuschlug.

Als die Schritte im Treppenhaus verhallt waren, konnte Clara nicht mehr länger an sich halten.

Über all die Monate hatte sie sich zusammengerissen, hatte gearbeitet, war stark gewesen, hatte all ihre Wünsche und Sehnsüchte wieder und wieder beiseitegeschoben. Ein heiserer Wutschrei entrang sich ihrer Brust. Sie hätte am liebsten alles kurz und klein geschlagen. Nur fehlte ihr die Kraft dazu.

Das Zimmer verschwamm vor ihren Augen in einem rötlichen Nebel, und es kostete sie Mühe, genug Atem zu schöpfen.

Adele griff nach ihren Händen, drückte sie, bis es fast schmerzte und Clara wieder zu sich kam.

Sie hatte nicht mitbekommen, wie ihr Vater aufgestanden war und den Raum verlassen hatte.

Adele strich ihr über die Wange. »Mach dir keine Sorgen, Kind«, sagte sie. »Wir finden eine Lösung. Wie immer.« Sie lächelte, wenn auch etwas zaghaft, und Clara gab sich Mühe, das Lächeln zu erwidern.

»Mutter, du weißt, dass ich nicht zurückgehe.«

Adele nickte.

»Heute nicht, nicht in acht Tagen und überhaupt nie wieder, hörst du?«

»Schsch, ich weiß. Ist ja gut. Lass uns jetzt zu Mittag essen. Und danach legst du dich ein wenig hin und beruhigst dich erst einmal.« Adele befühlte ihre Stirn. »Du bist ja ganz heiß, Kind.«

Clara erwachte verschwitzt und durstig. Sie hatte böse geträumt, konnte sich aber nicht mehr an Details erinnern. In der Wohnung war es ungewöhnlich still.

Sie stand auf, ging durch die Zimmer. Netty und Hannes waren nicht da, Ernst fehlte ebenfalls. Clara erinnerte sich, dass er mit Annike und Jeroen in den Zirkus gehen wollte. Olga wirtschaftete vermutlich eine Etage tiefer und Wilhelm saß wie immer an seinem Tisch und döste.

Clara ging zur Kammer ihrer Mutter, klopfte an die Tür und öffnete sie entschlossen, als sie keine Antwort erhielt.

Adele saß schweigend da und sah zu dem kleinen Fenster hinaus. In der Hand hielt sie ihren Ehering und drehte ihn gedankenverloren zwischen den Fingern.

»Mutter?«, fragte Clara. »Kann ich dich kurz sprechen? Ich habe vielleicht eine Idee wegen des Geldes. Wir …« Clara hielt inne.

Eine merkwürdige Schwere lag in der Luft, eine Starre, die sie irritierte.

»Mutter?«

Als Adele auch auf die zweite Ansprache nicht reagierte, trat Clara ins Zimmer und legte ihr eine Hand auf die Schulter.

»Mutter?« Eine unbestimmte Angst hatte sich ihrer bemächtigt. »Was ist los?«, fragte sie mit zitternder Stimme.

Adele hob den Kopf und sah Clara an. Ihr Blick war ungetrübt und sie sprach vollkommen ruhig.

»Ernst und ich waren bei deinem Vater. Als du geschlafen hast. Er denkt, es ist Zeit, Ernst das Geschäft zu übergeben. Er hat ihm ein direktes Angebot gemacht.«

Clara war irritiert. »Denkt er, dass Ernst sein Sohn ist? Hält er ihn für August?«, fragte sie.

»Ich bin mir nicht sicher«, sagte Adele. »Aber es spielt auch keine Rolle, oder?«

Clara hätte sich jetzt gern gesetzt, aber in der kleinen Kammer gab es keinen zweiten Stuhl.

Sie hatte etwas in der Art schon befürchtet, denn es war ja naheliegend, da August als Nachfolger nicht mehr in Frage kam und Ernst sich ohnehin immer schon ein Teehaus gewünscht hatte. Clara war immer nur ein Ersatz gewesen für die Männer, die ausgefallen waren, das wurde ihr jetzt schlagartig klar. Es hatte nie zur Diskussion gestanden, dass sie als Frau das Teehaus auf Dauer leiten würde. Und natürlich mussten ihre Eltern von ihr erwarten, dass sie sich in das Schickliche fügte.

Dennoch schnürte der Gedanke ihr die Kehle zu.

»Mutter, wir müssen das nicht tun. Wir können Hannes Stargard um Hilfe bitten. Wir zahlen Franz aus, und dann werde ich alles daransetzen, dass wir das Geld wieder hereinarbeiten.« Sie fiel vor ihrer Mutter auf die Knie. »Ich weiß, ich habe Fehler gemacht. Ich habe euch enttäuscht, dich und Vater. Und es tut mir leid. Aber ich kann einfach nicht zurück zu Franz. Ich würde ersticken, ich …«

Adele strich ihr über den Kopf. »Ich weiß doch, Kind. Das hatten wir doch schon. Natürlich gehst du nicht zurück zu Franz.«

Erleichterung durchströmte Claras Brust, doch nicht lange. »Aber dann muss doch Ernst gar nicht das Geschäft übernehmen«, sagte sie. »Ich meine, gesetzt den Fall, dass er das überhaupt wollte. Er will doch zurück nach Japan. Was soll er denn hier?«

»Er hat deinem Vater versprochen, das Geschäft zu führen.«

Clara blinzelte. »Aber …« Sie wollte sagen: Was ist dann mit mir?

Nach allem, was sie getan und geopfert hatte, um das Geschäft zu retten, tauchte nun ein Fremder am Horizont von Vaters Leben auf, und er schenkte alles einfach so her? Sie sprang auf.

»Mutter, Ernst ist nicht einmal Vaters Kind! Wie konnte er nur? Und wie konnte Ernst so etwas annehmen? Ohne sich wenigstens mit uns zu beraten?« Clara lachte. »Ich hätte nie von ihm gedacht, dass er sich so, so … gierig verhält!« Sie wandte sich jäh ab. »Andererseits kenne ich ihn ja gar nicht, nicht wahr? Ich habe einfach angenommen, dass er anständig ist und …«

»Ich denke nicht, dass Ernst das Angebot deines Vaters aus Gier angenommen hat, Clara.«

»Nicht? Warum wohl sonst?« Und er hatte sicher auch bei Annike Ambitionen, setzte sich überall ins gemachte Nest. Aber das könnte er sich so denken, da würde sie ihm aber in die Suppe spucken!

»Ich denke, er wollte deinem Vater seinen letzten Wunsch nicht abschlagen.«

»Seinen letzten Wunsch, dass ich nicht lache. Das ist doch wirklich die Höhe!«

Adele stand auf und sah ihrer Tochter in die Augen. »Dein Vater lebt nicht mehr, Clara. Er ist vor einer halben Stunde in Ernsts Armen gestorben.«

Was ihre Mutter noch zu ihr sagte, bekam Clara nicht mehr mit. Plötzlich drehte sich alles um sie, und dann wurde es dunkel.

***

Die Beerdigung war für den zweiten Januar angesetzt. Pulverschnee schmückte Berlins graue Straßen in einer dünnen Schicht.

Die letzten Tage und der Jahreswechsel waren wie im Traum an Clara vorbeigerauscht. Sie konnte nicht denken und nicht weinen. Sie stand neben sich, arbeitete wie betäubt, um den Laden am Laufen zu halten und zugleich alle Vorbereitungen zu treffen. Auch den Tag der Beisetzung nahm sie wie durch einen Schleier wahr. Dass Ernst in nächster Zeit nach Japan zurückkehrte, daran war jetzt natürlich nicht mehr zu denken. Er und Annike machten sich in schweigendem Respekt nützlich, wo sie konnten, und auch Hannes und Netty waren unter diesen Umständen länger geblieben als geplant.

Hannes hatte darauf bestanden, sich Claras Ehevertrag

und die Geschäftsbücher anzusehen, hatte alle Beträge zusammengerechnet, die sie den Caspers schuldeten, und dann hatte er nach Hamburg telegrafiert, um den Winterfelds das fehlende Geld anzuweisen. Clara hatte nicht die Kraft und auch nicht den Willen gehabt, dagegen zu protestieren. Was für die Winterfelds der Ruin sein konnte, war für jemanden wie Hannes offenbar nicht einmal ein Problem. Dankbar, dass in dieser schweren Zeit eine Last von ihr genommen wurde, hatte sie das Geld ebenso umstandslos angenommen, wie es gegeben wurde. Sie hatte Franz noch vor Vaters Beisetzung vollständig ausbezahlt. Die Achttagesfrist, die er ihr gesetzt hatte, war damit gewahrt.

Nach der Geldübergabe hatten sie sich mit knappen Worten getrennt. Franz sprach Clara sein Beileid aus, und sie wünschte ihm alles Gute. Er hob an, noch etwas zu sagen, ließ es dann aber bleiben.

Während der Beisetzung auf dem Friedhof von St. Sophien nahe der Elisabethkirche ging Clara Franz aus dem Weg, und er machte keine Anstalten, sie noch einmal anzusprechen. Sie war ihm dankbar dafür.

Nach der Rede des Pfarrers warfen sie ihr Schäufelchen Erde auf den Sarg, und direkt im Anschluss sah sie Franz und Heinrich vor der Friedhofsmauer in eine Kutsche steigen und davonfahren. Auch dafür war Clara dankbar.

Erst jetzt, als sie vom Friedhof zu Fuß zurück nach Hause gingen, brachen Gedanken an ihren Vater über Clara herein.

Sie sah ihre Schuhspitzen, auf die sich bei jedem Schritt kleine Schneehauben setzten und sogleich wieder herunterrutschten. Jeder Schritt war von einem Gedanken begleitet:

Vater war nicht mehr da.

Kein Teil dieser Welt mehr.

Sie würde ihn niemals wiedersehen.

Niemals wieder mit ihm sprechen.

Niemals wieder Tee mit ihm verkosten.

Was tat sie überhaupt noch hier?

Sollte Ernst das Teehaus doch haben.

Es scherte sie nicht mehr.

Und sie wurde hier auch nicht mehr gebraucht.

***

In der zweiten Januarwoche stieg Clara in den Zug nach Wolgast, von wo aus sie mit der Fähre nach Usedom übersetzte, um zum ersten Mal August im Sanatorium in Heringsdorf zu besuchen.

Das Sanatorium nahm sich imposant aus, so strahlend weiß und prächtig vor dem tiefhängenden bleigrauen Himmel. Ein eisiger Wind pfiff über die verlassene Promenade.

Im Foyer war es warm und roch nach Kaffee. Der Parkettboden war mit weichen, blau gemusterten Teppichen ausgelegt, Korbstühle waren um runde Caféhaustische gruppiert und durch die hohen Sprossenfenster mit den Rundbögen konnte man den Blick über die Weite von Meer und Himmel schweifen lassen. Clara erblickte ihren Bruder in einem der geflochtenen Stühle nahe bei einem Fenster.

»August«, begrüßte sie ihn. »Wirst du etwa abtrünnig?« Sie deutete auf seine halb geleerte Kaffeetasse und lächelte.

Er zuckte die Schultern und nahm einen Schluck, wobei ein wenig Kaffee an seinem Kinn hinablief. Die vernarbte Oberlippe machte es ihm unmöglich, den Mund um den Rand einer Tasse zu schließen.

»Setz dich, Schwesterchen«, sagte er.

Clara streifte die Handschuhe ab und zog sich einen Stuhl heran.

August sah alles in allem nicht so schlecht aus, fand sie. Er hatte ein wenig zugenommen. Die wächserne Nase in seinem Gesicht sah zwar seltsam aus und die Narbe auf seiner Wange zwang ihm ein unnatürliches Grinsen auf. Aber er war durchaus kein Monster, vor dem man schreiend davonlaufen wollte. Er sah menschlich aus. Beinahe sogar zufrieden.

»Wie geht es dir?«, fragte sie.

»Und dir?«, fragte er zurück. »Es tut mir leid, wegen Vater«, schob er gleich hinterher. »Ich konnte hier leider nicht weg.«

»Warum nicht?«, fragte Clara und sah ihm prüfend in die Augen.

»Ich … konnte einfach nicht.« Er wich ihrem Blick aus.

»Verstehe«, sagte sie.

»Wann ist es so weit?« August deutete auf ihren Bauch.

»Oh, vermutlich im März oder April. Wir werden sehen.« Sie lächelte, legte eine Hand auf ihren wohlgerundeten, aber noch nicht allzu schweren Bauch und horchte in sich hinein. Manchmal regte das Kind sich stundenlang gar nicht, und dann begann sie, sich Sorgen zu machen.

»Und was führt dich zu mir? Ihr habt doch sicher schrecklich viel zu tun jetzt im Winter.«

Clara nickte. »Schon, aber wir haben Hilfe. Annike Bakker, eine Freundin aus Amsterdam, hilft im Laden aus. Und dann ist da noch …« Sie hielt inne. »Nun, genau darüber wollte ich mit dir reden, August. Können wir vielleicht ein Stück spazieren gehen? Die warme Luft hier und der Kaffeegeruch bekommen mir nicht gut.« Sie stand auf, ohne eine Antwort abzuwarten.

»Wie du möchtest.« August ließ die Tasse stehen, wo sie war, und bot Clara einen Arm.

Sie verließen das Sanatorium durch den Haupteingang und gingen die wenigen Stufen direkt zur Promenade hinab. Ein weißes Geländer und weiß gestrichene Gaslaternen trennten die Promenade vom Strand. Um diese Jahreszeit war hier alles verlassen und die Weite und die frische Luft strahlten eine wohltuende Ruhe aus. Nachdem sie ein paar Minuten den Wellen gelauscht hatten und vor dem Wind hergelaufen waren, hatte Clara genug Mut gesammelt.

»Also, wegen der Hilfe. Wir haben, wie schon gesagt, mit Annike eine neue Aushilfe im Laden. Und dann wäre da noch Ernst.« Sie schwieg kurz, sah August von der Seite an. »Er ist unser Halbbruder. Und Vater hat ihm das Geschäft vermacht.«

Clara konnte keine größere Regung im Gesicht ihres Bruders entdecken. Sie wusste nicht, ob es an der Verletzung lag, die die Muskeln in seinem Gesicht durchtrennt hatte, oder daran, dass ihn nicht erreichte, was sie sagte. Hatte er vielleicht Medikamente bekommen, die sein Denken trübten?

»Verstehst du, was das bedeutet?«

August sah sie an und ein schiefes Lächeln huschte über sein Gesicht. »Sicher. Ich bin raus aus der Sache. Und du nun wohl auch, Schwesterchen. Nur macht mir das im Gegensatz zu dir nicht das Geringste aus.«

»Du bist damit einverstanden? Und du fragst gar nichts?«

»Ich frage nichts, weil ich das alles schon weiß. Mutter hat mir geschrieben.«

»Ach. Warum sagt sie mir denn nichts davon?«

»Und ich bin einverstanden, weil ich den Laden nicht will. Nie wollte. Das weißt du aber auch.«

Clara nickte. Er hatte natürlich recht.

»Ich will einfach nur in Ruhe leben, Clara. Ohne Krieg und Waffen und Frauen. Einfach nur meine Ruhe haben, verstehst du?«

Clara nickte erneut.

»Aber um dich mache ich mir Sorgen.« August griff nach ihrer Hand, und beinahe wäre Clara zurückgezuckt, so untypisch war die zärtliche Geste für den August, der er früher gewesen war.

»Das Geschäft ist alles für dich«, sagte er. »Kommst du damit klar, dass Vater *dich* übergangen hat?«

Clara schwieg einen Moment. Sie hatte nicht damit gerechnet, dass August so direkt sein würde. Sie hatte nicht einmal damit gerechnet, dass er sie gut genug kannte, um zu verstehen, was sie fühlte.

»Ich weiß es nicht«, sagte sie aufrichtig. »Ich habe nie damit gerechnet, dass ich, als Mädchen, das Geschäft bekommen würde. Eigentlich war immer klar, dass du das Geschäft übernimmst.«

»Und dann hast du gedacht, jetzt, wo der olle August nicht mehr ganz richtig im Kopf ist, bekommst du es doch.« Er zwinkerte ihr zu und Clara fühlte sich ein wenig ertappt.

»Ich will so nicht denken, August. Und das weißt du.«

»Aber du tust es, Clara. Und, ehrlich gesagt, finde ich das überhaupt nicht schlimm. Du hast das Geschäft verdient. Mehr als jeder andere.«

Sie nickte langsam, blickte auf das dunkel aufgewühlte Wasser der Ostsee. Das Meer. Es trennte die Kontinente und Inseln dieser Welt voneinander. Oder verband es sie vielmehr? Sie war sich nicht sicher.

»Die Frage ist, was willst du jetzt tun.«

Clara zuckte die Achseln. »Ich weiß es nicht. Vielleicht ist es ja gut, dass Ernst übernimmt. Dann kann ich mich um mein Kind kümmern.«

August schnaubte an seiner Wachsnase vorbei und ein schiefes Pfeifen ertönte. »Das glaubst du doch selbst nicht, Schwesterchen.«

Clara antwortete nicht darauf. Sie war sich nicht sicher. Natürlich war sie verletzt und enttäuscht. Natürlich hätte sie sich von Vater die verdiente Anerkennung gewünscht. Oder dass ihre Mutter sich für sie einsetzte, anstatt sang- und klanglos dem verlorenen Sohn den ersten Platz einzuräumen.

Aber ein Anrecht darauf hatte sie nie gehabt. Und wenn Mutter, Netty und das Geschäft versorgt waren … war sie dann nicht frei, zu tun und zu lassen, was immer sie wollte? Konnte sie dann nicht auf ein Schiff nach Japan steigen und …?

Ja, was und? Du bist doch zu dumm, schalt sie sich selbst. Du kannst nicht schwanger oder gar mit einem Säugling in den Armen eine monatelange Seereise antreten. Das wäre verantwortungslos.

Sie würde nach Hause fahren, ihre Arbeit im Laden machen wie gewohnt und sich an den Gedanken gewöhnen, dass Ernst gekommen war, um zu bleiben.

»Es ist kalt, lass uns zurückgehen«, sagte sie.

Vor der Tür des Sanatoriums blieb August stehen und sah Clara in die Augen. »Du musst nicht nochmal mit reinkommen. Aber ich würde mich freuen, wenn du mich ab und zu besuchen kommst. Vielleicht, wenn das Wetter wärmer wird und wir draußen sein können. «

Clara nickte und reichte ihm die Hand. »Das werde ich, August. Ich muss dir doch deinen Neffen oder deine Nichte vorstellen.«

August verzog den Mund. »Meinst du nicht, ich sehe etwas zu erschreckend aus für ein kleines Kind?«

Clara lächelte. Ihr Bruder hatte mit Kindern noch nie etwas anfangen können. »Ich glaube, Kinder können ganz gut den Menschen hinter den Äußerlichkeiten erkennen«, sagte sie.

Er lachte. »Nun, dann solltest du vielleicht erst recht allein kommen.«

»August!«

»Nur Spaß, Clara. Ich freue mich auf euch. Und wünsche dir alles Gute für dich und das Kind.«

»Das wünsche ich dir auch, August. Bis bald.«

Clara wandte sich zum Gehen, damit August die Tränen in ihren Augen nicht sah.

Obwohl sie versprochen hatte, wiederzukommen, hatte sie das Gefühl, dass dies ein Abschied für immer war, und obwohl August und sie sich nie wirklich nahegestanden hatten, so hatte sie im letzten Jahr einfach zu viele Menschen verloren, um diesen Abschied einfach so wegzustecken. Zumal sie heute vielleicht zum allerersten Mal wirklich offen miteinander geredet hatten. Sie konnte einen Bruder gebrauchen, mit dem man reden konnte.

»Ach, Clara!«, rief August ihr hinterher.

Sie drehte sich noch einmal um und er rannte ein paar Schritte, um zu ihr aufzuschließen.

»Ich liege euch ja leider noch weiter auf der Tasche, und ich wollte nur sagen, vielleicht ist es auf Dauer für euch leichter, wenn ihr mir hier an der See irgendwo ein kleines Zimmer mietet bei einer ordentlichen Wirtin? Meine Behandlung ist so gut wie abgeschlossen, und die verlangen eine Menge Geld in dem noblen Laden hier.« Er zwinkerte ihr zu, und für einen Moment sah sie den Schalk in seinen Augen, der sie an den August erinnerte, den sie kannte.

»Und du bist sicher, du möchtest hierbleiben und nicht nach Berlin zurückkommen? Dort gibt es auch Zimmer, weißt du. Und du bist bei deiner Familie.«

»Du meinst, ob ich mich hier bei nächster Gelegenheit im Meer ertränke, wenn keiner auf mich aufpasst?«

»August!«, sagte Clara empört.

»Nein, keine Sorge. Das hat sich für mich erledigt.«

Clara forschte in seinem Gesicht.

»Was ist mit deinen Gefühlen für Susanna? Hat sich das auch erledigt?«

Er zuckte die Achseln. »Ach, weißt du, ich denke nicht, dass das hier letztlich mit ihr zu tun hatte.« Er deutete auf die Prothese in seinem Gesicht. »Es war eher etwas *in* mir. Vielleicht der Krieg. Ich habe wirklich versucht, ein guter Soldat, ein guter Offizier zu sein.« Sein Blick schweifte in die Ferne. »Aber da war dieses Grauen in mir. All die Toten, die Schreie.« Wieder zuckte er die Achseln. »Susanna ... ich glaube, sie war nur mein Versuch, einen Ausweg aus diesem Grauen zu finden. Aber sie wollte nicht einfach nur ein Ausweg sein. Das ist ja verständlich. Und dann ...« Wieder zuckte er die Achseln. »Ist es halt so gekommen.«

Clara schluckte. »Und jetzt? Hast du jetzt einen Ausweg gefunden?«

August lächelte. »Kann man denn überhaupt einen Ausweg finden? Das Leben ist das Leben, Schwesterchen. Da muss man durch.«

Clara nickte. Sie glaubte ihm, dass er nicht mehr versuchen würde, sich etwas anzutun, wenn man ihn aus der Obhut der Ärzte entließ. »Ich werde mich um ein Zimmer für dich kümmern«, sagte sie. »Direkt am Meer. Versprochen.«

Sie nahm ihren Bruder kurzerhand in den Arm und drückte ihn an sich. »Leb wohl«, flüsterte sie.

Sie spürte an ihrer Schulter, dass August schluckte. Er machte sich von ihr los, hielt sie auf Armeslänge Abstand, betrachtete ihr Gesicht.

Dann salutierte er, drehte sich auf dem Hacken um und ging.

Auf dem Heimweg weinte Clara zum ersten Mal seit Vaters Tod. Würde das von jetzt an immer so sein, dass eine Zugfahrt mit Abschied und Trauer verbunden war? Es waren einfach zu viele Zugfahrten und zu viele Abschiede. Zu viel veränderte sich und ging für immer verloren.

Doch vielleicht hatte August ja recht und es war einfach das, was man das Leben nannte. Aus irgendeinem Grund hatte es sie mit seinen Stürmen bis zum letzten Frühjahr verschont. Sie hatte die irrige Vorstellung gehabt, dass es eine ruhige, glatte See wäre, mit kleinen Wellen, die fröhlich am Ufer glucksten. Sie hatte gedacht, Stürme dürften nicht sein und Schiffe könnten nicht sinken. Wie naiv sie doch gewesen war. Der Sturm gehörte ebenso zur See wie das Glucksen der Wellen.

Das Kind in ihr trat kräftig. Clara legte die Hand auf ihren Bauch und spürte diesem neuen Leben in sich nach. Sie würde tatsächlich ein Kind bekommen. Manchmal kam ihr das so unwirklich vor. Und doch würde es geschehen. Sie würde ein Kind auf die Welt bringen, es im Arm halten, es trösten und füttern und wickeln, jeden einzelnen Tag. Clara atmete tief durch, um einen Anflug von Angst zu vertreiben.

Sie dachte an die freundliche, rotgoldene Anzan Daruma mit den Kirschblüten auf der Rückseite, die Akeno ihr geschickt hatte. Alles würde gut gehen und sie würde ihr Kind mit demselben liebevollen Blick betrachten wie die Figur auf ihrem Fensterbrett, die immer wieder aufstand, was auch geschah.

Clara wäre ja auch gar nicht allein mit der Verantwortung. Mutter und Olga waren da. Und Annike. Etwas Neues würde beginnen. Ein ganz und gar neuer Mensch würde bald mit ihnen gemeinsam auf der großen, wilden See namens Leben fahren. Und sie würde diesen Menschen lieben und beschützen, was auch immer geschah.

24

Es hatte noch einmal geschneit, bestimmt das letzte Mal in diesem Frühjahr. Clara riss das Schlafzimmerfenster weit auf und ließ die frische, von allem Kohlegestank sauber geputzte Luft herein.

Noch war es dunkel, und es lag auch eine gewisse Traurigkeit in der Luft. Clara wischte sie beiseite. Als sie nach ihrem Besuch bei August in Berlin aus dem Zug gestiegen war, hatte sie sich selbst ein Versprechen gegeben: Sie würde ein glücklicher Mensch sein, für sich selbst und für ihr Kind. Und sie würde sich daran halten. Clara schloss das Fenster und strich einmal zärtlich über die Daruma auf ihrer Fensterbank. Fröstelnd zog sie ihr Schultertuch enger um sich, verließ das Zimmer und ging zum wer weiß wievielten Male in dieser Nacht auf die Toilette im Treppenhaus. Sie wünschte wirklich, das Kind würde nun bald kommen.

Als sie von der Toilette zurückkam, war an Schlafen nicht mehr zu denken. Sie war nun vollkommen wach und beschloss, etwas aus den ein oder zwei Stunden zu machen, in denen es noch still sein würde in der Wohnung.

Clara setzte Wasser auf, gab den letzten Rest der Wintertee-Mischung in ein Sieb und goss ihn auf. Der Duft von Kardamom und Vanille erfüllte die Küche.

Mit dem Tee setzte sie sich in die Stube. Sie öffnete den Sekretär, blickte aus dem Fenster und sah eine Weile zu, wie der neue Schnee unter den Laternen sich langsam grau verfärbte. Das kam von den vielen Schornsteinen in der Stadt.

Sie zog ein frisches Blatt Papier hervor und öffnete das Tintenfass. *Liebster Akeno,* begann sie.

Sie schrieben einander nun regelmäßig, und Clara war dankbar, dass es ganz offen geschehen konnte und sie die Briefe nicht mehr verstecken musste.

Sie hatte so viel gelernt über Japan, über seine Präfekturen, über die Teegärten, die Städte und über den Kaiser, der die Öffnung Japans nach Westen vorantrieb. Sie hatte alte Geschichten und von Traditionen gehört, die das Land prägten.

Manchmal träumte sie nachts von Japan, wähnte sich dort bei Akeno, in seinem Land, das im tiefen Süden beinahe tropisch und im Norden kalt war.

Mit jedem Brief, den sie schrieb, erneuerte sie sich selbst und ihm gegenüber das Versprechen, eines Tages zu Akeno nach Japan zu reisen. Und mit jedem Brief, den sie von ihm bekam, versprach er, auf sie zu warten.

Sie küsste den Brief, verschloss ihn und adressierte ihn, und dann machte sie sich eine weitere Tasse Tee.

Eine Stunde später standen Olga, Ernst und Adele auf und der Tag nahm seinen Gang: Verkaufen, Waren auffüllen, Küchenarbeit, Bedienung.

Clara hielt sich jetzt vorwiegend im Hintergrund. Vor allem wollte sie die Blicke und die unausgesprochenen Fragen der Kunden vermeiden: Wann ist es wohl so weit? Warum ist sie nicht bei ihrem Mann? Sie muss doch wohl nicht arbeiten als Frau vom jungen Casper. Hängt da etwa der Haussegen schief?

Längst hatte Annike einen guten Teil ihrer früheren Aufgaben übernommen. Sie selbst blieb in der Küche und rannte zwischendurch so oft zum Wasserklosett, dass sie nicht mehr mitzählen konnte.

Als sie am frühen Abend ein weiteres Mal ihre Röcke ordnete und an der Kette zog, fuhr ihr die Erinnerung an den Rohrbruch durch den Kopf. Damit hatte alles angefangen. Clara betrachtete ihr Spiegelbild in dem schmalen, dunklen Fenster zum Hof. Sie lächelte, sah aber dennoch müde aus. Sie öffnete den Türriegel und stieg langsam wieder die halbe Treppe zum Salon hinab. Fast ein Jahr war der Rohrbruch jetzt her. Ein ganzes Leben schien ihr zwischen damals und heute zu liegen. Vielleicht war der Rohrbruch ein Zeichen gewesen, und sie hatte es nur nicht verstanden. Sie hätte Nein sagen müssen. Zu allem. Wäre sie damals einfach bei ihrer Familie geblieben, hätte sie sich einfach ums Teehaus gekümmert … Clara seufzte. Sie wollte nicht mehr darüber nachdenken. Sie hatte beschlossen, ein glücklicher Mensch zu sein. Und sie würde sich daran halten.

Etwas später am Abend traf Clara sich mit Annike, Ernst und Adele im Kaminzimmer, um die große Teegesellschaft zu planen, die jedes Frühjahr bei ihnen auf dem Programm stand. Sie hatten sich für den zwölften März entschieden, einen Sonntag.

Clara setzte sich und drückte das Kreuz durch, um den schmerzenden Rücken ein wenig zu entlasten.

Obwohl ihr die Arbeit mittlerweile schwerfiel, freute sie sich auf den großen Tag. Es wäre dann fast schon Frühling in Berlin. Und es würde neuen Tee geben. Bisher hatte die Kundschaft noch nicht so recht angebissen, was den grünen Tee betraf. Die Gesellschaft sollte das ändern. Mit etwas

Glück hätten sie einen sonnigen Tag und konnten vielleicht sogar kleine Schneeglöckchen-Sträuße auf den Tischen verteilen. Sie würde sie bei der Blumenhändlerin in der Markthalle ordern. Clara stellte es sich wunderschön vor, die grün-weißen Blumen und der grüne Tee in leuchtend weißem Porzellan dazu. Und Zitronenplätzchen mit Zuckerguss. Es würde ein Tag voller Frische und Hoffnung. Ein Neuanfang.

Nur diesmal würde es keiner sein, der einfach so über sie hereinbrach, sondern einer, den sie selbst gestaltete. Clara beschloss, dass spätestens der zwölfte März der Tag sein sollte, von dem an sie nur noch nach vorn blicken würde. Keine Tränen mehr über das, was sie nicht mehr ändern konnte. Mit dem Frühling begann eine neue Zeitrechnung. Eine Ära des Glücks.

Ernst kam herein, legte Clara zur Begrüßung eine freundliche Hand auf die Schulter und setzte sich.

Adele und Annike kamen kurz nach ihm dazu; Annike ganz das strahlende Leben und Adele ein wenig außer Atem. »Entschuldigt. Ein schwieriger Kunde«, sagte sie.

Olga brachte eine Kanne frischen Tee und einen großen Teller mit Stullen. Für ein richtiges Nachtmahl, bei dem alle sich gemeinsam an den Tisch setzten, war in den kälteren Monaten nur selten Zeit.

Clara ignorierte die dick mit Butter bestrichenen Roggenbrotscheiben und griff nach einer eingelegten Gurke. Sie konnte davon in letzter Zeit gar nicht genug bekommen. Adele sagte, das sei normal.

»Nun«, hob Ernst an. »Wo stehen wir denn mit den Vorbereitungen?«

Wie selbstverständlich übernahm er die Rolle, die sonst Vater gespielt hatte, und obwohl es Clara jedes Mal einen

Stich versetzte, musste sie zugeben, dass sie ihm stand. Und Adele tat es sichtlich gut, einen Mann im Haus zu haben, der die Führung übernahm.

Dennoch ertappte sich Clara immer wieder dabei, Groll gegen Ernst zu hegen. Sie ärgerte sich, dass nicht sie selbst das Gespräch eröffnet hatte. Sei nicht so kindisch, schalt sie sich selbst. Sei dankbar. Und glücklich.

»Die Einladungen können morgen in der Druckerei abgeholt werden«, sagte sie. »Die Aushänge für die benachbarten Geschäfte übernimmt Annike.«

Ernst lächelte. »Ja, die Leute mögen sie und können ihr schlecht etwas abschlagen.«

Annike errötete, offenbar erfreut über das Kompliment.

Clara räusperte sich. »Ich habe überlegt, eine Anzeige in die Zeitung setzen. Was haltet ihr davon?«

»Ist das nicht etwas übertrieben?«, warf Adele ein. »So groß ist der Salon nicht, dass ganz Berlin darin Platz hätte. Und es ist ja auch recht teuer, und wir müssen mit dem Geld haushalten, Clara.«

»Ich finde die Idee nicht übel«, sagte Ernst. »Berlin ist groß. Mit Sicherheit gibt es auch in anderen Gegenden der Stadt Menschen, die sich für Tee begeistern. Die sind ja nicht alle hier auf einem Fleck versammelt, nicht wahr?«

»Da hast du auch wieder recht«, lenkte Adele ein. Sie widersprach ihrem Sohn überhaupt selten. Oder gar nicht, dachte Clara.

»Aber wären dann nicht die Litfaßsäulen geeigneter?«, warf Annike ein.

Ernst nickte. »Eine noch bessere Idee! So sehen es nicht nur Zeitungsleser, sondern jeder, der den Fuß vor die Tür setzt. Clara, kannst du herausfinden, wie man einen Platz auf diesen Säulen bekommt?«

Clara nickte und verbiss sich eine spitze Bemerkung. Litfaßsäulen waren wirklich eine gute Idee. Seit sie vor etwa fünfzehn Jahren im Stadtbild aufgetaucht waren, waren sie nicht mehr wegzudenken. Sie hätte selbst darauf kommen können.

»Kommen wir zur Teeverkostung«, sagte Clara. »Jemand von uns sollte etwas über die Herkunft und Qualität der Tees erzählen, die Zubereitung vorführen und Fragen beantworten.«

»Ja, normalerweise hättest du das ja übernommen«, sagte Adele. Sie warf einen Blick auf Claras Bauch und wandte sich Ernst zu. »Aber jetzt musst natürlich du die Verkostung vornehmen, Ernst.« Wieder tätschelte sie seine Hand. »Als unser Experte direkt aus Japan.«

»Sicher, Mutter. Ich freue mich darauf.«

»Entschuldigt, aber kann ich das vielleicht trotzdem übernehmen?« Clara wusste selbst nicht, warum sie das sagte, sie hatte sich zuvor gar keine Gedanken darüber gemacht. Schließlich hatte sie sich den Kunden in letzter Zeit mit Absicht so wenig wie möglich gezeigt, und bei einer öffentlichen Verkostung stünde sie geradezu im Rampenlicht. Und das, wo sie gerade aussah wie das Drei-Manegen-Zirkuszelt im Lustgarten.

Adele hob verwundert die Brauen.

»Wozu soll das gut sein? Wenn wir *ihn* doch jetzt haben.«

Ja, es war wohl ungehörig, in ihrem Zustand überhaupt in die Öffentlichkeit zu gehen. Andererseits würde Clara nicht einmal das Haus verlassen. Die Kunden kamen hierher. Und hier lebte und arbeitete sie nun einmal.

»Ich weiß nicht, Mutter. Ich habe das Gefühl, ich muss das machen. Ich möchte. Es ist …«

Gerne hätte sie gesagt: *mein* Geschäft, *meine* Verantwortung. Das Einzige, was ich noch habe. Und die Welt soll es wissen, dass ich eine Geschäftsfrau bin.

Aber das stimmte eben nicht. Vater hatte das Geschäft Ernst überschrieben, nicht ihr. Außerdem war sie noch immer nur eine Frau. Wie sollte sie überzeugend die neue Ware vertreten, wenn es dafür einen Mann gab, noch dazu einen, der diese Ware selbst produzierte?

Sie senkte den Kopf. »Entschuldige. Du hast natürlich recht.«

»Ich fürchte nur, dass du dich übernimmst, Kind«, sagte Adele. »Du solltest dich schonen.«

Clara schluckte. »Ich weiß, Mutter. Ich werde mich schonen.«

Sie warf Ernst einen Blick zu. Ob er verstand, was in ihr vorging? Er sah vielleicht ein wenig zerknirscht aus, erhob aber keinen Einspruch.

Clara stand auf. »Ich bin müde. Entschuldigt mich.«

Sie verließ das Kaminzimmer und machte sich langsam auf den Weg nach oben. Sie fühlte sich so schwer und nutzlos.

Kurz vor der Wohnungstür holte Ernst sie ein. »Auf ein Wort, Clara«, sagte er.

Sie blieb stehen.

»Ich wollte dir das nicht wegnehmen«, sagte er und sah ihr in die Augen.

Clara winkte ab. »Schon gut. Ich bin ja wirklich nicht sehr repräsentativ im Vergleich zu dir, Ernst. Mach dir keine Gedanken.« Sie wandte sich ab, wollte nur in die Wohnung, die Zimmertür hinter sich schließen und schlafen.

»Bitte, warte!«

Clara hielt erneut inne.

»Ich meine nicht nur die Verkostung. Ich meine alles. Das Geschäft. Du weißt schon. Ich habe nicht darum gebeten.«

Clara seufzte kurz. Gut, dann hatte er also immerhin verstanden. Das war ein Anfang. »Du hättest ablehnen können«, sagte sie.

»Das stimmt«, sagte er und wirkte dabei ehrlich zerknirscht.

Clara lehnte sich gegen die Wand neben der Tür und verschränkte die Arme über dem Bauch. Die Kälte der Wand kroch ihr in den Rücken. »Und warum hast du nicht abgelehnt?«, fragte sie herausfordernd. »Hast du in Japan nicht auch Verpflichtungen?«

»Ich wollte ablehnen, glaub mir. Ich hatte durchaus nicht vor, in einem fremden Land ein Geschäft zu leiten.«

»Und wie lautet das ›Aber‹?«

»Deine … *unsere* Mutter hat mich darum gebeten, anzunehmen. Inständig. Einem Sterbenden darf man den letzten Wunsch nicht abschlagen und eine solche Gelegenheit darf man nicht ausschlagen. Und seiner Verantwortung muss man …«

Clara winkte erneut ab. »Lass nur, ich kann es mir denken.« Sie runzelte die Stirn. »Ich verstehe nur nicht … ich meine, Vaters Wunsch. Er hat dich für August gehalten. Und ihr habt ihn in dem Glauben gelassen.«

Ernst schüttelte den Kopf. »Nein, ich glaube, er wusste genau, dass ich nicht sein, sondern nur Adeles Sohn bin. Ich weiß nicht, aber wenn du mich fragst, ich glaube, er wusste es die ganze Zeit.«

Clara wurde flau im Magen. »Du meinst, als er Adele geheiratet hat?«

Ernst nickte.

»Wie kommst du darauf?«

»Er hat etwas gesagt, eine Bemerkung. Er sagte, er hätte von Anfang an befürchtet, dass ich eines Tages vor der Tür stehen könnte. Er hätte nur nicht gedacht, dass ich als Retter käme. Seltsam, oder?«

Clara nickte langsam. Er hatte es also gewusst. Und er hatte Adeles verlorenem Sohn in voller Absicht das Geschäft übergeben.

»Es tut mir wirklich leid, Clara. Ich habe damals noch nicht verstanden, dass du …«

»Du konntest es ja auch nicht wissen, wir kannten uns ja kaum«, sagte Clara. »Es schmerzt nur, dass Vater es offenbar auch nicht gewusst hat.«

Ernst schwieg dazu und senkte den Kopf.

Als Clara sich abwandte und die Wohnungstür öffnete, sagte er: »Wir können uns die Präsentation teilen, du und ich zusammen.«

Sie wartete ab.

»Die Sache wird doch viel interessanter, wenn es eine Geschichte dazu gibt. Wenn du erzählst, wie das Teehaus überhaupt zum japanischen Tee gekommen ist. Und ich übernehme dann den fachlichen Teil?«

Clara hätte fast aufgelacht. Es war sicher keine gute Idee, den Kunden ausgerechnet *diese* Geschichte zu erzählen.

»Was sagst du dazu?«, fragte Ernst.

»Ich denke darüber nach«, sagte Clara. »Aber eine Frage habe ich schon noch.«

»Welche?«

»Willst du denn gar nicht zurück? Nach Hause?«

Er zögerte mit seiner Antwort einen Moment zu lange, wie sie fand. »Doch, ich möchte zurück«, sagte er dann. »Eines Tages. Wenn ich der Frau, die ich liebe und heiraten möchte, etwas bieten kann. Dann würde ich ihr sehr gern meine Heimat in Japan zeigen.«

»Du meinst Annike?«, fragte Clara.

Ernst lächelte. »Aber sag ihr noch nichts, ja?«

Clara nickte. Sie öffnete die Tür und trat in die Wohnung.

25

Am Sonntagmorgen, den zwölften März im Jahr 1871, schien die Sonne bereits kräftig durch die Fenster herein und der Himmel zeigte sein tiefstes Blau.

»Olga? Hast du einen Moment Zeit?« Clara hielt die Hände hinter dem Rücken versteckt, als sie in die Wohnungsküche trat.

»Sicher. Was gibt?«

Clara setzte sich und legte das kleine, in dunkelrotes Papier geschlagene Päckchen auf den Tisch.

»Was ist das?«, fragte Olga.

»Weißt du, ich wollte dir schon die ganze Zeit etwas schenken, seit ich aus Zempernick zurückgekehrt bin. Ich habe bestimmt hundert Mal darüber nachgedacht. Und letzte Woche, als ich im Kaufhaus am Alexanderplatz war, um die Lenbachs einzuladen, da habe ich das hier in einer Auslage gesehen.« Sie schob das Päckchen über den Tisch zu Olga, die sich die Hände an der Schürze abwischte.

»Für mich?«, fragte sie verdutzt.

»Ja, setz dich.« Sie dachte daran, wie sehr es Olga bedauert hatte, dass sie damals nicht zur Hochzeit in Zempernick eingeladen war. Dabei gehörte sie im Grunde zur Familie. Schon da hatte sie sich gedacht, dass sie Olga etwas schenken wollte.

Olga tat wie geheißen und zog vorsichtig das Päckchen zu sich heran. »Aber wofür denn?«

Clara zuckte die Achseln. »Ich finde, es steht dir zu. Nun mach schon auf.«

Olga nickte und wickelte die kleine Schachtel, die Clara sorgfältig eingeschlagen hatte, ebenso sorgfältig aus.

In der Schachtel, die innen mit rotem Samt ausgeschlagen war, lag die Granatbrosche, die Clara für Olga ausgesucht hatte, und funkelte im Licht.

»Ein Apfel«, sagte Olga, nahm die Brosche heraus und heftete sie an den Knoten ihres Schultertuchs. »Wie hübsch.« Sie lächelte strahlend.

»Sie hat mich an unseren ersten eigenen Tee erinnert. Deinen Tee, um genau zu sein. Olgas Apfel-Minze. Ich habe mich nie dafür bedankt bei dir. Dabei hast du uns damals gerettet.«

»Apfel mit Minze, ja.« Olga machte große Augen. »Aber die muss doch schrecklich teuer gewesen sein.«

Clara winkte ab. »Ach, was.«

Olga stand auf und kam um den Tisch herum. Sie hatte Tränen in den Augen. »Danke, Clara. Ich trage sie immer.«

Clara erwiderte Olgas Umarmung. Dann stand auch sie auf. »Und jetzt an die Arbeit! Das wird ein großer Tag heute. Und wir haben noch so viel zu tun!«

Lange bevor die ersten Gäste kamen, waren Claras Füße bereits geschwollen. Sie hätte sich zu gern in einen Sessel fallen lassen, die Füße hochgelegt, eine Wärmflasche im schmerzenden Kreuz. Mittlerweile war sie wirklich mehr als froh, dass Ernst und sie sich die Präsentation zumindest teilen würden.

Dennoch freute sie sich auf ihren kleinen Auftritt. Sie würde ihre Geschichte erzählen. Natürlich nicht alles und erst recht nicht bis ins letzte Detail. Aber sie hatte sich entschieden, einen Grad an Aufrichtigkeit walten zu lassen, der die Leute mitreißen und faszinieren würde. Clara hoffte ganz besonders, dass die stets mürrische Frau Lenbach heute erscheinen würde. Im Kaufhaus würden die Neuigkeiten schnell die Runde machen und das Teehaus würde zum Stadtgespräch werden. Und Clara würde mit ihrer Geschichte heute selbst bestimmen, *wie* die Leute über sie redeten. Liebe vor Konvention – das war ihr Wahlspruch für den heutigen Tag. Er galt für den grünen Tee ebenso wie für ihr eigenes Leben.

Obwohl sie sich sicher war, dass sie das Richtige tat, war Clara aufgeregt. Sie hatte Ernst und Adele nicht in ihr Vorhaben eingeweiht. Sie hätten es ihr mit Sicherheit ausreden oder gar verbieten wollen.

Clara nahm die Kohlenschütten, um noch einmal in den Keller hinabzusteigen und Kohlen zu holen. Nur für den Fall. Die Gäste sollten es warm haben.

Als sie durch den Seiteneingang in die Hofdurchfahrt trat, schlug ihr süße, warme Frühlingsluft entgegen. Sie trat in den Hof, wo die Hühner herumliefen und glucksend und gurrend zwischen den Steinen nach Würmern scharrten.

Clara stellte die Kohlenschütten ab, drückte das Kreuz durch und sog tief die Luft ein. Der schwere Rauchgeruch aus den Schornsteinen der Stadt, der zum Winter gehörte wie der Schnee, hatte sich verflüchtigt. Die Leute heizten nicht mehr.

Clara lächelte und kehrte um. Sie brauchten keine Kohlen heute. Kein Kohlenschleppen mehr. Endlich!

Vor der Hofdurchfahrt hielt ein Pferdewagen. Der Kutscher stieg ab, ging nach hinten zur Kofferablage und zog ein großes, flaches, in Papier gewickeltes Paket hervor.

»Winterfeld?«, rief der Mann ihr durch die Durchfahrt zu.

»Ja, hier!«, rief Clara zurück.

Sie stellte die Schütten ab und ging, so schnell ihr Bauch es erlaubte, zur Straße.

Die Seitentür der Kutsche öffnete sich und eine fein gekleidete Dame stieg aus.

»Netty!? Was machst du denn hier?«

Clara kam sich in ihrer Unförmigkeit und der einfachen Kleidung einmal mehr furchtbar schlicht vor neben ihrer Schwester.

Netty nahm Clara in die Arme. »Wir, meinst du.«

Hannes war an der anderen Seite ausgestiegen und kam um den Wagen herum.

»Seien Sie bloß vorsichtig mit dem Paket«, wies er den Kutscher an. »Geben Sie her.« Er nahm es umständlich an sich und wandte sich Clara zu. »Guten Tag, Clara«, sagte er strahlend. »Verzeih, wenn ich den Hut nicht abnehme.«

Clara lächelte. »Wie schön, dass ihr kommen konntet. Ich hätte gar nicht mit euch gerechnet. Ich dachte, ihr ertrinkt in den Hochzeitsvorbereitungen.«

»Es sollte eine Überraschung sein.« Netty strahlte über das ganze, rotwangige Gesicht.

Hannes klopfte auf das Paket. »Gehen wir hoch, damit ich es euch zeigen kann.«

»Was ist es denn?«

Netty lächelte verschmitzt. »Etwas für den großen Salon. Oder besser fürs Kaminzimmer? Na, ich denke, du wirst dich jedenfalls darüber freuen. Und Mutter erst recht.«

Clara lief durchs Haus, erzählte allen von Hannes' und Nettys Ankunft, und sie versammelten sich im Salon. Während Clara unten gewesen war, mussten Ernst und Annike bereits den langen Tisch aus dem Kaminzimmer in den großen Salon herübergeschafft haben. Sie hatten ihn als eine Art Buffet vor eines der Fenster geschoben. Hier würden sie also nachher stehen und ihr Publikum unterhalten. Claras Herz machte einen kleinen Satz bei dem Gedanken.

Hannes hob das Paket auf den Tisch und bat Netty, ein Messer zu holen und ihm zu assistieren. Er schnitt die Paketschnur durch und löste mit Nettys Hilfe die großen Papierbahnen.

Zum Vorschein kam ein Gemälde, und als Clara es erkannte, stieß sie einen Freudenlaut aus.

»*Das* Porträt?«, rief sie ungläubig.

Es war das Ölgemälde, das Otto Stargard zeigte. Sie und Akeno hatten lange davorgestanden, am Tag von Otto Stargards Beisetzung. »Aber warum?«, fragte sie.

»Nun, wir dachten uns, es sei ein guter Anlass, um die Verbindung unserer Häuser zu stärken. Ohne meinen Vater hätte es das Teehaus nicht gegeben.«

Adele trat auf das Bild zu und strich vorsichtig über den Rahmen. »Danke«, sagte sie leise, und Clara verstand, dass sie sich ebenso bei Otto Stargard bedankte wie bei seinem Sohn.

Sie drehte sich um. »Was sagt ihr? Über den Kamin? Oder über die Treppe?«

»Die Treppe«, sagte Ernst. »Dort sehen es mehr Leute.«

»Gut.« Adele nickte entschlossen. »Dann bringt ihr Männer es am besten gleich einmal an. Ich will, dass es zu Beginn der Teegesellschaft hängt. Und ich möchte, dass du dann ein paar Worte dazu sagst, Hannes. Würdest du das für uns tun?«

Hannes deutete eine Verbeugung an. »Mit Vergnügen, liebste Schwiegermama.«

Clara und Netty standen eingehakt nebeneinander und sahen zu, wie Ernst und Hannes einen dicken Eisennagel in die Wand schlugen und sich damit abmühten, das Bild auch wirklich gerade zu hängen.

»Ausgerechnet dieses Bild«, sagte Clara. Sie fühlte sich bei seinem Anblick glücklich und traurig zugleich.

»Ich weiß«, sagte Netty. »Ich habe euch gesehen, damals«, fügte sie flüsternd hinzu.

»Du Fuchs«, sagte Clara und lächelte.

»Selber«, sagte Netty und streckte ihr die Zunge heraus.

Die ersten Gäste kamen gegen drei Uhr am Nachmittag, knabberten an den Zitronenplätzchen und ließen sich eine erste Tasse von Claras neuem Frühlingstee schmecken, eine blumige Mischung mit Jasmin- und Orangenblüten, serviert in geblümten Kännchen auf kleinen, silbernen Tabletts von einer adrett zurechtgemachten Annike.

Gegen vier Uhr war der Salon gut gefüllt, sogar Frau Lenbach nebst Gatten hatten sich unter die Gäste gemischt, und die Luft summte von allerlei Gesprächen. Es wurde Zeit für die Präsentation.

Den Anfang machte Hannes Stargard. Er begrüßte die Gäste, hieß sie willkommen und lobte die Jahrzehnte währende, wunderbare Zusammenarbeit zwischen dem Hamburger Teekontor und dem Teehaus Winterfeld.

»Bitte werfen Sie einen Blick über die Treppe, meine Damen und Herren. Dort sehen Sie meinen Vater. Er war einer der ersten erfolgreichen deutschen Teeimporteure. Ihm verdanken wir alle die Existenz des Teehauses.«

Verhaltener Applaus ertönte.

Das war Claras Zeichen, in den Salon zu treten.

Einige Gäste wichen vor ihr zurück. Blicke streiften ihren

umfangreichen Bauch und zuckten rasch anderswohin, zu den Ranken auf der seidenen Tapete oder den mit Teekrümeln gefüllten Ritzen im Parkett. Gespräche verstummten, nur aus einer Ecke war ein Tuscheln zu hören.

Clara trat neben Ernst hinter das provisorische Buffet, blieb dort stehen, den Blick in den Raum gewandt.

»Liebe Gäste«, begann sie. »Auch ich freue mich, dass Sie so zahlreich zu unserem kleinen Empfang gekommen sind. Sicher haben Sie nicht erwartet, mich heute hier zu sehen. Und wenn ich schon hier bin, dann müsste ich zumindest Schwarz tragen und nicht Grün, nicht wahr?« Clara machte eine Pause, und ihr Blick in die Runde traf auf unverhohlene Neugier. Gut so.

Sie reckte das Kinn und atmete durch. »Um es kurz zu machen, liebe Gäste: Ich trage Grün und nicht Schwarz, weil wir heute eine neue Art Tee einführen. Etwas Besonderes, das es sonst in Europa nicht gibt. Es handelt sich nicht um schwarzen, sondern um grünen Tee, den wir mit Hilfe des Teekontors direkt aus Japan importieren. Wir dürfen Ihnen damit etwas Exotisches anbieten, etwas Edles obendrein, das selbst in den feinsten Häusern des Landes nicht zu haben ist – außer bei uns.«

Die Gesichter der Gäste blieben leer.

»Vielleicht fragen Sie sich, was mag das wohl sein, grüner Tee? Minze oder Brennnessel vom Feld? Oder gar ein Petersilientee?«

Clara hatte auf einen Lacher gehofft. Stattdessen sah sie Entsetzen auf den Gesichtern einiger Frauen. Am liebsten hätte sie sich selbst gekniffen. Was für eine unglückliche Wortwahl. Manche Frauen nutzten Petersilientee, um eine unerwünschte Leibesfrucht zu vertreiben. Clara atmete durch und setzte neu an.

»Es handelt sich bei grünem Tee um dieselbe Pflanze, aus der auch der bekannte schwarze Tee gewonnen wird. Nur die Verarbeitung nach der Ernte unterscheidet sich. Doch das kann Ihnen mein Bruder Ernst«, sie berührte kurz seinen Arm, »gleich viel besser erklären als ich. Wenn es Sie interessiert, verwickeln Sie ihn bitte in ein Gespräch. Er ist in Japan aufgewachsen und baut den Tee selbst an. Er ist der eigentliche Experte hier bei uns im Raum.«

Einige Augenbrauen gingen in die Höhe, und Clara vermeinte, ein erstes, zartes Interesse in den Gesichtern zu sehen. Doch vermutlich wunderten die Leute sich nur, dass sie Ernst öffentlich als ihren Bruder vorstellte. Sie warf einen kurzen Blick zu Adele hinüber, die wohl glauben musste, dass sie einen Fauxpas begangen hatte. Sie stand stocksteif da und starrte Clara entgeistert an. Vermutlich überlegte sie, wie sie Claras Auftritt möglichst schnell beenden konnte. Tut mir sehr leid, Mutter, dachte Clara. Aber da musst du jetzt durch, genau wie ich.

»Ich möchte Ihnen gern eine kleine Geschichte erzählen, bevor ich Sie einlade, unseren neuen Tee zu kosten. Ziemlich genau vor einem Jahr war es, als Otto Stargard, den Sie auf dem Porträt hinter sich sehen können, mit einem Handelsvertreter aus Japan, mit Herrn Akeno, zu uns nach Berlin kam, um uns die grüne Neuheit am Weltmarkt vorzustellen. Mein Vater ließ sich damals nicht zu dem Wagnis überreden, sie bei uns im Teehaus einzuführen. Doch ich … habe mich auf den ersten Schluck verliebt. In den Tee – und in seinen Überbringer.«

Ein Raunen ging durch die Gäste, Blicke flogen hin und her. Adele war kreidebleich, und Netty schien es neben ihrem Hannes kaum auszuhalten, so aufgeregt sah sie aus. Ernst neben ihr fasste sie am Ellenbogen, wie um ihr Einhalt zu gebieten. Doch Clara hatte nicht vor, sich aufhalten zu lassen.

»Sie haben richtig gehört, meine Damen und Herren. Auf Otto Stargards Beerdigung haben Herr Akeno und ich uns besser kennengelernt. Ich bin an Bord seines Schiffes gegangen, um es zu besichtigen, und – glauben Sie mir – es hätte nicht viel gefehlt, und ich wäre einfach mit ihm nach Japan gefahren. Doch die Verpflichtung meiner Familie gegenüber hielt mich zurück.«

Clara blickte in die Runde. Die Stille jetzt war voller Spannung. Die Leute wollten es wissen. Clara lächelte. »Ich sehe, Sie haben eine Menge Fragen. Lassen Sie mich Ihnen so viel sagen: Die Ehe zwischen Franz Casper und mir können Sie getrost als gescheitert betrachten. Mein Bruder Ernst wird die Geschäfte im Teehaus weiterführen. Und ich? Es ist mein fester Wille und Entschluss, an seiner Stelle nach Japan zu gehen.«

Es war raus. Sie hatte es öffentlich gemacht. Sie würde Berlin verlassen und nach Japan gehen. Mit angehaltenem Atem wartete Clara auf Reaktionen.

Frau Lenbach machte einen langen Hals und stieß ihren Gatten in die Seite. Adele schlug sich eine Hand vor den Mund. Sie war einer Ohnmacht nahe, und Hannes eilte, um sie zu stützen. Netty warf Clara einen fassungslosen Blick zu, wandte sich um und verschwand in die Küche.

»Na, das nenne ich mal eine Überraschung«, murmelte Ernst neben ihr.

»Gelungen, was?«, sagte Clara leise. Laut fügte sie hinzu: »Nun, ich schlage vor, dass Sie zu Beginn unseren grünen Tee einfach einmal ausprobieren.«

Sie klatschte in die Hände.

Dies war das verabredete Signal für Olga und Annike,

den großen Samowar hereinzutragen und das Deckelglas, in das sie jenen Tee, der in der Tasse zu ganzen Blättern aufging, eingefüllt hatten. Die fest gerollten Teeperlen leuchteten grün in der Nachmittagssonne.

Annike legte mit einer Zuckerzange je zwei davon direkt in die Tassen, füllte sie mit wohltemperiertem Wasser aus dem Samowar auf und servierte die Tassen an den Tischen.

Während die Gäste zusahen, wie der Tee sich entfaltete, übernahm Ernst das Wort.

»Bitte warten Sie, bis der Tee eine zartgrüne Farbe annimmt, bevor Sie ihn kosten«, sagte er. »Sie werden einen blumigen, beinahe süßen Geschmack feststellen. Diesen Tee kann man im Übrigen auch kalt wunderbar genießen.«

»Eine Frage«, rief Herr Lenbach.

»Bitte.«

»Warum sind Sie in Japan aufgewachsen und nicht bei Ihrer Familie?«

Ernst räusperte sich. »Nun, das ist eine lange Geschichte. Doch um es kurz zu machen – ich bin als kleines Kind verloren gegangen und nach Japan verschifft worden. Erst im letzten Jahr war es meiner Mutter möglich, meine Spuren zurückzuverfolgen und mich ausfindig zu machen. Es war ein überaus glückliches Wiedersehen.«

Erneut ging ein Raunen durch den Raum und Clara sah einige Gesichter lächeln. Die Geschichte ging zu Herzen. Das war gut.

»Und was ist mit den Blättern?«, fragte erneut Herr Lenbach und äugte misstrauisch in seine Tasse.

»Die Teeblätter lassen Sie einfach am Grund. Und wenn Sie ein zweites Tässchen genießen möchten, sagen Sie es nur. Man kann ihn bis zu drei Mal neu aufgießen, und jeder Aufguss hat sein eigenes, besonderes Aroma.«

»Hm, das spart ja eine Menge Geld«, sagte seine Frau.

»Richtig«, sagte Ernst.

Herr Lenbach kostete, zog die Brauen hoch und nickte. »Ja, ja. Nicht uninteressant«, ließ er verlauten.

Clara wusste nicht, ob er meinte, was er sagte. Aber das spielte auch keine Rolle. Niemand würde heute vor allen Leuten laut sagen, dass ihm der Tee nicht schmeckte, und sich damit als herzloser Banause zu erkennen geben. Wer immer heute hier eine Tasse grünen Tee trank, würde voll des Lobes sein. Angeführt von Herrn und Frau Lenbach, denen das große Kaufhaus am Alexanderplatz gehörte. Clara lächelte. Besser konnte es gar nicht laufen.

»Wissen Sie, liebe Gäste, grüner Tee mag in Europa nicht zu den schönen Konventionen gehören«, hob sie erneut an. »Wir sind hier an schwarzen, oft auch an übermäßig starken Tee gewöhnt, und wer hart arbeiten muss, weiß zweifellos um die Vorzüge eines starken Tees. Die feineren, nuancenreicheren Aromen sind uns bisher noch fremd. Doch wie ändert man eine Konvention?« Clara hielt inne und blickte in die Runde.

»Indem man etwas anderes probiert«, sagte eine junge Frau und hob die Tasse.

Clara nickte ihr zu. Sie verstanden einander und Clara war zufrieden. »Man folgt dem unmittelbaren Wissen des Herzens, das oft schlauer ist als Konvention und Verstand.«

Der Salon war mittlerweile übervoll, einige Gäste standen sogar mit ihrer Tasse in der Hand, und am Buffet bildete sich eine Schlange von Gästen, die Wasser für ihren Tee nachholen oder sich mit zusätzlichen Plätzchen versorgen wollten.

Die Stimmung war gelöst, niemand schien sich an Claras

sogenanntem Zustand zu stören oder sie zu verurteilen. Sie hatten den Leuten heute etwas geboten.

»Ich hätte da nur noch eine Frage«, rief jemand von der anderen Seite des Salons.

Clara lief es eiskalt den Rücken herunter, als sie die Stimme erkannte. Langsam wandte sie sich um und starrte in Franz' Gesicht.

Er hatte wieder seine roten Flecken am Hals und stand nicht ganz aufrecht. Offensichtlich hatte er getrunken. Er deutete fahrig hinter sich, wo Otto Stargards Porträt über dem Treppenaufgang hing und milde auf die Gesellschaft herablächelte.

»Dies ist nicht etwa rein zufällig genau das Porträt, um das es ein gewisses *Missverständnis* gab? Soweit ich unterrichtet bin, wurde es doch an seinen rechtmäßigen Besitzer nach Japan geschickt, einen gewissen Japaner, von dem meine Frau behauptet ...« Franz hielt inne, schwankte.

Wut stieg in Clara auf. Was hatte er hier zu suchen, ausgerechnet heute? Sie hatten doch wirklich alles geklärt, hatten alle offenen Rechnungen beglichen.

Clara steuerte durch die Menge auf ihn zu und ignorierte die Blicke, die ihr folgten, ebenso wie das merkwürdige Gefühl, das ihren Bauch zusammenzupressen schien. »Franz. Mäßige dich bitte«, zischte sie.

Franz' Stimme wurde noch lauter. »Ich frage dich, Frau, warum ist dieses Bild hier?!«

Er wandte sich um und warf seine volle Teetasse gegen das Gemälde. Sie prallte ab und zerschellte auf der Treppe darunter. Der Tee lief in einer breiten Bahn über das Bildnis von Otto Stargard und an der Wand hinab.

»Und ich frage dich, von was für einem *Missverständnis* er gesprochen hat! Hat es etwas damit zu tun?!« Er deutete auf Claras Bauch. »Sag es mir! Bist du meine Frau, oder bist du seine Hure?!«

Ein erneutes Ziehen zwang Clara, sich vornüberzubeugen. Ihr war übel, und die entsetzten Gesichter der Menschen um sie her verschwammen vor ihrem Blick.

Jemand fasste sie am Ellenbogen und sagte: »Brauchen Sie Hilfe?«

Clara schüttelte den Kopf, als sich ein Pfeifen auf ihre Ohren legte.

Ernst und Hannes hatten sich blitzschnell durch den Raum auf Franz zubewegt und nahmen ihn in die Zange. »Sie gehen jetzt«, sagte Ernst kalt.

»Ich bleibe, wo ich bin!«, rief Franz. »Das ist meine Frau!«

»Sie haben Ihr Geld erhalten«, sagte Hannes kalt. »Und jetzt gehen Sie.«

Franz wehrte sich, als Hannes und Ernst ihn an den Armen packten und die Treppe hinunterbugsierten.

Na, das gibt jetzt aber wirklich eine Menge Gesprächsstoff, dachte Clara und unterdrückte ein Kichern, das absurderweise in ihrer Kehle aufstieg.

»Ich werde euch zerstören, Clara! Ich bin noch nicht mit dir fertig!«

So ein Dummkopf, dachte Clara. Ihr war viel zu warm, sie musste diesen blöden Kragen um ihren Hals loswerden. Sie riss daran und wunderte sich, warum ihre Beine sich mit einem Mal so nass anfühlten. Ein Krampf ließ sie aufstöhnen.

Wie von weiter Ferne drangen Stimmen zu ihr durch. Sie redeten von Wasser, das sie verlor, von Hebammen und Tüchern und Wasser. Wasser. Sie hatte Durst.

Und sie wollte sich hinlegen. Das Stehen war mit einem Mal so schwer, ihre Beine zitterten.

Sie fühlte sich von Händen gestützt und geschoben, man brachte sie nach oben, legte sie ins Bett.

Kurz erkannte sie Olga, die ihr ein kaltes Tuch in den Nacken legte und ihr die verschwitzten Haare aus der Stirn strich.

»Du bekommst jetzt dein Kind«, sagte Olga. »Das sind die Wehen.«

Eine davon rollte heran wie eine Welle auf hoher See, Clara fühlte sie kommen wie ein untergründiges Beben. Und dann war sie da, groß und mächtig, und würde sie von innen zermalmen.

»Du musst atmen, Kind«, sagte Adele mit ruhiger Stimme. »Die Hebamme kommt gleich, halte durch.«

Die Wehe verebbte und Clara lachte und weinte zugleich. Ihr Kind hatte sich auf den Weg gemacht.

Die folgenden Stunden erschienen Clara unendlich lang, und zugleich vergingen sie rasend schnell, wie im Traum. Wehe folgte auf Wehe, Stimmen redeten auf sie ein, eine fremde Frau nahm fremde Verrichtungen an ihr vor, und immer wieder zog ein Gedanke vorbei: Wie wirst du aussehen, mein Kind?

Irgendwann, in der nächsten Sekunde oder Tage später, sie wusste es nicht, überkam sie der unbändige Drang, zugleich zu schreien und zu pressen. Sie bot all ihre Kraft auf, angefeuert von der fremden Frau, von Olga und ihrer Mutter. Schweiß brannte in ihren Augen, und dann fühlte sie, wie das Kind in einer einzigen gleitenden Bewegung aus ihr heraus und auf die Welt kam.

Für einen bangen Moment war es still im Raum. Die fremde Frau wandte sich, Claras Kind in den Händen, von ihr ab. Adele schlug die Hand vor den Mund, Tränen in den Augen, und Claras Herz zog sich vor Angst zusammen.

Dann hörte sie ein zartes Glucksen, gefolgt von einem hellen Krähen.

Die fremde Frau legte ihr ein winziges, in ein warmes Tuch gewickeltes, haarloses Wesen auf die Brust. Seine Augen waren geschlossen.

»Ein kleines Mädchen«, sagte sie. »Und alles dran.«

Clara hielt es fest und wusste, sie würde es nie wieder loslassen.

Danke

Um die Entstehung eines Buches herum gibt es viele Menschen, ohne die es gar nicht erst die Chance bekäme, Leser*innen zu finden.

Danke daher an meine Agentin Diana C. Itterheim, die die Idee zu dieser Geschichte in die Verlage getragen hat.

Ohne das Erstlektorat von Daphne Unruh hätte ich keine so überzeugende Leseprobe für den Verlag zustande gebracht.

Und ohne die langen, konstruktiven Gespräche mit Karoline Adler von dtv wäre die Geschichte nicht so rund geworden.

Einen großen Anteil an der Endfassung des Romans hat auch meine Lektorin Maike Kleihauer, die aufgrund ihrer Liebe zu und ihres Wissens über Japan eine unschätzbare Hilfe ist.

Herzlichen Dank!

Ebenfalls nicht denkbar gewesen wäre dieser Roman ohne die Hilfe meiner Eltern, die seit mehr als vierzig Jahren in Göttingen das *Teehaus Schmidt* führen. Die Teerezepturen, die Clara erfindet, haben sie für mich entwickelt. Wenn Sie mehr darüber erfahren möchten, besuchen Sie die Webseite www.teehaus-schmidt.de.

Bevor ich mit dem Schreiben begonnen habe, hätte ich nicht gedacht, dass im 19. Jahrhundert eine Seereise von Hamburg nach Nagasaki mit einem klassischen Teeklipper tatsächlich um die drei Monate dauerte. Ohne Rechenhilfe von Ute Maisel von www.windjammer-weltweit.de hätte ich es auch kaum herausgefunden.

Quellen

Für Claras kostbares blaues Buch aus Japan hat ein real existierendes Buch Pate gestanden: *Reisen in Nippon. Berichte deutscher Forscher des 17. und 19. Jahrhunderts. Ausgewählt und eingeleitet von Herbert Scurla.*

Diese Zusammenstellung stammt aus dem Jahr 1968. Ich habe das Buch ins 19. Jahrhundert zurückverlegt und die Reiseberichte zu einem damals aktuellen Werk erklärt. Dieses Buch hat es im 19. Jahrhundert so jedoch nicht gegeben.

Über japanischen Tee und seine Zubereitung habe ich mich bei Kakuzo Okakura in seinem Klassiker *Das Buch vom Tee* belesen.

Zu Bodhidharma und den Daruma-Puppen siehe:
https://www.onmarkproductions.com/html/daruma.shtml

Wie geht es weiter in Claras Leben? Wer ist der Vater ihres Kindes?

Wird Franz jemals in eine Trennung einwilligen, und wo ist Akeno?

Wer Clara auf ihrem schicksalhaften Weg begleiten möchte, kann sich auf die Fortsetzung dieses mitreißenden Romans freuen.

Erscheint im Frühjahr 2023

Leseprobe

Im Land der Kirschblüten

Als die Morgendämmerung durchs Bullauge zu sickern begann, stand Clara auf. Sie deckte Celia, die sich freigestrampelt hatte, wieder richtig zu, warf sich ihr großes Wolltuch um die Schultern, schlich aus der Kajüte und ging an Deck.

Die Luft war kühl und es ging ein leichter Wind, der ihr von Land her den Duft des Frühlings zutrug. Am Horizont erkannte sie dunkle Hügelrücken im bläulichen Dunst.

Heute war der Tag, an dem sie Akeno wiedersehen würde.

Clara blieb an der Reling stehen, bis es ein wenig heller wurde und die Hügel klarer hervortraten. Die *Suez* mit ihren drei Masten nutzte den schwachen Wind so gut es ging und kreuzte zwischen den Inseln vor Japans Südküste hindurch, und es würde sicher noch Stunden dauern, bis sie in Nagasaki einliefen. Sie hatte mehr als genug Zeit, um ihre wenigen Habseligkeiten einzupacken und sich zu verabschieden. Fröstelnd zog Clara das Tuch enger um die Schultern und kehrte in die Kajüte zurück.

Celia lag noch genauso da, wie Clara sie verlassen hatte, und für einen Moment betrachtete sie zärtlich die langen Wimpern, die auf den Wangen ihrer Tochter lagen.

Sie war ein stilles Kind, das nur selten weinte. Ebenso

lachte und plapperte sie kaum. Manchmal machte es Clara traurig, dass das erste Lebensjahr ihrer Tochter von Angst überschattet gewesen war und sie kaum Fröhlichkeit kennengelernt hatte.

Doch dafür hatte Celia auf der Seereise ihre ersten Schritte gemacht, und die Matrosen waren entzückt, wenn sie auf ihren Wackelbeinchen zwischen ihnen hin und her tappte, um sich von jedem ein Stück Zwieback abzuholen. Celia würde diese etwas rauen, aber herzlichen Männer sicher vermissen. Und Clara auch. Sie hatten sich gestern schon von ihnen verabschiedet, denn heute würden sie zu viel zu tun haben, um sich um eine Frau und ihr Kind zu kümmern.

Clara setzte sich auf die Bettkante und ließ den Blick zum Bullauge über dem Tisch schweifen. Dieser Raum war ihr für eine kleine Weile Heimat gewesen. Hier hatte Akeno ihr die erste Teezeremonie ihres Lebens geschenkt. Und hier hatte sie zum ersten Mal wirklich geliebt. Und wenn Akeno heute seine Arme um sie schloss, würde sie diese Kajüte nicht mehr brauchen, um sich ihm nahe zu fühlen.

Clara gab ihrer Tochter einen Kuss und weckte sie sanft.

»Einen wunderschönen guten Morgen, die Damen!«, rief Kapitän Seeborg fröhlich.

Es war Clara zur Gewohnheit geworden, mit ihm in seiner Kabine zu frühstücken. Er hatte einen Narren an Celia gefressen und sogar einen kleinen Hochstuhl für sie zimmern lassen. Sie ließ sich zufrieden von Clara mit Haferbrei füttern, während er seine Frühstückseier verspeiste und nachtschwarzen süßen Tee dazu trank.

Clara jedoch bekam heute keinen Bissen herunter. Heute würde sie zum ersten Mal den Fuß auf japanischen Boden setzen. Heute würde sie ihre neue Heimat betreten. Heute würde sie Akeno endlich wiedersehen! Würde er sie in aller Höflichkeit mit einer Verbeugung begrüßen? Oder würde sie ihn in die Arme schließen, gar ihre Lippen auf seine drücken dürfen?

Clara schüttelte die Gedanken ab. »Wissen Sie schon, wann Sie wieder zurückfahren, Kapitän?«

»Wieso fragen Sie das? Wollen Sie gleich wieder nach Hause?«

Clara lächelte. »Natürlich nicht. Ich dachte nur, vielleicht haben Sie Zeit für ein Wiedersehen mit Herrn Akeno? Ich meine, falls Sie das überhaupt interessiert.«

»An Zeit habe ich keinen Mangel, liebe Clara.« Der Kapitän zog sich die Serviette aus dem Kragen und warf sie auf seinen leeren Teller. Er lächelte Clara an. »Die *Suez* wird nämlich an die Japaner verkauft. Und ich bleibe erst mal eine Weile in Deshima und lasse es mir gutgehen.«

»Deshima?«, fragte Clara irritiert.

»Das ist die Ausländersiedlung von Nagasaki.«

»Aber … wieso?«

Der Kapitän zuckte die Achseln. »Das sind die modernen Zeiten. Man fährt jetzt lieber mit Dampf statt mit Segeln.«

»Das tut mir leid«, sagte Clara und ließ Celias Breilöffel sinken.

Der Kapitän tätschelte ihren Arm. »Muss es nicht. Ich bin nicht mehr der Jüngste und habe genug von der Welt gesehen. Und genug gespart, um mich zur Ruhe zu setzen.«

»Kehren Sie denn nicht nach Deutschland zurück?«

»Wer weiß. Ich könnte auch hier bleiben. Oder an jedem anderen Ort auf der Welt.«

Celia steckte genüsslich beide Händchen in den Haferbrei

und lutschte ihn sich von den Fingern. Als Clara die Serviette nahm, um sie abzuwischen, fing sie an zu quengeln und gab erst wieder Ruhe, als sie weiter gefüttert wurde.

»Wohin soll ich eigentlich Ihren Überseekoffer bringen lassen?«, fragte der Kapitän.

»Ich weiß nicht. Wohin bringt man denn die Koffer normalerweise, wenn man im Hafen abgeholt wird?«

»Nun, es gibt einen überdachten Sammelpunkt beim Fischmarkt. Der ist aber mehr für Einheimische. In Deshima gibt es auch ein Hotel für Ausländer. Ich könnte Ihren Koffer gleich dorthin schaffen lassen.«

»Ist das weit weg vom Hafen?«

»Ach was, nur ein Katzensprung.«

Clara hatte sich noch gar keine Gedanken darüber gemacht, ob sie und Akeno wohl in Nagasaki bleiben oder ob sie gleich weiterreisen würden.

»Eigentlich können Sie heute sowieso nur dort übernachten.«

»Danke, aber ich glaube, ich nehme lieber den Sammelpunkt«, sagte Clara. Sie wollte nicht in dem Land ankommen, dem so lange schon ihre Sehnsucht galt, und dann in einem Hotel ausdrücklich für Ausländer, in dem alles mehr oder weniger vertraut sein würde, absteigen. Vor allem wollte sie, wo auch immer, bei Akeno sein.

Kapitän Seeborg sah sie ein wenig skeptisch an. »Gut. Wie Sie wünschen.«

Als die Hilfsmotoren das Schiff in Vibration versetzten, sprang Clara auf. »Sind wir etwa da?«

Der Kapitän lachte. »Sieht ganz so aus. Dann heißt es jetzt wohl Abschied nehmen.«

Er stand ebenfalls auf und Clara griff nach seinen Händen. Plötzlich hatte sie Angst. »Aber wir bleiben doch in

Kontakt, oder? Versprechen Sie mir, dass Sie Celia und mich in Kagoshima besuchen, bevor Sie abreisen?«

»Wer könnte zwei solch reizenden Damen wohl widerstehen?«, sagte Seeborg und zwinkerte Clara zu. Dann hob er Celia aus ihrem Stuhl. »Kommen Sie«, sagte er.

»Ich hole nur noch meine Reisetasche aus der Kajüte.«

»Gut, ich nehme die kleine Dame hier mit und wir treffen uns an Deck.«

Clara ließ den Blick ein letztes Mal durch die Kajüte schweifen und versuchte, sich jedes Detail einzuprägen. Das dunkle Holz, die Bettstatt, die auffällig gemaserten Türen des Wandschranks. All das würde sie nicht mehr wiedersehen, und es fiel ihr schwer, sich nach dem Abschied von Berlin und ihrer Familie schon wieder verabschieden zu müssen.

Aber so war es nun einmal. Und es wartete hier ein neues Leben auf sie, für das sich all die Abschiede lohnten.

Entschlossen zog Clara die Tür hinter sich zu und hob ihre Segeltuchtasche vom Boden auf. Nur das Nötigste für Celia und sie war darin, sowie Geld und Papiere.

Als sie an Deck trat, war aus dem frühen Dunst ein etwas windiger, aber sonniger Morgen geworden. Das Wasser im Hafen glitzerte, die vor Anker liegenden Schiffe schaukelten in der Brise, und hinter dem Hafen zogen sich Straßen mit Holzhäusern und kleine, terrassierte Felder die Hügel hinauf. Weiter oben bedeckten frühlingsgrüne Wälder die Kuppen, und es lag eine Süße in der Luft, die Clara das Gefühl gab, nach langer Abwesenheit endlich nach Hause zu kommen. Sie trat neben den Kapitän und legte eine Hand über die Augen, um besser sehen zu können.

»Schauen Sie dort, etwas weiter links. Die Häuser mit den Dächern mit den vier gleichen Seiten«, sagte er.

»Die in Zeltform? Ja.«

»Das ist Deshima. Dort ist auch das Hotel, von dem ich sprach.«

Sie nickte und erblickte unterhalb einer großen Pinie ein paar Häuser, die mit Säulen und Kapitellen geschmückt waren. »Was ist das dort?«, fragte sie.

»Das gehört wohl den Franzosen. Eine Mission, wenn ich nicht irre.«

Irgendwie missfiel Clara der Anblick dieser auffälligen Häuser mit ihren angeberisch wirkenden Säulen inmitten der anmutigen Schlichtheit der japanischen Gebäude. Sie wirkten im Vergleich geradezu grobschlächtig.

»Wo legen wir an?«, fragte sie und ließ den Blick weiterschweifen.

»Dort«, sagte der Kapitän und deutete auf ein breites, offenes Hafenbecken weiter rechts. Es war von flachen Schuppen und zwei Verladekränen gesäumt. Menschen in weiten Hosen oder knielangen Röcken trugen Kisten und Säcke von einem Schiff und brachten sie in einen der Schuppen.

An der Kaimauer stand eine Gruppe Menschen und erwartete offenbar schon die Ankunft der *Suez*. Auch Frauen in langen schmalen Gewändern und mit hochgesteckten Haaren waren unter ihnen. Clara suchte die Menge nach Akeno ab, entdeckte ihn jedoch nicht. Was, wenn sie ihn nach der langen Zeit gar nicht wiedererkannte? Kurz schloss sie die Augen und vergegenwärtigte sich sein Gesicht. Nein, sie würde ihn unter Tausenden erkennen.

Sie spürte einen sanften Ruck, als das Schiff an die Mole stieß. Celia streckte erschrocken ihre Ärmchen nach ihr aus, gab aber keinen Laut von sich.

Clara knotete ihr Schultertuch diagonal und setzte Celia hinein, sodass sie sie bequem auf der Hüfte tragen konnte.

Während der Seereise hatte sich das als sehr praktisch erwiesen. Celia schmiegte sich an ihre Seite, steckte den Daumen in den Mund und sah skeptisch auf das Treiben im Hafen.

Kapitän Seeborg klatschte in die Hände. »So!«, sagte er übertrieben laut. »Das war's dann wohl! Alles Gute für Sie!« Er ergriff Claras Hand und schüttelte sie einmal kräftig, anschließend strich er flüchtig über Celias Kopf. Dann wandte er sich abrupt um und ging.

Clara hörte noch, wie er bellend Befehle erteilte, dann wurde seine Stimme vom Lärm des Hafens verschluckt. Na warte, dachte sie und wischte sich eine Träne aus dem Augenwinkel, wir sehen uns schon noch. So leicht kommst du mir nicht davon, Herr Kapitän.

Der Landesteg wurde ausgefahren, und Arbeiter in Holzschuhen und weiten Hosen polterten an Bord.

Clara griff ihre Reisetasche und wartete eine Lücke ab. Der Landesteg bebte unter ihren Füßen, und als sie nach beinahe elf Wochen an Bord plötzlich festen Boden unter den Füßen spürte, fühlte es sich seltsam ungewohnt und wackelig an.

Unten stand ein Mann, vermutlich der Vorarbeiter, und stieß unablässig schnelle Rufe aus. Seine Stimme unterschied sich sehr von dem sanften Ton, den sie von Akeno kannte, und natürlich verstand sie kein Wort. Aber sie begriff, dass er sie zur Eile drängte. Der Wind frischte auf und schwere graue Wolken zogen heran.

Clara hätte sich gern Zeit genommen und den Moment, als sie zum ersten Mal japanischen Boden betrat, zelebriert. Doch kaum setzte sie einen Fuß vom Landesteg, packte der Vorarbeiter sie grob am Arm und zog sie beiseite.

Da stand sie nun, im Hafen von Nagasaki, lediglich festgetretene Erde unter den Schuhen. Wenn es zu regnen anfing, würde sie zu Schlamm werden.

Celia fing leise an zu weinen, und Clara zupfte den Vorarbeiter am Ärmel.

»Entschuldigen Sie bitte, wissen Sie, ob Herr Akeno …?«

Sie hielt inne. Wie dumm, dass sie sich vor ihrer Ankunft nicht wenigstens ein paar Brocken Japanisch zurechtgelegt hatte!

Der Mann ignorierte sie, schrie weiter und winkte in einem fort, während die Arbeiter den Landesteg rauf- und runterpolterten.

Clara blickte sich um. Wo blieb nur Akeno? Ob er in einem anderen Teil des Hafens auf sie wartete? Es gab hier so viele Buchten und Inseln. Sicher hatte eine Stadt wie Nagasaki mehr als eine Stelle, wo man mit einem Schiff anlanden konnte, oder nicht?

Nun gut. Er würde sich sicherlich informieren, wo die *Suez* lag, und dann würde er kommen. Das konnte ja nicht mehr lange dauern. Clara packte ihre Tasche fester und sah sich nach dem Unterstand um, zu dem ihr Koffer gebracht werden sollte. Kurz glaubte sie, ihn auf dem Rücken eines Mannes durch die Menge schwanken zu sehen, doch im nächsten Moment war er schon wieder zwischen all den Leibern, Säcken und Kisten verschwunden.

Clara ließ sich mit dem Menschenstrom treiben, Celia und ihre Tasche fest an sich gedrückt. Von hinten wurde gedrängelt, sodass sie gar nicht anders konnte, als weiterzugehen. Es war ja in Berlin am Bahnhof schon schwer genug, jemanden zu finden. Aber wie um alles in der Welt sollte das hier möglich sein, in diesem Gedränge? Alle hatten es eilig, und als die ersten dicken Regentropfen fielen, hatten sie es noch eiliger.

Endlich erspähte Clara ein großes, mit Gras oder Stroh gedecktes Dach vor sich, darunter Stapel von Säcken, Kisten und Koffern. Dort musste sie hin! Sie straffte die Schultern und setzte entschlossen einen Fuß vor den anderen.

Sie erreichte den schützenden Unterstand im selben Moment, als die Wolken sich öffneten und wahre Sturzbäche zur Erde schickten. Clara war nicht die Einzige, die Schutz suchte unter dem Dach. Sie setzte sich auf eine freie Kiste und spähte in den Regen hinaus. Er war so dicht, dass man die Gebäude und Hügel auf der anderen Seite des Hafens nur schemenhaft erkennen konnte, und mit einem Mal war es so dunkel wie an einem Herbstnachmittag. Celia war im stetigen Rauschen des Regens wieder eingeschlafen.

Auch Clara schloss für einen Moment die Augen. Vielleicht wäre sie besser bis nach dem Löschen der Ladung – und nach dem Regen – an Bord der *Suez* geblieben. Dort hätte Akeno sie mühelos gefunden.

Doch sie beruhigte sich selbst: Wenn er zum Schiff ging und Kapitän Seeborg nach ihr fragte, würde der ihn sicher hierherschicken. Bestimmt wartete er einfach noch den Regen ab, bevor er kam.

Clara wusste nicht, wie lange sie so gesessen hatte, aber als das Rauschen des Regens endlich nachließ, zupfte jemand sie am Ärmel. Sie riss die Augen auf.

»Akeno?«

Aber es war nur ein alter Mann, der schüchtern und unter vielen Verbeugungen auf die Kiste deutete, auf der sie saß.

»Oh, ich bitte um Entschuldigung!« Clara sprang auf, und der Alte schulterte die Kiste und ging auf krummen Beinen davon.

Es waren jetzt nur noch wenige Menschen unter dem

Dach, auch das Gepäck war merklich weniger geworden. Celia war aufgewacht und wand sich ungeduldig an ihrer Seite. Sie wollte runter und sich bewegen.

»Schschsch«, versuchte Clara sie zu beruhigen. »Warte noch ein wenig, ja?«

Jetzt entdeckte sie auch ihren Überseekoffer, in dem sich ihre Kleidung und ihr gesamter, sehr übersichtlicher Besitz befanden. Mehr hatte sie nicht mehr im Leben. Mehr war sie nicht.

Clara stellte sich neben den Koffer, der ihr fast bis zur Schulter reichte, und wiegte sich von einem Bein aufs andere, um Celia zu beruhigen. Sicher hatte sie Hunger, das Frühstück war schon eine Weile her. Wieso hatte Clara nicht daran gedacht, für sie beide etwas Proviant einzupacken? Sie war einfach davon ausgegangen, dass alle Bedürfnisse erfüllt würden, alle Fragen beantwortet, alle Probleme gelöst – in dem Moment, wenn sie von Bord ging. Weil Akeno sich um alles kümmern würde. Sie hatte keine Sekunde daran gedacht, dass er sich vielleicht verspätete.

Aber das war kein Beinbruch. Die kurze Zeit ohne ihn würde sie sich schon noch durchschlagen können.

Der Regen war in einen feinen Niesel übergangen. Die Luft roch nach Schlamm und frisch gefangenem Fisch. Clara hatte nun ebenfalls Hunger. Sie hatte heute noch nichts gegessen, ihr Magen knurrte laut, und sie begann ungeduldig auf und ab zu gehen. Ein Mann warf ihr im Vorbeigehen einen Seitenblick zu und ließ mit einer lässigen Bewegung etwas zu Claras Füßen fallen.

Als sie sich danach bückte, erkannte sie, dass es eine Münze war. Clara schluckte die aufsteigenden Tränen herunter. Sah sie so elend aus, wie sie hier stand mit ihrem Kind auf der Hüfte? Waren ihre Kleider von der Reise so schmutzig und abgerissen, ihre Haare so zerzaust, dass man sie für eine Bettlerin halten musste?

Sie hob die Münze auf und betrachtete sie. Sie war kupferfarben, mit fremden Schriftzeichen geprägt und hatte ein Loch in der Mitte. Sie hätte daran denken sollen, sich ein wenig japanisches Geld zu besorgen. Sicherlich hätte der Kapitän ihr dabei helfen können. Vielleicht konnte er es ja immer noch. Sie konnte ihn jederzeit aufsuchen und um Hilfe bitten, das hatte er ihr ausdrücklich gesagt.

Clara atmete tief durch. So weit war sie noch nicht. »Was meinst du, Celia?« Sie zeigte ihrer Tochter die Münze. »Reicht das hier für eine Kleinigkeit zu essen?«

Celia nickte mit kindlichem Ernst.

»Gut, dann schauen wir mal.«

Wenige Meter neben dem Unterstand führte eine Straße mit einer sanften Steigung den Hügel hinauf. Die Häuser hatten Schiebetüren, und in den beiden Stockwerken darüber gab es Balkone, die sich über die ganze Häuserfront zogen. An der Straßenecke saß ein junger Mann in einem Gefährt mit zwei großen Rädern und zwei Stangen vorne. Er las in einer Zeitung und hatte die Beine lang vor sich ausgestreckt. Seine Hacken steckten im Straßenschlamm, der seine Beine bis zu den Knien hinauf bedeckte. Das musste eine jener kleinen Kutschen sein, die von Menschen statt von Pferden gezogen wurden.

In einem der Häuser auf der linken Straßenseite öffnete sich eine Schiebetür, zwei Frauen in bedruckten Gewändern und Holzsandalen kamen heraus, und mit ihnen der Duft von Gebratenem. Sie wandten sich hügelaufwärts und gingen schwatzend davon.

»Was meinst du? Vielleicht ist das dort eine Garküche?«, fragte sie Celia.

Die Schiebetür blieb offen, und Clara überlegte, ob sie ihren Koffer einfach so stehenlassen und hingehen konnte.

Wegnehmen konnte man ihn ja nicht so einfach. Dafür brauchte man zwei starke Leute. Oder eine Sackkarre. Und beides war in einem Hafen sicher leicht zu finden. Dennoch, sie musste das Risiko eingehen. Sie brauchten etwas zu essen.

Sie ging zu der geöffneten Tür, trat die zwei Stufen zur Schwelle hinauf und warf einen prüfenden Blick zurück zu ihrem Koffer. Dann erst klopfte sie höflich an den Türrahmen und streckte den Kopf hindurch.

Dahinter lag ein heller Raum mit einem Tisch in der Mitte. Eine junge Frau stand dort und filetierte Fische.

»Entschuldigen Sie bitte«, sagte Clara und räusperte sich. »Können Sie mir vielleicht helfen?«

Ein Kind in derselben Art Gewand, wie die Frauen es trugen, schaute vorsichtig hinter ihren Beinen hervor. Es war ein Mädchen mit dunklem Haar und einem entzückenden Gesicht, vielleicht drei Jahre alt.

Celia begann erneut zu zappeln und sich zu winden, und Clara setzte sie ab und nahm sie an die Hand.

Die Frau wischte ihre Hände an einem Tuch ab und kam an die Tür. Ihre Stimme war freundlich, sodass Clara es wagte, ihr die Münze zu zeigen. Dazu machte sie Gesten, die zeigen sollten, dass sie Hunger hatten.

Die Frau beugte sich zu Celia hinab und schenkte ihr ein Lächeln, das Celia strahlend erwiderte. Die Frau hob kurz die Hände und machte auf dem Absatz kehrt.

Clara wusste nicht, ob sie hier warten oder mitgehen sollte. Aber sie würde es schon noch mitbekommen.

Die Frau verschwand hinter einer Zwischenwand, wo Clara sie rumoren hörte. Das kleine Mädchen hatte derweil

Celia entdeckt und kam zielstrebig auf sie zu. Die beiden Mädchen nahmen sich an der Hand und hockten sich miteinander auf die Türschwelle, als seien sie alte Freundinnen, die viel zu besprechen hatten.

Die Frau kam mit einer flachen Schale zurück, auf der mehrere weiße Kugeln und zwei schmale Holzstäbchen lagen. Sie hielt Clara die Schale hin.

»Toru«, sagte die Frau und hielt die Schale noch etwas näher.

Clara wusste, dass man in Japan mit Holzstäbchen aß, aber sie hatte keine Ahnung, wie sie das hätte anstellen sollen. Sie hoffte nur, es war nicht entsetzlich unanständig, das Essen mit den Fingern zu berühren. Vorsichtig nahm Clara eines der Bällchen.

War das Reis? Sie wollte nicht allzu offensichtlich daran riechen, aber sie hatte auch Hemmungen, einfach so hineinzubeißen.

Die Frau nahm die Stäbchen, fasste mit ihnen geschickt eine der Kugeln, biss hinein und zeigte ihr nickend die dunkle Füllung im Innern.

Clara seufzte innerlich. Nun gut, was konnte schon schiefgehen. Schlimmstenfalls schmeckte es ihr nicht, und das war ja nichts Schlimmes.

In ihrem Bällchen war eine andere Füllung, gelborange und süß. Sie wusste nicht, woraus sie bestand, aber sie war köstlich.

Sie ließ Celia ebenfalls probieren, und als ihre Tochter vor Vergnügen zu glucksen und mit den Armen zu wedeln begann, zog sich ein breites Lächeln über das Gesicht der Frau. Sie stellte die Schale zwischen die beiden Kinder auf die Türschwelle, nickte Clara auffordernd zu und ging wieder an ihre Arbeit.

Das japanische Mädchen fütterte Celia mit einer Hingabe, als sei sie ihre liebste Puppe, und als Celia satt war, aß Clara die verbliebenen Kugeln. Dabei behielt sie die ganze Zeit ihren Koffer im Auge. Viel mehr noch als der Gedanke an Diebe trieb sie jedoch die Furcht um, sie könnte Akeno verpassen.

Die Frau kam zurück an die Tür und nahm die leere Schale entgegen. Clara wollte ihr ihre Münze geben, doch sie hob abwehrend eine Hand und schüttelte den Kopf.

Clara verbeugte sich, wie sie es von Akeno kannte, tief vor der Frau.

»Danke, von ganzem Herzen«, sagte sie. Sie wünschte, sie hätte wenigstens gewusst, wie man das auf Japanisch sagte.

»Kōun no chīsana tenshi«, sagte die Frau und strich Celia über die Wange.

Was immer das heißen mochte, Clara verstand das Wohlwollen und die Güte in der Stimme. Sie lächelte, nahm Celia vom Boden hoch und winkte, und Celia und das kleine Mädchen taten es ihr gleich.

Dann wandte sie sich ab und ging zurück zum Hafen. Die Münze steckte sie in die kleine Tasche hinter ihrem Rockbund. Sie würde sie nicht ausgeben. Sie sollte ihr Glücksbringer sein.

Als sie wieder am Unterstand angekommen waren, ihr Koffer war natürlich keinen Zentimeter bewegt worden, sah Clara sich besorgt um. Nach wie vor kein Zeichen von Akeno. Wenn sie ihn nur nicht verpasst hatte.

Um sich die Zeit zu vertreiben, spielte sie um ihren Koffer herum mit Celia Verstecken.

Später fanden sie ein paar Stücke Treibholz und warfen sie ins Hafenbecken, um zuzusehen, wie sie von der Dünung langsam davongetragen wurden.

Als Celia wieder müde wurde, beschloss Clara, den Koffer auf die Seite zu legen. Mit einiger Mühe gelang es ihr, ohne ihn einfach auf die feuchte Erde plumpsen zu lassen. Warum gab es Koffer, die ein Mensch allein nicht tragen konnte? Wegen des dummen Dings saß sie jetzt hier fest und konnte nicht mehr als ein paar Meter weit weggehen. Sie setzte sich, nahm Celia in den Arm und summte sie leise in den Schlaf. Nach einer Weile begann sie zu frösteln. Ihre Kleidung fühlte sich klamm und schmutzig an in dem unaufhörlichen Nieselregen.

Sie dachte wieder an Akeno. Fast zwei Jahre war es her, die *Suez* hatte damals im Hamburger Hafen gelegen und Clara hatte ihn in seiner Kajüte besucht. Dort war er hinter sie getreten, hatte schützend einen Arm um sie gelegt und sie hatte sich an ihn gelehnt.

»Komm mit mir, Clara«, hatte er dicht an ihrem Ohr geflüstert. »Komm mit mir nach Hause.«

Ein ungekanntes Glücksgefühl war in ihr aufgestiegen, und beinahe hätte sie ja gesagt und ihren Mann verlassen, um mit Akeno nach Japan zu gehen, für immer.

Doch dann war alles anders gekommen. Sie hatte nicht den Mut und die Entschlossenheit aufgebracht, wegen eines Moments der Leidenschaft ihr ganzes Leben aufzugeben. Sie hatte ihrem eigenen Gefühl nicht getraut.

Jetzt jedoch traute sie ihm, und sie wusste, sie hatte richtig entschieden, als sie geflüchtet war, um bei Akeno zu sein.

Was aber, wenn Akeno seine Meinung geändert hatte? Sie hatte seit ihrer Abreise in Berlin nichts von ihm gehört. Seither hatte sie darauf hingebangt, Akeno wiederzusehen, seine Heimat kennenzulernen und mit ihm zusammen ein neues Leben anzufangen. Dafür hatte sie unter grässlicher Seekrankheit gelitten und sich mehr als einmal nach Wasser zum Waschen, dem guten Essen daheim und nach festem Boden unter den Füßen gesehnt.

Immerhin, den festen Boden hatte sie jetzt. Doch alles andere war fremd. Die Menschen, die Sprache, die Sitten, die Häuser.

Aber genau so hatte sie es doch gewollt. Sie war auf Abenteuer aus gewesen. Und nun hatte sie eines. Reiß dich zusammen, Clara, schimpfte sie mit sich selbst.

Der Nieselregen sammelte sich am Rand des Daches zu dicken Tropfen, die ihr vor die Füße klatschten. Die Wellen schlugen im Takt dazu gegen die Mole. Das Gejohle von betrunkenen Matrosen drang zu ihr herüber, und Clara starrte aufs Meer, als würde Akeno von dort mit einem prächtigen Schiff gesegelt kommen, um sie zu retten.

Als es dämmerig wurde, stand Clara auf. Sie sollte jetzt wirklich zurück zur *Suez* gehen und um Hilfe bitten.

»Komm, Celia, wir besuchen den Kapitän«, sagte sie seufzend.

Als sie die Anlegestelle erreichte, war von der *Suez* nichts zu sehen. Hatte sie sich etwa verlaufen?

Clara lief am Kai entlang und suchte mit den Augen die Schiffe im Hafenbecken ab. Endlich entdeckte sie die *Suez*. Sie ankerte ein gutes Stück weit draußen auf dem Wasser und war somit unerreichbar.

Clara spürte Angst in sich aufsteigen. Sie blinzelte die Tränen weg und drückte Celia fest an sich. Was sollte aus ihnen beiden jetzt werden? Wohin sollten sie gehen?

Sie schaute sich verzweifelt um.

Die Nacht war hereingebrochen.

Und Akeno war nicht gekommen.